这本书 能救你的命

This Book Will Save Your Life

A.M.Homes

[美] A.M.赫美斯——著

林淑娟——译

著作权合同登记号　图字 01-2016-9840

THIS BOOK WILL SAVE YOUR LIFE

图书在版编目(CIP)数据

这本书能救你的命/(美)A.M.赫美斯著;林淑娟译.—北京:人民文学出版社,2016
(赫美斯作品)
ISBN 978-7-02-012169-4

Ⅰ.①这…　Ⅱ.①A…　②林…　Ⅲ.①长篇小说-美国-现代　Ⅳ.①I712.45

中国版本图书馆 CIP 数据核字(2016)第 269377 号

责任编辑:卜艳冰　陶媛媛
装帧设计:山川 Gabryl

出版发行　人民文学出版社
社　　址　北京市朝内大街 166 号
邮政编码　100705
网　　址　http://www.rw-cn.com

印　　制　山东临沂新华印刷物流集团
经　　销　全国新华书店等

字　　数　199 千字
开　　本　890 毫米×1240 毫米　1/32
印　　张　12.25
版　　次　2017 年 2 月北京第 1 版
印　　次　2017 年 2 月第 1 次印刷

书　　号　978-7-02-012169-4
定　　价　49.00 元

给　朱丽叶

他站在玻璃窗前向外鸟瞰。眼前的这座城市，宛如覆盖着朦胧的薄雾陷入了沉睡。低气压。云朵翻越过山丘，参差不齐，流散变化，好似从地面发送的烟雾信号。

遥远的山坡下，有个女人正在游泳，棕色长发漂越水面。她的泳装上有漂亮的鲜红色小圆点，看起来像一只稀有的热带鸟，泡在一个蓝得不自然的泳池里。她每天早晨准时出现，划水的姿势像奥运选手般迷人。当他醒来时，她也醒了。看着她的动作，她的毅力、节奏和规律，都令他感到安心。她坚定地游着，好像非努力这么做不可。她是他的知己，他的女神，他的美人鱼。

他站在玻璃窗前。换成平日，现在这个时刻他不会站在那里。通常他起床后不久便开启跑步机；她游泳的时候他跑步。他一边跑一边看着计时表，调整面板上的控制器，设定速度和坡度，看看自己今天能跑多久，上坡或下坡可以走多远，犹如乘着隐形的电子波浪前进、起伏。

他习以为常地这么做。今天的每一件事都和昨天不一样，然而又完全一样，但其实再也不可能一样。

他站在玻璃窗前。屋里传来的机械声音吓了他一跳。冰块制成后自动翻落到储冰盒的声音、咖啡壶开始注入水的声音、通风口的空气发出嘶嘶的声音，他感到一阵寒意从腿部窜起。他在颤抖。

“你好？”他叫道，“有人在家吗？”

平常他听不到那些声音。他什么都不听，什么都不去感觉，他打定主意要那样。他起床后总会戴上能隔绝噪声的耳机，走到玻璃窗前，看那个在游泳的女人，然后上跑步机。

他是个真空静音器，是个连人生琐事一并清除的男人。

他甚至不知道咖啡机是自动的，因为他不喝咖啡。咖啡是为管家西西莉亚冲泡的，她会在早上七点半到八点之间来上工。他深吸了一口气——咖啡的香味真好闻。

多年来他坚持不被别人干扰，但现在他突然害怕独处，害怕听不到、感觉不到、注意不到。他将耳朵贴在玻璃上。此刻，任何声音都如同音乐一样动人。山顶有人在铺设草皮，那里原先除了灌木丛之外什么都没有。他们砌了一道分隔墙，把草坪框起来，现在正在修剪草坪。他们做了一个小果岭，挖了几个高尔夫球洞。

峡谷的山壁上攀挂着一串房子，发展出社交链、经济链和食物链。目标是攻顶，人人都想赢得山头的王位。每个人看着低处的房子，想着自己至少比下面的人强，可是总有人会从下面往上进攻，要不就从上面往下掉。不可能双赢。

他站着的地方，有两大扇厚玻璃窗，以锐角的角度往山坡突出，好似一艘船的船头。他则像个船长般站在那里鸟瞰山下。他是自己王国里的囚犯。

隔了好一段距离的前方，有个橘黄色的东西在冒烟。他在猜，那是灌木丛里的小火灾，还是洛杉矶的朝阳？

昨天似乎比现实更真实，那是一场梦还是一件意外？好像是某种疾病发作，又好像身体被什么东西扎着。发生了什么事？

窗外，离他家差不多五十英尺的地面上有块地凹陷下去，他不记得之前曾经看过那个圆形的大窟窿。他看着它，在心里评估：直径大约八英尺。它是从哪儿冒出来的？它在那里有多久了？要怎么形容它呢？好像是用一只巨型勺子的勺底压进地面的痕迹。那种事会在一夕之间发生吗？

屋内其他地方都很整洁，唯独客厅沙发附近的地板上和玻璃桌面上有些垃圾。一些包装药片的塑料薄膜、一根管子、一张被撕下的纸、一片沾血的纱布，那些零碎的小东西是他昨天出事的证据。

他回想起那时候的痛。一开始是背部剧烈痉挛，一阵莫名的收缩从肠子往上延伸到胸口。是他中午吃的扁豆汤在作怪吗？他继续观察。他吃了一颗制酸剂胃药。结果更糟，痛楚扩散，刀割般的痛向下烧到腿，再往上进逼到下巴，接着好似有一根尖锐的长针刺进他的手臂，痛苦慢慢移到手指。它们麻木了吗？他觉得全身犹如斧头劈开新木头那样裂了开来，一阵痉挛将他的肩胛骨往后拉成弓一样拱起来。他的身体往前弯，蜷曲成一个C。他没有想到要打电话给谁，也不知道能打给谁，不知道要说什么，更说不出到底是哪里痛。到处都痛，身体猛烈地摇晃着，冒冷汗，晕眩。

稍早，在他还能够活动的时候，他走进卧室，换上一条比较好的裤子，系上皮带，套上休闲运动衫、鞋子和袜子。他挑颜色柔和、质料轻软的衣着，穿得像是要去和朋友聚会，去参加晚餐派对，要去出席某个低调的活动。穿好衣服之后，他想他可能必须把自己弄下山，去诊所看医生。他不知道时间已经太晚了，已经过了任何人的上班时间。

他躺在沙发上，那是他从来没做过的事，有违他的原则——我们每个人都会给自己立下某些独特的不成文规矩——除非上床，否则他不会躺下，更不会在白天躺下。

他躺在沙发上试着想让自己舒服一点。是不是他和健身教练一起做的某个动作出了错，因而扭到筋或闪到哪里？还是他可能感染了什么病毒、伤风或得了流行性感冒？痛苦持续着。这种事怎么会发生在他身上？痛苦是刚刚开始还是它早已存在而他刚刚注意到？

他起身，服下消炎止痛药，站在玻璃窗前看向外面的城市，看车子在山下的大马路上转弯，爬坡上山。天色开始暗了，车前大灯亮起，一间间点了灯的屋子像是活了起来。土狼在啸嚣。远处的城市看起来非常巨大，却又显得渺小。

他站在玻璃窗前，被痛苦征服，几近虚脱。他的每一根血管，每一条神经，身体里的每一束纤维都弯折起来，好像快饿死了，快渴死了。他痛苦地站在那里，最奇怪的是他不知道自己哪里痛。他什么都感觉不到。

他开始哭，无声地啜泣。他发现自己在哭，千真万确地在哭，他知道他的身体非常不对劲。或许由于害怕，他哭得更厉害了。

就是这样吗？就是这样发生的吗？在这之前有过任何征兆、任何他该注意到的警告信号吗？或者这就是警告？如果不是警告，就是命运。

他按电话键，打九一一求救。

"警察、火警、救护车。"

"医生。"他说。

"警察、火警、救护车。"

"救援。"他说。

"警察、火警、救护车。"是语音系统。

"救护车。"他说。

"请稍等。"

他等待电话接通。沉默的那当口，痛感消失了。痛苦既消，他便开始觉得这一切只是一场梦魇，只是一场白日梦，只是一顿让人难以下咽的午餐。

就在他打算挂断电话时，一个女人的声音从电话那头传过来："有什么紧急的事？"她问。他一听，痛感又回来了，提醒他为什么打这通电话。

"痛。"他说，"我痛得不得了。"

"哪里痛？"

"我想可能是时候了。"他说。

"先生，你哪里觉得痛？"

"全身上下到处都痛。"

"你受伤了吗？比如枪伤、摔伤、被蛇咬伤、弯腰时肌肉拉伤或被箭射伤？"

"没有，"他回答，"都没有，我在家里，我一整天都在家。那种痛感渗透全身，我好像浸泡在痛苦中。"

"你已经痛多久了？"

"我不知道。"

"几分钟？几小时？几天？"

"至少几小时。"不过也可能是几天或几年，他搞不清楚了。

"如果把痛苦的程度分为一到十，你觉得你有多痛？"

"十。"

"是怎样的痛？剧痛、阵阵抽痛、刺痛、隐隐作痛？"

"是的。"

"哪一种痛最接近你现在的感觉？"

"全部。"

"你有心脏病、中风或任何疾病发作的病史吗？"

"没有。"

"你几岁？"

"五十五岁。"

"你独自一人在家吗？"

不知道为什么，这个问题令他害怕。"我离婚了。"

"有人在你身边吗？"

"没有。"

"你曾经这样痛过吗？"

"我以前从来没有留意过，直到今天才有感觉。"他愈来愈焦虑。问题太多了，感觉像在考试。她到底要派人来帮他还是要跟他聊上一整晚？

"你呼吸困难吗？"

他并没有认真想过，可能是心脏病发作或中风。他只认为这就是它，而不是心脏病。

"你可以咳嗽给我听吗？做个深呼吸，然后用力地咳几声。"

他尽力照做。

"你可以跟我确认你的名字和地址吗？"

“我叫瑞克。”他说。

“那是你的真名吗？”

“你这话是什么意思？”

“房子是你自己的吗？”

“是的。”

“你的电话或房子是不是以其他名字登记的？”

“理查德。”他说。

“谢谢你，诺瓦克先生。”

“你怎么知道我是谁？”

“我们的系统里有资料库可查。派去帮助你的人已经上路了。由于我们有处理灾难事件的辅导员训练计划，所以我现在要把你的电话转给另一位辅导员，她会继续跟你谈，直到救援人员抵达。”

“你是在向我推销吗？”

“没有，先生，这并不额外收费。因为你符合条件，所以我们提供这项服务。”

“什么条件？”

“你的居处环境正好处在有隐患的区域。如果你同意，我会把你转给一位叫佩蒂的辅导员。”

“那是真人还是语音系统？”

“她就在这里，请稍等。”

“嗨，理查德，我叫佩蒂。”

“嗨，佩蒂。”

“理查德，你现在在做什么？”他不知道该如何回答这个问题。

“我快死了。”

“你为什么会死？”

“因为痛。”那种痛像是要把他撕裂开似的，一种慢慢折磨他至死的痛。

“你的身体哪里痛？你能闭上眼睛去感觉吗？”

有人在吃午餐的时候突然倒下；当他正在享用最美味、最可口、最昂贵的珍馐时，猝然倒地而亡，就那样“砰”地一声辞世。他可能是其中的一个。他可能会像那样，如同他姑姑以前说过的，像一道光似的，一闪，便与人间永别。他可能走到外面时，在他的车道上倒下，随即断气，说不定会被狼咬死，也可能遭秃鹰撕扯啄食。他的身体与痛苦没有分别。他的身体即是痛苦。

“理查德，你最近看过哪部电影？”

她问的是那种只有住在洛杉矶的人才会问的问题[①]。即使你快死了，人们也会谈论电影。

“我不知道。”他努力回想。他记得大约一百万年前曾经在麻州的汽车电影院里看过《邦妮和克莱德》[②]。

“你有任何嗜好吗？你打高尔夫球吗？”

“我喜欢游泳。”这个回答吓了他自己一跳。

“你在哪里游泳？你家里有游泳池吗？”

“没有。”

“你上一次游泳是什么时候？”

“大约五年前。在迈阿密的饭店里，我带一个女人去那里度假，”他顿了一下说，“我想我现在宁可不讲话，和你讲话会让我分心。”

“那你宁可做什么？”

---

① 洛杉矶为好莱坞所在地。

② 又译《雌雄大盗》，根据真实事件改编的犯罪剧情片。

他想象老人的脖子上挂着“我跌倒了爬不起来”的电子装置。他想象老人躺在地上，对着机器求救，而救援人员还在前来援助的路上，老人对于有人来扶他起来深感安慰。

“佩蒂，”他说，“你是哪里人？”

“明尼苏达州人。”她说。

“我也是这么想，”他说，“你听起来像是明尼苏达或加州莫德斯托的人。”他坐在沙发上，凝视着玻璃窗。“没关系，你不必继续跟我讲话。我想我比较喜欢安静，这样我才能够集中精神。”

“你有办法坐起来、站起来或走路吗？”

“我很痛。”他重复道，仿佛只要这么说了就会有所帮助。

“他们很快就到了。”她说。

他在想自己是否有足够的现金付给他们。但他随即感到奇怪，自己怎么会这么想呢？他不必付钱给他们。他已经付过了，用税金支付的。在他的婚姻关系还存在且他们还住在纽约的时候，有一次他打电话叫中国菜外卖，当他还没挂上那个电话时，他叫的东西已经送到了。他们曾经开玩笑说，餐厅可能在公寓的地下室里设了一个小厨房。他和他太太总是在公寓里预备一点现金以便付给他们小费。他们总是在付钱给别人，送货员、管理员、杂役，等等。

“你还在吗？”她问。

他听到远处传来警报器的声音，隆隆的引擎声显示车子正在爬坡，警报器在他屋外嘎地一声停住。他看到玻璃窗上闪动的红光。他知道他们就在外面。

有人敲门。

他躺在沙发上，心想应该起身了。

“理查德，”佩蒂说，“消防员到门口了，你可以开门让他们进去吗?”

“我不知道。”他害怕地说，仿佛这一切是个坏主意，他根本不该打电话求救。

他看着他们。他看到他们绕过屋子，走到坡下，手电筒的光转来转去。他们穿的厚重外套好像大象皮，背上的数字发出变色荧光。他听到他们的无线电在吱吱叫。

他们用扩音器喊他的名字，好像要逼他投降。

“理查德·诺瓦克，你听得到我的声音吗?可以请你开门吗?”

“你有没有把备份钥匙藏在哪里?”佩蒂问。

“车库没上锁。”

“理查德，祝你好运。”佩蒂说完，挂断电话。

他们提着袋子进来。他们的外套闻起来像是着火了。

“我在沙发上，”他说，“我在哭。”

没有火。

他们围着他，跪在他前面，跟他讲话。“我们要帮你量血压，给你输点氧气。”

他点头。

“你现在痛吗?”

“我不知道，”他罩着氧气罩说，声音听起来含糊遥远，“我什么都不记得。”

一位警员抵达。他们会当他是叫喊“狼来了”的孩子，要以乱打求救电话、拉假警报、浪费公共资源的罪名逮捕他吗?

“你独自一个人在家吗?”警察问。

他再次点头。他们为什么那么在意几个人在家?

屋里满是人。他们叫他的名字，大声对他讲话。救护员抵达，打开箱子。那是个硬壳箱子，像工具箱。他们架设他在电视里看过的机器：电击器。他祈祷他们不会把那个东西用在他身上。他是清醒的，不是吗？在电视上，医生会大喊“离手”和“退后”，然后把人从地狱里恐吓回来。现在那个机器就在那里亮着绿灯，准备好要启动。

“那是德库宁[①]的画作，很棒。”其中一个救护员说。

他们脱掉他的运动衫，在他的胸膛上放电极贴片，把氧气罩换成插进他鼻孔的小管子。

“是神经压迫导致痛。”他说，想找脱身之道。

“我真的很喜欢你的罗斯科，我曾经在洛杉矶当代艺术博物馆里看过。”

“那是贷款买的。”理查德说。

“哦，是啊，”一个消防员说，“我觉得那看起来有点眼熟，是艾德·哈里斯在电影里演的一个家伙画的。”

救护员摇头。“哈里斯演的是杰克逊·波洛克[②]，他擅长动态画、滴彩画。这是罗斯科的画作，比较深沉，比较严肃。”

“你是救护员还是艺术品鉴赏家？”

“我在哈佛大学修过艺术史。你有没有服用任何药物？”

“服了维他命和鼻窦炎喷剂。”

“先生，”救护员说，“我们要发送你的心电图给医院，等医生诊断后，他们会通知我们该如何进行下一步治疗。在等待的这段时间里，我要给你做静脉注射。”

---

① 荷兰籍美国画家，新行动画派大师之一。
② 美国画家，抽象表现主义绘画大师。

他们的严肃令他神经紧张。不是开玩笑，他们表现得好像他们正在救他的命。

“你对阿司匹林过敏吗？”

“不。”理查德说。

救护员把两小颗幼儿剂量的阿司匹林放进他手里。

他咀嚼。粉红色的阿司匹林在他嘴里变得干干糊糊的，尝起来像童年。

“你们能来真好。”他没有特别对谁说这句话。

“基地呼叫外野四号，线图看起来还不错，你们可以把他送过来。”对讲机中传来指示。

他们把他抬上担架。当他被抬起来的时候忍不住叫出声；他不知道自己为什么会叫。消防员、救护员和警察全都围绕着他，抬着他。多年来没有人扛过他。他想要协助他们，试着让自己轻一点。

警察问他家的钥匙在哪里。在厨房流理台上的银色钵里。他们帮他锁门，把钥匙递给他。

他们推着担架出去，一路上震动颠簸，令他昏昏欲睡。

“有没有人想睡觉？”理查德问。

没人回答。

他们把他推进夜色里。救护车上闪烁的红光在房屋外墙上跳动。他深深地呼吸，吸进氧气。

他们载他下山，一圈一圈地绕着峡谷转。他们越往前走，车子开得越缓慢，警报器的呼啸声减弱，救护车一再停停走走，摆动摇晃，使得他头晕、想吐、迷惘。他几乎可以看到它来了。当他们终于进入医院时，他闭上眼睛，低垂下巴，呕吐。他吐得到处都是，夸张地在救护车车厢里喷洒如黑色游戏弹般的扁豆，喷到匆忙前来解开他的救护员脸上。他们把床单盖到他脸上，以保护他们自己。当担架床被拉出救护车后，轮子一着地，他就昏了过去。

如同失去意识般快速，他很快又苏醒了，全神警戒，仿佛上膛大炮。他们是不是给他服了什么？一点提神的东西？一剂秘密的注射？

“诺瓦克先生，你听得到我的声音吗？”

他不敢讲话，不敢张开嘴巴，不过他点头。

“你知道你在哪里吗？”

他再点头。

他们把他抬离担架，抬到医院的床上，擦拭他的脸。

“对不起。”他觉得不会再吐了才敢开口说话。

“不必道歉。”一个人说。那使他又说了一次：“对不起。”

他的脑子迅速转动。他不想睡觉了，他现在是清醒的，非常清醒。他的思绪跳来跳去：他的遗书准备好了吗？他要把罗斯科的画留给谁？洛杉矶当代艺术博物馆还是纽约现代美术馆？他早该做些不一样的事吗？如果他死了，他的律师会知道吗？为了安慰自己，他开始合计他的财产。每个账户有多少钱？多少钱才算够多？

他们给他吃了什么令脑子加速运转的东西吗？他是不是该说点什么？他是不是该告诉他们，一切发生得太快？他注视着时钟的秒针，它走得好慢，非常慢。

“深呼吸。继续深呼吸。我需要你放松。你现在正在接受专业医生的照顾，诺瓦克先生，一流的医生正在照顾你。”

他们用针头戳他，抽他的血，不断检查他的血压、瞳孔，还有无数的心电图。他们用廉价圆珠笔在他干净的白色病历表上写字。

一个瘦得不像话的挂号处职员来到床边，她像无叶的枝干、毫无生气的树。“你有保险吗？你要我们帮你找谁，如果……”她瘦得骨头突出，手肘、手腕、锁骨，每一处几乎都是皮包骨，仿佛刻意把肉剜掉了。“我们需要一个名字和电话号码。”她像是来自彼岸世界的中介人，在帮人预订行程。他预料她的下一个问题将是：你想跟某个已经过世的亲人一起吃饭吗？我可以帮你订位。

他给了她他律师的名字。“我不知道他的电话号码。”

这一切太超现实了。刺眼的荧光灯，他一直在想自己随时会被接引到彼岸世界，所有东西就此消失。他随时会走向柔和的白光。

“是怎么开始的？”一位住院医生站到他的膝盖旁，手里拿着病历夹板。

他不记得了，不记得从什么时候开始感到疼痛。他没有突然失忆，没有什么事溜出他的脑海，可是他感到空白。他在脑中搜寻，但想不出什么。没有画面，没有记忆，不知道自己去过哪里。

“诺瓦克先生，你知道我在问什么吗？你是什么时候开始痛的？”

“我不确定，”他说，“我不确定它是刚开始还是我刚注意到。我越注意它，它就越严重。佩蒂在这里吗？”

“谁是佩蒂？”

“我刚刚跟她通电话的女人。”

“我认识的人里没有叫佩蒂的。”医生困惑地说。

“我妹妹叫佩蒂。”一位护士说。

“她人很好，来自明尼苏达或莫德斯托。”他说。

医生走开。

“我可以借给你这个，”护士说着递给他手机，“你想打电话给谁吗？”

他摇头。

“有时候跟别人讲讲话会让你感觉好一点。”

“你是幽灵……还是护士？”

“护士。我二十年前离职，可是现在又回来工作。这是我的二次就业。”

“你为什么回来？”

“我老公死了。而且老实说，我受不了夜晚独自待在家里。我睡不着，所以我想，何不晚上工作？那可以使我不至于流浪街头去翻垃圾桶。”

“你不想打电话给谁吗？”护士再次问。

他能打电话给谁？

他父母怕冷，搬去佛罗里达州的某处避寒。他弟弟还住在麻州吗？建议他吃扁豆汤的营养师可能是害他呕吐的元凶。他的管家，唯一可能注意到他的人，当她明天早上到他家上工时，会发现他不在家吗？他的健身教练早上也会来，他的按摩师下午会来，室内设计师说好要顺道来拜访他，讨论客房该漆什么颜色。如果他现在有他们的电话号码，他就会打电话给他们，告诉他们都别来了，全部取消。

他躺在那里，想到这些年来他多么彻底地把自己与世事人情隔离。他变得多么愚蠢，多么孤独。多年来他认为他谁都不需要，不结交朋友，不在任何人的人生中占有一席之地。他是如此完全地遗世独立，摒绝信赖依靠和权利义务的世界。如今他怀疑，自己是否还存在。

“你一定能打给谁。”护士说。

“你人真好。”他说。

“我老了。”

“你不介意的话……”隔壁的人把他这个小隔间的帘子拉上了。

假如他从来不曾打电话给任何人，那么现在他又能打给谁呢？他想跟谁讲话？他的儿子本？他不会这么做，他们的关系没有那么亲密。嗨，本，我是你爸爸，我从急诊室打给你，只是想跟你聊聊，看看你过得怎么样，祝你一切顺利。希望你干得比我好，孩子，希望你能得到你想要的一切。记得，儿子，这是它。

他的前妻。她昨天在他的答录机里留言，或许是几个礼拜前留的。他从不回电，他也不知道为什么。

“想想看。”护士说。

他的前妻经营一家公司，出版关于生活品位和自我成长的书，就是那种告诉你应该根据什么征兆、血型或颜色来做什么以及如何生活的书。全都是适合喝咖啡时看的精美闲书，教你如果没有时间应该如何找时间，以及如果以上都不适用时应该怎么办。

他从救护员与医院联络时的对话中听到他们提到一个代号：柳橙。

“柳橙是什么？”

“名人，”护士说，“他们事先通知，这样我们才能小心提防狗仔队。有时候扛摄影机的家伙会比有名病人提早抵达医院。最可怕的是他们拍那些死掉的名人，拍到他们的照片保证能卖钱。任何一张名人的流血照片都价值数千美金。”

“外野呼叫基地。柳橙是女性，七十几岁，接近八十岁，车祸，头部可能受伤，生命迹象稳定。我们给她套上了护颈，束在长背板上。我们要上路去医院了。”

“什么时候能得知她是谁？”

“有时候我们会用猜的方式。我们知道患者大约多少岁，在什么地区出事，于是大家开始打赌那会是谁。事故是发生在知名夜总会或比佛利山的高级住宅区，或是罗迪欧大道的名店街，或是美容院，人们可能会在头往后仰向洗头水槽时中风了，却没有人注意到，直到让他们试着坐起来时才发现。我们碰过两三个类似病例，名人总喜欢去美容院做头发。”

医生拉开帘子。“他们要来接你了。我要给你做个头部扫描，以确保没有出现动脉瘤，那样你就可以一滴血都不丢，还能避开血光之灾。”年轻医生被他自己的玩笑逗得咯咯笑。

“我不知道这年头他们是从哪儿找来这些医生的。”护士说。她急忙跑出去支援，因为两个州警用轮椅推了一个男孩进来，男孩的身体被黄色尼龙绳绑在椅子上，看起来好像是被套索套捕的。

“我是上帝。”男孩大声宣布。

“嗨，上帝，我是急诊室的护士。能告诉我你为什么会这样吗？”

“别想要我，”男孩说，“别想要上帝。因为我知道，上帝知道。我就是上帝，我能飞，我是自由的。我是上帝。”他尖叫。“我是上帝，我是上帝，我是上帝。”他越叫越大声。

一位医生拿着小手电筒照男孩的眼睛。“告诉我，在你还不是上帝之前，你叫什么名字？”

“我是上帝，我是耶稣，我被钉在火刑柱上，所以我的手臂不能动。我是上帝，上帝是狗。”他吠叫。

“好，上帝，我们要给你打一针，那会帮助你从山上下来。”

“我在飞，”他叫道，“我是自由的，”他开始扭动。“放开我，我命令你放开我。”

同时，代号柳橙的车祸致伤者抵达，被推进理查德旁边的小隔间里，她周围的帘子全部拉上。

年迈的女明星在呻吟。理查德是在无意中听说，她的头皮被撕裂了。

他在心里列出一长串人名。会是谁呢？哪个老明星？他想到的人大部分都已经作古了——露西·鲍儿、贝蒂·戴维斯、葛丽泰·嘉宝。

“我们要把它剪掉，必须查看下面的伤口，”有人在说话，“给我一把剪刀。”

“别剪。”女明星说。

然后，另一种声音。他从帘子缝隙间看到某个沾血的东西刚好掉落到金属浅盘上。

“纱布，”某人叫道，“用力压。伤口有多深？有异物吗？”

看到她的头皮掉下来，他吓坏了。他不由自主地盯着金属浅盘瞧。他看到的是什么？头发？皮肉？血？沾了血的头皮？

一位护士面无表情地从帘子后面出来。

“她的头掉下来了吗？”他问。

“我们不会泄漏病人的信息。”

不管他看到了什么，都吓得他赶紧打电话。他打给他前妻，那是他唯一记得的电话号码，因为那是他自己以前的电话号码。

在他开口之前，她说：“我刚到家，累坏了，整天都在开会。我快疯了。我们能明天再谈吗？”

“我在急诊室里。他们说我应该打电话给什么人。”

“我在这里能为你做什么？已经半夜了。”

“我很痛，越来越痛。我打了九一一。我现在在医院，胸部有电击贴片，手臂打着点滴。他们一直问我是否有心脏病病史。”

“你怎么不打电话给你儿子？”

“现在似乎不是打电话给本的好时机。”

“我很累了，理查德。你明天在家吗？我明天会打电话给你。”她在他回答之前挂断电话。

他不想对她说，这可能是我们最后一次讲话。这可能是它，你不懂吗？他无法相信自己竟然打电话给她。她一向都是这么冷酷无情吗？他不该打电话给她。他一定是疯了才会以为他应该打这通电话。他不该打电话给任何人。他应该自我封闭。

正当他这么想的时候，痛苦像闪电般刺穿他。何不死掉？但他不想死。他不要死。他甚至还没有真正活过。

“我好害怕，”他喃喃自语，“我隔壁的女人的头掉了。”

护士在和走道对面的男人讲话，她的声音大到像是在当众宣告。“罗森宝先生，你的髋骨破了。你的女儿已经在赶来的路上。你知道你在哪里吗？”

“我当然知道我在哪里。我在电影院里，这全都是电影，”他说，“真是这样就好了。我在家里，在我住的地方，或者应该说，我在他们安置我的地方——等死。冷冻库，那就是我住的地方。我或许老了，可没老糊涂。”

“罗森宝先生，你在医院里。你跌倒了，他们把你送来这里。罗森宝先生，你知道现任总统是谁吗？”

“谁是总统有什么差别？他们都是小偷。”

“诺瓦克先生？”一个穿黄色防护衣的护送员出现在他的床脚，“我来带你走。”他的轮床被推动，点滴袋左右摇晃，沿着消过毒的走廊往尽头走去。

小心辐射。一位检验技师拿着一根大针筒出现。“你对海鲜、贝类或碘过敏吗？”

“据我所知不会。”

“你有幽闭恐惧症吗？”

“我不认为有。”

打完大针筒，换上小一点的针筒，那是显影剂和使他镇静的少许麻醉剂。

“扫描大约费时四十五分钟。你不能动，这很重要。我们没有时间重来，你是插队做的。”

他觉得全身一紧，扁豆汁冲到他的喉咙。

显影剂在他的身体里泼开，像冷冷的放射性凝胶。他的意识有点奇怪。他想起救护车的门打开时，他松了一口气，因为自己竟然能够撑到那时候。然后几乎是同时，他有一股要把所有东西都呕出来的感觉。他吐得一塌糊涂，到了最后，他觉得自己什么都吐了出来，从里到外毫无遮掩。护士用纸巾擦拭他嘴边残余的秽物，她人真好。如果她轻唤他的名字，如果她对他微笑，如果她有一条湿毛巾，如果她更温柔一点，那就非常完美了。这些经历有点太过真实，不过他很高兴他们都在那里，在他们的工作岗位上待命。

进入扫描机像是在做死亡试验，像是在试用棺材，像是在给他扫描以便做虚拟死亡的立体模型。他可以想象他们如何扫描他，然后带他上楼，给他看幻灯片简报，说明他在各种棺材里看起来如何：棺材有不同的材质和枕头，有些报价包含了把姓名刻印在棺盖上的费用。

他躺在窄窄的扫描机平台上，睁开眼睛，机器上方的隔板距离他的鼻子只有两英寸，他所能想到的只是他的前妻。

回到最初，那似乎就是他之所以断绝人际关系的缘由。她要当记者，而他要做经济学家、高级知识分子、经营管理者。他们在大学里认识，将贞操给了对方，至少他是如此。然后他们结婚。先是住在纽约曼哈顿上东区莱辛顿大道上一栋没有特色的新公寓大楼里。一住进去，她就嫌那里不够好，她要住在可以俯瞰中央公园的第五大道上。他们的婚姻从一开始就让他觉得挫败。本来是件幸福的事，是庆祝两个年轻人一起开始新生活的时刻，却变调成为被她批评一切都不够好。她将全副精神都投入工作，打定主意无论如何她都要得到她想要的。他很快就感觉到自己被忽略了。为了得到她的肯定，得到她的注意，他努力工作，结果变成一切都是为了钱。他要赚足够的钱来让她刮目相看，也要赚足够的钱来保护自己，于是生活的目的是为了赚大钱，用钱滚钱来聚财。股市里有那么多钱可赚，只要会判断，有眼光，推测正确，钱就都是他的。那是金钱的游戏。赚钱的乐趣是会上瘾的，他一直赢。他告诉自己，他已经赢了两百万，赢了一大笔奖金，赢了他周围所有严肃下注者的仰慕——他们认真地玩金钱游戏，结果钱都被股市吃掉了。他告诉大家，它只是个游戏，但那并不表示你不会赢，前提是你必须愿赌服输，不能耿耿于怀。钞票只不过是纸。

“因为你说得起那种话。”他们那么说。

过了一段时间，他真的说得起那种话了。他每天早上起床，每天晚上回家，都无需为钱担心。那是真的吗？可能吗？或者那只是他讲给自己的故事？

“快好了。”技师的声音透过麦克风在他的棺材里低声响起，打断了他的思绪。

他躺在扫描机的平台上想着他前妻。他干吗打电话给她？因为时差的关系，这时候纽约正是深夜，他知道她会在家？因为她是他儿子的妈妈？因为尽管她是个不可思议的、以自我为中心的人，他仍然爱她？为什么？

机器的嗡嗡声转变了音调，他也改变了思绪。他上次进医院是什么时候的事？他看向头上小小的镜子。他上次进医院是因为脚踝扭伤、打网球受伤还是严重的流行感冒？

本。本诞生了。他们怎么会有小孩？他们在想什么？他们曾经想要小孩吗？还是他们只是做一般夫妻都会做的事？就像人们会为圣诞节买一只小狗，只因为它系上蝴蝶结看起来好可爱。可是，谁会在半夜里去遛狗？

他想起本出生的那天。当他不再去想这件事时，却想起了所有的事：产房、咖啡机、焦掉的不新鲜的咖啡。一件事情导致另一件事情发生，他可以把自己放回那一天，那个重要的时刻：他妻子诅咒他，护士叫他别在意，因为“她的阵痛频繁到即将临盆了”。

本闭着眼睛，皮肤薄得像透明的，还没准备好面对人世间的一切。本睡着了，在被生出来的长途旅行之后休息一会儿，以保护他自己。本，他总是爱睡觉，出生后的前八个礼拜里都在睡觉。理查德总在结束一天的工作后回家去看看本。他在黑暗中站在摇篮旁听婴儿的呼吸声，碰触他，有时候一只小手会抓他的手指头，握住。

“比我预想的还久。”检验技师说。理查德躺到轮床上，眼睛往上看，迷失在回忆里。

回到急诊室，一位年轻的医生拉开帘子，坐到靠近他床边的一张小椅子上。理查德生平第一次感到自己老了，在此之前他甚至没意识到自己已经是中年人。

“当患者到了某个年纪，我们会更仔细地做各项检查，”年轻的医生说，“我个人不认为你是心脏病发作。你的心电图看起来很好，你的心脏酵素看起来也很正常。你现在觉得如何？”

“谁知道？”他说。

“还痛吗？”

“我不知道。”

“你不知道，这就有点奇怪了。你不是抱怨很痛吗？”

“难以忍受的剧痛。”

“现在呢？”

“有时候，当你没有感觉时，你无法分辨是比较好还是比较差，痛苦是来了还是走了。”

年轻医生低头看着病历，不知道该说什么他从来没听过这种话。“就像我说的，你的电脑断层扫描没有问题。心电图看起来也很正常。头部有跌伤或撞伤吗？”

“没有，”他说，“什么都没有。”

“有没有去特别的地方旅行？”

“我从来不去任何地方。”

“你喝了足够多的水吗？脱水是比一般人以为的更严重的问题。”

“我好好地喝了水。”

“我们有几个选择：送你去观察室观察二十四小时，追踪你的情况。或者也可以送你回家。”

“什么样的观察室？”他问。

“我们会给你接上监视器，观察你是否逐渐好转，”他迟疑了一下，“我个人的意见是，那是我无法解释的突发性疼痛。患者自述的许多问题，我们无法证明。我不会说你没有过病痛，它可能纯属意外，但已经过去了。”

“那是表示我疯了的客套说法吗？”他穿着皱巴巴的袍子，盖着薄被。

“很难知道该如何看待这种事。怎么说呢？偶发事件？反正，不要太钻牛角尖，接受它。发生了某件事，我们不知道是什么事。”他顿住话头，挤出笑容。“目前你没有死，那很好，是最重要的事。你还有时间。我们都不知道命运之神什么时候会吹哨子判我们出局。在那一刻来临之前，留意所有可能有帮助的信息。”

“所以，我应该庆幸我还活着。”

“我们都应该庆幸。”

“那种痛，实在令人难以承受。”

“依我看，你没事了，可以走了。不过因为你是医院的客户，所以，如果你要我送你上楼，我可以查看一下是否有空床。我们可以做更多的检查，我们总是能做更多的检查。”

他不想由自己做决定。他想要医生告诉他该怎么做。他感到困扰，心烦意乱。麻药未退，他因整晚没睡而筋疲力尽。“这里有音乐吗？我听到彼德、保罗和玛莉合唱团[①]的歌。‘天已破晓，现在是清晨……’”他跟着唱起来。

“你要留还是要走？”医生不耐烦地问。

“你没有英勇地努力揪出问题。”他自以为在开玩笑，但医生没有笑。“我要回家。”他说，感觉好像被人要求在一、二、三号门之间做选择。

“警示出现了，不要忽视它。虽然我无法告诉你那是什么，但并不表示它不曾发生过。继续追踪，去看看你的内科医生，说不定他会有其他好的诊断。每天吃两颗低剂量儿童阿司匹林，把它变成习

① 上世纪六十年代著名民谣组合。

惯。再说，它们蛮好吃的，被做成了像卡通《摩登原始人》的人物造型或太空人的形状。”

“你说像什么？”

“像我小时候吃的维他命，我到现在还在吃，”他从口袋里拿出一罐摩登原始人维他命，“我把它当糖果吃。橘色的威尔玛是我的最爱，再来是蓝色的巴尼和红色的宠物恐龙狄诺，我爱狄诺。我想给你一颗，可是我不能，那么做会违反规定。”

想严肃看待摩登原始人医生实在有点困难，他让理查德想起以前认识的一个人，他的工作是打扮成绅士牌花生广告里的花生先生。

“我是上帝，”与理查德为邻的另一边隔间里的男孩又在咕哝，“我是上帝。”

“我必须问你一件事，”理查德倾身向前低语，“虽然不关我的事，可是隔壁那位，她的头掉了吗？我看到某种东西掉下来。”

医生显然听不懂他在说什么。“我只是心脏科的医生。所以，你保重。希望我们不会太快又见面。”

当医生离开后，隔间用的帘子被拉开。她在那里。他知道她是谁，对她有点印象。她是众所皆知的谐星型甘草明星，像久未联络的姑妈，或是住在隔壁熟如家人的邻居。

“我也听到了那首歌。”她说。

“一定有人在听收音机。”

她的头用绷带包得像缠了头巾一样，脸上还带着明显的妆。

“他们送你进来时我在这里，”他说，“我看到某样东西……”

“我的头，”她的手伸进垃圾桶，“这是你看到的，我的假发。用百分之百的金色真发做的。它沾了不少血，我想是清不干净了。我家里还有另外一顶，可是得有人去帮我拿来，所以才拖到现在。我在等一颗新鲜的头。”

护士过来打断他们的谈话。“我负责帮你办理出院，”她对他说，“希望你对我们的服务还满意。”她微笑。“现在是凌晨三点二十分，外面的气温是摄氏十三度。今天会是一个美好的晴天。”她拔下他手上的点滴针头。“按住这里。”她取下心电图的夹子，拿掉他胸前的电极贴片，荧幕上的图立即变成一条直线，然后她关掉机器。“你被吓到了，是吗？”

他点头。

“我不该这么做的，可是我还是做了，我想让大家都有所警惕。他们会怎样？把我开除？说真的，我建议你继续吃儿童阿司匹林，然后进一步跟你常看的医生谈谈。万一你的症状又发作了，我们一个礼拜七天、一天二十四小时都在这里，整晚都运营。”

他坐起身，想要下床。“我想在回家之前先走动走动。”

“不行，”护士说，“你不能自己走出这里，除非有人来接你。不然就得要等到八点，我们用医院的贵宾礼车送你回家。我们会免费接送病患，但是得等到八点以后。你有朋友吗？”

他看起来不知所措。

“我给你叫一辆计程车吧！”

他拉上帘子，在床脚的塑料袋里找到他的衣服。他穿上沾着呕吐物的运动衫，顺了顺头发。他探出帘子问道：“你有牙刷或什么洗嘴巴的东西可以让我漱一下口吗？我的嘴巴臭臭的。”

护士递给他一片口香糖。“请享用。”

他坐在轮床上嚼口香糖，等计程车。

“你吃东西了吗？”他在离开时忍不住问那个瘦骨嶙峋的夜班挂号处职员。

“电池，”她说，“我是靠电池活动的，三号电池。”

他相信她的话。

医院把他交给比佛利山计程车公司。理查德踏进了洛杉矶的拂晓。天空渐显鱼肚白，新的一天即将来临。他坐在后座，按下车窗，探出头，像一只喜欢吹风的狗。司机喋喋不休，好似多嘴的酒保，什么事都说，叽叽喳喳个没完。“怎么了？喝了太多酒？被车子撞了？踩到钉子了？得了肾结石？被枪柄打了？”

他没有回答。现在他最不想做的就是向计程车司机告解。

“好吧，你要保密？我才不在乎。每个人都以为他们有权利保有隐私。他们知道什么？你就是这样才会生病，真的生病了，胃溃疡、结肠炎、癌症。我什么事情都会说出来，我干吗要保密？你可以问我任何事情。”

理查德没有回答。他没有问。

“好吧，让我在我们这一小段旅程中告诉你几件事。有问题的人才会在这个点儿还在路上。不是像我这种努力工作谋生的人，就是整晚不知道自己在做什么的疯子。”

他脑中响起急诊室里那个小孩说话的声音——我是上帝。

“在这个点儿上路的有两种。我不是指两个方向，我是说两种人：不是早起的鸟儿，就是晚归的夜猫子，没有其他可能。你可能会接早起的女孩去健身中心，或是载这时候才回家的怪胎。”

在他们前面，像是慢动作一样，一辆车冲过十字路口，差点撞上另一辆车，它转了半个圈，然后加速逃逸。在那电光石火的刹那，理查德和快要尖叫出声的司机对看了一眼。司机惊惶失措地望着他，然后生气地摇头。

“一定是音乐家。他们就是那样，不会开车。音乐家和墨西哥人都是不适合操纵方向盘的人。他们和老人都应该远离马路。还有女人，女人是最糟糕的驾驶……”

理查德看着沿路经过的建筑物：低矮的平房，棕黄色、褐色、绿色、红土色，这些伪装的颜色掩盖了地面。一间接着一间，一英里接着一英里，车行、瑜伽教室、手机店、假发专卖店、洗车店、美容院、家具交易中心。

他们经过一家有橘色霓虹招牌的店——“甜甜圈”。温暖的光线透出窗子。他们驶过了那家店，过了之后理查德才希望他们刚才停下来。他不能回家，还不能，不能这么快。他需要一点时间让脑袋清醒清醒，厘清思绪。

“事实上，”司机继续说，“大部分人都不该开车。开车这档事应该交由专业的司机来做。”

他倾身向前。“我必须回头。”

司机不理他。

“我刚刚想到我忘了东西。”

还是没回答。

“对不起，”他说，“我要回头。”

“回医院？”

“不，回我们刚刚经过的甜甜圈店，大约十个路口前。”

司机继续开。“你要我转回去？”

“是的。”他说。

“所以，你不要我载你上日落大道？”

“不要，我要折回那家甜甜圈店。”

“你只是要进去一下，还是说我就让你在那里下车？”

“我不知道，你为什么这么问?”

“我只是想知道，我是该把你放在那里还是在那里等你。医院打电话给我们，是要我们载病人回家。我应该载你回家。”

“我饿了，家里没人，所以除非我是被捕了，否则我想我有权利在甜甜圈店下车。”

司机在路口掉头。“你不是自杀性糖尿病患者吧？你是吗?”

他没回答。

“好吧，告诉我。我的意思是，你是不是只是进去一下?”

“你要点什么吗？我如果只是进去一下，你要吃点什么吗?”

“不要，我不想要，”司机说，“呃，或许要一杯咖啡，还有，你知道的，如果不是太甜，来个原味甜甜圈，嗯，或许两个，这样就够了。或者如果他们有加糖霜的、膨得高高的、上面有巧克力的那种，我就要两个。”

他们停在甜甜圈店前面时，理查德说：“我想我就在这里下车。你就把我放在这里，谢谢。”

“你的意思是，你不帮我买咖啡了?”

“不，我还是会帮你买你要的东西。我会进去，先买你的东西，带回来给你，”他下车，“你应该停止跳表了吧?”

“等你回来，我们再算。”

“那么，我连帮你买杯咖啡花的时间都要付钱给你?”

“得了，”司机说，“别一大清早就谈钱，伤感情。”

甜甜圈店里空荡荡的。站在柜台后面的男人微笑着。

“我要先买一些东西给外面那个人，一杯咖啡和两个糖霜巧克力甜甜圈。”

“安希尔。”男人伸出手。

"理查德。"他与男人握手，身体接触的愉快感觉令他惊讶。

"要加奶精和糖吗？"

"好。"他拿出皮夹。

安希尔摇头。"等一下再付。"

理查德拿甜甜圈出去给司机。计费表还在计费。"我该给你多少钱？"

司机啜了一口咖啡，计费表的数字还在跳。表上的车资显示是九美金二十美分。"就算十美金吧。"司机说。

"不是应该扣掉甜甜圈和咖啡的费用吗？"

"我以为那是小费的一部分。"

天空一片灰白。

"需要点什么？"安希尔在理查德回到店里时问。

理查德站在窗边，往外看着停在路旁的计程车，司机在吃甜甜圈和——什么？等他吗？他非要坐在那里惹人厌吗？或者是他太迟钝了，所以大剌剌地坐在那里，完全不知道他多惹人生气？

"你的心还在外面。过来，坐下，喝杯咖啡。"安希尔说。

"我实在搞不懂他坐在那里干吗？刚才他不想停车，现在他却坐在那里吃着甜甜圈。"理查德突然想杀掉那个家伙，想冲出去捶他的车——你不懂吗？这样会让人更讨厌你，你让这一切都令人生厌，你为什么要坐在那里？

"你要什么？"

理查德坐到高凳子上，看着安希尔。"咖啡。"

"不要甜甜圈吗？"安希尔问。

"好，甜甜圈。"

“哪一种？”

“最招牌的那种。”

安希尔倒了杯咖啡，把甜甜圈放到理查德的面前。“还是温的。”安希尔骄傲地说。

安希尔的某种特质让理查德抛开了对计程车司机的不满。甜甜圈店里有一种纯净的感觉。木质嵌板的内部是真正的老木头，灯光是微暗的黄色调，展示柜是厚玻璃做的。所有的一切看来就像上世纪四十年代的风格。

安希尔的咖啡也是热的，深色，浓郁；甜甜圈造型优美，金棕色，吃起来口感绵密厚实，不是太干也不是太甜。两者的品质同样完美。

理查德闭上双眼做了个深呼吸。

“你觉得如何？”

“天堂，”他张开眼睛，“我昨天晚上没吃饭。”

“要我给你炒个蛋吗？”

“你的菜单里没有蛋。”

“那不代表我不能炒蛋。你昨晚为什么没吃饭？”

理查德本来没打算说的，却又忍不住吐露昨晚的经历。“我痛得不得了。我去急诊，他们以为我心脏病发作。”他大声说着，好像在对不同语言的人说话那样，生怕对方听不懂。他拍拍胸前的位置，仿佛认为安希尔可能不知道心脏在哪里。

“我以为我快死了，”他说，“我打电话给我前妻，她住在纽约。”

安希尔笑了。

“有什么好笑的？”

“通通都好笑。你活着，你现在在吃甜甜圈。那不是健康先生会吃的东西。”

“我以前从来不吃甜甜圈，所以我现在要吃一个。我是健康先生。我吃营养师为我调配的谷类食物，那东西吃起来像木屑。我喝不含乳糖的牛奶。我从不违反规则。”

“让我帮你做早餐。”安希尔说完走进厨房。他继续透过墙上的一个洞跟理查德讲话。“这里以前是遵守犹太教规的面包店。以前这附近是犹太区，现在住的都是像我这样的移民和头发卷曲的老犹太人。美国是赚钱的乐土，每个人都可以自己开店。看看街上有多少家店。”他打了颗蛋到锅里。“我刚到这里的时候在修车厂工作，修理车子。在我的家乡，我是个汽车业务员。你开什么车？”

“我有一辆奔驰车，可是我不常开。”理查德闻到炒蛋的味道。

“你应该经常开车。你住在洛杉矶，只要去上班，就得开长途车。”安希尔给他倒了一杯柳橙汁。理查德无法告诉安希尔他不必上班。他已经很多年没有出门工作了。他忘了上班的滋味。

“你开哪一种车？”

“别人用过的车。各种车，福特、雪佛兰，上世纪七十年代那种坚固的车。在这里他们叫它‘二手车’。我比较喜欢做甜甜圈。做这一行，我太太能帮我，我弟弟也可以一起做。我雇了好几个人。结果医生怎么说？你的心脏有什么毛病？”

“他们也不知道。”

“对聪明人来说，美国人很蠢。”

理查德点头。

“在美国，每个人都是大人物。他们拥有好多东西，可他们还想要更多。在我的国家，我们全都是小人物，简单多了。在这里，人们总是努力想做别人。他们去看医生，做个新鼻子，把胸部弄得更大。他们为什么不喜欢他们原本好端端、不会受天气影响的鼻子呢？”他说得好似这一切都这么显而易见，这么滑稽荒唐。

“总是和天气有关，是不是？”埋查德找话说，“我们为了天气而来这里定居。”

“你从哪里来？”安希尔问。

“纽约市。”

“我也是，”安希尔兴奋地说，“我在勒诺克斯山医院出生。我妈妈来美国探亲，结果我提早出生。要是在我自己的国家，我可能已经死了。我在医院里住了一个月才能回家。现在我四十一岁。我四年前回到美国，想干出一点事业。”安希尔倾身向前。“我不懂，在美国，为什么每个人都假装瞎了？他们练习当瞎子。他们走进车里，打手机给某个人。他们害怕独处，可他们又不看他们周围的人。看看你的盘子。”

理查德垂下眼看，他的炒蛋摆在一个漂亮的旧盘子上。

“我不叫你看，你就不会看，”安希尔笑道，“我在帕莎迪纳的跳蚤市场买到它们。我喜欢看客人坐下来，在这里停留。可是大家都要外带，都在赶时间。如果有人坐下来，我会给他一个漂亮的盘子和一杯好喝的饮料。如果他待在店里，我会免费给他续杯。如果外带，他会喜欢上面印着‘永远乐意为你服务’的纸杯。这家店刚开张时，我用特价买进印着男星凯文·柯斯特纳的纸杯。人们喜欢进来要一杯柯斯特纳带走。而现在，如果一个女人进来，如果她点了茶，我会给她一个合适的杯子。女人不吃甜甜圈。”他失望地说：“可是那对我来说比较好。虽然我喜欢女人，但如果我的店里都是女人，我太太会很生气。”理查德忍不住想象一群像达拉斯牛仔拉拉队那样的女人挤满这家小店的情形。

安希尔把各式各样的盘子摆在柜台上。“人们应该付出更多的关怀。每个人都要别人关心自己，可是没人去关心别人，”他排好盘子，“你觉得呢？”

“很漂亮。”理查德说，他想象移民来美国的甜甜圈店老板在跳蚤市场里走来走去，为了买盘子讨价还价。

“试试看这个。”安希尔说。他把一个上头沾着椰子粉的巧克力甜甜圈放在一个小盘子上，送到理查德面前。他热切地看着理查德和甜甜圈，好像这是个可以把理查德的病治好的甜甜圈，好像某些甜甜圈对某些疾病有益，好像甜甜圈有治病的能力。

理查德咬了一口甜甜圈，香甜丰富的奶油从旁边挤出来。他舔舔手指。“好吃。这是什么？”

“里面是杏仁口味的奶油，外面是巧克力糖衣外加撒上椰子粉，我自己发明的。我给它取名叫做满是奶油的梦思。”

“梦思？你可能需要改名。”

安希尔不解地瞅着他。

理查德指向他的裤裆。“梦思是女人下面那里长毛的地方。”①

“椰子粉塞在你的牙缝里还真像阴毛，”安希尔笑着说，“它们很畅销，警察尤其喜欢。”安希尔笑得更大声，连理查德也跟着笑。“我的顾客有警察、庭园设计师、计程车司机。我来加州想闯出一番事业。我开店后的第一个礼拜，被一个上过电视的人抢劫。我看着他说，我认识你，你上过电视。走开，改天再来买甜甜圈。”

“他走开了吗？”

“他用枪打我，抢走了我所有的钞票。”

---

① 这里是梦思（mons）发音的谐音。

"他抢走你赚的钱？"

安希尔点头。

"太惨了，"他吃完早餐，"你是个好厨师。你应该开一间餐厅而不是一家甜甜圈店。"

"我是一流的甜甜圈师傅，"安希尔说，"唐金先生①不会把我看在眼里，可是我知道我的甜甜圈比他的好吃。我做的是真正的甜甜圈，有人性的甜甜圈。我不会因为做甜甜圈而致富。甜甜圈不是金唱片，甜甜圈没有票房保证。可是每天早上，每做一个甜甜圈，我就很快乐。"他又笑了。"我数着我的甜甜圈，感到很幸福。"

"你很努力地工作。"

"我有时候不回家。我就打电话给我太太跟她道晚安，然后睡在这里。你来的时候，我还没营业。可是我看到你，就不忍心赶你走了。"

"你晚上一个人不害怕吗？"

"我开着灯睡觉。"

他们沉默了几分钟。外面，天色渐渐亮了，往来的车辆开始多了。有人进来买外带的咖啡和甜甜圈。

"我应该叫一辆计程车。"理查德说。

"不必叫，计程车司机很快就会来了。换班的时候，他们会在停车场交班。"

果然，大约十分钟之后，来店里吃东西的几乎全是计程车司机。

理查德离开之前，安希尔给了他一大盒甜甜圈。理查德掏出皮夹，可安希尔不肯收钱。

---

① Dunkin' Donuts 为美国最知名的甜甜圈连锁店。

“你如果不让我付钱，就是糟糕的生意人。”

“这和钱没有关系。”

“我知道了，但还是请你收下钱。除非你收下我的钱，否则我不回家。这是美国的规矩，你一定要收下我的钱。”

“你伤害了我的感情，”安希尔说，“我以为我们是朋友。”

“你的甜甜圈是有人性的甜甜圈。”理查德说着，把钱放在柜台上。

“你或许以为你是有钱人，因为你有很多钱，可是总有人比你更富有。我富有，因为我的心在甜甜圈店里。”他把钱推开。

理查德看得出来安希尔是认真的，他把钱收回。“好吧，让我为你做点什么吧。”

“我想开你的车，”安希尔说，“我从来没有开过奔驰车。”

理查德点点头。

“明天见。”安希尔说。理查德不知道他刚才说的是不是玩笑话。

“再见。”他离开了充满希望的甜甜圈店，吃了早餐，带着放在他旁边座位上的一盒甜甜圈。他感觉很好，心情愉快。

他幸运吗？他是不是逃过了某种危险而幸存下来了？他感觉仿佛旅行到了很远的地方，感觉时间被暂停。或许这就是它，这是幸运，全都该如此这般。或许该这么想：他多么幸运啊。他有个功能良好的鼻子。天气也很好，还有什么好要求的呢？或许每个人都运气很好，只是他们没有注意到。即使事事都不如意，也觉得幸运，这样想会很蠢吗？

他打出来的嗝充满了咖啡味、鸡蛋味和甜甜圈味。想到安希尔，他笑了。

“一大早起床的感觉不错，是不是?”司机从后视镜里捕捉到他的微笑，“我以前做夜班时，总觉得自己像个鬼鬼祟祟的怪物或吸血鬼。说到咖啡，那时候我喝太多咖啡，即使开了十二个小时的车下班，我仍睡不着。回到家，身体会发抖。”

理查德点头。计程车爬上坡。当他们越来越接近他家时，他的思绪也越来越乱。甜甜圈和咖啡的结合，在胃里变成有害的混合物，胃酸、糖、变质的东西、冷硬的撞击。他不想回去。他不能回家。他心生恐惧，很想告诉司机继续开。他报错路名了。他不想下车。

计程车在他家前面停下。他下车，站在路边，手里提着一盒甜甜圈。

他可以站在外面等到西西莉亚来上班，假装他忘了带钥匙被锁在外头。他可以坐在门前的台阶上，承认他害怕回家。

他可以对着每个路过的人大叫：“我害怕。”他可以对送报的男孩说：“我害怕。”

他强迫自己走到大门口。草地是湿的，挠他的脚踝。他在急诊室时没有把袜子穿回去，因为袜子上沾着秽物，所以他把它留在那里了。棕色的袜子。他再也不想穿棕色的袜子。他再也不想穿任何袜子。穿鞋不穿袜子会让皮肤磨擦起水泡，但谁在乎呢?他再也无法掩饰所有的事情。他必须去感觉一切。

“早安。”他叫道，打开门。

“早安。”他期待有人回答。

亚光的不锈钢厨具散发出沉静摩登的光泽。每一样东西都排列整齐，完美地摆放着，完美地洁净着。左边是客厅，搭配得宜的白色沙发、名牌休闲躺椅、玻璃表面的沙发桌、比利时手工长毛地毯。

每一样东西都因它们的美丽和完美而雀屏中选。他要的就是这样：可支配、精确、井井有条。他刚搬来这里的时候买下了这些东西。墙上挂着画，那是连博物馆都渴望得到的名画。他一搬到洛杉矶就拟好计划。他告诉自己，要建立新的人生，美好的人生。他要将优雅名贵的东西纳入他的生活中。他告诉自己，他会努力工作，要用证据来环绕他自己，证明他事业有成，身有恒产。他应该用艺术来装点他的家，那样的话，在某种程度上，他自己也会变成艺术。

屋子是静止的，紧绷的，宛如憋住气一动也不动。他深深地呼吸——没有味道。屋子里一点味道都没有，闻起来只有干净的、像柠檬和钞票的味道。

熟悉的舒服感突然变成不舒服。太舒服了，所以一点都不舒服。

他放下甜甜圈盒子，打开。他如果吃一个，心情可能会好转。他点兵点将，点到哪个就吃哪个。哪一个会令他心情好转？原味甜甜圈。安希尔叫它“经典”。

理查德看向微波炉上的时间，五点三十七分。将近十二个小时，从他打电话求救那一刻，已经过了大半天。

客厅里有垃圾，是事故发生时散落的残余物：拆点滴包时留下来的东西、他们把电极贴片贴在他胸前时剥下来的半圆形物以及上面有一大块血迹的棉花球。

出了什么事？

他脱下运动衫，抚摸胸膛，他的胸毛上仍有黏黏的导电凝胶。

整件事可能是一场奇怪的梦，一个幻觉，只不过他有证据：那些垃圾和黏黏的东西。像一桩外星人绑架事件，他被绑架了，被彻底调查了一番，然后被放回来，猜不透到底出了什么事。他还是他自己吗？他原本是什么模样？他不记得了。

他站在屋子的尖角处，两块厚窗玻璃相接的地方，尖角向外突出于山坡上，像船的船头。在他左下方有块空间凹陷下去。他看着它，觉得它愈来愈大，愈来愈深。

“警示出现了，不要忽视。”医生那么说。

前方是许多屋顶，有西班牙砖的屋顶、现代的平面屋顶、尖顶的石板瓦屋顶。房子和房子之间是苍翠蓊郁充满生命力的绿色植物，还有紫色与黄色的花、有玫瑰和柳橙树，间杂着零星的、像红辣椒那样的鲜红色，一派繁花盛放的景象。

她在那里，在他房子下方，穿着蜂鸟红的泳装，在蓝色的水里游，那样有力量、有决心。她碰到游泳池的池壁，翻转身，划水，再划水。她的头转动，抬起来呼吸。当她游泳时，他通常在跑步机上边跑边看着她游，可是现在他害怕运动，害怕他的心脏出问题。他想象自己在水底，没有空气，窒息。在他想象的时候，他感觉到了它。

她停止游泳，拿下蛙镜，抬头看。

对下面的女人来说，他只是一个在注视她的半山住户。

他无意中碰到窗玻璃。凉凉的。他把脸颊、鼻子、嘴巴都贴近玻璃，然后做了一个深长的呼吸，缓慢悠长地吐出一口气，玻璃因此起了雾，有好一会儿，一切都模糊了，连那个游泳的女人都不见了。

他站在窗前，等待他的人生重新开始。

“你还好吗？”管家西西莉亚问。

“为什么这么问？”

“你一直站在那里凝视窗外。我已经来了十五分钟，你却动都没动。你没穿你早上总穿的衣服，也没戴耳机。你确定你没事吗？”

他不知道要不要说出来，要不要告诉她昨天晚上的事。他决定表现得正常，表现得像什么事都没发生过。

“我没事。”他说。

“那盒甜甜圈是从哪来的？基金募集处的人送的？小孩挨家挨户推销的？”

“我在回家的路上买的，你拿去吃吧。”

她看向盒子上的地址。“你干吗大老远跑去那里？”

“我饿了。”

她看起来像是受了侮辱。“你知道无论你需要什么，我都会带来给你。你只要打电话给我，我就会带上来。我负责做好照顾你的工作。你的冰箱不是装满了健康食物吗？你不像是会做这种事的人。”

“我偶尔会做这种事。”

“我可以把甜甜圈带回家，以免被你吃掉，”她说，“可能我自己会吃掉。我应该抗拒诱惑。”她拿起盒子，丢进垃圾桶。“没有比吃别人的垃圾更可悲的事了。你现在想吃早餐了吗？”

“我想先冲个澡。”他说。

“我只能说，祝你幸运，因为你今天很不像我认识的你。我希望你有变得不一样的好理由。”

他打开淋浴间的活动天窗，蒸气像烟那样上升。他想象自己能够用浴巾发出信号或讯息，传送至上面的峡谷。想到急诊室之旅，他起了一身鸡皮疙瘩。他刷洗身体，想刷去昨夜的气息。他身上还贴着两个电极贴片。他手上的绷带脱落了，被冲到排水口附近。

他努力遗忘，然而那一段记忆依然在他的脑海里上演——灯光、医护人员、用稀酸消毒的味道、自称上帝的男孩。

他想象那个护士早上回家时的情形，很高兴她不是独自一个人度过漫漫长夜。“只要我的膝盖受得了，”她说，“我就会继续做下去。”她是个好护士，一个非常好的护士。他想象她家厨房里有许多用钩针编织的锅垫以及用钩针钩出的母鸡和小鸡图铺在窗台上。她是个深爱她丈夫的好女人。他想象她给自己泡了杯茶，然后没有脱掉护士服便躺在沙发上睡着了。她不想进卧室，不想换上睡衣，却无法假装她不孤单。

他一边穿衣服，一边瞄了一眼电视里的金融行情报导。急诊室之夜并没有让他损失多少，事实上，他的财富可能还增加了一点。新闻播出女演员撞车的连续镜头，他们报导八十七岁的女明星伤势严重，但生命迹象稳定。她真的有八十七岁了吗？他想他可以打电话给她，她会记得他，他们曾正式地相处了一会儿。嗨，是我。你的头好些了吗？摆正了吗？还行吗？

他瞥了一眼时钟，发现自己落后于时间表了。他不喜欢从一天的开始就没有按表操课。他拿起电话。纽约市还是清晨。他要说什么？嗨，本，现在打电话给你合适吗？我没有打断你正在做的什么事吧？我想我们可以聊聊。本，我是你爸爸。本，我想我们的关系如果能再亲近一点应该不错。本，你妈妈在家吗？她还在跟她的健身教练上床吗？你妈妈是只对我一个人冷淡还是她对每个人都那样？你注意到了吗？本，我可以这样叫你吗？我可以叫你本吗？

一个含糊的声音接起电话。“喂？”

“本，”他顿了一下，“本，我是你爸爸。”

“怎么了？”

“没事。”

“出了什么事？”

“你妈没有跟你说什么吗？”

“我没有见到她，我在我自己的房间里。我很晚才睡。她可能留了字条，她会在厨房留字条给我。”

“我昨天晚上打电话给她。我不舒服，很痛，整个人像椒盐卷饼那样打结。我去了急诊室。当我在医院里的时候，我想到上一次进医院是在你出生的时候。”

“你为什么痛？”

“我不知道，可能已经痛了一段时间。我回忆你刚出生的时候，你妈妈很平静，我站在她旁边冷汗直流。”

“我是在热浪来袭时生的，当时热得打破所有的气温纪录，从来没那么热过。”

“是谁告诉你的？我不记得有那么热。”

“你弟弟，泰德叔叔。他给我看我出生那天的《纽约时报》。破纪录的高温，东岸所有的活动都停止了，纽约几乎陷入黑暗。”

“好了，我不想耽误你太多时间。”

“你不会死吧？”

“不会，现在不会。今天不会。”

他的早餐在等他。报纸放在桌旁，就像他喜欢的那样，一份叠着一份：《金融时报》《华尔街日报》《纽约时报》《洛杉矶时报》。也许他该试试停掉其中一份报纸，看看会怎样。或许应该停掉两份，谁会看四份报纸呢？

西西莉亚替他做好特制奶昔：冷冻的有机蓝莓、两匙奶昔粉、一匙强化肌肉粉、一匙蛋白质粉、半根香蕉、半杯优格，一起放到果汁机里打到极细。他有个特别的碗，用来装谷类食物和不含乳糖的牛奶。还有热水冲泡的草药包，尝起来像柠檬香味的蜡油。他劝自己要喝下，尽量去喜欢含蜡的口感和化学气味。

他吃着早餐，没告诉西西莉亚他已经吃过了。他做他平常总是一成不变地做的事，因为这样比较简单，省得多费唇舌。

坐在餐桌旁，他试着表现得像往常一样，接着他拿起电话打给他弟弟。电话被接起后又掉了下去。“对不起。”他弟弟说。

“我是理查德。”

“你好吗？”

“我很好。我只是想联络一下。你那里的天气怎么样？”他问，不是因为他在乎，而是因为他不知道还能说些别的什么。在此之前，如果问理查德关于他弟弟的事，他会说他们“相当亲密”，但事实是，他不记得他们上次聊天是在什么时候。

“很好，”弟弟说，“天气很好。”

“在下雨。”理查德听到他弟弟的太太梅迪丝的声音，她接过电话。“整个礼拜都在下雨，”她说，“他从来不会注意任何事情。你一切都还好吗？”

我不舒服。我在痛，痛到打结。我去急诊。“都好。”他说。

弟弟又把电话接过去。“我上礼拜跟爸妈聊过，他们很好。我搞不清楚他们做了多少事，他们似乎为自己找到了全新的人生。”

“我把一只鸡从冷冻库里拿出来了。”梅迪丝没有特别对谁说。

“我正要出门，有点来不及了。我今天下午从办公室再打电话给你好吗？或是今天晚上，我今天晚上打电话给你好吗？”

“当然可以，没问题。”

梅迪丝又接过电话。“我们很想见到你。你不妨过来跟我们住几天？”

“我打电话来有 部分的原因就是为了这个，”理查德说谎，“我要去波士顿处理生意上的事，你们如果有空一起吃顿晚餐的话，我想见见你们……”

“有空吃晚餐？你可以住在我们家。”

“我住饭店就好了。我还不确定什么时候会去。”

“我们仍住在老地方，”她说，“布鲁克林，栗树街二八九号。”

他上网寻找他父母发给他的电子邮件，他是收到那封信的三十二个人之一。他找到了，他们得意洋洋地宣布他们的旅游计划。“快到我们每年的迁徙时间了。我们刚从拉斯维加斯回来，充满活力。去年夏天我们去阿拉斯加的航程很愉快。非常美味，”她写得好像他们吃掉了一条冰河，“我们期待看到你们所有人。请来看我们，跟我们一起打高尔夫球和网球，做做水中有氧运动，晒晒太阳。既然已经有这么多皱纹了，再多几条也没什么。”

他依照信末的联络方式打电话过去。他妈妈接了电话。“这里天气很好，我们刚吃完午餐，现在要去打高尔夫球了。好吧，我没打，因为我的膝盖和背受不了，不过，我开高尔夫球车。今天晚上有场艺术欣赏会，一个来自博物馆的年轻帅哥要来谈 M 开头的画家们，马奈、莫内和马登。你听过他们的名字吗？”

她说得好像他可能是任何人。等到她顿住话头，他又再说了一次他是谁。

“我知道是谁打来的，”她说，“我该说什么？好久不见？”

“我只是想打个招呼。”

“我们实在不太相信你说的话，”他妈妈说，她用我们这个词来强化双倍的力量，“你最近跟你弟弟讲过话吗？”

“你比较信任他吗？”

“我们比较了解他。他每个礼拜六都打电话来。我们喜欢安排好时间。我们很忙的。你爸爸交了很多朋友，我们总是和这个或那个见面。而你，你在做什么？”她问，好像她希望他做出一番丰功伟业，譬如维护世界和平或治疗癌症之类的。“你在上班吗？”

“我退休了。”

“真丢脸。”

他感觉自己的怒气在增加，但他没说什么。

“我们搬家了，”她说，“我们住在一个以前不存在的地方，一个新社区。我们什么都不必做，除非我们想做。我们如果不想做晚餐，只要拿起电话，他们就会送餐来。如果需要换灯泡，他们也会立即来处理。我从来没看到过人们如此努力地工作。他们甚至能在半夜送来点心。而且我们有朋友，我们会聊一年打一次电话来的孙子——嗨，奶奶，你记得我的生日吗？我们都知道那是什么意思……”

西西莉亚正在用吸尘器吸地板。他故意走向她。她试着走开。她拉起吸尘器的软管，机身像只电动小狗，匆匆跑过去。他追着她，她拉着吸尘器跑。

“你在哪里？怎么那么吵？听起来像在火车站。”

“我会很快再打给你。”他说谎。

等他挂断电话，西西莉亚摇头表示不满。“人们不会在平时打这种电话，只会在晚上和周末打。”

他看起来很困惑。

“没事的晚上和周末。”西西莉亚说。

电话铃响。“我来接。”他喊道。

西西莉亚已经接了，在他背后接起电话。“是的，”西西莉亚说，

"都会有人在家。谢谢。"她挂断电话。

"谁打来的?"

"花店，他们想知道家里有没有人可以收他们要送来的东西。他们曾送去医院，可是你不在那里。你有话要对我说吗?不管是什么我都不会惊讶。我觉得你一定发生了什么事……你将近一个月没出门了。"

"真的吗?"

西西莉亚点头。"二十四天，我数着呢。我本来想说些什么的，可是我想那不是我份内该说的话。你坐在电脑前面太久了，我甚至以为你会在黑暗中发光。"

她将清洁剂喷在流理台上。

"你每天都打扫吗?"

"每天打扫不同的地方，总是有事情要做。"

"那我平常做什么?"

"你坐在电脑前，脑子里在想事情。有时候人家来见你。有的是你以前的同事，有的是那些想卖东西给你的人，他们给你看一些画的照片。"

他点头。"然后呢?"

"你什么都没买。你以前会买，可是近几年都没买。"

他关上卧室的门，在里面打电话给他的医生，预约看诊。

"我可以帮你安排在两个礼拜后的早上十一点，安德森医生的门诊。"

"我不认为我能等那么久。"

"如果是紧急状况，你应该去急诊室。"

"我刚从急诊室回来，他们叫我尽快打电话给我的医生。"

“你怎么不早说？我可以帮你安排新来的卢萨迪医生，今天下午。”

“新来的也没关系。他是个医生吧？”

“哦，他不只是医生，他什么都会。我们跟你约三点半。记得要拿停车票来盖章，这样我们才能让你免费停车。”

他换了衣服走进健身房，教练已经在里面。这是不成文的规矩，他们不会让你等待，你是为了方便才找私人教练，你是付钱的老大，要照你的时间表走。

“你好吗？”她在他躺到垫子上时这么问。

“我今天早上没有上跑步机。”他说。这可能是几年来他的第一个没有踏上跑步机的早晨。

“休息一天没关系。”教练说。

“我不是休息一天，我是错过了一天，”他说，“那不一样。”

她举起他的腿。“这样如何？有感觉吗？”

他点头。

“哪里有感觉？腿筋？”

“小腿比较有感觉。”

“现在呢？”她调整他的脚。

这场奇怪的对话是关于他的肌肉、他的股四头肌和臀大肌的感觉。对话显得很亲密，却又不可思议地疏远，谈的并不是他的身体，而是一具躯体。

“你的手上有一大块淤血。”她说。

“是昨天晚上弄伤的。”他没说清楚。

做到一半，当她把他的腿往头上方抬时，他又感觉到了——痛。

“你在流汗，”她说，“流很多汗。”

他在流汗吗？他在哭。无声的泪水流下他的脸。

“哦，不，”她说，“怎么了，我伤到你了吗？”

就在她说“我伤到你了吗？”的时候，他哽咽地哭了出来。对一个从来不哭的人来说，他完全不知道竟有这么多种不同的哭法。

他在哭，而她轻拍他的背，仿佛要让他打嗝排气一般。“你还好吗？把闷在心里的东西发泄出来，或许是件好事。”

他还在哭。

“你需要拥抱吗？”

他摇头表示不要，停止哭泣。

“让我们来做点别的。你能趴下来吗？”

他很高兴能转身面朝下。“我昨天晚上不舒服，”他坦承，“我去看急诊。我想我还没恢复。”

“你应该打电话给我的，”她说，“我们可以另外安排时间。”

“我不想取消，”他说，“我想像平常一样，可是我做不到。”

“没关系。”她说。昨天晚上他们抬他上救护车时也说过同样的话。他很高兴他们来帮助他，那些人郑重其事地照顾他，没有让他停止抱怨或振作起来，只是继续执行他们的工作。

她将他滚回来，背躺下。“你尽管哭，”她说，“没关系的。有时候就是得哭个痛快。”

健身教练还没走，花就送来了。百合，死亡之花，浓郁到令人难受，甜腻到令人恶心。西西莉亚将花捧进健身室给他看，然后又拿着花去找花瓶。健身时段结束后，他走进客厅。花放在沙发桌上，看起来很大一束。奇怪，跟这里不搭。

他站在窗前往外看，等看到时为时已晚。一只小鸟以俯冲之势飞过来。他们眼睛对着眼睛，然后，重重的“砰”一声，它撞到玻璃。就在他面前，原本活生生的小鸟在撞到玻璃后，百分之百地死了，掉到地上。他走进厨房，找到一只大汤匙，然后走到外面，挖了一个洞，埋葬了小鸟。他再走进屋里，拿起花，放到小鸟的坟上。

稍后，她打电话来。“我只有一分钟，”她说，“你真了不起，害我昨晚没办法睡觉。你有臆想症，常常怀疑自己生病了，你总是脖子酸、背痛、头痛。”

“他们在医院不是那么说的，没人说我有臆想症。”

“他们太客气了。”她说。

“我今天早上跟本通过电话。”

“他有没有告诉你旅行的事？”

“什么旅行？”

“他要开车横越美洲，就像《在路上》那本书一样。本和巴思要在暑假时一起旅行。我跟他们说，他们可以开我的车。”

“保时捷？”

“不是，我早就把那辆车卖掉了，现在是富豪休旅车。”

“听起来蛮有趣的。”

“他们计划今年夏天待在加州。”

沉默了一下。本没有跟他提起，或许本不想让他知道。本要来加州了，令人兴奋又害怕。他的机会来了，但他却感觉自己好像已经搞砸了。

“谢谢你的花，”他说，“我已经好好欣赏它们了。”

“我送了花吗？哦，我真好。”

“很高兴知道你对我还有感情。”

“理查德，我有感情，我只是没时间。”

午饭后，设计师过来商量客房要漆哪种颜色。她在房间里走动，摸摸墙，好像在感觉什么。“你决定了这个房间派什么用吗？在赋予它个性之前，我们需要知道它的用途。”

它本来该是本的房间。十三年前，理查德刚买下这栋房子时，他兴奋地跑去买男孩的房间该有的那些东西：像车子的床、织着道路的地毯、一推就会走的玩具卡车和小男孩会喜欢的其他东西。他想，圣诞节前，房间会布置好，然后他会飞去纽约接本过来，他还太小，不能单独搭飞机，等他们一起住上两个礼拜后，他会送他回去。可是她收到一个邀请，不管是去哪里，听起来都比来他这里好。他如果不让他们母子一起去就太自私了。

“你下次再来带他去，”她说，“以后还有很多圣诞节。”

他暂时停止订购家具。然后是春假，本感冒了，不能搭飞机。然后是暑假，又有别的理由。本来应该是一个月一次的父子会面，变成了两三个月见一次。理查德会飞去纽约待一个礼拜左右，但回来后总是感觉更糟；本也曾飞到洛杉矶一两次，可总是不适应，从来不觉得那是他的家。现在它只是个房间，一个有一张床的普通房间。西西莉亚跟她老公吵架的时候，曾在那张床上睡过七个晚上，此后每当她和她老公有些不愉快，她就住上一晚。

“这是一间客房。”理查德说。

“你要放两张单人床、两张双人床还是一张大床？”

“一张双人床和一张书桌。”他说。

设计师把油漆色卡搭在展开的铝尺上，拿着它们在房间里挥舞，查看它们跟光线的搭配效果。她打开工具箱，做了些混合工作，把四个不同颜色的试样漆到墙壁上。她等了几分钟，又考虑了一会儿，最后决定采用带点紫的白色。“这个颜色比较干净，”她说，“明亮，但不具侵略性，这很重要。我会叫油漆工在周末之前来油漆。”

“好。最好在事情起变化之前马上开始。”

“我要出门了，”他对西西莉亚说，“我有约。”

他把车开出车道时，看到下沉的凹地，像月球表面的坑洞，几乎是个完美的圆形，直径约十英尺。这么圆的一个凹陷让他紧张，他想到在靠近山下的电线杆上看到的标语：看到幽浮了吗？你并不孤单……跟我联络。

“你要我先帮你盖章停车票吗？”接待员问。

“好。”

“你今天看起来很帅，”接待员在接过他的停车票时笑道，“我喜欢你的衬衫。有一次我到百货公司的服务柜台，把我的停车票放到桌上，对那个小姐说，‘强奸我。’①那可把我们两个人都吓了一大跳。”她笑着说，伸舌舔了两张方形的印花，压到停车票上贴住。“你可以免费停车一个小时，”她把停车票交还给他，“跟我来。”她领他进了一个房间，帮他量体重、血压、体温，要他上诊疗椅。“别拘束。你想看杂志吗？”

“不用了，这样就好。”

“我知道，”她眨个眼，“医生马上过来。”

---

① 强奸（violate）与盖停车票（validate）的发音接近。

“我能为你做什么？”卢萨迪医生问。他快步走进房间，白袍随之飘至。

“我之前很痛，非常痛。他们以为我心脏病发作，送我去医院急诊。”

“你现在觉得怎样？”

“很好。我觉得很好，可是我记得当时的痛苦。我不确定我是想起了痛苦或是我还在痛。”

卢萨迪翻阅病历。“你上一次是七年前来看肺炎，”医生示意他脱下衬衫，“你的生活习惯如何？规律吗？你通常是怎么过一天的？”

“我早起，”理查德说，“每天在跑步机上跑步。健身教练会来我家，营养师一个礼拜大约来两次。有时候我会找人来帮我按摩。我努力保持健康。我看四份报纸。我很少出门。”

“那是避免发生意外的一种方法，”卢萨迪说，“我要给你做个心电图检查，虽然我相信你昨天晚上已经做过了。”他用脚把机器拖向理查德，打开一包电极贴片，把它们放在理查德的胸膛上。

心电图感觉像测谎器：医生问他问题的时候，会有曲线不断跑出来。这令他分心，很难保持平稳的心跳。

“你是突然痛的，还是慢慢痛起来？”

“我不知道。我好像感到有点痛，然后突然间，痛得要命。”

“再形容一下。”

“很深的，没有止境的痛，好像触角般扩散开来，从我的双肩到双手整个纠结在一块。”

心电图在晃动，卢萨迪转动机器，让它停止。

“痛扩散到多远？”

“一直扩散下去。”

"你结婚了？离婚了？有小孩吗？监护权归谁？"

从来没有医生问过他这些涉及隐私的问题。"一个儿子，和我前妻住在纽约。"

医生点点头。他坐下，跷着双腿。"休息一下，让我们看看心电图跑出来的结果。"

"我痛得流眼泪。我今天早上又哭了。以前我从来不哭。"

"你小时候曾经受过什么创伤或被虐待吗？"

"我父母是犹太人，"他说，"我今天早上打电话给我妈，她认为我是个没用的人，因为我退休了。"

"经济大恐慌的心态。"

"是这样吗？只是沮丧？沮丧会引起身体上的痛吗？"①

"我的意思是，你的父母是出生在经济大恐慌时代的人。我要给你抽一点血，进一步检查看看。"

卢萨迪很特别。他的毛发比大多数人多，看起来像是一天必须刮好几次胡子的人，胡子浓密，头发很厚，简直像戴着一顶钢盔。而且他似乎太年轻了。

"你是哪一科的医生？"

"心理内科，这是新的科目。我的医学前辈们了解到病人不只是想做检查而已，他们也想对医生倾诉，所以他们在耶鲁大学的研究所设了这个特别的科。我是第一届毕业生，全美共有八位毕业生，四个在纽约，三个在洛杉矶，一个在佛罗里达。"

"你们对生命有什么特别的见解吗？你们希望病人怎么做？"

"观念一直在改变。"

---

① 经济大恐慌与沮丧在英文中都是 depression 这个单词。

“我必须知道我的痛不是假的。”

“你所谓的假是什么意思？你怀疑你捏造出你的痛苦？我不这么认为。”

“我为什么会这么痛？”

“我不知道，我们才刚见面。你要复诊吗？”

“我必须如此吗？”

“由你决定。”

“你有没有看出什么我应该知道的问题？我出了什么毛病？”

“你会痛。”

“我在这段期间该怎么办？”

“活着。”

他离开诊所，感觉不舒服。他既喜欢卢萨迪又觉得被占了便宜。他在心里给卢萨迪取了个绰号叫蜥蜴。看过蜥蜴医生后，他开着车，不知道要去哪里。他只知道他不能回家，还不能。

他又把车往山下开去，沿着日落大道开。他要带自己去喝杯酒，吃顿饭。

到了四季饭店，他把车钥匙交给代客停车的小弟，然后向酒吧走去。

“需要什么？”

他以前喝什么？“伏特加马丁尼。”他说。

“怎么调？烈一点、淡一点、加柠檬或橄榄，或是子弹碎片？”最后一种显然是在开玩笑。

“纯的，”他说，“纯粹干净的，不要什么东西浮在上面，杯口也不要附着什么。”

“你要哪一种伏特加？”

他真希望自己点的是简单的酒，例如啤酒。

“我们有荷兰坎特一号伏特加，法国的灰雁伏特加，瑞典的绝对伏特加，俄罗斯的红牌伏特加、马铃薯伏特加和一种新的、用谷物酿造、有增强能量颗粒的特级伏特加。”

“你选，”他说，“由你决定。”

酒保点头，仿佛被赋予重责大任。

等待酒送来的时候，理查德紧张地丢了一把盐酥坚果进嘴巴里。他的酒来了，烈得像火箭燃料。他小口小口地啜着，挑盘子里的坚果吃，一次只吃一颗，腰果、榛果、胡桃、核桃、花生。坚果油油咸咸的，很快就吃光了。时间即将接近昨天他出现疼痛的同一时刻，理查德担心：痛苦会回来吗？会痛得像之前那样超过他所能承受的范围吗？

“请给我一杯水。”

“矿泉水还是自来水？”

这么多问题。他看看四周在谈生意的商人们，几个菜鸟电影执行制作人在聊编剧、影星及其助理。火箭燃料般的酒让他觉得像在坐云霄飞车。他渐渐醉了。坚果没了，他不想再跟酒保要。他放下十美金，拿起酒杯，朝餐厅走去。

酒保在他后面追：“先生，酒钱是十六美金。”

“真的吗？”他尴尬又恼怒，谁听说过一杯酒要花十六美金？他拿出一张五美金和几张一美金的钞票，拍在酒保手上，“这样够了吧。”

“一位吗？”餐厅的女服务生问他。

“如果你只看到一位的话。”

“只有一位？”女服务生再次问。

他点头。

“这边请。”她领他走进冷清的餐厅。

有人递菜单给他，有人帮他倒水，有人在他的面包盘里放下餐包，然后在旁边放下几个小盒奶油。他立刻吃起餐包。他平常不吃面包的，那不在他的营养菜单里。餐包是温的，发酵过的。他抹了奶油吃，闭上眼睛享受，好吃。这餐包清干净了他的味觉，清干净了盐酥味和酒精的刺激。他吃完餐包，送面包的服务生过来，又给他一个餐包，他又吃掉了。

然后，他仿佛突然清醒过来，看看四周，发现他独自在一间餐厅里。他不能这样。他必须出去。

“我的手机落在泳池边了。”他没有对特定的人说，匆匆走出餐厅。理查德把他的票交给泊车小弟，希望他的车在他们发现他偷吃餐包之前被开来。偷吃餐包？他不仅吃了他们放在他盘子上的餐包，还在走出餐厅的路上经过没人看守的面包篮时忍不住伸手进去，抓了几个像网球那么大的餐包。现在他有满口袋微温的餐包。

他有点醉了，开着车，直到某家叫做“菩提树”的店吸引了他的目光。他猜那是健身教练和营养师都提过的书店。进到店里，高瘦的男人们梳着与众不同的发型，他们的头发不是这边太多就是那边太少，全部都梳到错的一边；而女人们几乎没有头发，看起来像男人，从书架后探出头来，鬼鬼祟祟地瞟他一眼，好似要与他接触。形形色色的书，包罗万象：幽浮、哲学、食谱，等等，谈奇迹的书大约有五十本。一大叠“除了《圣经》以外猫王最喜欢的书”在柜台旁边堆得高高的。有一本书的书名看起来好像是理查德的写照：《非人的生活》。他拿起一本来看，听到肚子在咕噜咕噜叫。马丁尼的效力逐渐消失。他打算付钱买书之后走过一个街口到超市买些食物，然后回家吃东西，看书，结束这一天。

书店外面，一位盲妇弯下身子在捡狗屎。她拍拍地上，想找到它。“往右边。”有人说。

“谢谢。”

他转个弯——砰——被一辆车子撞到。有人从停车场开车出来后撞到了他，他像练拳击用的沙袋那样倒下去。撞倒他的女人从车子里探出身来喊：“喂，你疯了吗？”

路人聚集过来。“骨头有没有断？”有人问。

他挣扎着站起来。

“不要动他。”有人说。

“他自己在动。”

“打电话给警察。”有人说。

“哦，太好了，多谢。”撞到他的女人说着下了车。

“你需要我的脊椎按摩师的电话号码吗？她真的很棒，可以帮你放松筋骨。”一个女孩在一张纸上写下号码递给他。

“哦，拜托，我几乎没碰到他。”

“喂，要有点同情心。”从“菩提树”书店走出来的一个高个子说。

“你在干什么？一个矮子单独在路上走，我怎么看得到你？”

“我要去超市。”

“你为什么不像个正常人那样开车去呢？”

“是你把我撞倒的。”他说。

“你毁了我的一天。”她说。

“算你幸运，天已经黑了。”

她拿起手机打给朋友，转身离开围观的群众。“嗨，我出了个意外。我刚开车出来，撞到一个家伙。不，不是他的车，是他的人，我撞到一个人，他找我的麻烦。我痛恨男人。我如果撞到一个女人，她一定会向我道歉，”她停下话问他，“我必须等到警察来吗？我还有事。”

对面加油站的男人拿来一大袋冰块，放在理查德被撞的腿上。他缩了一下。加油站的男人用一卷管线胶带把冰块袋绑在他腿上。“我曾经是预备役的医护兵。”

“我要付你多少钱？”理查德问那个男人。

“你不必给我钱。”

他强迫自己站起来。在他勉力爬起来之后，围观群众拍手。“谢谢你们。非常感谢。”

在超市里，理查德饿得受不了，直接在走道上吃起东西来。他一边吃着香蕉，一边推着购物车。香蕉能让他不至于因为血糖太低而昏倒。购物车像是助步器，他可以靠着它走路。他需要食物。在一排架子的最下面，他抓了一袋葵花子，用牙齿撕开，丢一把葵花子进嘴巴里。他的胃里还有马丁尼和餐包，可是他需要蛋白质。他盯着在电动烤肉器里转动的烤鸡，又扔了一把葵花子进嘴里。他试着忽略刚刚被车撞的事实，可是他每走一步都更痛。肩膀痛、头痛、脚痛。他在痛，真正的痛。他走到“保健食品”的那一排架子前面，选了一瓶儿童阿司匹林，放几颗进嘴里。它们在他的舌头上像感应器一样，溶解后散发出怪异的薄荷糖香味。他又丢了一罐摩登原始人维他命进购物车里。他在走道上来回走着，像梦游症患者般走在一个奇特的梦境里。这些东西是从哪里来的？是谁想出来的？我们为什么需要各种不同形状、口味、颜色的全麦饼干和二十二种柳橙汁？

生鲜区处有一个女人在哭，令他的白日梦分心。他看到她站在莴苣和番茄之间。他盯着她看，想知道她是因为洋葱刺激或某种过敏的问题而流泪还是她真的在啜泣。她边擤鼻涕边把大黄瓜和青椒放进购物车。他在胡萝卜前面和她相遇。

“你还好吗？”

“别跟我讲话。”她看也不看他一眼。

“对不起，我看到你在哭。”

“你是个变态。”她还是不看他。

“不，我不是。”他惊讶地说。

“不然你是什么？电视广告里的超市经理吗？暗中监视客人，对他们说：‘不要捏卫生纸。’”她抬头看他，接着又低下头去。“你在滴水。你是个性变态，看到一个在哭的女人，你就湿了裤子。”

“你在说什么？”

她指向他的裤子。

他的裤裆那里有一大片水渍。“我被车子撞了，”他说，“那是一个冰块包，我的冰块包在滴水。”

“也许你该去看急诊。”她靠近看了一下。

“我昨天刚去过，再去似乎太快了。”他说。一阵恶心、疲惫、痛苦的感觉袭来。“我真的不太舒服，”他说，“我必须坐下。你想喝杯咖啡吗？那里有桌子和椅子。”他指向对面的摊位。

“还真有趣，”她说，“一个在滴水的变态他被车子撞了，觉得不舒服，想邀我喝咖啡。好啊，有何不可？有什么好在乎的？把我剁成一千块也无所谓，反正我活着也没什么乐趣。”

他们各自推着购物车朝超市美食区迈进。

"我希望你记得要求赔偿。"她说。

"为什么每一件事都要标价？你为什么哭？"

"我想到我的沙拉，"她说，"我每天都来买东西，做好吃的沙拉给家人当晚餐，可是没人注意到。我放两种莴苣，配不同颜色的青椒、红椒或黄椒，有时候会放进鸡豆或蓝色碎乳酪，而他们只是狼吞虎咽，好像随便什么都可以往嘴巴里塞。"

他们坐在美食区，尽管时候已经不早了，仍有许多婴儿车停在那里。保姆们在喂看起来像面包屑的东西给小孩吃，那其实是放了一整天的免费试吃蛋糕。

"你怎么会有时间喝咖啡？"她问，"你不用上班或回家吗？我怎么知道你不是变态？"

"我希望你不要想歪。你认为一个难过得哭出来的女人能吸引变态吗？"

"那你是什么人？"

"一个面临某种危机的人。"

"你是占卜师吗？"

"不是，我自己雇用自己。"

"像杀人王查理·曼森那样？"

"如果你想知道，我是有钱人。"

"一个有钱的家伙为什么会来超市？他会请别人帮他买东西。"

"我是有管家帮我买。为什么你总要往坏的地方想呢？"

"我不知道，"她说，"我什么事情都做不好。我有老公和两个小孩，他们都不跟我讲话，所以我无法想象为什么某个有钱的家伙会在超市里跟我聊天。我是不存在的，我就像是一盏灯。"

他开始注意到，她其实很漂亮。她本来就很漂亮吗？她自己知道吗？她漂亮、有趣又聪明。

“你老公是做什么的？”

“男人都做什么呢？他替别人管理一家公司。”

“你们两个人曾经去做过婚姻咨询吗？”

“你是精神科医生还是宗教狂？我懂了，你是山达基教派的人，你想吸收我入教。”

“没那回事，我只是在想，在回想，我和我前妻在离婚前是否该找人谈一谈，那样的或许结果会不一样。”

她看着他的裆。“看起来很糟，”她说，“一直在滴水。”

“幸好实际上没有表面看起来那么糟。”

“问题就在这里，人们以为他们看到的是真的。”

他卷起裤管，用力拉扯胶带。“我拽不下来。”

她走到熟食摊的柜台那里，借了一把塑料刀帮他割胶带。

“嘿，派蒂，”有人经过，帮忙喊道，“派蒂·赫斯特，你何不带他去停车场那里，让他引爆？”

“谢了，”理查德在那个家伙背后说，“谢谢你的帮忙。你叫派蒂吗？”

“我看起来像派蒂吗？”

第一把刀断了，刺到他的皮肤。“我相信如果你去问肉贩，他可能会有把小斧头，你会拿来砍断我的腿。”

她笑了。“辛西亚。我叫辛西亚。”

第二把塑料刀总算有用，融化了的冰袋掉到地上。

“你只买这些东西吗？”她瞟向他的购物车。

他又拿了一包奶油饼干丢向购物车，但没丢准，掉到了地上，饼干碎了。

她哈哈大笑。

“你要冰淇淋吗？我每次碰到什么不如意都会想吃冰淇淋。”

他上次吃冰淇淋是什么时候？他完全忘了有冰淇淋这种东西。

“要我帮你拿一些吗？”她问。

“好啊。”

“哪一种？”

他没概念。“随你选你喜欢的口味。我想试试新口味。”等她走开，他把饼干放回架上。他已经吃太多碳水化合物了。

辛西亚拿了一盒帆船牌冰淇淋蛋糕回来。“这是我最喜欢的。”

“看起来很棒。”他说。蛋糕是白色的，上头还洒有各种颜色的糖果装饰。“不过我比较能想象你拿着汤匙，挖着哈根达斯巧克力冰淇淋吃。”

“哦，我经常那么做，可是在特别的时刻，要吃这种冰淇淋蛋糕。”

“我该庆祝什么？”

“你被车子撞了，却还活着。”她说。

“你要我现在吃吗？”

“不，带回去，”她递给他一大瓶浴盐，“等你回到家，放一匙这个在装满热水的浴缸里，好好泡个澡。我该走了，再不回家就有麻烦了。他们忽视我，我又没什么自由。祝你早日康复。”

他用从面包柜台拿来的油腻腻的笔在一个白色面包袋上写下他的电话号码。

她摇头。“如果被安迪发现我的口袋里有这个电话号码，事情只会更糟。”

“那你就说我是清洁妇。拿去，如果状况变糟，你需要一个地方，逃离你的人生一天时候，那就打电话给我。”

“你是什么？被车子撞了的大善人？”

“我只是一个想尝试做善事的人。”

“好，哦，别太努力尝试，不然你可能会害死你自己。”

理查德排队结账。他心不在焉，没有真买什么东西。他的购物车里有已经打开过的儿童阿司匹林、摩登原始人维他命、香蕉皮、葵花子—— 一路洒在地上，留下长长的踪迹——和冰淇淋蛋糕。

“中大奖了？”女孩在为他结账时问。

“什么？”

“你看起来好像在狂欢庆祝，所有东西都打开了。你还有没有吃别的东西？”

他拿起香蕉皮。

“我们就算它五十美分？”

他该怎么做才能摆脱原本拘谨的自己，抛开束缚，在商店的走道上跳舞、放声大吼尖叫以及帮助像安希尔那样的小生意人？他想迈出脚步做更多的事情。他想感觉更好。他想做些英雄事迹，做些比活着更有意义的事，例如从起火的建筑物里救出受困的人，攀过屋顶而下。他想要人们注意他。他看到自己在冰柜玻璃门上的反射影像。一个无趣的中年男子怎么可能蜕变成，更别想变成超级英雄。

他在黑暗中开车回家。一辆顶着披萨广告灯箱的车子经过，他看到亮灯的披萨盒后，不自觉地一路念着那上面的电话号码。他进入车库，大喊一声“我回来了”，有点像是在自己欢迎自己。他拿着一小袋食物走进厨房，打开冰箱，看着他的晚餐—— 一块橙色的水煮厚片鲑鱼、四季豆和上面用粉红色塑料膜包着的烤番茄茴香沙拉。

他凭记忆打了电话。

“披萨宫，我们的披萨最合您的胃口。”

“我想点外卖。”

“你要在披萨上面加些什么？一种三美金，三种五美金，五种十美金。我们有洋菇、意式辣味香肠、洋葱、甜椒、大蒜、普通乳酪、烟熏意式白干酪、羊乳酪、山羊乳酪、切达干酪、瑞士乳酪、新鲜大蒜、晒干番茄、新鲜番茄、牛油果、花椰菜、油菜、菠菜、凤梨、香肠、土耳其香肠、豆腐、红椒、青椒、绿橄榄、黑橄榄……”

他一边听着披萨店员背诵配料，一边从冰箱的冷冻库里拿出冰敷包放到腿上。

“普通的，”他对那个店员说，“普通乳酪，或许花椰菜，加点土耳其香肠，洒一点洋菇在上面。”

他脱下裤子，看着自己的腿：因为冰敷过而呈粉红色，被胶带勒过的地方呈红色，一大片瘀血的地方呈现带点蓝的青色。他用力压下去，看看会有什么感觉。

“三十五至四十分钟内会送到。只收现金，二十七美金八十八美分。你还需要别的东西吗？”

“例如什么？”他走到窗前向外看。路灯照亮漆黑的山坡。那个洞变得更大了。

“你告诉我。”

“这样就好了，”他犹豫了一下，“嘿，如果你看到地上有个洞，而且地面还在移动，该打电话给谁，你知道吗？”

“老兄，这里是披萨店，不是警察局。”

他挂掉电话打九一一，这次心情轻松多了，他不确定这是否真是紧急事件。如果他昨晚没打电话，他今晚肯定不会再打电话。他是想再体验一次，让戏剧性的事件重演吗？

“警察、火警、救护车。”

“警察。”他明确地说。

“是紧急事件吗？所有非紧急的事件将转到当地派出所。如果这是需要警察处理的紧急事件，请稍待。”

有个人说话了。“警察。你有哪类问题？”

“我的屋外有个洞，刚开始是个凹坑，但越来越大，越来越深。现在它看起来就像是飞碟曾经在上面降落过，如果你相信那种事的话。”

对方过了一会儿才回答。“你有看见洞里有什么东西吗？例如小绿人？听我的劝，老兄，休息一下，帮我省点事。”

“这不是谎报的怪电话，如果有别的电话可以报警，你告诉我，我会打过去告诉他们，可是这件事必须向有关单位报告。”

“你说有个洞？”

“是的。”

“谁挖的洞？”

“没人挖洞，它是自然形成的。地面在下沉，这是个公共安全问题。已经一整天了。”

“现在天都黑了，我们何不等到明天早上再看看它是不是还在那里？”

“你不是应该帮忙处理吗？你叫什么名字？”

“你想干吗，举报我吗？长大吧，理查德，不要滥用紧急系统。”

沉默。“你既然知道我是谁，那么你一定知道洞在哪里。”

“听着，老兄，我们的人手要忙于处理电视剧里的警察会碰到的事：抢劫、小孩走失、地方抗争、头部遭重击的尸体。打电话给工务局吧，别提到飞碟和‘如果你相信那种事的话’。”

“你有他们的号码吗?”

“是四一一，不是九一一。”

他挂断电话，再打四一一。

“工务局。”接电话的男人说。

他告诉对方那个洞的事，没提飞碟。“它越来越大。”

“它是在私人用地上还是在路中间? 或是在公共用地上?”

“在山坡上。”

“你有没有看到水或听到任何喷水的声音? 有什么东西冒泡或渗出洞口吗? 你有没有感觉土地在移动或地震? 那里曾经出过什么意外或是邻近地区不太安宁吗?”

“据我所知没有。”

“让我检查一下，看看我们有没有在那附近施工。”

他在线等待，电话那头传来低沉的女人声音，告诉他碰到地震时该怎么办:“把你的地震袋准备好，放在随手可得的地方。别忘了带水、干粮、点心、药物，还有，给你的宠物带点紧急用品。万一发生地震……”

那个家伙又回到线上。“我从电脑里没看到任何纪录，不过我可以派一个人过去看看。你会待在那里吗?”

“现在就派人来吗?”

“是的，先生。他应该很快就会到。除了你那里之外，今天晚上还蛮平静的。”

理查德等着。他在屋里踱步，往窗外看，看向更远处的城市，夜晚闪烁的灯光像海上布满了船只。过了一个小时又几分钟后，送披萨的男孩从他的车上打电话来，声音听起来很害怕。“我想我快到了，但我又迷路了，”他说，“我已经在这附近绕了三十分钟。”

“你现在在哪里？”

“我在开车，一直在开车。我过了穆荷兰大道，继续走了大约十英里，差点掉下悬崖。我甚至没办法打电话给任何人，收不到讯号。”

“你现在在哪里？你看到什么？”

“树、房子、街牌，这里有个街牌说是阴影坡路。我之前经过这里了，我一直在绕来绕去。”

“你已经到了，继续往左边上山。”

“别挂断电话，先生，别丢下我，你能告诉我怎么过去吗？”

他握着电话走出大门。“按喇叭。”

电话里响起喇叭在山里的回音。“你听到你自己的喇叭声了吗？你就要到了。”

披萨车爬上山坡，披萨盒灯箱先进入理查德的视野。他站着挥动双手，领他开车进来，像机场的工作人员用橙色发光棒指挥飞机在跑道上滑行。

“真的很抱歉，”披萨男按下车窗说，“你的披萨冷了。”

“别担心。”他给这可怜的家伙四十美金，披萨男从车窗递出披萨盒给他。

同一时间，一辆白色的小车闪着黄灯开过来，黄色的灯光像尿液般泼洒在每样东西上。

“我听说这里有个洞。”白色车子里的男人探头出来说。

理查德指向山坡边缘。

“披萨一号呼叫基地，披萨终于登陆。”披萨男对着他的无线电对讲机说。

“披萨一号，给客人一些免费的方形大蒜面包、一瓶汽水和我们诚挚的歉意。”

“嗨，先生，”披萨男从车里叫道，“这些是给你的。”他丢出一个白袋子；它飞过来，降落在披萨盒上。

“这也是。”他又从车里丢出一罐一公升可乐，它像飞弹似的降落在草地上，瓶盖爆开，洒出焦糖色的糖水。

“对不起，要再来一瓶吗？”

“好了。开车小心。”

工务局的工程人员装设起一个能把灯固定在屋顶上的架子，卤素灯面朝山坡下。他轻弹开关，引擎启动，山坡上充斥着强烈的白热光。

“它照亮我的生命。我搭设这个装置，照得我快半瞎了，可他们只分配给我一顶矿工帽。”

“你比我预期的更快抵达。我在打电话给你们之前叫了披萨。”

“有问题的时候，我们一接到电话就要出发。是哪一种披萨？”

理查德打开盒子，瞄了一眼。“洋菇、香肠和花椰菜。”

“我讨厌花椰菜。我投票给乔治·布什的唯一理由，是因为他和我一样讨厌花椰菜。”

“那你吃块大蒜面包。”他把袋子交给男人。

“谢谢。”工程人员说。“住在这里蛮不错的，”他说，“不像下面。在这上面没什么好怕的。”

他们一起仔细察看边坡。

“山上正在进行一些工程，筑防水墙，建造高尔夫球的果岭和洒水系统。我怀疑那可能就是造成这个洞的原因。”理查德说。

男人摇摇头。“我不太相信他们会抽水，可能是灌水进去，而那会造成相反的效果。洛杉矶总是为水发愁，不是水灾就是旱灾，”他看进洞里，“像这种情况，可能是地底的什么东西出了问题，例如自来水的总管道破裂，或是他们在附近抽取了地下油。有时候是结构上的问题，好比地下有个洞刚好崩塌。这附近有没有土狼？”

“没有。”

“任何可能住在洞里的动物或流浪汉呢？”

“你是指居住在洞穴里的人？”

“穴居人，他们住进洞里，把那里当成家。你不会相信，到处都有人住。”

“我没看见过。”

“大家都这么说。我不想打扰你用餐，”他的头点向披萨，“不过可以请你帮个忙吗？”他打开后车厢，拿出他的配备：长筒靴和厚底鞋。“这是我讨厌这个工作的地方：有蛇，到处都有很多蛇。我讨厌蛇。它们住在这里，因为它们喜欢这里的天气。”他穿上靴子，踏进一个旧旧的皮制安全护具，扣上绳子，带着一条长长的金属量尺和某个看起来像是麦克风的东西以及塑料容器。他准备下去了。

“你一定得牢牢握住绳子，不要放手。”

他们一起走到洞口，山坡上笼罩着电影拍摄现场的白热光。那令理查德想起《魔羯星一号》，那部电影说根本没有月球漫步这回事，人们看到的直播其实是在摄影棚里拍的。

工程人员犹豫着，踏着奇怪的脚步。“幸好它是干的，有水的洞总是令我紧张。我曾经看到一个人被一个洞给吞没，那副恐怖景象我永远也忘不了。”

理查德握着绳子，他的肚子在咕咕叫。他看着工程人员测量洞的直径，把资料记入一个袖珍型的计算机里，然后他把那个像麦克风的仪器插入土里。

“那是空气泵吗？你要灌气进去把洞给填满吗？”

“它是挖土的仪器，我在钻个小洞取样本。这个东西只能钻到大约六英尺深，那跟地球表层比起来根本没什么，不过我们只能这么做。还有这个，”他把一个白色的小型探测仪举高，“这是个监视器，它能把资料传回办公室，我太太叫它卫生棉，常取笑‘你的卫生棉弄好了吗？’”

“这个洞会有多深、多大？”

“最好的情况是，明天就停止下陷。我要在周围插上旗子做记号，那样一来我们就可以做比对。我不认为你会有危险，可是你最好先确定你的房屋保单足够保障……”

工程人员从洞里出来，递给理查德一张名片。“我是值夜班的，夜班部有四个人，日班部有六个。如果你认为它真的开始移动了，就打这个号码。”

理查德把冷掉的披萨拿进屋里，吃了两片，一边看着自己的房屋保单。乳酪已经变成凝胶状，香肠像橡皮，洋菇太软，全躺在湿湿冷冷的饼皮上。

保单看起来很完备，里头有些专业术语提到天灾导致的损害。

他去睡觉。肠胃胀着气打着嗝，他一再吐出香肠的气味。他梦见自己掉进漩涡里，展开一趟深入地心的探险。他滑下一个以铆钉固定的钛金属螺旋梯，掉进溅出沥青的坑，还走在沙漠草原上，提心吊胆着老虎会随时出现。他梦见一栋没有窗子的水泥高楼，有成串的房间，时间可以像折纸那样折起来。他半夜醒来，嘴巴里还有披萨的味道。他刷刷牙，再回到床上。

他定的是自动闹铃。清晨四点四十五分，他已经把证物——剩下的披萨和鲑鱼晚餐——用两个塑料袋包好，拿出去丢进垃圾桶里，然后上跑步机。因为昨天的意外，他的身体有点僵硬，腿在抽痛，他试着放松。他会重新开始，每天都会重新开始。他上跑步机、开电脑、工作。他必须做完一些事，才能去看安希尔。

他很懂得掌握市场趋势，掌握高点，在股价下滑前脱手。他思考着他所知道的资讯和他搜集到的基本资料，这个世界充满了可能性、未来、故事和历史。

他下注。在跑步机上走了三英里路，冲个澡，将一些特制的谷类食物放进一个密封袋，丢两个草药茶包进去，然后走向车子。清晨五点半，几乎和昨天同一时间。天色仍暗着，白天与黑夜在同一个梦的状态中悬浮着。

他从车库倒车出来，感觉自己好像在跷班，很怕被看到。这个时间醒来不算太早，但这个时间出门绝对太早。

他往山下开。他要带早餐给安希尔，他们会聊天，安希尔会开他的车，这会是愉快的一天。

甜甜圈店在哪里？他左转，右转，往上开又往下开，仿佛鬼打墙一般。他找不到那个地方。他将车子开到医院，在急诊室门口掉头，再从那里出发。他经过一个新的公园，有绿色草皮，有流浪汉在藤架下睡觉的小丘。他重温旧路，心想人们是怎么认路的，每次经过一条不曾走过的路，是靠什么去记忆的呢？经过的时候是快或慢？是开车、搭巴士或用双脚走？那当儿会注意哪些不同的东西？他回忆旧路，想到有人在其中睡觉的公园，不知怎地，他想到肯尼迪被暗杀事件——总统在游行的路程中挨了枪子儿，车队迅速离开，留下一堆人空着急。

理查德那时候在学校。那一天犹如世界末日，犹如启示录预言的灾难降临。为什么没有响起空袭警报？他们为什么没有躲到桌子底下？为什么没有人做任何事情？他们竟然只是哑口无言地坐在电视机前面，听着主播华特·克朗凯播报新闻。他还能讲话，他还能抹掉流下的泪，他似乎是唯一存活的人。

理查德记得校车提早载他们回家，他很惊讶有人在家，很惊讶那天晚上照常吃晚餐，很惊讶所有的事情继续下去。

“我认识一个帮肯尼迪做西装的人，他知道总统先生的尺寸。”他爸爸企图把自己与举世震惊的事件扯上关系，扯上某个人的人生，再扯上到另一个人的人生……

他为什么会想到这些？

然后甜甜圈店出现了，在那里，就在右边发光。他停到路边。店里没人，他想象出了什么事：安希尔被抢劫中枪，他会发现他在厨房里，躺在血泊中。

安希尔像个木偶，突然从柜台后面蹦出来。“早安。”

理查德站在柜台前，拿着他的谷类食物和茶包，觉得有点荒谬。“能给我一杯热水吗？”

安希尔会讶异他再来吗？昨天当安希尔说“明天见”时，他只是说说客套话，像说“祝你有个美好的一天”之类的吗？

安希尔端了一杯热水给他。“你的心脏今天早上如何？”

“很好，”理查德说，“很忙。”他把茶包放进热水里。

安希尔看着它，好像它会冒出泡泡或发出嘶嘶声似的。他终于抬起头。“我很高兴你能来。”

在浸泡茶包的时候，理查德告诉安希尔关于伏特加马丁尼、哭泣的女人、迷路的披萨男和下沉的洞。

“说不定你有客来访？”他抬眼看向天花板，“从上面来的。我看过深夜的电视节目，他们谈论各种事情。凌晨三点，很难不相信他们说的怪事。”

“你不相信我。”理查德说。

“不，我相信你的话，可是你以为当我们辗过地球的时候，它会站着不动吗？你开你的车来了吗？”

理查德点头。安希尔兴奋地跑出去。车子停在路边，黑色的，大得像坦克车，像酒店的礼车，或是会雇司机开的车。理查德不知道自己为什么要开这么大的车。他选这辆车是因为它看起来很可靠，就像任何在这个城市里开车的纽约人一样，他觉得需要有一些保护。他会选这辆车是因为十年前当他走进车行想找一辆轻巧的小车时，业务员说服他相信他需要一辆坦克。黑色不是洛杉矶的颜色，而是纽约的颜色。洛杉矶是香槟色、奶油色、白色、银色或金色，洛杉矶没有自己的颜色。

“它其实不是我的，”他不好意思地说，“是租来的。”

“它当然是租来的。没有人会买这种车。除非你是国王，才会拥有奔驰车。”

他租车的原因是全部的费用可以作为业务开销扣抵，也因为如果车子需要维修，车行会来把它开去修，而且会留下代步车，等修好再把车子送回来。他租车的原因是，他需要做的只是说声“好”，然后每隔两年就有一辆崭新的黑色大车，最新款的坦克车，送到他家，带着浓浓的新车气息。

安希尔爱抚着金属车身，双手在每个线条上游走，好像在轻抚某个人的身体，又好像他是个盲人，在感应充满未知的盲文。他打开车门，抚摸每一样东西：点烟器、座椅控制键、后视镜。

“她是非洲皇后，”安希尔说，“她如果是我的，我会每天擦亮她，我会用棉花棒来清理她。"他的手摸遍座椅。"这皮椅是美丽的女人。假如不必担心我太太会吃醋的话，我会跟你的车子做爱。"他打开又关上行李箱，来来回回好几次。他好像要从保险杆那里把车子举起来。他是在测试车子还是在测试自己的力气？"这是我的梦想。我不需要太多个人物品，可一辆好车是我的梦想。我想开你的车，行吗？你可以帮我看着店吗？"

理查德点头。他怎能说不？他怎能不让这个家伙开他的车？

可以帮我看着店吗？那是什么意思？告诉上门的客人"老板出去了，马上就回来"，还是关上门，把"营业中"的牌子转成"休息中"？

他走进去，站在门边等待。一个客人走进来，理查德觉得自己有责任走到柜台后面，守护这个地方。"这不是我的店。"他坦承。

"那就是说我没办法吃甜甜圈吗？"

他不能害安希尔丢了生意。"你想要哪一种？"

"有糖霜的那种，加一杯咖啡，要加牛奶和糖。"

他拿出一个甜甜圈放在盘子上，把盘子放到男人面前，再倒一杯咖啡给他。他觉得很奇怪，好像在玩扮家家酒的游戏。男人在吃甜甜圈时，另一个客人进来，坐到柜台前。

"柳橙汁、茶和一个烤贝果。"

"没有贝果，只有甜甜圈。"

"真的吗？里面通常会有贝果。"

他走进厨房，的确，流理台上有一袋贝果和一个烤箱。他烤贝果，用玻璃杯给客人倒了一杯柳橙汁，然后找到了茶包。

"我该给你多少钱？"第一个男人问。

理查德四下看看，到处都看不到价目表。不太寻常，却是十足的安希尔风格。“我不知道。三美金可以吗？比你平常付的多还是少？”

“差不多。”那家伙留下钱，加上五十美分的小费。

理查德不知道怎么开收银机，所以他把钱和小费放到一旁。

一个流浪汉走进来讨零钱。理查德给他一个甜甜圈。他从自己口袋里掏出一美金，放在收银机旁，抵那个甜甜圈的钱。卖甜甜圈是个辛苦的工作，他没有安希尔做得好。安希尔到哪里去了？他看表：七点十五分。他打算在西西莉亚抵达之前回家。

另一个客人进来。安希尔说得对，甜甜圈的王国里全都是男人。

“嗨，老兄，我要和平常一样的。”

“那是什么样的？”

安希尔在二十分钟后回来了，理查德已经满腔怒火。

安希尔眉飞色舞地跳进来，理查德无法继续生气。“她开起来像发好的鲜奶油，像最细致的法国蕾丝。她走在路上是那么沉稳，根本不需要铺柏油。它在碎石路上、在凹凸不平的路上应该都很好开。你应该开着她到处跑，”安希尔把钥匙交还给理查德，“你做我的角色做得怎么样，甜甜圈先生？”

“没有标价，”理查德说，他递给安希尔四美金，“两个客人光顾，还有一个流浪汉，我给了他一个甜甜圈。”

“你疯了吗？你不能给流浪汉甜甜圈。他们会回来要更多，他们会带朋友来，甜甜圈不是做来白送人的。”

“我帮他付了钱，在这里。”

“不是钱的问题。我会给他们甜甜圈的洞或剩下的边角料。我会把那些放在外面，他们会像觅食的鸽子一样，把那些东西抢光。不是我不关心他们，可是你不能把完整的甜甜圈给他们。你以为我日子好过吗？我不是来美国做穷哲学家的。"

安希尔的某些部分是令人沮丧的。他今天比较不完美，比较不通情达理。一个人的好是有限度的，总有他的不足之处，不可能永远善解人意。

"你是个有趣的人，"安希尔说，"昨天你遇见我，你要我像妈妈一样称赞你是个好男孩。我能告诉你的是，你是个大男人，有一颗善良的心和一辆真正的好车。"安希尔装了一盒甜甜圈给理查德，"谢谢你帮我看店。快点再来，明天来，我还要开你的车。"

"你要吃早餐吗？还是你已经吃过了？"西西莉亚在他拎着那盒甜甜圈进屋时问道。

"我很饿。"他放下甜甜圈，想起他把食物袋放在安希尔那里了。他坐到桌前，餐具已经摆好，报纸也就位。

"请不要再把甜甜圈丢掉了。"

"随便你，但是我可不要替胖子工作。"

"胖子有什么不好？"

"他们身上有味道，而且他们的健康有问题。"

"你注意到外面的洞了吗？"他边吃早餐边问，同时看着报纸，眼角余光扫描着荧幕上的股市行情。

"什么洞？"

"你看窗外，就在那里。那里有个洞，一个大坑，像飞碟降落的地方，如果你相信那种事的话。"

"我唯一相信的是上帝和一间干净的房子。你是要戴上耳机，还是我必须整天跟你讲话？"

"我不想戴耳机，不过你不必跟我讲话。"

西西莉亚拿着抹布和清洁剂走到窗边往外看。“那里不只有个洞，”西西莉亚说，“洞里还有一匹马。”

他停止吃东西，走到窗前。

有一匹马在洞的中央吃草。他又想到完美的圆，以及山下电线杆上的标语：看到幽浮了吗？你并不孤单。

“不要老盯着它看。”西西莉亚说。

他拨打工务局的人昨晚留给他的电话号码。“你们昨天晚上派了一个人来过这里，查看一块下陷的凹地。他在里头放了一个监视器，在周边插上了一些旗子。”

“嗯。”接电话的男人说。

“洞变得更深了，现在里头有一匹马。”

“他给你编号了吗？名片后面有没有写什么？”

他翻转名片。“有，看起来像是 9EZPIECES。是开玩笑吗？”

“那是代码，”男人敲着电脑键盘，“我把你的号码打进系统里了。嗯，是的，有变化。”

“对，现在有一匹马在洞里。”

“好，我会派另一个人过去。”

都到这个节骨眼了，他们应该派一辆卡车，派一整车的男人，满满一车的砂土，或某种比土更坚实的东西，因为那个洞正在快速下沉。

理查德走到外面，站着，脚踩在洞的边缘。洞绝对比两个钟头前更深了，粉红色的小旗子比昨晚下沉了好几英尺。马抬头看，点点头，好似认识他，又低下头继续吃草。

“你被困在里面了吗？”理查德问马，“你能爬出来吗？趁还不太深的时候快出来。”

马没有动。理查德走进屋里，拿了一个果酱甜甜圈，再走回马的旁边。理查德伸出甜甜圈，马朝他的方向闻一闻，向甜甜圈踏出半步，就不再往前。理查德把甜甜圈丢进洞里。马喷了一口气。

“它不想出来。”理查德对西西莉亚说。

“一匹在洞里的马，就像是一个在咖啡杯里的盐罐，”西西莉亚说，“完全不搭调。”

马陷在洞里，他得想办法把它弄出来。不能再打九一一了，他们会以为他是精神病。他走回窗前。有只土狼站在洞的边缘，至少他以为那是一只土狼。它站在洞的旁边，虎视眈眈地看着马儿，马在害怕。

理查德用目光寻找西西莉亚，她在客厅里打扫。他戴上隔绝噪声的耳机，走进厨房拿了两个金属锅盖，然后走到外面，拿锅盖当铙钹互相敲击，喊道：“滚开，走开，去去去。”土狼跑掉。

马叹气，张开嘴巴，对理查德眨眼睛。

“你掉入陷阱了吗？你自己没办法出来吗？我去车库看看有没有什么帮得上忙的东西，我会马上回来。”

一个年轻的女孩沿路走了过来，张嘴喊着什么。他隐约听到声音。他拿下耳机。

“幸运，幸运！”她叫着，“幸运？”

“你在找你的狗吗？”

“我的马。”

“它在我这里。”

“我才不要进你家。”

“它就在坡边的坑洞里。”

马认出女孩，甩动尾巴。

“我正想去车库找东西把它弄出来。”

“我不要进你的车库。”女孩说，她爬下坡。

“我认为你不该下去那里。”

“它是我的马。”

车库里有个浇花用的水管、一张躺椅、一袋沙子和一对滑雪板，不过滑雪板太窄了，不能用来当踏板让马儿走上来。虽然他在心里想象让马站到滑雪板上，像老式的玩具木马那样，然后用绳子把马拉上来，可是他不认为那样做真的可行。他找到一扇他买了之后决定不用的高大木门。他把那扇门扛了出去，希望可以用它当坡道。他的肩膀和脚在抽痛，他想起他的痛。他不禁怀疑，当你需要做些什么却又没能耐做好时，找教练帮你健身又有什么用？他扛着门走到洞的旁边，在女孩的帮助下把门板斜放在坡上。

一辆校车巴士开过去。“我的车。”她说。

“你几岁了？”他问。

“不关你的事。”她说。

他猜她大约十一岁，但老气横秋得像二十七岁。

女孩试着领着马儿踏到门板上走出洞。它不肯走。她在木板门上跑上跑下，示范给它看这个坡道很安全。马犹豫不前。理查德走进屋里，把他的耳机交给西西莉亚，问她是否有绳子。她帮他找到一段尼龙绳，他拿出去给女孩。女孩用绳子做了个环，套在马的脖子上，试着牵它出来。马想出来了，它开始动了，可不知怎地却在原地踏步。它被困住了，它看着女孩和理查德，等某个人用马的语言向它解释该怎么做。

“你的马有训练师吗？或者我们可以打电话向谁求助吗？”

“我们或许应该打九一一。”

“他们不是什么忙都能帮。我有个突发奇想，也许我们可以请住在上面那栋房子的先生来帮忙。”

“那个电影明星？”女孩说，“你不能就这样去按门铃。”

“为什么不能？”

“你以为他会理你？好，你去，我妈不准我进别人的家。”

理查德走上坡，按大门上的门铃。等了一会儿。

“什么事？”

“嗨，我是你的邻居，我们没见过面，不过外面有一匹马陷在一个洞里。它想出来，却出不来。我想你或许能帮我们的忙。”

“等一下。”

前门打开了，他穿着白色运动衫和牛仔裤，看起来有一点疲惫，头发散乱，却很性感。理查德不自觉地盯着他看。电影明星拉出一双牛仔靴，双脚滑进去，不费吹灰之力。他弯身的时候运动衫往上缩，露出肌肉、皮肤和一个小刺青。他看起来确实和一般人不一样。

“抱歉打扰你了，”理查德说，“可是马陷在洞里，小女孩急得快哭了，哦，你在忙吗？”

“只是在看书。我们走。”他们一起走下坡。雾散了，天气很好。他和电影明星一起走着，天空蔚蓝澄净了，空气清新了，仿佛是电影明星改变了光线，改变了气氛。

女孩还在努力要马踏上门板。

“不小心掉进去的吗？”电影明星问。

女孩摇头。“你可以把它弄出来吗？”她泪汪汪地问。

“当然可以，”他说，“我是干这一行的。”

电影明星爬下去，他和女孩和马都在洞里。工务局的人开着白色轿车抵达。“我是鲍伯，工务局日班部的。”他自我介绍。

理查德不确定那个工程人员是否认出了电影明星，但他表现得很冷静，所以理查德心想，他应该不知道电影明星是谁。

“我必须请你们都上来，离开那个洞，我才能量尺寸，精确地解读。”电影明星和女孩爬上门板走出洞。理查德觉得那个洞看起来又深了一点，粉红色旗子现在大约有一半在地平面下。鲍伯用对讲机跟办公室联络。

“我在阴影坡的现场，请传我你接收的相关资讯。”

“没有，”对讲机的另一头回答，“什么都没有。”

“马的嘴巴里有东西。”电影明星说。

马的嘴巴里含着东西，它焦躁地在洞里来来回回走动，从一边走到另一边。

“马咬着监视器。”理查德说。

“搞什么鬼。”鲍伯说。

电影明星滑下洞里，打开马的嘴巴，监视器掉进他手里。“谢谢。”他对马说，拍拍它的背。他爬出洞，把沾着马的口水的监视器交给鲍伯，然后他拍拍自己，拍掉身上的尘土。电影明星的肢体动作有一种超乎常人的自信和优雅，非常迷人。

“现在没办法取得任何资料。”

电影明星把女孩拉到旁边。“你的马叫什么名字？”

“幸运。”

“你知道幸运的医生叫什么名字吗？我们必须找他来给幸运打针，让它平静下来。我们会把它弄出来的，但是得花点工夫。”

电影明星从牛仔裤后面的口袋里拿出手机，交给女孩。

“我有手机。”她从她的口袋里掏出一支更小的手机。

“你顺便打电话给你妈妈，”理查德说，“告诉她你在哪里。”

女孩打电话的时候，电影明星对理查德说："我担心这个洞会继续下陷，我不相信那个叫鲍伯的家伙能有什么作为。我们必须尽快把马弄出来。我们需要架直升机来把马给吊出洞里，你觉得怎么样？"

"很好。你有直升机吗？"

"我有，可是我没有能套着马的安全带。给我半个小时，"电影明星说，"一定要找兽医来。"电影明星跑上坡道，头抬高，胸往后缩。几分钟后，他骑着摩托车出现了。

"等一下我就会出现在那上面。"他指着天空说。他丢给理查德一个无线电对讲机。"转到十二频道。"

"收到。"理查德说，他推开开关，对着对讲机说话。

"我们需要几样东西——旧袜子，用来做马的耳塞；还要一条用来当遮眼布的东西。"电影明星透过他的头戴式听筒说。

"收到。"理查德走回自己家。

"我的助理正在找安全吊带，这不容易找到。不过别担心，我的团队会设法，他们很神奇。"

理查德走进屋里，翻找他放袜子的抽屉，看看有没有适合充当耳塞的东西。他又走进浴室，拉下浴袍的腰带，匆匆走出去，手里拿着对讲机。

一辆巡逻的警车停在他的屋子前面。"你怎么不打电话给我们？我们必须知道出了什么事。出了什么事吗？"

"你知道谁住在那栋屋子里吗？"鲍伯往山坡下指，不是有游泳池的那家，而是它隔壁那家，就在坡下。

"我不知道。"理查德说。

"哦，那是警察该做的事。"鲍伯挥手要警察过来，"去看看谁住在那栋屋子里。如果这块坡地整个塌下去，会掉进那栋屋子里。”

开车经过的人探出车窗看。“在拍电影吗？”

“不是，一匹马掉进了坑洞里。”

“酷。”

“我妈妈要过来了，”女孩说，“她打了电话给兽医，他们应该很快就会到。”

消息走漏。在电影明星回来之前，电视台的转播车也到了现场。理查德不知道这是不是电影明星的助理安排的，或者是当警用对讲机报告有匹马被困在洞里时，有人截取了消息。街上很快就堵满了围观的群众。

“法律禁止未经申请许可就聚集三十个人以上，”警察对理查德说，“这里没有申请许可，有些人必须离开。我要数人了。”

“我没有邀请他们来，”理查德说，“我无需对人们自发性的集结负责。”

兽医来了，警察不让他进来。

“不管你是不是兽医，都不能进来。”

“我是这匹马的医生。”他挤过来。

“你为什么就不能做点实事？”小女孩对警察说。

马在恐慌。它看不到地面了，只听得到一些嘈杂声。兽医把听诊器贴在它身体上倾听。“它很好，只是有点不安而已。现在有什么办法？”

“会有直升机过来用吊带把它吊起来。你用过那种东西吗？”

“我只在电视上看过。”

“我想他们会去电影制片厂借。”

理查德把棉袜和浴袍的腰带递给兽医。

“拿这些做什么？”

“当作耳塞和遮眼布。”

“下面的情况如何？”理查德手中的对讲机传出声音。

“人很多。你那边呢？”

“我们正要飞过山脊。兽医到了吗？”

“到了。”

“请他为马儿打镇静剂，然后帮它塞上耳塞，好吗？还有，叫警察清出一条路来。等我们把马吊起来之后，必须把它放在某个地方。”

“收到。”

兽医把袜子塞进马的耳朵，并给它打了一针，这时直升机刚好从山边飞过来。“幸运”不喜欢这样，也不喜欢听到直升机的声音，它暴躁地直跺脚。“要等上几分钟它才会安静。”

“拉升，拉升，马还没准备好。”

理查德也没准备好，他既紧张又兴奋，太刺激了。或许兽医也该给他打一针。

直升机飞走了，几分钟后他们再飞回来，降下吊带。“幸运”只肯让女孩靠近它。

“好，亲爱的，我会告诉你该怎么做。”电影明星带来了派拉蒙电影公司的特技人员跟他一起待在直升机上。

“我不是你的亲爱的。”女孩对特技人员说。

马安静下来了，目光呆滞。吊带是个巨大的帆布袋，像一件给疯子穿的约束衣。带子一扣好，钢索钩上去，女孩就爬出洞口。坡上的电视台摄影机镜头在转动。已经来了一整排的电视转播车，碟形卫星接受器向着天空，天线拉长。电影明星打信号要吊起马之前，以专业眼神直视着镜头，大动作地挥挥手。

事情进行得很快：吊带拉紧，马四脚离地，从洞里头升上空去。它自由了，它在飞。每个人都在欢呼。理查德突然流泪了。他现在每天都会哭吗？这是该担心的事吗？“幸运”在飞。直升机用吊带吊着马，马儿在空中盘旋，这是件难以想象的事。

“现在是最具危险性的关键时刻，”特技人员的声音自对讲机中传来，“我们必须轻轻地放下它。马的四脚一落地，可能会想逃跑。你必须立刻解下钢索，它才不会把我们拖着走。你必须解开钢索。”

理查德用对讲机引导“幸运”下降，五十英尺、十五英尺、十英尺、七英尺、三英尺、两英尺……兽医在一旁帮他。“幸运”的四脚着地，兽医解开钢索，吊带松开。

“走，走，走。”理查德对着对讲机喊叫，直升机拉升。电影明星在直升机上做了个致意的动作，然后飞越过山顶。

“通话完毕。”他叫道。

吊带掉到地上，像个巨大的帆布罩子。“幸运”摇摇头，想要摇掉耳塞。

女孩和兽医领着“幸运”走上山坡回家。马儿跺着脚走，仿佛在抗议刚才害它很没面子。

电视台的人收下天线，群众开始散去。

“一切都还好吗？”事后才抵达的女孩妈妈问，“我被堵在山谷里，一路上严重塞车。”

“很好，”理查德抹抹眼角，“一切都很好。”

“嗯，”鲍伯说，“现阶段我实在不能做什么。我们无法修补坑洞，只能继续追踪，就看老天爷要如何安排了。”

“你知道是谁在开直升机吗？”理查德问，他弯下身去看地上长了什么。

鲍伯耸肩。“不清楚。”

理查德低声说出电影明星的名字。他拔起一些绿叶，在指间搓揉。薄荷，是芳香的薄荷。

“你在开玩笑！我完全不知道。”

“你以为他是谁？”他将手指凑到鼻子前，吸进香味。

“我以为他是你男朋友，而那个女孩或许是你女儿。”

“我们是邻居，我们都是邻居。”

“那很好，”鲍伯走向他的白色公务车，“这年头很少看到邻居互相帮助了。”

理查德走进屋里。西西莉亚在厨房，戴着他的耳机在做午餐。

“你看到了吗？”

“什么？”她拿下耳机，“我没听到你说什么。”

“你完全错过了？”

“错过什么？”

他转开电视。正好在播放“幸运”被吊在空中的长镜头，画面下方还打着红色的“新闻快报”。

“真是那样吗？”西西莉亚又把耳机戴上，“我喜欢这个。”她大喊，就像人们听不到声音时那样地大声叫道：“我要给自己买一个。这样很好，什么都听不到。”

一个小时后，有人来敲门。“实在太棒了，”电影明星站在门口说，“谢谢你想到我。”

“哦，我只是想到你应该会对这件事感兴趣，就像你会演的角色。”

“我可能会被提名。”

“可它不是真的电影。”理查德担心这家伙不懂得现实与电影的差别。

“我说的是好公民奖，我以前常常获得那个奖。对了，我还不知道你的名字。”

“诺瓦克，理查德·诺瓦克。”他伸出手。

“很高兴认识你。真的很感谢你来按我的门铃，这种事不是每天都能遇上。”

“电视上一直在播，”理查德说，他领他进屋，指向荧幕，“你在直升机上看起来很帅。”

电影明星呵呵地笑。“我告诉你一个秘密，”他说，“可是你必须发誓不告诉别人。”

理查德点头。

“我家没有电视。”

理查德站在窗前向外望。洞继续加深。群众散去之后，外面的草地上脚印纷乱，仍用封锁带围着，活像灾难现场。他看着窗外远处的棕榈树，那像是古扇的扇骨。正下方是黄色和橙色的野花、紫色的冰叶菊、棕色和绿色交杂的灌木丛、树丛、薄荷和他说不出名字的花。当他正在看的时候，土狼回来了，它嗅嗅地上，然后走进洞里，又匆匆出来，嘴巴里咬着什么东西——果酱甜甜圈。

中午，一切都结束了。

阳光普照，天空湛蓝，是个晴朗的好天气。山顶上的高尔夫球场完工了，那一片完美的长方形绿地发出磷光。九重葛盛开着。

由于疲惫的关系，理查德再次打破自己的原则，大白天就躺到了床上。他的衣服上有薄荷的味道。他微笑着，想象自己浸在冰茶里，想象自己和穿红色泳装的女人在游泳池里。她在游泳，他在漂浮，在做梦。

他睡觉。由于疲倦，由于生活中的大改变而睡。他睡得很沉，按摩师来的时候，他和西西莉亚决定不吵醒理查德。他们关掉电视，踮着脚离开房间。他睡得很沉，当营养师西尔维亚来的时候，西西莉亚和她站在房间门口，她们的头跟随他打鼾的韵律点着。

“他还好吗?”西尔维亚低语。

“这个礼拜他不太好过。”

西尔维亚留下营养餐、谷物、茶包、营养补给品和她的手机号码。她要西西莉亚去买些蔓越莓、杏桃、蓝莓和更多番茄以及更多防癌食品。她多留下了一块低碳水化合物的蔬菜布朗尼蛋糕。

“他会喜欢的，”西西莉亚低声说，“他喜欢甜食。”

他睡得很沉，当西西莉亚要下班回家时，她拿了一条毯子盖到他身上，走出他房间后把门关上。

他梦见自己从太空中跌下来。他梦见自己被拖向一个球状的表面，看到地平线，看到疆界。他明白一旦越过疆界就无法脱逃：那是命运，无处可逃。

打雷声吵醒了他。天色漆黑，在下雨。他听到浴室的天窗传来叮叮咚咚的雨声。他绕着屋子走了一圈，以确定没出什么问题。厨房的钟显示是清晨四点。他的脑子自动计算，纽约此刻七点。他总是如此自动计算。他总是想象他们在做什么。本应该还在睡觉，而她不是在跑步机上运动就是在床上做她的编辑工作。她以前总是在床上工作。她会靠着一个像超大泰迪熊那样的枕头——她说那是她丈夫——拿着稿子坐在床上。

他打电话给本。

“我梦见我掉进一个黑洞里，”他脱口而出，“就在我快被撕成两半时突然醒来。我睡了一整天。很奇怪，我昨天下午躺下来，睡到刚刚才醒。我们这里雷雨交加，打雷声吵醒了我。”

“爸？”

“你那里的天气如何？”理查德说，他恢复正常了。

“很好，非常好，我想。现在还很早。”

“那就好。我们这里的气温升高了。我前天晚上从书店出来时被车子撞了。我去书店想找些激励人心的书来看，当我走出书店时，一个女人把我撞了。”

“你又去急诊室了吗？”

“没有，我在家里。我冰敷过。昨天早上，就在我的房子外面，有一匹马掉进洞里。所以我走去上坡敲我的邻居塔德·福特家的门。他出来，驾着他的直升机，把马吊出了洞。我很难说得很详尽，不过整个过程大致如此。”

“这些都是你梦见的？”

“不，我只梦见我掉进一个洞里，其他的都是真正发生过的怪事。我上次跟你讲电话是什么时候，前天早上？”

“嗯，你说你因为某种胸痛去急诊。现在不痛了吗？”

“我不知道。现在真的是清晨四点吗？”

“哦，这里是七点。”

“你听我说，本，我想我打电话给你是因为我不希望我们之间的关系太生疏，我从来都不希望那样。每个人都不知道自己还剩下多少时间可活。我知道那听起来有点老套。你不懂我在讲什么。”

“你得了癌症？”

"我想到未来，本。我想要和现在不一样的未来。"

"这事很紧急吗？我可以想一想再说吗？"

他想说，是的，这是紧急的事，不过他没那么说。他说："好，你考虑看看。"然后是沉默。他们改变了话题。"你妈妈提到你今年夏天要旅行。"

"我们本来打算昨天出发，可是巴思搭的火车出了故障，所以他到达的时候已经蛮晚了。"

"哦，所以你们都准备好了，你知道你们要去哪里吗？"想到本要来洛杉矶却不告诉他，他心里很难过。本的整个人生里都没有他，不需要他的同意或许可，甚至无需知会他一声。"你是直达目的地还是会沿路停留，绕道看风景？"

"我不知道是否有特定的计划，全都是巴思的主意，他说这是为未来留下证据。我会坐在副驾驶座当摄影师。他想拍成电影，将来有一天给他的孩子看这段横越东西部的长征。我们把这趟旅程当作西部拓荒时期的篷车之旅。"

"富豪车和篷车很不一样。"

"我们争论过是否要租一辆中央公园的观光马车，可是我们想，那样一来，马会很累。"

"你一路上都住在朋友家吗？"

"我才十七岁，不可能一路上都有朋友。我们要去俄亥俄州的克里夫兰，因为巴思的阿姨住在那里，她欢迎我们去。"

"你知道的，你来到这里后，有地方住。"

"哦，我知道，我只是，嗯，我和巴思还没有仔细谈过。"

为未来留下证据。在理查德的成长过程中，他不确定他的人生是否有未来——防空警报会突然响起，他们得躲到桌子底下，甚至连无神论者也发狂似的祈祷。为未来留下证据，听起来很健康、正常、富有青春活力，充满了叔叔伯伯阿姨，充满了希望。

“我们有时候会睡在车子里，我还蛮期待的。在星空下，或在车子的玻璃天窗下，仰望天空。我唯一担心的是熊。我听说国家公园里有些熊很有侵略性，它们会直接走向人们，拿走人们的东西，一点也不会良心不安。”

“良心不安”是现在的小孩会用的词吗？

“你们要小心。车子停在偏僻的地方容易被绑架，要停在看得到灯光的大停车场。”

“车子有警报器。要是有人碰到车子，警报器会响，灯会闪烁，它会用真正的人声大喊说：‘小偷、强盗，离车子远一点。’”

“要停在有人听得到车子喊‘小偷’的地方。如果你携带什么违禁品，例如毒品，要藏在后车厢里，那是最难搜查到的地方，被视为私人空间，警察必须有搜查令才能搜那里。所以当你带着不想让别人知道的东西时，就把它放在后车厢。”

“那是一部掀背式休旅车，没有后车厢。”

“好吧，那么，放在后座下面。”他试着帮忙，试着找话题。

“你为什么认为我会带着毒品旅行？”

“我不是说你会，我只是告诉你我在电视节目里学到的东西。”

“那种奇怪的知识我怀疑我是否有必要听，”本犹豫了一下，“处方药算吗？”

“我想不算。你认识的人里面有人做过类似的事吗？”

“有几个人要去欧洲当交换学生，我去年也做过。当时我住在巴黎近郊的一个兽医家。”

“我知道那回事吗？”理查德停顿一下，“等你来到这里，我希望你能跟我一起住。”

本没说话。

“巴思现在到了吗？”

“到了。”

“他在听我们讲话吗？”

“我不知道他是否在听，不过他坐在这里。”

“等你到了这里，你打算做什么？”

“替经纪公司工作。”

“什么样的经纪公司？”

“它的名字就叫经纪公司，是才艺经纪公司。”

“他们是做什么的，安排动物表演？”理查德不敢相信自己会那么说，他的口吻听起来老气横秋，“对不起。我为我那么说道歉。那样很好。经纪公司听起来很好。”

“随便。”

又是沉默。他走到窗前，看到工程车上的黄灯。“本，我在这里。我会等你联络，你有什么需要就打电话给我。”

工务局夜班部的人在外面。他穿着一件黄色的雨衣，背面有白色的反光条，像是囚衣。黄色的灯在闪动。“我在电视上看到救援行动，可是我想自己来看一看。我不想进去打扰你。”

“我醒了。”

“如果继续下雨，这个洞恐怕会下陷。”

“陷到哪里？”

“下面。”

下沉又下沉，就像在他的梦里一样。“曾经有人掉进地心吗？”

"我没看过。我看到开直升机的演员，你是在哪里认识他的？"

"他住在我上面。要进来喝杯咖啡吗？"

"我还在上班。"

"你可以站在窗边注意外面的情况。"

他让车子的引擎保持发动。他们一进到屋里，理查德就后悔让他进来了。他在滴水，沾着泥的脚印走过地板留下足迹。他又不便叫那个家伙脱下靴子。

他打开冰箱看看里头有什么东西：他的晚餐。他忘了吃晚餐。"你要蔬菜布朗尼还是甜甜圈？"

"甜甜圈好了。"

理查德四处看一看。"我在想，咖啡机在哪里？平常不是我在泡……"

"茶就好了。事实上，我比较喜欢茶。"

理查德泡茶。

"你怎么还没睡？你看起来不像是夜猫子。"

"我跟我儿子打电话，他住在纽约。"这可能是他第一次讲这种话。

"怎么会扯上电影明星？他就那么做了吗？他的经纪人、律师和公司经理都没有阻止他？他们可不喜欢替人免费工作。"

"我想他不认为那是工作。"

"我是个演员，也是作家。我猜你看不出来。我来洛杉矶是为了成为明星，结果看看我现在在做什么？"

理查德不知道该如何回应。

"我在明尼苏达州长大，小时候喜欢搜集石头。我了解石头，所以我进入和地质有关的行业，可是我来洛杉矶主要是为了拍电影。"

理查德点点头。

“我写了个剧本，你想你有机会拿给他吗？”

“你是为了这个原因才来的吗？为了把你的剧本拿给我？”

他点头。“我也想看马是不是平安。”

“幸运。那匹马名叫幸运。”

“马吃了监视器？”

“不，它只是把监视器给咬了。”

“我最好回到外面去，毕竟我是在值班。谢谢你的点心。”

“不客气。”

“对了，我不喜欢警告别人，不过这里可能有危险，你应该开始做打算，要搬去哪里住比较好。”

“什么意思？”

“如果山坡的地面继续下陷，它会把其他东西一起带下去。不见得会把你的整座房子都拉下去，不会那么夸张。不过，你的房子可能会需要整修，不要低估这个可能性，否则你将说不定会后悔。晚安。”

清晨时分下起雨来，一场能一下子就把人淋成落汤鸡的豪雨，是干旱了几个月以来的第一场倾盆大雨。土地仿佛过敏般拒绝吸收，雨水积在地面上。表面张力难以轻易打破。雨滴泼溅到泥地弹开，流到街上，倾泻进沟里。

尽管凌晨时清醒过一次，他还是起得很早。雨还在下。他做运动，做功课，看利率。他运指如飞，打字、交易。这是个敲敲电脑键盘就可以赚钞票的工作。他研判市场动向，嗅嗅它的气息，预测接下来的趋势动态。股市表现将走到顶点还是底部；他要考虑所有的机会和陷阱。七点。他看着自己的行事历，试着拼凑过去这阵子是怎么过的。西西莉亚说过，他好几个礼拜没出门了。但如果有人问他，他会发誓说他出去过。

他在去医院急诊那天的日期上打了个叉。在那之前，他最后一次出门是什么时候？几天前或者是几个礼拜前？他好像去看了牙医？他翻着行事历，预约牙医是在一月二十二日。他又翻了几页。三月二十七日，一个从纽约来的老朋友临时打电话约他一起吃晚饭。四月十五日去看舞台剧；那是他在三月二十七日跟朋友吃过饭后，有一瞬间感觉自己又是一个人了的时候临时买下的票。不过后来他想不出要邀请谁一块儿去，只好独自去看戏，还把外套放在他旁边的座位上。

在那之后，他就想不出什么了。他看着电脑；他储存了每天的交易记录。就记录来看，没什么特别的，但如果没有这些记录，显然他就不存在了。

他走到窗前。外面的坑洞成了泥洼；昨日清晰的脚印，已经逐渐模糊。他想那个洞里可能积满了水，成为蓄水池。

他站在窗前，看着那个穿红色泳装的女人在雨中游泳。他这样每天看她游泳有多久了？她穿这件红色的泳装有多久了？之前她还穿过别的泳装：蓝底配上荧光橘的花朵，他记得那一件，那色调令他紧张，令他想到狩猎季，荧光色代表危险，要小心。在那之前是一件黄色的。他最喜欢红色，红色是完美的、鲜艳的、有生命力的颜色。一个在水里的人会担心淋湿吗？

卢萨迪。他必须再去看卢萨迪，问他为何找不出他痛的原因。他不能待在家里。他再次检查电脑，然后开车下山，往安希尔的店开去。收音机里一再警告道路封闭，暴雨成灾，路上可能淹水或湿滑，什么都有可能。

他停好车，拿了一份报纸遮着头跑进甜甜圈店。

“在加州，人们假装这里不会下雨，好像下雨是一件不可能的事，没人有雨伞。”安希尔笑道。理查德把淋湿的报纸放到柜台上，坐下。“我吃掉你忘了带走的谷类食物。蛮好吃的，像硬纸板，但是有水果的味道。”

“那是加了莓果的水果浓缩汁烘干后手工压制的高纤碎片。”

“我或许可以卖这种东西？”

“或许。”

安希尔倾身向前，仔细地看了看理查德。“你看起来气色不好。”

“我大半夜都醒着。”

“你的心脏如何？”

在他回答之前，之前来过的那个流浪汉又走了进来。他看着店里的两个男人——安希尔作势要把他嘘出去，而理查德则拍拍他旁边的高脚凳。

“来坐下，”理查德说，“我买一个甜甜圈给你，不必乞讨。”

“你在这里工作吗？”

“我只是来拜访朋友。”

“我也是。”流浪汉说。

流浪汉一坐下，理查德立即体会到这种事并非如希望的那么容易做到。流浪汉身上臭臭的。安希尔抛给理查德一个不悦的眼色。

“你要什么？”理查德问，“你想吃什么？”

“跟你一样就好。”

“吃你想吃的。点你喜欢的。”

“别逗我了，”流浪汉说，“你给我什么，我就吃什么。”

安希尔给流浪汉一个甜甜圈，放在一个普通的白色盘子上。

“你要咖啡、茶、柳橙汁，还是牛奶？”理查德问。

“听起来不错。”

“全部都要？”安希尔想知道。

“随便你选。”理查德对他说。

“好。”流浪汉回答。

理查德犹豫了一下。

“每种一杯。”他说。

安希尔不置可否，可是明显看得出他不高兴。流浪汉吃着甜甜圈，沾咖啡吃，然后用纸巾擦擦手，喝柳橙汁，再优雅地啜饮茶。“好茶。”他说。他不是不懂礼貌的。他低头吃着东西，尽量保持低调。等他吃完，就爬下高脚椅，朝门口走去，没有多做拖延。

“祝你有美好的一天。”理查德在他背后说，对于那家伙没道谢感到有些不悦。

流浪汉转过身。“祝我有个美好的一天。那是什么意思？我无家可归！有个美好的一天？呸！去你的。”

“你不可能在一夕之间改变规则。”安希尔说。

“抱歉。”

“没关系。事实上，这样比较好，他不会回来了。”

理查德看着安希尔走进厨房。他操作着大型搅拌机，动作熟练优雅。他个子虽小，却有匀称的体态，结实而没有赘肉。

“你上健身房吗？”

“我讨厌运动。我的保持身材之道是一天吃八餐。每次只吃一样东西：一个马铃薯、一片肉或一些乳酪。我唯一无法抗拒的食物是我太太做的炖鸡、梅干和橄榄，不过从来没有男人会因为吃炖鸡而肥胖的。我们干吗谈这个无聊的话题？我知道你来是要谈重要的事情。”

“我儿子和我侄子要一起开车来加州，他们今天出发。”

“杰克·克洛克。”

“谁是杰克·克洛克？”

“敲打诗人……我看过我这个时代最好的心灵……”

“是杰克·凯鲁亚克和艾伦·金斯堡。你是怎么知道他们的？”

“我来自另一个国家，不是另一个星球。我堂哥教我的，他是革命者。很遗憾，他已经离开我们了。”他在胸前画了个十字。

“你是天主教徒吗？”

“不是。为什么这么问？”

“因为只有天主教徒才会在胸前画十字。”

“我是在电影里看到的。有人提到死者时会那么做，我以为大家都会那么做，看起来很酷。”

“那是十字架的意思。”

短暂沉默。

“我可以开你的车吗？”

“下雨了。”

“车子有很好的顶篷。”

“好吧。”理查德把钥匙递给安希尔，然后走到柜台后面。

安希尔出去了。几分钟后，一个看起来长得和安希尔一模一样的男人走进来。

“你是奔驰车主人？”他问。理查德没说话。他不确定这是不是某种玩笑。

男人伸出手。“我是乔治，他弟弟。”

“安希尔提到过一个弟弟，可是他没说你们是双胞胎。”

乔治轻笑。“他喜欢假装他是唯一的那个，而我喜欢突然出现来提醒他，他不孤单。连我妈也不知道我会蹦出来。她在医院生下安希尔，然后就想下床，可是他们说：‘等一下，还有。’那时候不像现在，可以事先看到肚子里有什么东西，清点存货。我听说了你的车。”

“安希尔现在开出去了。”

“你允许他在雨中开车？”

理查德点头。

“你真勇敢。我们国家从不下雨，我想他不曾在湿地上开过车。”

“你们还有多少亲人在这里？”

“另外两个兄弟和三个姐妹。我和安希尔开一样的车，丰田车。我们买二手车，两辆等于一辆的价钱。你有兄弟吗？”

“一个。”

乔治微笑。“你喜欢乔治这个名字吗？那是我学到的关于美国的第一个词。乔治·华盛顿，他的脸印在每张一元钞票上。他的牙齿是木头做的，一颗蛀了就换一颗。当我刚来美国时，我就改了名字。”

一个客人走进来，理查德给客人包了半打甜甜圈带走。

“我打赌那个家伙会一个接一个，吃掉所有的甜甜圈，”乔治说，“如果一个甜甜圈好吃，何不吃两个？如果两个好吃，吃四个更好。我喜欢美国，它能让大家都有钱。”

安希尔回来了。他搂搂他弟弟，两人就像照镜子一样。“我希望他没吓到你。他是我的秘密武器，”安希尔说，“等我们的电影《超级甜甜圈人》开拍，他会是最终登场的炸圆饼。”

“炸圆饼？”

“麻花状的炸圆饼。”

营养师西尔维亚和管家西西莉亚坐在餐桌旁等他。“真是个惊喜啊！我先把这些衬衫拿进去放好。”他把他带回来的一盒甜甜圈拿进房里藏起来。“昨天很抱歉，”他说，“我一直在昏睡。”

她们看着他，像是发生了什么严重的事。他昨天的晚餐还在冰箱里，他相信西西莉亚看到了。

“我正要去赴另一个约，可是我想先顺道过来看一下你在做什么。”西尔维亚说。

“你昨天晚上吃东西了吗？”西西莉亚问。

他摇头。

“今天早上呢？”

“一杯咖啡。”

“真正的咖啡？”西尔维亚问。

他点头。

“加一般的牛奶？”

西尔维亚一副受到打击的模样。“我们为你做了许多好吃的营养食品，你却喝那个？你最起码可以点豆浆吧？连星巴克咖啡都卖豆浆。”

他看着西西莉亚，她显然知道甜甜圈的事，可是识相地没有戳穿。“我跟一个朋友在一起。”

“我知道你这阵子不好受，虽然我不清楚是为什么，可是请你努力按计划吃东西。乱吃会在你的身体已经有压力的时候又增加它的压力。如果你觉得吃厌了就直接告诉我，我们会给你一些新的东西。

你想吃什么别的东西？”

“你吃什么？”他问她。

“几乎什么都没吃。”

“蒸的青菜、糙米？”

“我吃很多营养补给品。”

“海草？一点点蛋白质？”

“我不是一个好例子。我的人生和食物息息相关，这是我的工作。”

就在这个时候，他饿了。他平日的早餐摆在他面前的桌上。

“我多给了你一些干燥的有机莓果，”西尔维亚说，“还有，我想你需要一点这个。”

她从口袋里拉出一个塑料袋，打开它，在他的谷类食物上洒些粉末。

“那是什么，仙尘？”

“亚麻。我买亚麻籽，把它磨碎。”

他开始吃。

西尔维亚仔细观察他，伸手碰触他脸部的皮肤。“或许我们应该加个蛋？我每个礼拜有两天的早餐里给你吃一些蛋如何？你喜欢水煮蛋放在菠菜盘上面吗？或许加个烤番茄？”

“男人必须吃东西，”西西莉亚说，“他把自己饿坏了，或许才导致他这样。”

“我给他安排的是抗衰老轻食。”西尔维亚说。

“他不能靠海鲜过日子，每天吃鲑鱼会长出鳃来，或患上甲状腺肿等毛病。”

“如果我停止这样吃，如果我像一般人那样吃呢？”他把谷类食物的碗推开。

“你会死掉。”西尔维亚说。

“你现在想吃蛋吗？”西西莉亚问。

他摇头。“很快吗？我很快就会死吗？”

“总有一天。”

“可是我已经在死了。”

“没错，吃一些像橄榄油这种抗氧化物的目的就是要帮助你尽可能保持健康。你想要好好终老还是恶病缠身？”

“我给你弄些好吃的煎荷包蛋或做个蛋卷，好吗？”西西莉亚问。

“我吃这样就好了。”他说。

西尔维亚是谁介绍来的？经由别人而认识某人，是谁给他介绍西尔维亚的呢？好像是一个他约会过的女人，漂亮、金发、没内涵。他跟她约会了两个礼拜，但其实第二次约会后他就想和她停止交往，但是又不想伤害她的感情。然后她抛弃他。西尔维亚是她的营养师？

“顺便问一下，”他问，“你还在跟那个谁联络吗？她叫什么名字来着？”

“谁？”西尔维亚问。

“你知道是谁，把你介绍给我的女人，她叫什么名字？”

西尔维亚摇头。“我不记得是谁。”

理查德耸耸肩，换个话题。“食物对你有何意义？”

“非常重要，它意味着一切：爱、维生、舒服、照顾。或许问题是，它对你有什么意义？”

“一开始，我希望能有个精瘦、干净、有效的身体。但现在这种饮食方法已经变成一种习惯，一种生活方式。”

“不要光吃蛋，”西西莉亚说，“吃培根加蛋。我可以买一些瘦的火鸡肉，或是一些肉桂葡萄干吐司吗？”

“你有没有想过要拿你的营养食品去店里卖？”理查德问，“我的一个朋友在城里开店，他很喜欢你的东西。”

“哦，真的吗？我可以做一些给他。”

“那太好了。”

西尔维亚起身要走。“下礼拜见。还有，如果你想吃什么就吃吧，对你自己好一点，这里不是军队，吃得营养，不是要你吃得痛苦，你必须快乐地活下去。”

“你确定不要我帮你做些蛋或法国吐司吗？”西西莉亚问。

“明天，”他说，“明天做。”

当他吃早餐的时候，外面出现了一些动静。他隔壁邻居家支撑车棚的一根柱子突然断裂，车棚倒塌，断掉的柱子向外突出，像是弯下的膝盖。

他打电话去卢萨迪的诊所。“我必须提早复诊。”

“你上次办了免费停车，对不对？”接待员问。

“对。”

“你还在痛吗？”

“是的。”

“两点半好吗？”

他接着打电话给他的保险公司。“我家前面的土地在下沉，我的房子恐怕会遭殃，我想我应该先问看看，万一出了什么事该怎么办，有什么程序……”

“在回答你之前，让我先查看你的保单有效日期。请给我你的名字、地址和社保号码。”

电话那头传来敲打键盘的声音，那个声音停顿后，理查德很确定他听到点打火机的声音，然后是抽烟的声音。

“身为一个保险经纪人，你真的在抽烟吗？”

“我上瘾了，”对方说，“不抽我活不下去。”

“你不担心得肺癌吗？”

“哦，”他说，“这不是香烟，是大麻，我自己种的。我们来看看你的保单。你很幸运，没什么好担心的。”

理查德不知道他是在分析他的保单，或是在估算他的房产。“你怎么会上瘾？”

“就是上瘾了。你一定跟你的保险经纪人处得很好。”

“那是很久以前买的保单，”理查德说，“他们让你在办公室里抽烟？”

“中午以前这里只有我一个人。我叫保罗。她卖给你的是全险，而且价钱低廉。我们现在根本不卖这种保单了，对我们来说太不划算。”

“我运气好。”他跟大麻瘾君子开玩笑。

“你必须把发生的事情都记录下来，找人估价、拍照。”

“如果我必须另外找地方住呢？”

“做好准备，打包行李，当事情发生时赶快走。等你安顿好，就打电话给我们。你的保单包括了房屋受损后在评估和修理期间的住宿费用。”

“会付多久？”

“合理的、合乎惯例的时间，基本上那指的是你在外面住多久，我们就付多久，所以我们没有写在保单上，因为有的人会搬去欧洲住。”

他挂上电话，从衣橱里拿出一个旅行袋，打包几样东西。他让袋子敞开着放在床上，然后打电话给卖给他这栋房子的房地产经纪人，比利·柯林斯。

“理查德·诺瓦克，我记得这个名字。我从来不会忘记任何一个客户。从来不会忘记他们的名字或地址。你住在阴影坡。你要我帮你卖房子，或者是找更大、更好的房子吗？”

“我的房子有问题……”

“你已经住了超过十年，我们不太可能赔偿你。”

“十三年了，我还是很喜欢它。”

“我可以带你去看几间新房子，时代改变了。”

“我的房子有些损害，或许是地形结构上的问题。我还不知道损害的程度有多大，我可能暂时得先找个地方住。”

“你愿意接受我的建议吗？我甚至会为不知道他们想卖房子的客户卖房子。他们自己没发现卖房子的时机来了。有时候我开车载客户四处绕，他们看到某间中意的房子，我就去帮他们与屋主接洽，说服屋主卖房子，议价直到双方都满意，那是我的工作。”

“我想听听你的意见，建议我该怎么做。”

“再婚？”

“不。”

“哦，那么，趁这个时机去新的地方看看。从房子可以看出屋主的风格和品位。选房子最重要的是：你想要做谁？你如何看待自己？如何为未来设定方向？”

“我可能需要短期租房。”

“在这个城市里，任何事情都是短暂的。你有宠物吗？”

“没有。”

经纪人比利是那种到了六十岁还叫“比利小子”的人，一个土生土长的洛杉矶人，他自夸对这块地盘了若指掌。

多年前，就在理查德向比利买下这栋房子之后，他接受比利作为他的客户。比利靠买下房子后加以整修并卖出赚了不少钱。理查德帮比利操作股票，让比利很快赚到更多钱，就在股市的高峰时，比利决定把资金挪回房地产，因为变化太快的股市令他紧张。

“你的生意怎么样？”理查德出于礼貌地问。

“可以更好。”

“你已经做得很好了。你不能永远连最后一点零头都要赚，知道何时收手是赚钱的要诀。”

“你怎么看现在那些科技公司？”比利问他。

“我不再碰那些公司的股票了。”他不想告诉比利，尽管他搜集各种资讯，也对那些公司相当了解，但他从来不认为网络会全面性地蓬勃发展。他从来不认为像他父母那种人会从箱子里拿出电脑，过起网络生活。他认为电邮只是一时的流行。他的思想有种奇怪的局限性，仿佛没有能力展望未来。他小时候做白日梦时想到的东西，顶多是漫画《狄克·崔西》里的通话手表和符号戒指，而不是全世界无线网络、加密随身碟、掌上型电脑以及新世纪难解的密码。

“谢谢你打电话给我，”比利说，“我相信我们可以帮你找到房子。你什么时候需要？哦，我怎么会这样问？当然是现在！你现在就需要搬家，否则你不会打电话给我。”

二十分钟后比利回电。“别说我不关心你，都搞定了。我帮你找到马里布海滩一栋非常特别的房子。”

“我应该去看看吗？”

“我想你没抓到重点。并不是屋主想出租这个地方，是我帮你游说他的。那栋房子是我卖给这位仁兄的，他打算把它拆掉，正在申请重建的许可证，等许可证下来，他就要把它改建成具有某种‘特色’的建筑。现在里头的家具一应俱全，面向海洋。听起来很不错吧？”

“没错，所以我说我想去看看。”

“哦，我想它绝对能合你的意，我指的当然是短期的。我可以带你过去看。你今天早上有空吗？现在就能出发吗？否则我今天还要安排别的事做。”

那栋房子有四个房间，三间浴室，装潢全部都是白色的，白色的沙发、白色的墙、白色的长毛地毯，天长日久的，变得有点泛黄。

“在这里曾拍摄过一九七五年的电影《洗发精》。”

“但这里看来从来没有清洁过。”

“你真幽默。我可以找人来清理地毯，把客厅油漆一下，可是不大可能大肆整理。重点是海洋就在外面，涨潮的时候你可以从码头跳进去。它是个不同的世界。我会找很棒的地毯清洁公司来，他们会仔细到像在搜查犯罪现场，任何脏污都不会放过。他们会非常谨慎地穿着防护衣、戴着面罩进来做他们该做的事。大饭店经常雇用他们，因为有时候饭店的清洁工不能忍受清扫某些东西。我为什么告诉你这些？换你告诉我一些事情了。你都在做什么？”他装出开收银机的声音，“我一想到你就想到收钱的声音。”

房子是白色的，像一朵云，像一个愉快的梦，比明亮更明亮，反射的光线自所有的白墙弹开，海洋的波光就在外面闪动。感觉充满希望，有股鼓舞人的神奇力量。每样东西都是白色的：白色的柜子、白色的碗盘、白色的银器、铁铸的油炸锅外头包着白色的珐琅、露台上有白色的凉椅、客厅有白色的沙发。他上楼，从一个房间走到一个房间，白色，更多白色，更多更多白色。他躺到一张床上，床在晃动。他起身，再躺回去，感觉到水床里的水，想到夏天即将来临。

他想象这会是个与以往都不一样的夏天，就该这么过的夏天。本来洛杉矶，他们会一起做所有他们以前就该一起做的事。他们可以一起看球赛，一起看电视，做父子同乐的任何事。

“好，我租下。”

“你不看其他的地方吗？”比利打开一道门。原本那是间家庭办公室，现在已经改装成成人游戏室，就像有的人可能会把多余的房间改成健身房一样。天花板上装设了一个吊具，当然是白色的，地上有张床垫，上面放了许多枕头和延长线，全都是白色的。

“有什么我该知道的吗？”

“可以把女人吊在那里。我听说反地心引力做那种事特别销魂。我不喜欢那一套，我只知道那是什么，因为我有一次在展览里看到过。这栋房子的下面，”比利关上门说，“没有游泳池。即使是在海滩，大家还是想要游泳池。但对我来说，游泳池就像恐怖的密室，会让我想起魔术大师胡迪尼被困在水牢里。住在这种地方，我会准备一条救生筏。对了，我会找人把那个东西拿下来，我只是想让你知道它曾在那里。”

“多少钱。”

“两万五。”

“一万五。现金预付三个月。”

比利拿出手机，打电话给神秘的屋主，转身背对理查德。“我有个老客户想租三个月，预付三个月租金四万，他愿意另外付五千元，作为清理地毯和油漆的费用，”他沉默了一下，“马上。”

等他挂上电话，理查德问：“你为什么跟他报四万？”

“我干这一行二十七年了，我知道人们会怎么想。你如果说：‘他会付四万五，可是你必须花五千元整修。’他们会拒绝。可是你如果说：‘四万，他会多付五千元整修。’他们则会答应。每个人都想占便宜。现在有个麻烦：你可以租下来，可是要等到下礼拜才能住进来，因为他已经答应让某人来住五天。加上我需要花两三天的时间把它清干净。必要的话你可以先住在饭店吗？”

他可以去度个周末，去拜访他住在波士顿的弟弟。“成交，”他说，“现在告诉我，这栋房子是谁的？”

“你不会想知道。”

“不，我想知道。”

“我只能说，你一定听过他的名字，我说得够多了。”

“我将要住进某个家伙的家，可是我不能知道他是谁？”

“你不是要住进他家，你是住进他拥有的一间房子，意思完全不一样。他从没在这里住过一个晚上。”

开车回城里的路上，理查德因为生活变得活跃起来而感到有点头晕，也可能是因为他最近的低热量餐的关系。他快要昏过去了。吃个甜甜圈会令此刻的他好过一点。他带了几个来，本来想要送给比利，可是当他看到比利时，又不想给他了。

他把手伸进袋子里，拿出一个甜甜圈，咬上一口，覆盆子果酱在他脸上爆开。他边开车边用舌头和手指头企图把自己抹干净，像一只动物在舔拭自己，直舔到他不再感觉黏黏的为止。

当他走进诊所，接待员对他说："我每次见到你都很高兴。"

理查德把停车票递给她。

"你是我喜欢的男人类型，会先把停车票给我，从不忘记。你还会痛吗？"

"我不知道。我很忙，被车子撞了，而且我的房子快要掉进一个洞里。你有没有看到他们把马吊走的新闻？我帮的忙。"

"哦，所以你好一点了？"

他想了一下。"我想我没有真的好，所以我才会打电话来。"

卢萨迪表现得好像从来没见过他。他没有说，嗨，你好，很高兴见到你。"你为什么来看我？"

"同样的理由。"理查德说。

"我听听看。"

"我觉得很茫然，那是正常的吗？每一件事我都会往最坏的方面去想，脑子经常一片空白，那是正常的吗？"理查德把衬衫脱掉，全身起了一阵鸡皮疙瘩。卢萨迪拿听诊器在听他的心跳时，他回想起自己怎么会来洛杉矶落脚的。当公司说他们可能需要调派一个人到西岸任职时，他还和他太太住在一起。理查德问她，她觉得他应该去吗？她回答说已经很晚了，而且她不在乎，她只想在睡觉之前做完该做的工作。

他记得她没意见，那是中立还是否定？他记得他感觉自己好像变成隐形人，她无视他的存在。两个礼拜后，他搬出去。

卢萨迪用灯光照进他的眼睛。理查德想起他那时有多愤怒，他显然到现在还在生她的气，气她那么轻易就让他走，气他自己没有吵一架就黯然离开。

"我梦见我掉进一个黑洞里。"他告诉卢萨迪。

“你知道在黑洞里会怎样吗？”卢萨迪翻阅着他的病历说，“你会被拉扯，直到你终于被撕成两半。你的饮食习惯如何？舌头伸出来。”

卢萨迪看他的舌头。“你吃了一个果酱甜甜圈？”

“是的，你怎么知道？”

“你的呼吸有糖味，你的舌头有糖霜，你还掉了一点点面包屑在你的衬衫上。”

“我吃低热量营养餐很久了，平常都保持那样吃，但是最近几天有点失控……”

卢萨迪再度打开病历，翻看着。“我们拿到你的检验报告了，你的前列腺特异抗原太高。我应该给你做个直肠肛诊，看看有没有问题。”

理查德脱下裤子。卢萨迪戴上手套，扭动他的手指进入理查德的肛门。“男人到了你这个年纪都会罹患前列腺癌，晚碰到比早碰到更糟。你知道吗？我们死的时候都会带着前列腺癌。很奇怪，不过是真的。它通常不是杀死我们的原因，但是它存在我们身上。你经常射精吗？你的性行为频繁吗？”他问，手指还在理查德的肛门里。

“不多。”理查德说。

“试着经常射精，有个神奇的说法是，你越经常射精，越不容易得癌症，那么做可以保持你身体的所有一切运行正常。我提不出任何证据，但是何乐而不为呢？”他抽出手指头，“我没有感觉到什么。你有勃起障碍吗？”

“没有，我没太大问题。”

“没太大问题是指偶尔有问题吗？我可以给你一些威而刚。”

“我没有遇到我不行的情况。我对什么都没感觉，除了痛，所以我来这里求诊。我好像死了，死人不会射精。”

“你如果死了，就不会感觉痛。所以从这一点来看，会痛或许是个好现象。就前列腺而言，我们可以持续追踪，六个月后再复检。”他把自己沾了一点大便的手指抹在一个硬纸板的结肠卡上，然后脱掉手套，好像这是他生活中习以为常的事。“外面还在下雨吗？我进来的时候在下。”

“没有……几乎没有。”

“有多痛？”

理查德耸耸肩。

“要做疼痛管理，有毒瘾的人都会那么做。我们可以给你挂上一根吗啡管，那样你就可以去演电影《长夜漫漫路迢迢》里对药物上瘾的妈妈。”

理查德没说话。

“这种觉醒的过程很微妙，从冰冷恢复到正常，不可能一蹴而就。”

“为什么不能？”

“你死了，”卢萨迪坐到他桌上，“你不知道如何去感觉，或者，更精确地说，你不知道该拿你的感觉怎么办。当一个人从冰冷的户外走进屋内时，不会立刻感到温暖。如果他已经在屋外待了好一会儿，他进屋里会感到全身都痛。屋内越温暖，他刚进去的时候会越痛。那是非常难以忍受的痛苦。越不想去感觉任何事情，反而会对每一件事都更敏感，因为你的感觉太多了，所以你受不了。如果你发现自己的感觉有那么多的话，你会觉得好像要爆炸，或发疯。”

“我觉得麻木。”理查德淡淡地说。

“你有知觉。”

“是的，有点像虫在咬我，有点痒或有点疼，或是像有毒的常春藤在纠缠着我。前几天，在我感觉疼痛之后，我打电话给我前妻、我儿子、我父母和我弟弟。我跟每个人讲话，结果我的感觉更糟。”

“你以前属于哪一类的学生？总是坐在教室最后一排、运动员还是乖乖牌？”

“好像都是，也好像都不是，我不太引人注意，不管在哪里。”

理查德在诊疗台上，脱下衬衫，拉下裤子，感觉比赤裸更赤裸，紧张又难为情。卢萨迪的手指在病历表上轻敲。

“你以前曾经有过焦虑症吗？你想吃点缓和情绪的药吗？”

“我的情况是——焦虑？”

“是的，你有某种程度的焦虑。你感觉你快死了，你失败了，你不是你想成为的人，你妈妈不爱你，你爸爸不了解你，每个人好像都过得比你好。”

“我不是失败者。我也有一番作为。我赚了不少钱。我赚的钱足以令许多人感到快乐。事实上，我赚的钱可能比我弟弟还多。”

卢萨迪以夸张的表情表示惊讶。“什么？你现在在肯定自己了？你好像有好一段时间都在否定自己。”

“我感到不安。”理查德承认，穿回衬衫。

“去爬墙。”

“什么？”

“你撞到墙了，现在去爬墙，真的爬墙。”卢萨迪打开他的电脑，寻找资料，写下两个电话号码，“他们会教你。”

“很好笑。”

“我是百分之百认真的，身体健康，心理才会强壮，然后情形就会好转。我无法让你觉得好过一点，那不在我的能力范围之内。”

“如果我是你的亲人，你会怎么对我说？”

“我会告诉你，你必须做些事情。我会叫你去多方面尝试。你必须复活，回到你的人生。而且别等到明天，现在就开始，每一刻都重新开始。你有信仰吗？”

“我不知道。”理查德说。

“你会祈祷吗？”卢萨迪问，理查德说不会。

“考虑看看。”卢萨迪递了一张纸给他，上面有攀岩学校的电话号码，然后他离开诊疗室。

理查德觉得糟透了，心情跌到谷底，坏到无以复加。他觉得自己很可悲，仿佛他的存在本身就是一种悲哀，所以他老是抓着悲哀不放，把悲哀留给自己。他感到挫败，每一种挫败都像一只爪子戳进他的心里。他感到自己无知，感到畏惧。他不认识自己，不知道自己知道什么。

他的肛门在痛，痛进他的骨头里。或许他的确患有癌症，或许他应该让他们给他做个睾丸切片，可是现在他已经受够了。

当他要离开时，接待员在他背后叫道：“别忘了，你已经可以免费停车了。祝你有愉快的一天。”

他想要转身纠正她，他想要说：“我是个死人，死人不会有愉快的一天。”他想说些什么。

“你要再来复诊吗？”她问。

“我会再打电话来。”理查德说。

他回到家，西西莉亚站在车库前的车道上，他家门前围着一条犯罪现场的黄色封锁带。

“他不准我们进去。”

“那是我们的家。”

“有个男人叫我出来。”

“真是疯了。”理查德走进屋里。

“对不起，先生，你必须到外面来。”

“你是谁？”

“我是工务局的日班部人员。”

“这是我家。”

“你必须做的第一件事情是，把你的车开离车库。”

“这是劫持，你要抓我们当人质吗？没人说你能进来。”

“你的车库最接近山边，而那个洞随时可能陷下去，那辆车看起来又像是很重的车。”

理查德把车子开出车库停到路边，再回到屋里。

“现在我放心点儿了，”日班人员说，“很多车子从边坡掉落。抱歉我用了犯罪现场的胶带。我不是有意要吓唬你的，只是刚好没有施工用的胶带了，只好用这种。你听我说，这是你的房子，我不能阻止你进去，不过我可以告诉你，情况还会更糟。我刚好路过，所以顺道检查一下。我不是没有别的事情好做，尤其是刚下过雨，很多地方要勘查。顺便说一声，我喜欢你的画。我还以为只有在博物馆才看得到那种画。我想我错了。”

西西莉亚进屋的时候日班人员还在讲话。

“我想告诉你的是，你最好搬走。”日班人员说完离开了。

西西莉亚开始打包。她拿出吸尘器、拖把和桶子，在桶里装入她最喜欢的用品——她的橡皮手套和一双工作鞋——好像那些东西是无法取代的。

理查德拿起电话打给四季饭店。“我要订房，”他说，“诺瓦克。大约一个钟头内抵达，要过夜，我不确定几天，或许一个礼拜。”

“和平常一样的套房？”

“好。”他知道他们为什么会这么说，他们以为他是他前妻的助理。那样很好，他会因此得到更好的服务。

“账单要寄到公司吗？”

“我给你另一张私人信用卡。”

他前妻每次因公到洛杉矶时，总是太忙而没有时间和他见面。他们每次都会先约好，但十次有九次她抵达前就取消了约定，另外一次是在最后一分钟取消，不过她每次都会打电话通知他。

理查德环视屋内，有种恐慌的感觉。他拿了他认为如果没有就活不下去的东西：笔记本电脑、平板显示器、无线鼠标和他昨晚开始准备的袋子。他又塞了几样东西进袋子里：一条领带，以备不时之需；一件运动夹克，为了某种未知的理由；一双比较好的鞋子。

西西莉亚把头探进冰箱里，拿出容易腐坏的东西，接着又拿出他这个礼拜的食物，把它和冰块包在一起。她丢掉了一样东西，那是本来预备作为他今天晚餐的鲑鱼。鲑鱼掉到地上后滚走了，滚过地板，往下坡滚去，它翻滚着，仿佛往下游游去。鲑鱼没理由会自己翻滚，除非本来是平的地板现在已经倾斜了。

西西莉亚和理查德眼看着鲑鱼在地上一路滚呀滚的，直到它被一张椅子腿挡住。这时电话铃声突然响起，西西莉亚接听了之后，把话筒交给理查德。“你的电话。”

“那是你太太吗？”

“我的管家。”

是那天在超市哭泣的女人打来的，她的声音在颤抖。

“怎么了，出了什么事？你听起来很害怕。”

“我在考虑接受你的提议，只要一会儿。”

“我的房子快坍塌了。一场灾难。你看过电视新闻报道飞马吗？有我的镜头，我家正要掉进坑洞里。”

“意思是说我不能过去了？”

他犹豫着。“不，当然不是，”他说，“只是你可能不能来这里。我正在收拾行李要去四季饭店，你想在那里跟我碰面吗？”

她有好一阵子没说话。“我跟你在大厅碰面。”她说。

“给我一个小时。”他挂断。

“你真了不起，”西西莉亚说，“居然有女人打来电话，还有其他的事，你几乎像个人了。你要我跟去那里帮你整理吗？”

“我可以自己弄。”

“你知道的，接下来我不能到饭店里帮你弄早餐或跟在你后面清理，饭店有他们自己的工作人员。”

“我知道。”

理查德忽然想到他不知道西西莉亚工作以外的其他事情，她一向时间一到就出现或消失。

“你可以自己回家吗？还是你想搭我的便车去哪里吗？”

“哦，我不回家。我要去享受一下，或许会去逛街，或许会去市场给我自己买个柠檬蛋白派。”

“我还没机会告诉你，我为我们找到了一个新地方，可是一个礼拜后才能搬进去，它在马里布海滩。”

门铃响了，是快递公司的送货员送来他为西西莉亚订的隔绝噪音头戴式耳机。

“你不必这么做，这样你圣诞节就没东西好送我了。”

“离圣诞节还很久，我相信你到时候会想要别的东西。”

“我们可以各自戴着耳机，谁也不跟谁讲话。”西西莉亚打开盒子。

“你也可以用耳机听音乐，”理查德说，“如果你搭飞机的话，它阻绝引擎声的效果很好，我就是那样才发现这个好东西的。”

理查德把东西拿上车。电影明星从街上走来。“现在不是时候吗？我本来想打电话的，可是我没有你的电话号码。”

“我刚好要出去，”理查德说，“暂时到别的地方住一阵子。”

“我有事跟你说，”电影明星说，“我妹妹要成立一个团体，一个关于宗教思想的读书会，我想她打算创建她自己的宗教，你想参加吗？”

“谢谢你想到我，”理查德说，“听起来很有趣。”

“我们今天晚上开始，和犹太人一起了解犹太教徒。”

“你是犹太人吗？”理查德问电影明星。

“我当然不是，”他说，“可我父母是。”

理查德有点错愕，不知该如何反应。

“考虑看看，”电影明星说，“打个电话给我。电话簿里找得到我的号码，用的是名编剧爱德华·奥比的名字。”

“你会接到很多打给真正的爱德华·奥比的电话吗？”

“他死了，不是吗？”

“没有。”

“真的吗？哦，或许我应该换别人的名字。那……用《麦田捕手》里的主角霍尔顿·考尔菲德的名字如何，他还活着吗？”

“我不知道。”理查德不想再多费唇舌。

“画怎么办？”拿出最后一个袋子的西西莉亚问，“你不能把它们留在那里吧？”

他完全忘了那些画。他回屋里把画从墙壁上拿下来，用纸包起来，小心翼翼地把它们放进车里。他用安全带把德库宁的画扣在后座，把罗斯科的画放进后车厢，轻轻关上车盖。还有其他他可以带走的画，但这两幅最重要。

西西莉亚按喇叭。“如果不快点走，我就不能享受一天的假了。”

“要去哪里？”他问，发动车子。

“你可以在费尔费斯大道放我下来。”

“你明天可以放假，”他说，“整个礼拜都放假，真的，薪水照付。现在没多少事情好做，我明天会再来看看房子。”

西西莉亚点头。“谢谢……也谢谢你送我耳机。如果你需要什么，或是你碰上麻烦，打电话给我。我住得不远，我可以来。”

她下车时，他对她说：“祝你有个愉快的下午。”祝你有个愉快的下午，他怎么会那样说？天气不是很好，不够温暖。那是你在签完信用卡账单后会对加油站的家伙说的客套话。那是你对你一点也不关心的某个人才会说的话——祝你有个愉快的下午。他来洛杉矶多久，就认识西西莉亚多久。她是经由一个生意上的熟人介绍来的，那个人看出来刚恢复单身且刚搬来洛杉矶的理查德需要人照料。一开始，西西莉亚一个礼拜来两天，不出两个月，她就全职为他工作。理查德并不需要她花那么多时间整理打扫，但是他喜欢她陪在他左右。

他把车开进四季饭店的车道。

“有行李吗，先生？”

“就是车子里的东西。”

“旅行袋吗，先生？”

“是的，旅行袋、手提电脑、杂货袋，所有的东西。车里所有的东西都要跟我上去。后车厢里有一幅画，你不介意的话，请你再找个人手，找个非常小心的人来帮忙拿。”

理查德把德库宁的画夹在他的腋下。

她在大厅等着。“你不会强暴我吧？你会吗？”

“我没那个打算。我带了很多鱼，我必须尽快把它们放进冰箱里。”他朝大门那个行李推车点了点头，那上面堆着从他的车子里拿出来的东西。推车后面，一个服务生拿着罗斯科的画，像拿盾牌那样握在胸前。

“我从不曾在饭店和男人碰面。”她说。

“你有行李吗？”他问。

“只有这个袋子。”她拍拍她的包包，非常大，差不多有档案柜或大衣柜的一半大。

“先生，有车吗？”柜台的接待员问。

“有，”他说，“我留给外面的服务生。”

“我会找人带你去房间。”

“你的腿好些了吗？”她在电梯里问。

“好多了，”他说，“有淤伤，很大一块淤青。”

他觉得自己很像电影《毕业生》里的主人翁，住进饭店，和一个他几乎不认识的女人一起搭电梯上楼。

服务生开门，领他们进入一间有两个房间的套房。这是他太太平常住的房间吗？或者他们给他升等什么的？她和助理一起旅行吗？第二个房间是为了万一本临时跟她一起来而预备的吗？

“这里比我家还漂亮，比我们去度蜜月的地方还漂亮。”

“你住在哪里？”

“汉克公园，那里的环境很好，一切正常，除了我。”

“需要跑步机吗，先生？”

“现在不需要，谢谢。”

理查德把德库宁放在椅子上，把罗斯科搁在墙边。

“您确定您不要跑步机吗？我们通常都会先把它送来，放在第二个房间，但是这次我们没有多少时间准备。”

“好吧，可以，把它放进房间，和一个冰箱，我需要一个冰箱。”

“厨房里有冰箱。您要我帮你把东西拿去冰起来吗？”

“您要我……”这家伙是打哪儿来的？大部分服务生都是愿意领低薪的移民，根本不太会说英文。他不仅会说，还字正腔圆。

“好，那太好了。”

等服务生放好该冰的东西，他问：“一切都满意吗？”

“很好。”理查德从来没有一下子说过那么多次好。

“这套房要多少钱？”她问。

“房间的价目表和关于饭店的资讯、火灾、地震安全等事项的资料，都贴在衣橱里。”

哭泣的女人看进衣橱。“一个晚上一千六百九十四美金！”她低呼。

“我想我不必真的付那么多。”理查德说。

“还有什么我能做的吗？”服务生问。

“没有了，谢谢。你做得很好，我们都很好。”理查德说。他肯定了每个人，然后递给服务生一笔小费。

已经接近傍晚。这一天快结束了，而他花了大部分时间在适应、搬迁、换环境上。他觉得有点失落。走到窗前，窗外的景色很洛杉矶，沉静、有雾、朦胧、冷酷。光看外面，你猜不出是一天里的什么时候，得看手表才会知道。

他和哭泣的女人坐在沙发上，面对电视，转到新闻频道，静音。仔细看的话，房间很丑，故作风雅的装潢令人生厌。每一样东西都坚固、耐用、平淡、没有风格。没有个性的组合。所有的家具都是圆角，是出于安全上的考量，以免梦游者伤到他们自己还是所谓的流行调调？他希望房间里有些不一样的东西，有些能惹恼他的东西，例如不协调的印花棉布、仿佛会震动的条纹壁纸或床罩与地毯的颜色不搭。

门铃响了，一盘水果和几瓶没有气泡的矿泉水被送进来。“经理赠送的。”

“你经常住在这里吗？”她问。

“没有，”他说，“从来没住过。我太太，应该说我前妻，住过这里，所以他们很殷勤。她喜欢吃水果，喝很多水。”

“我第一次住饭店是跟一个我为他工作的男人，我的老板。我们为了省钱，同住在一间有两张床的房间。我不知道我是否可以像平常一样上发卷，或想怎么就怎样。所以我把上了发卷的头发盘高，用浴帽包起来，戴着浴帽睡觉。到了半夜我想上厕所，结果却掉进马桶里，因为他把马桶坐垫掀了起来。他喊道：‘你还好吗？’我说：‘我没事，你继续睡。’到了早上，我们都没提那件事。你能想象我的头发上了发卷盘高起来的样子吗？”

他看着她。他可以想象，但他没说话，那不是个问话者期盼你真的回答的问题。“出了什么事？”

“什么？”

“现在，今天。”

“我非得告诉你吗？”

“不必。”

“我希望我已经死了。昨天我在车子里耗了五个小时，接送他们上下学，不断地开车绕来绕去，以确定给他们带了水、点心和运动用具，再转回家去洗他们的衣服、遛狗。我六点回家，做晚餐，他们却说：‘我们不喜欢碎肉饼。’我说：‘是鸡肉做的，不是牛肉。’他们说：‘我们不喜欢吃鸡。’简直当我是他们的用人。没人说谢谢或把他们的盘子放进洗碗机里或动一根手指头。”

“你为什么不说说他们？”

“我害怕。我怕如果我说些什么，我不会光说，我会爆炸。我会拿起我儿子丢在餐桌下的棒球棍，打破他们的头，我会把他们打到死为止。我不相信自己的自制力。”

他看向放在电视机上面的座钟。“请恕我告退几分钟。我必须打几通电话。”

“希望我没吓到你。”她说。

“吓到我？没有，你没吓到我，我只是必须打电话给保险公司，让他们知道我在哪里。”

“我错了，”吸大麻的保险经纪人保罗说，“我不知道我当时在想什么，坑洞不在理赔的范围里，完全不理赔。如果是地震，你就会得到全额赔偿。坦白说，我从来不知道有这种差别，可是你打电话来之后我查过。我现在很确定，无论如何，不管以任何方式、种类、状态来看，你都无法得到理赔。”

“完全没有理赔？”

“没错。”

“不补偿搬家费、工程评估报告或任何需要修缮的东西？”

“答对了。”

她坐在沙发上。“哦，”她说，“我妨碍到你了吗？”

"你没有妨碍我。"他礼貌地说。

她拿起一本杂志，像在美容院或诊所里等待时那样翻阅着看。

"所以，"他继续跟保险经纪人讲电话，"就像我没有买保险，完全没保障。"

"答案在风中。"

"很有趣。"理查德说。那不是他预期的结果。他付了十三年的保险费，从来没有索赔过一毛钱，况且今天早上保罗告诉他，他以前的经纪人帮他买了一张非常划算的保单，他们甚至已经不再卖那样的保单了。他以为自己可以得到更多赔偿。

他挂掉电话，找旅行社的电话号码。他要去波士顿。他现在不想处理保险的事。不管保险公司会不会理赔，他都要去波士顿拜访他弟弟。在房子倾斜之前他就想去了；要改变自己的话，这是他必须积极去做的事。

他打电话给他的旅游经纪人。

"他不在我们这里了。"

"你知道他在哪里吗？"

"他死了，和旅游无关。公司要我们这么说的。我能为你服务吗？"

"我要订明天去波士顿的机票。"

"往返票？"

"是的。"

"一千三百美金。"对方想也不想地说。

"不必订头等舱。"

"我说的是经济舱。"

"那是最好的价钱吗？"

“我可以帮你订一大早的班机，三百七十五美金。”

“听起来好多了。”

“你需要订饭店或租车吗？”

“我要租车。”

他打电话给以前曾经跟他交易过的二十世纪拍卖公司，问他们是否能帮他保管几个礼拜的画。

“我们不是寄存画的单位。”经理说。

“我想你可能会知道我该怎么做，”理查德说，“我相信多年来你们一定遇到过类似的紧急情况。”

“嗯，如果你考虑拍卖画，我想我们乐意收下你的画。”

“哦，我会在接下来的几个礼拜里考虑看看，我想我应该有改变主意的权利。”

“当然，人们经常改变主意。画现在在哪里？”

“四季饭店。”

“我打开坚果了，”她在他讲完电话后说，“我忍不住，我的嘴巴想要动一动。”

“我好饿，”理查德和她一起抓罐子里的坚果吃，“我没吃午餐，我想我昨晚也没吃晚餐。”

“要我帮你做点东西吗？点心？”

“我不要你为我做任何事。”

“冰箱里有很多食物，你应该吃掉。”

“我必须打电话给我弟弟。我如果要去波士顿看他，最好先让他知道，对吗？”

“你是个怪人。”

“明天，”他告诉他弟媳，“晚去不如早去。”

“太好了，”他弟媳说，“你记得我们家在哪里吗？”

“布鲁克林，栗树街。”

“钥匙在鞋垫下面。”

“要叫他们送餐上来，还是去餐厅？”他问哭泣的女人。

“你想怎样？”她反问。

“我在问你想怎样。”他说。

“我不知道，你选。我对这些很生疏。”

沉默。“我们下楼去吧。”他说。

到了饭店的餐厅，前几天曾经帮他带位的同一位女侍就站在那里。她会认出他就是那个在走出去之前偷了四个面包的面包贼吗？他低声对哭泣的女人说：“我们应该出去吃饭，去真正的餐厅。”

一个小时后，他们在比佛利山的高级餐厅里用餐。

“我觉得自己像个人了。”她说。

“人有时候需要休息一下。”

“我为我之前说你是个怪人道歉，我从来没遇过你这样的人。”

“我在尝试做些不一样的事。”

“那很好。”

“我不是很清楚我在做什么，我只是想弥补过去的缺憾。欢迎你住在饭店里，”他说，“你可以睡在我的大房间里，或者你觉得有必要的话，我另外帮你订一间房间。”

“除非想自杀，否则谁会单独一个人住在饭店的房间里？我喝醉了，”她说，“喝了酒，吃了意大利面，还有这个。”她指着提拉米苏。

“我觉得自己像是固特异轮胎公司的广告飞船，我不常吃这些东西。”他说。

“以你这种年纪的男人来说，你的身材很标准。”

账单来了。

“我们吃得这么好，你付得起吗？”她问。

“长期可能付不起，偶一为之还行。走吧，我们散步去停车场。”

“你在引诱我吗？”

“没有。”他说。

“你会对我做出什么事吗？”

“不会。”

“我很难搞吗？”

“不会，应该是我。不过，那不是重点。”

“我觉得有点被羞辱了……我的意思是，我放心了。你有‘问题’吗？”

“你是今天第二个这么问我的人，我看起来像有问题的人吗？”

“我不可能知道。”

“那是什么意思？”

“你不只是我多年来第一个真正交谈的人，也是这大约二十年来第一个我跟他说些诸如‘请加满油’或‘锅炉在地下室’或‘是中间那间浴室的马桶’那种话以外的男人。”

他们回到饭店，服务生已经将床罩掀开，窗帘拉起，亮着小灯。两边的床头柜上都有一瓶水，枕头上有巧克力和一张让你勾选早上要看什么报纸、早餐要吃什么的表格。她先去洗澡。

他列了一张去波士顿需要带什么的清单：钱、信用卡、袜子、内衣……

“真难以置信，”她在浴室里喊叫，“是个按摩浴缸，而且可以随便你怎么控制。太神奇了！简直是天堂。哦，上帝！”她有点兴奋过头，然后又安静下来。

他打包他的谷类食物、药、维他命。他可能无法带鲑鱼了。

四十五分钟后她出来，身上裹着厚浴袍，容光焕发。

“你要打电话给你的家人吗？”他问。

“我令你紧张吗？”她做个挑逗性的转身。

在她用脚尖旋转的时候，他注意到她的腿。她的小腿很漂亮，结实匀称，脚踝窄窄的，脚趾头白皙美丽。“他们一定到处在找你。你是不是应该让他们知道你很安全？”

“他们会去哪里找我？他们会去大卖场的走道上跑来跑去，大喊妈妈、妈妈、妈妈？那么做的话，每个人都会转过来看，每个女人都会回答说：‘干吗？’他们会打电话去道路救援公司，问今天有多少开迷你厢型车的女士轮胎爆胎？他们会打电话给医院，问有没有流浪街头的家庭主妇出事？他们什么时候才会发现我不在？当我没有开车去接送他们时？当他们回家没有晚餐可吃时？让我们看看得花多久他们才会真的注意到我不见了。”

“你会内疚吗？”

她摇头。“我觉得很开心，好像在漂浮，好像这一切都不是真的，好像我如果眨个眼一切就结束了，我就会回到我原来的地方。”

“你会害怕吗？”

“一点点。我知道我不该丢下我的孩子，男人常常那么做，可女人不会。”

有人敲门。

“可能是我们太吵了。”她轻声说。

敲门声再次响起。理查德开门。服务生捧着一个插了花的巨大花瓶进来。“这是送给你的，诺瓦克太太。”他微笑。

“我不是诺瓦克太太。”

“对不起。”他把花放到桌上。

“没关系，”理查德说，“不是你想的那样，这位是我……妹妹。”

“非常抱歉。”服务生说完退出房间。

“我连你的名字都不知道。”理查德说。

“辛西亚。”她说。

他想起前几天在超市里她说过她的名字，那似乎是好久以前的事了。

“你有妹妹吗？”她问。

他摇头。“你听我说，你爱在这里住多久就住多久，除非你做好回家的准备，否则别退房。”他写下他弟弟的电话号码。“喏，拿去。我会在这里。有必要的话，打电话给我。我明天一早就会出门，所以可能见不到你。”

她把上面写有电话号码的纸折起来，放进浴袍口袋。“谢谢。”他们各自回房。

他的脑子停不下来，他想到他前妻和这间饭店，想到哭泣的女人；他竟然和一个基本上是陌生人的女人一起住在他前妻下榻过的饭店房间里，真够荒唐的。

他想到旅途中的本：本现在在哪里？正开着车吗？他连本有驾照都不知道。他住在巴思的阿姨家吗？或是住在汽车旅馆里？或者是睡在车子里？车子会停在明亮的路灯下吗？

他睡着了，做了一个可怕的梦，是那种可怕到你仿佛以为自己永远不会忘记的梦。只不过当理查德醒来，他完全想不起梦里的一切。他醒来，突然忘记自己在哪里。他弟弟家？他前妻的公寓？每一样东西看起来都很陌生。他听到声音，有人在讲话的声音。冷风吹进房内，窗帘被吹起。他套上袍子，走进客厅。

她坐在电视机前面。“希望我没吵醒你。”

“我做了一个梦。”他说。

他们两个人都穿着厚袍子，看起来像棉花糖。他从迷你吧台上拿出一罐苹果汁，打开它，喝了一口。“太甜了。”他把它放下。

“你不喝了？”

“我习惯喝现榨的，不加糖。”

“哦，不要浪费，把它给我。”

他把果汁递给她，再走回迷你吧台，拿了一瓶水。“有可以用微波炉爆的爆米花。”

“要多少钱？”

“只要五美金。”他说。

她走进厨房，站着看爆米花在微波炉里转动。“这样好堕落哦，”她说，“我们以前一住进饭店，就会叫服务生把迷你吧台里的东西清空，我们自己带从便利商店买的汽水。”

“我就是想堕落一下，”他开了一罐薯片，“让我们来大吃大喝一顿，做真正的美国人吧！”

他们吃爆米花、薯片、焦糖坚果和要价七美金的饼干。他们喝啤酒、白酒和香槟。

他们在半夜开派对，吃吃喝喝到昏昏沉沉。他起身进浴室，等他回到客厅，她在沙发上睡着了。他为她盖上一条毯子，然后坐到椅子上，把香槟喝光。

他看着她的睡相，想起他前妻，想着他为什么要离开她。他们的婚姻像一摊死水，缺少氧气。他忍受着，直到无法呼吸，连一分钟也待不下去。他没有计划走，但他就是必须走。

当他站在本的房间门口挥手道别时，他心里明白自己不会再回来了。他站在本的门口，把房间里的动物造型填充玩偶、玩具车、小鞋子、淡蓝色的墙、汗味和没洗澡的小男孩身上有点酸的味道，都刻进脑海里。

“再见。”本抬头看他。

“再见。”理查德没有再多说什么。

他住进一家饭店，躺在床上，没有兴奋或是逃走的快感，感觉比较像是他离开自己的生命，变成鬼。早上他照常起床去上班。有人问起他怎么了，他回答说：“感冒。”没人再多问。

他太太呢？什么都没说，没打电话到办公室给他，没有嘶喊或尖叫，甚至没有问一声确定他是否无恙。一个礼拜后他打电话给她。

“你忘了你的枕头，”她说，“你的枕头还在这里，那让我很难确定你是认真的。你要我把它交给楼下的管理员吗？”她迟疑了一下说：“你要怎样？你要我叫你回来吗？是你自己决定要离开的，没人叫你走。”

他无法回去，光是听到她冷淡的声音就足以令他下定决心。他挂断电话，再也没有打过去。

他的外套口袋里有本的小狮子玩偶。他后来才发现的。他受不了自己为本感到那么难过，他受不了自己的受不了，所以他把自己冷冻起来，不再感觉。他什么都不做。他揉着狮子的头，痛恨自己。

起初他一个礼拜去看本两三次。他打电话给保姆，请她带本下楼，保姆会把本放在推车里，推他去公园。他们会一起玩，荡秋千、溜滑梯、堆沙堡。当他们在玩的时候，理查德会问保姆本都做了些什么，他去上课了吗？认识新朋友？吃什么？睡得好吗？诸如此类的问题。

不管他问什么，保姆永远都说："他很好。他很好。"

冬天来了，愈来愈冷，愈来愈困难，理查德比较少看到本了，时间过得很快，他离开六个月了，他打电话给他太太。

"我要搬去洛杉矶，我要在走之前去看看本。"

"你想什么时候看他就去看，下课后的任何时间都可以。我都不在家。"她说得仿佛他们昨天才交谈过。

他回去，走进大楼，经过管理员，搭电梯上去，走进公寓，整段过程中，他都觉得自己蹑手蹑脚的，好像做了什么错事一样，又好像没人知道真相。不过都无所谓了，事实到底是怎样并不重要。

他看到本，长大了一点的本。

"嗨。"

本跑向他，然后，在快碰到他之前突然转身跑掉了。本跑，理查德在后面追，半追逐着他。那是个游戏，又不是个游戏。本停在理查德面前，理查德跪到地上，本用力撞他，哈哈笑，然后又跑开。

到了该走的时候，理查德拥抱儿子。"再见。"理查德说。本开始哭。

他的心思跳到保险，全额保险。他的房屋保单放在家里的某处。他真的不能获得理赔吗？

全额保险、铅笔、薄荷、胃药，这就像电视猜谜节目，给你几个提示，要你猜出答案。保险经纪人的抽屉里是不是还藏了什么？

"你在干吗？"哭泣的女人突然说话，吓了他一跳。"看我睡觉吗？”

“我在想事情。”

“你在凝视我；我在看你。”

“你的眼睛闭着，怎么可能看到我？你打电话给你的家人了吗？”

她摇摇头。

“不要急着回去，”他突然说道，“他们也许不会感激你，可是你必须试着教他们感恩。定下规矩：晚上六点半开饭；你煮饭，他们洗盘子。要强悍一点。”告诉她该怎么做的同时，他也在告诉自己该怎么做。“懂了吗？”

她点点头。

“我必须搭早班飞机，你好好睡一觉。”他说完走回房间。

“如果可以的话，我要睡在沙发上。我将近二十五年没有独自一个人睡了。”

“你爱睡哪里就睡哪里。”

清晨，他开车回家，想看看状况如何，看看那个洞现在有多深了。从外面看起来，他的房子像盒子，有窗子和景观的盒子。他把车开上坡道，在经过坑洞的时候放慢速度，然后踩油门。到了山顶，他回转，往下开，经过有马的那户人家，经过电影明星家，经过他自己的家，然后直接开下山去。他要去见安希尔。

“我开车送你去机场。”

“谁看店？”

“我会打电话给我弟弟乔治，他会来。我开车载你去机场，当你不在的时候，我可以开你的车。我会让它多运动。”

他们等乔治来的时候，安希尔为理查德做了早餐——谷类食物、无乳糖的牛奶和一杯加了点柠檬的热水，有助于减少搭飞机时的充血肿胀。

安希尔载他到机场。“谢谢你的车。”

“我不是要把车子送给你，它是租来的。”

“我知道，”安希尔说，“它太贵了，不可能送人。”

他坐进经济舱的座位，戴上耳机，感觉很舒服，仿佛能够完全放松地享受，有一种出走、脱逃的感觉。他喝水，吃他的养生饼。他的心情很好，直到飞机降落，直到他坐进租来的车子里，直到他把车停在他弟弟家前面。然后，他好像从早上醒来之后就越变越小，在他刷牙的时候、在他拉上旅行袋的时候、在他离开饭店的时候、在穿过机场的扫描机的时候、在他把袋子放进机舱座位上方的行李舱的时候，越缩越小。在他坐进租来的车子，扣上安全带的时候，他变得更小了。他把座椅往前拉，很惊讶他竟然能踩到踏板，也能从方向盘上方看出去。他越变越小、越变越小，抵达他弟弟家时，他剩下不到四英尺，变成了一个小孩。

他停好车，用车子里的雪刮刷掉身上的饼干屑，然后走进屋里。狗对着他吠。“别叫。”他说，狗停了叫。他走进厨房，倒了一杯水，站在水槽前喝掉，然后冲洗杯子，擦干，放回碗柜里，走进书房，坐了下来。他坐在长沙发的边缘，仿佛当它是个等候室，是个小站，而他是要前往某个地方，只不过在途中经过这里。他想要离开。如果他起身走了，假如他没有碰过任何东西，没人会知道他来过，没人会知道他来了又走了。如果他足够小心谨慎的话，他可以不留痕迹地离开。他可以把旅行袋拎回车上，把钥匙放回垫子下，住进一家饭店，想好他来访的说词，应付好与他们不熟悉的不安。狗跳上沙发，转了个圈，躺下来，头搁在理查德的大腿上，舌头吐在外面。理查德坐了几分钟，然后躺到狗的旁边，把头枕在粗糙的格子布沙发上。沙发上有饼干屑、狗毛、丰富的人生味道。他睡着了。

一个小孩回到家。一个长得很像她妈妈的女孩，聪明又直接，是个正在发育、还不懂得害羞、还不懂得拐弯抹角的小学生。

“你哪里出了问题？”她问。

“什么意思？”

“他们说如果你来这里，一定是哪里出问题了，要不然你为什么来？你快死了吗？破产了吗？你在经历那个东西吗？”

“什么东西？”

“更年期。”

“男人没有更年期。”

“那为什么更年期里面有男字？”①

“我不知道。”

“那你为什么会来我们家？”

“我不知道，我觉得我必须来，必须来看看大家。你曾经觉得你必须见到某个人，只为了确定他还活着吗？”

“你脑袋有问题吗？脑袋有问题的人才会说那种话。是脑袋有问题使得你乱猜乱想还是乱猜乱想使得你脑袋有问题？”

“我不知道怎么回答你。你几岁了？”

“快十二岁了。”

那是星期四晚上，梅迪丝的妈妈也在，两个女孩和一个理查德

---

① “更年期”英文为 menopause，“男”英文为 men。

不知道他存在的六岁男孩。晚餐准备得井然有序：从冰箱里拿出来，放进烤箱，放到桌上，每个人都在帮忙。

晚餐后他们挤进房车，一辆米色厢型车。理查德坐在第二排，一张厚厚的单人座椅上，那令他想起他们有一次去海钓。

“都上车了吗？”他弟弟问。

亲家母要去为她在当地开的画展剪彩。她中风后才开始画画。她一辈子都用右手在做事，但自从中风以后，她只能靠左边使力，拖着右边的身体走，像拖了一个泄气的连体婴。

他们家族的朋友都前往捧场。大家认真地欣赏亲家母的画。他们问些问题：你画多久了？你每天都画画吗？你有没有试过不透明胶彩？每个人都以她为荣。没人提到那些画看起来就像是按照号码着色。他们恭维她：我喜欢你的用色；你的笔触是如此轻柔。

“我热爱色彩，”亲家母说，她说话有点不清楚，“任何人都能画，”她对查理说，“连你也能。”

他们以同样的热忱，介绍理查德给他们的朋友。

“我兄弟。”他弟弟拍他的背说。

“我一直以为你是独子。”

“是哥哥还是弟弟？”

由于弟弟先得到博士学位，先结婚，先有小孩，他和理查德早就交换了位置：理查德从哥哥变成弟弟，失去他具有的先天时间优势。

“哥哥。”泰德把头衔还给他。

“是什么风把你吹来波士顿的？生意上的事？”弟弟在他们回到家后问。

沉默。理查德忘了编故事。

“一切都还好吗？”弟弟问。

“我想是吧，”理查德说，“你呢？”

“很好。都很好。至少我觉得很好。我想了很多。”

他弟弟泰德是物理学家和发明家，也是个不会被任何事情阻挡的梦想家。在理查德比较年轻的时候，别人常问他：“你弟弟发明了什么？”理查德会回答：“世界。”

“让我来帮你准备过夜的东西。”弟弟领理查德上楼去巴思的房间。

“我没有童年的记忆。”理查德环视房间，里头满是一个男孩人生中值得纪念的东西。

“你是说真的吗？”

“你呢？”

“我爱敲敲打打。我总是用木材做东西。”

“我记得粘飞机的胶水味。我们有玩具吗？”

“我记得你有台收银机……一台红色的玩具收银机。”

他弟弟去放存毛巾等物品的橱柜拿来床单、毛巾和枕头。他的动作是那么地温馨，那么地生活化，你不会料想到一个伟大的发明家会做这些事。

“那很好笑。我想起来我常常带着一个红色的金属扑满，仿佛当它是我的朋友，可是我一直怀疑是否真有这件事。”理查德说。

“你喜欢钱，没什么比你口袋里有钱更令你高兴的了。”

“我没那种印象。”理查德说。

“你是个很好的推销员。你在街上来来回回，挨家挨户地卖你从漫画书封底广告上订来的种子。你甚至可以把种子卖给根本没有花园的人，那令大家都吃了一惊。”

“他们一定都为我感到不好意思。”

“你要爸爸带你去银行开一个专属于你的户头。你用你种子得到的点数去换奖品，然后你卖掉奖品帮我买了一个显微镜，你不记得吗？”

“不太记得。显微镜能用吗？”

“很好用。我们刺自己的手指让它流血，然后放到切片上……”

“我依稀记得好像有那么回事。”

“你很有商业头脑，直到一个没有牙齿的人问你：‘你会把刀子磨利吗？’你吓到了才收敛。爸爸讨厌你到处卖东西。”

“他认为我在乞讨。”

“他说你是小贩。后来我们送过报纸，不过我们很嫉妒送《纽约时报》那家伙的路线，他可以四处收钱，给订户黄色小收据。我们把我们的报纸和广告单卷起来，用橡皮筋绑着，然后一家一家地送到订户的门口。”

“我为什么对这件事没有印象？”

泰德耸耸肩。“你老是健忘，好像你的脑袋只能装有限的资讯，否则你会短路。”

“爸爸以前是什么样子？”

“他不喜欢出风头，行事非常低调。他常常告诉我们，不管我们做什么，必须小心不要引起别人的注意。”

“现在听你这么说，我有点想起来了。我们还做了什么？”

“我们常常坐在屋外看人。我做我的东西。你数你的钱。”

“什么意思？”

“就是这个意思。如果你有一堆铜板，你会逐一清点，把它们排好，写下你总共有多少钱。”

“我那时候几岁？”

“或许九岁吧？那是你的乐趣。其他孩子喜欢玩弹珠，或假装自己是军人，而你喜欢玩零钱，把你的一美分、五美分、十美分硬币排成一列，在地毯上移来移去，代替某种战争游戏，运用战略可以占领总部，赢得所有钱。我从来都没有搞懂过你的规则。”

“那你做什么？”

“玩弹珠。我也喜欢在地毯上玩。但我们两个在客厅玩会惹妈妈生气，她常常要你用肥皂水洗干净你的铜板，因为她不想让你把她的地毯弄脏。”

“她把家具用塑料布包起来，蓝色的沙发套着透明的塑料罩。下雨的时候，她会打开一条长长的塑料布，规定我们必须走在上面。”

“她以她的客厅为荣。她要整套带去佛罗里达，可是当最后真的有人坐到那个沙发上时，沙发布裂开了；可能是包在塑料套下面太久了，不知怎地变得易碎。你记得你切掉了我的手指头吗？”

“我没有切掉你的手指头。我有个儿童工具箱，里面有锯子，我要你在我锯什么东西的时候帮忙扶着，不小心锯掉了你的一小片手指头。”

“我去缝了好几针。”

“那又不是真正的锯子。”

“没错，但是真正的手指头。”弟弟举高他的手，的确，他的中指比它本来应有的长度稍微短一点点。

“我道歉过一千次了，还曾因为内疚而崩溃过。我不敢相信你现在又提起。”

“我很久没看到你了呀！”

“我去饭店住会不会好一点？”

“逗你的。你住在这里就好。明天早上见。”

理查德躺在床上。房间里的东西很多：书、一个中间包着一颗棒球的棒球手套、奖状、奖牌、模型汽车、从天花板上吊下来的飞鸟。一盏阅读灯照着一个人体解剖模型，它站着，双手双脚张开，展示人体的肌肉结构，透明的塑料外壳可以清楚地看到里面的器官和血管。

他躺在他侄儿的床上，回想起当他作为男孩时的人生。那时候他在想什么？棒球、防空洞、空袭、世界末日。他躺着，感觉像躺在一个特别的凹洞上。如果他叫他弟弟的名字，不管是小名或绰号，泰迪、小泰、阿泰，他弟弟都会走回来，坐到他床边跟他聊天。弟弟会像爸爸，因为他弟弟是个爸爸，知道怎么做爸爸。然后到了某个时候，他太太梅迪丝会来敲敲门，问一切是否都好。

他躺着，看向天花板。上面贴着关灯后会发亮的满天星斗。

一大早，屋子里散发出咖啡和烤吐司的香味。他穿得好像要去参加会议。事实是，他无法想象要一整天独自待在他弟弟家，像个囚犯一样等大家回家，所以他搭他弟媳的便车进城。

“这是难过的一年，”梅迪丝说，“我们以为你弟弟会得到诺贝尔奖。差一点儿，但是没有得到。”

“已经很好了。”理查德说，他怀疑泰德是不是能得诺贝尔奖的人，他从来都没想过，“或许明年还有希望。”

她摇头。“不可能了。就像彗星，一生只会有一次如此接近地球。”

“即使是那样，也一定感觉很棒。有多少人能真的认为他们有机会赢得诺贝尔奖？”

“你弟弟能。他的两个好朋友都已经得了。”

“要是得奖的话，你们必须去斯德哥尔摩领奖。”

“哦，我们去过瑞典。我们每年夏天都会去欧洲租一间房子住下，很多年了。意大利、希腊、西班牙、法国都去过。”

“啊，我都不知道。”

“本跟我们去过几次。本，有时候还和——你知道她是谁，如果她能抽出几天时间的话。”

“真的吗？我完全不知道。”

“我该让你在哪里下车？”

“任何地方都行。”

“大众公园？让你跟天鹅船打招呼？”

“太好了。”

商店还没有开始营业，太早了。他绕着公园走了两三圈，然后走出公园吃第二顿早餐。商店终于开了，他在波尔斯顿街走来走去买东西，除此之外他不知道要做些什么，而且他很喜欢每次买东西时可以愉快地和店员交谈。他为每个人买了礼物，给小孩、给他弟弟、给弟媳、给亲家母、给狗、给房子。

吃过午饭后，他搭计程车回布鲁克林，把礼物放进每个人的房间，然后累得在沙发上睡着了。

“你真的没事吗？”那天晚上泰德问他，“我知道你去急诊过，受了惊吓，可是现在你吓到我了。有没有什么你没有告诉我的事？”

“他买了一个搅拌机给我们。”一个孩子说。

“我注意到你们没有搅拌机。”理查德说。

晚餐时理查德拿出更多的礼物。弟弟和弟媳看着理查德的眼神好像他们很为他感到难过。

“怎么没有蛋糕？”小男孩说。

“因为不是真的要开派对。”

“如果不是开派对，那我们为什么会有礼物？”

“因为理查德伯伯来看我们。”

“你很快会再来吗？”小男孩问。

电话铃响。“是巴思和本！”小女孩大声地说，“他们在俄亥俄州。”他们把电话放到厨房中间，按下免提键，大家都站在周围听。

“车子跑得还顺利吗？省油吗？”他弟弟问。

“你午餐吃什么？”一个小女孩问。

“你们玩得开心吗？”妈妈问。

“我寄了一些视频给你们，应该在你的信箱里了。”

“理查德伯伯在我们家。”小男孩说。

“真的吗？等一下，我叫本来听。”

“好怪，真的很怪。爸，你去那里做什么？”

“只是来拜访。”

“妈知道你在那里吗？”

“不知道，我没想到要告诉她。”

“她知道，”梅迪丝说，“我们谈过，希望你不介意。”

“没关系，”理查德说，“很好。”他不知道她们谈过，不知道她们还保持密切联系。

他拿起话筒，关掉扩音，把话筒压到耳朵边。“你好吗？”他问，试着让自己的声音听起来轻快愉悦而不显得紧张，因为他突然间感到害怕。他在一群观众面前跟本讲话，他们就站在那里看。理查德担心他的表现会不够好。

“我很好，”本说，“你要在那里待多久？”

“只是过个周末。我必须离开家，因为我的房子在往下陷。你玩得怎么样？到目前为止有什么惊奇吗？睡在星空下？”电话那一头沉默。“你还在听吗？”理查德问。

“哦，嗯，爸，能等我到洛杉矶再谈吗？我的意思是，我好像几乎没有跟你讲过话，但现在你老是要跟我讲话。”

“我想听听关于旅行的事。我想知道你平安。”

“等我看到你的时候会告诉你。我很平安，我一向都很平安。”

“好吧，那，”理查德说，“我就不耽误你的时间了。”

理查德把话筒还给梅迪丝。“讲完了？”她问。

“显然是的。”

梅迪丝和孩子们轮流跟巴思讲话，然后把话筒传给他们的爸爸。理查德站着听。他听到他弟弟和侄儿讲话时是那么地泰然自若，他弟弟跟本讲话时也一样轻松。他突然感觉到自己原来错过了那么多，也感觉到要变成他希望成为的样子有多艰难。

等他们讲完电话，全家人都站到泰德的电脑前。开始播放视频。巴思站在纽约的公寓大楼外面，举着一块硬纸板，上面用奇异笔写着：“我的美国大冒险。”

“我打赌牌子是本做的，他很有艺术天分。”梅迪丝说。

“欢迎观赏我们的奇幻神秘之旅，”巴思说，“这是我们的太空船，值得信赖的二〇〇二年版富豪越野休旅车，四轮传动，车窗自动除雾，全球卫星导航系统。我们现在要来看魔法师。”

然后本进入镜头，理查德像看到某个曾出现在梦中的人。画面不稳定，有点像早期太空漫步的连续镜头。可他是本，完全长大了的本。既是男人也还是男孩的本，长了胡子，肌肉结实。本正处于大男孩即将蜕变成男人的阶段。理查德没想到本会长得完全不一样了，大了很多。巴思和本在讲话，理查德没有注意听，他只是看着，研究着，被迷惑了。他从来没想到本会看起来这么像他。

本长得像理查德，像理查德也像他前妻。那只有遗传基因才办得到：一些爸爸的基因，一些妈妈的基因。他从本的声音里听到他自己的声音，可是他在本的嘴唇上看到她的嘴唇，本的嘴唇跟她的长得一模一样。理查德咬着唇，不让自己哭出来。

“你上一次看到他是什么时候?”梅迪丝问。

“去年九月，”理查德说，“快一年前。”

他们围在电脑前七嘴八舌地讨论着，电话铃响。他弟媳接听后把话筒交给他。

“我的?”

她点头。

谁会打给他？是本打来说对不起？本要告诉他：是的，他想每天跟他讲话，甚至一天两次?

“喂?”理查德说。

“你会恨我，”哭泣的女人说，“我做了件很糟糕的事。”他没回应。“对不起打搅你了。”

“没关系。”他说。他无法想象她做了什么。

“我不知道我在想什么，”她说，“我邀请我的家人来饭店。房间好大好豪华，只有我一个人住实在很奇怪，我想它会是修补关系的好东西。我感觉比较好一点了，比较有希望。等小孩睡着，我试着浪漫，可是我老公一点性趣都没有。他说你不可能让我待在这里而不索取，代价是什么？我告诉他不是性，可是他不相信。他说你会向他要钱。我说你的钱已经够多了，他说没有这种事。到了早上，他要我们退房，但是退房之前，他们吃光了小吧台里所有的东西，还打电话叫服务生送餐到房间来，吃得像猪。我很抱歉。”她开始哭。“他们像一群野兽。”

“别哭，”他说，“那不值得你哭，”他拿着电话走出房间，“只不过花了一点钱而已。”

“我带走了你的鲑鱼，心想不该浪费掉。我和他们一起坐上车。然后，车子经过几个路口，遇到红灯。我打开车门跳下车。我一路跑到圣塔莫尼卡，走进医院的急诊室。我说，我想我快疯掉了。他们以为我是个街头的流浪者，因为我在路上跌倒，身上沾了一些泥巴，看起来很狼狈。当我企图解释说，一个我在超市遇到的男人让我住进四季饭店，而我邀请我先生和小孩去那里度周末时，结果没人相信。他们问我有没有精神病史。我会不会幻听或看到不寻常的东西？我想离开，他们说那不是明智的做法。我不顾医生的劝告离开了医院。我要走的时候，一位护士说，我应该接受日间照护，也就是白天待在精神病院里，不过可以回家吃晚餐。她说那样做对她的儿子帮助很大。我告诉她，回家吃晚餐帮不了一个有孩子的女人摆脱家庭的摧残。”

“你现在在哪里？”

“我站在超市外面打公共电话。”

“你要回到饭店吗？”

“我不认为那样可行。你什么时候回家？”

“我可以明天回去。”他说。

“那很好。”

“你没事吗？我可以帮你订别的饭店。”

“我可以照顾我自己。超市开到很晚，他们认识我，让我待在这里。”

“我明天再跟你谈。”他挂上电话。

“很高兴看到你有个伴。”梅迪丝在他挂断电话后说。

“不是你想的那样，只是我在超市认识的女人。”

“我该去叫孩子们上床睡觉了。”她说。

他还在想哭泣的女人，手里还握着话筒。他打电话给他前妻。“你来洛杉矶的时候会去的那家水疗馆叫什么名字？”

“哪一家？”

“就是你任何东西都不用带，他们会依你的年龄和体重给你吃东西的那家。”

“金门？不过它离洛杉矶很远。”

“说来话长，不过我有个朋友暂时离家出走。”

“你打电话过去，假装是从我的办公室打的。你现在为什么要压低声音讲话？”

“他们都去睡觉了。我看到本的照片了，他长得好高大。”

“他长得像你。”她说。

“他的嘴巴像你。”他说。

“我该走了。”她说。

他打电话去金门水疗馆。

“你运气真好。我不是负责预约的人，通常我不知道是否还有空位，不过我们刚刚接到一位客户因为害怕飞行而取消预约的电话。你的朋友可以在星期天之前来吗？她搭飞机来吗？”

“她开车。可以用我的信用卡付钱吗？”

“当然可以。客人叫什么名字，她姓什么？”

“她叫辛西亚，姓什么我会再打电话告诉你。”

“通常我们会在两个礼拜前先寄出欢迎包裹、健康问卷、行李标签和客人该携带什么的提醒函。”

“那无所谓，她真的很健康，没多少行李。她需要带什么特别的东西吗？”

“看她习惯穿什么睡觉，几天的换洗内衣和运动胸罩。其他的我们会供应。”

“太好了。保留这个名额，我会再打电话给你，告诉你更多关于她的资料。”

他很高兴自己能够采取行动、做点事。他找到超市的电话号码，问他们是否能广播寻找一位店里的客人。

“是紧急事件吗？”

“要是不紧急，我不会打电话找她的。”

“她叫什么名字？”

“辛西亚。”

“等一下。”

“请一位叫做辛西亚的客人，到门口的服务台来。辛西亚，请你到门口的服务台来。”

“真好笑，”辛西亚说，“他们广播了三次以上，我才明白是在叫我。我刚刚完成一个蛋糕。”

“你吃了蛋糕？”

“我装饰蛋糕，他们让我把鲜奶油挤到蛋糕上。这里到了晚上很有趣，他们举办很丰盛的自助餐宴，材料都是来自白天的失误——切错的肉、不小心打开的薯片，等等。每个人都吃得津津有味。他们是好人，很多人白天都还有别的工作。我想我可以在这里工作。

我的意思是，我很了解食物。”

“我帮你在一家叫做金门的水疗馆登记了，你可以在那里吃健康食物、按摩、运动。它位于埃斯孔迪多。你可以在星期天早上自己去那里吗？飞去圣地牙哥，或搭巴士去。”

“我知道那是什么地方，是格温妮斯·帕特洛那类明星或名流会去放松的地方。哦，不，我不能去那里。我没有衣服可穿。”

“你不必带衣服去，只要带三套内衣和睡衣，”运动胸罩四个字他说不出口，“其他所有的东西他们都会供应。你只要在超市里买个小袋子，装一点你需要的东西。”他给她地址。“总比去住精神病院好。”

“你呢？”

“我明天回家，重新开始。对了，你姓什么？”

他又痛了。他躺在他侄儿的单人床上，希望又是虚惊一场的痛苦，而不是真的痛。到了早上，还在痛。他向弟弟一家人道别，致谢，然后开车去机场。

他的房子和他离开时一样，没有变化。他的答录机在闪。有一则留言，是卢萨迪打来的。

“我看到一个东西，所以想到你，‘超越苦难’静修营，我建议你去报名。我给你电话号码，要是有任何问题可以找我谈。”

痛苦是如此地强烈，他愿意尝试任何方法。“嗨，我要参加‘超越苦难’静修营。”

“明天开始。”

“它到底是什么？”

“目录里有写，”她用单调的声音迅速念道，“‘超越苦难’为时七天，密集地探讨我们和痛苦、哀伤与失去的复杂关系，在沉默中进行。每天进行讲课，并由导师斟酌安排个别会谈。适合修习过静坐冥想的人，不过开放给所有人参与。费用是八百五十美元，包含寝室和餐点。其他服务另外收费。”她停下来呼吸。“导师约瑟夫经验丰富，他会触动你的心，让你得到激励与启发。下午一点到三点报到，三点开始静修。”

“我要报名。为何不呢？对吗？”

“你曾经参加过静修营吗？”

“没有，不过我住在安静中。我戴耳机……”

“你可以试试看。”

“好，我的医生也推荐我参加。”

“不退费的。所以如果你待不下去必须提前离开，就是你的损失，听清楚了吗？”

“了解。”他说，然后把他的信用卡卡号念给她。

他留下口信请金门水疗馆的接待员转告辛西亚：“告诉她理查德打过电话来跟她说，他明天开始要去参加一个静修营，他想让她知道他在哪里。她如果有紧急的事情可以打这个号码找他……他周末不在家。他希望她一切都很好，尽情享受。”

他打电话给卢萨迪。“我收到你的留言，听了你的建议，我要去参加静修营。”

“带上你自己的卫生纸。”卢萨迪说。

“那是什么意思？”

“他们的卫生纸很有禅意，只有单层。也要带上点心，例如坚果或营养补给品，那种你可以不引人注目地吃掉来保持精力的东西。

如果你是个需要咖啡因的人，带点咖啡因药丸，否则体内完全没有咖啡因会很难过。”

“我不需要咖啡因。”

“那你就少了一件要担心的事。”

他打电话给西西莉亚。“我从波士顿回来了，可是我又要出城去，周末过后才会回来。你过得怎么样？”

“我洗牙，做乳房扫描检查。你如果真的要去度假，我可以去换髋骨。”

“我不知道你需要换髋骨。”

“你注意过我是怎么走路的吗？”

“哦！”

“哦，那看起来不怎么顺眼，不是吗？”

“好好照顾自己。如果你一直想找机会去做这件事，现在就是时候了。”

“我会研究看看，不知道他们有没有现成的髋骨。”

“你要我寄一张支票给你吗？”

“下次我见到你的时候再跟你拿。”

“好，你如果需要任何……”

“你确定你没事吗？你知道，如果你发生什么事，可以打电话给我。我拿你的薪水工作，并不表示我不关心你。”

电影明星顺道来访。“我还在想你去哪里了。我一直按你的门铃，没人在家。”

“我去波士顿拜访了我弟弟。”

“你怎么又在收拾行李？”

“我明天要去参加静修营。”

“真的吗？我曾经演过喇嘛。我跟喇嘛见过面好得到扮演他的灵感，学他的姿势，他走路的样子。你也许认为他应该是参透世事、超脱一切、心无挂碍的人。可是，坦白说，我有点失望。”他迟疑了一下又说：“我无法把你想象成俯首亲吻坐垫的人。”

理查德听不太懂。

“你会带你自己的蒲团或坐垫吗？”

“那是什么东西？”

“把我的借给你，那种地方提供的都很硬。我有个很好的坐垫，里面装的是荞麦，你可以把它放在他们的垫子上面。如果你必须坐上很长一段时间，它会让你的屁股舒服一点。还有，带上你自己的枕头，那种地方的枕头都烂得要命。要带上床单、枕头和一条毯子。”

“去那种地方不是为了舒服。”

“可是去那里也不是为了让你受苦。”

电影明星回家拿坐垫，理查德把他的寝具卷起来，用鞋带绑好，像个流浪汉。他在袋子里放进宽松的运动裤、袜子、运动衫和一件柔软的毛衣，还有笔记本、笔和一个小阅读灯。他感觉好像在准备要去参加夏令营。

电影明星回来了。“或许等你回来，我们可以一起吃个饭或什么的。”

“好啊，那太好了。”

“我是一流的厨师，做饭是我的嗜好，当我不拍电影的时候，我会下厨。他们要我出一本烹饪书，可是我的经纪人说那是个坏主意。那不是一种积极进取的事情，比较像是要挽救沉船。你有特别喜欢吃的吗？”

“我很好养，吃什么都可以。”

“我来做腌剑鱼加一种牛油果柑橘沙拉酱，和去麸的小麦粒沙拉。那会是很棒的午餐。”

“听起来就很好吃。”

“你什么时候回来？”

“礼拜天，我不确定几点。”

“过来吃个较晚的午餐，不妨带朋友来。”

哭泣的女人，他要带哭泣的女人去电影明星家。“我需要带什么东西去吗？”

“你什么都不用带，静坐冥想过后，你将是空的。”

他再打电话去金门水疗馆。“我的留言必须加上一句，告诉她下个礼拜天到理查德家吃午餐。”

饿。他意识到自己整天都没吃东西。冰箱是空的，西西莉亚在他们离开之前把它清空了。冷冻库。他遇到辛西亚那天晚上带回来的冰淇淋蛋糕还在冷冻库里。他拿一根汤匙去挖，结果汤匙弯掉了。他拿叉子叉蛋糕上的巧克力吃。

他侄儿的声音在他脑中响起：“怎么没有蛋糕？”

远处有人在开派对。有游泳池的那家人的后院挂着彩色纸灯，许多人在走动。他靠近她的话，会认出她来吗？

当她在泳池里来回地游时，他想过要丢什么东西下去，例如一朵花或一个小卵石，某样让她知道他在看她的东西。他想过走到山坡边喊叫：“早安。嗨，我在这里。”

他想过要跟她接触。现在她在开派对，那是个好机会。在他走之前，他觉得去一下是合理的，但他走进去之后，才发现自己一个人也不认识。“我可以帮你倒杯饮料吗？”有人问。“酒，”他说，“斯伯利特[1]。”他四处张望，目光停在一条火腿上面。他不记得自己上次吃火腿是什么时候。他给自己切了一片火腿，加上一点芥末，塞进嘴巴里，嗯，美味。他又切了一片，在上面放了些乳酪。

“你认识这些人吗？”他对站在他旁边的金发女郎说。

“大部分认识。你认识谁？”

“一个也不认识。我是住在上面的邻居，我家快塌了。”

他绕着桌子吃东西——火腿、乳酪、红萝卜、意大利小胡瓜、沾酱、薯片、坚果。他吃了一圈，再吃一圈，又一圈，这才明白他有多饿。他津津有味地吃着，听别人的谈话自娱。他认为所谓的狂野就是像他现在这样。他终于发现一个熟悉的姿势——她转头，头发拂动。

他走向她。“我只是想打个招呼。”

她一转身面对他，他就希望自己没来过。她本人跟他想象的完全不一样。她的眼睛是棕色的，而他以为会是蓝色，那严厉的眼神令他兴致全失。她不是他想象中的那种人。他感觉来错了地方，有个腰果卡在他的喉咙里。他咳嗽。“我是你的邻居，住在山坡上。”

“我们吵到你了吗？”她问。

“没有，没有。我听到开派对的声音，我只是想来打个招呼。我每天早上都看到你在游泳，我起得很早。”

“哪间房子？”

他指向山坡上，从这里看过去，他的房子看起来好端端的。“前

---

① 葡萄酒加苏打水。

面有个坑洞的。上礼拜有一匹马掉进洞里，塔德·福特把它用直升机吊出来，那可是个大冒险。你或许看到电视新闻了？”她摇头说没有。“哦，希望我的房子不会滑下山坡，否则我们就真的会成为隔壁邻居。”他笑笑。她没笑。“总之，我只是想来自我介绍，打个招呼，”他边说边退向门口，“我叫理查德。我每天早上看到你，我站在玻璃窗前看着你来回游泳。”他本来想告诉她：她是鼓舞他运动的力量，她是他的女神，他的美人鱼。他回家，希望在脑海里保留原先对她的想象。

一早，他搭计程车去安希尔的店。

“你怎么不打电话给我？我会去机场接你。”

“我昨天刚到家。”

“那更好，昨天生意比较差。你知道做成鲸鱼形状的福特吉冰淇淋蛋糕也是圣诞老人吗？如果把它翻过来，鲸鱼会变成圣诞老人，真是天才。现在我所能做的是在圣帕特里克节[①]给甜甜圈加上绿色，情人节时加上粉红色。不过我无法把一个人变成一条鲸鱼，”他摇摇头，“但我不是那种立体热带型的男人，只有死脑筋。”

理查德听不懂安希尔在说什么，他试着解释：“你是指了无新意的意思吗？”

“对，就是那个意思。你弟弟还好吗？”

“很好。现在我儿子，本，正在开车来洛杉矶的路上。”

“你不能寄张机票给他吗？”

“他想开车。今天下午我要出城去参加静修营。”

---

① 每年三月十七日，为了纪念爱尔兰守护神圣帕特里克。

安希尔摇头。“美国人喜欢过别人的心灵生活，好像他们自己没有灵魂一样。”

“我其实还满期待的。等我回来，我要住在马里布。我在那里租了一栋面海的房子，里面所有东西都是白色的。”

“我知道那间房子。”

“你怎么会知道那间房子？”

“我在电视上看过。白色的地毯，白色的锅碗瓢盆。那是市长的房子。他要把它拆掉，盖更大的。”

“我不知道是不是同一间。”理查德说。他认为马里布海滩上可能不只有一间白色的房子。

“那是他买给他女朋友的。不过他当选后，不能再搞婚外情了。所以现在他要把它拆掉，盖一间给他太太。美国有两种政客，一种喜欢玩性游戏，另一种喜欢战争。你喜欢哪一种？”

理查德没有回答。

“我可以开车载你去静修营。”

“没关系，我搭计程车去。”

“开我的车去吧，那样没有人会注意你。我会好好照顾你的车，我会把它当作是我自己的车那样小心开。”

“好，很好。我开你的车去。”

安希尔笑道：“你是个有趣的人，要去静思冥想，要搬去马里布。”

“你在暗示什么？”

“你陷入了困境。”

报到后，理查德受不了不讲话。他本认为安静应该很简单，那是与别人和睦相处的极佳方式，压力小，不必交谈。

大厅里有香烛和蒸菜的味道。到处都贴着标语：“安静莫言”“公共电话只接受二十五分钱的硬币”“柜台可兑换的硬币有限”。

每个人讲话时都非常平静，轻声细语。他放眼望去，这里像社区精神病院，像一间房租低廉的精神病患收容所。在这个地方，他得屈服且遵守某种程序，他觉得自己好像是要进行全身麻醉的小手术，想到静修会令他联想到麻醉。他准备好了，准备好要面对某些可怕的挑战；他想要放空一切。

他们问他问题，交给他不同颜色的表格，要他仔细阅读并签名。

“姓名、地址、紧急联络人。有固定服的药吗？是医生的处方吗？有潜在的精神病状况吗？有血糖或血压方面的问题吗？关于你的任何事，有我们应该要知道的吗？有宗教或精神信仰背景吗？有静坐冥想的经验吗？有兴趣推拿按摩吗？

“请阅读以下的文字后签名：我们是不性交、不吸毒、不喝酒的活动。任何人违背我们的原则，我们会请你离开。我们请你不要搽香水或散发任何种类的香味，所以当你在这里的时候，请使用无香味的肥皂。不得穿鞋子进静修厅。我们请你不要携带任何读写资料，静修就是要承诺在这段修行期间不做那些事情。请尊重这一点。”

帮他办理注册的女人交给他一张地图，接着拿出一枝黄色的荧光笔。“我们在这里。”她在地图上打一个叉。“静修厅在这里。”另一个叉。

他无意间听到另一个来参加静修的人正在注册，有点像看到组团旅行的其他旅客，而大伙儿正预备登上泰坦尼克号。“单人房，”她说，“我要一个单人房，我有受虐的心理创伤，档案里应该有一张我医生的信。我不能和陌生人睡同一个房间。”

“饭厅在这里，”那位女接待员提高音量，“浴室在这里和这里。你的房间叫做柑橘，在这条走廊的尽头。你的室友是韦恩，他还没到。”

她递给他几张纸，上面是一些资料：吃饭时间、食材的成分，以便让可能过敏的人小心、起床时间、一张列了讲座和各种活动的表。“如果你有任何问题，请在公布栏上留下纸条，我们会以同样的方式答复你。欢迎你来参加，”她说，“祝你静修愉快。”

理查德一手拿地图，另一手提旅行袋，好奇地到处走走逛逛。静修营看起来很像他记忆中的小学教室，又像是用木头搭盖的小屋。他找到标示着“柑橘”的房间，打开门。那是一个窄小的房间，简单的两张木造床架上置着单人床垫，两个床头柜，两张直背椅，两个金属衣物柜。家具以实用为主，不是很干净，像是监狱牢房，或是戒毒病房。他整理他的床，把衣服放好，拿着那叠资料一起坐下来。

他的盥洗用具袋里还有卢萨迪开给他的镇静剂吗？他恐怕没办法做到，没办法一下子就安静下来。他很讶异安静的声音竟然如此大声。

晚餐时他们说：“欢迎。我们很高兴你们能来参加，虽然这顿晚餐不会严格要求静默，不过我们请你克制地对话，你要开始准备适应在未来的几天里保持静默。请不要拘束，互相自我介绍，只要说你的名字就好。晚餐后，我们要在静修厅里集合，开始我们的第一次讲座。你如果有坐垫的话，请带着。”

理查德匆匆扫视过每一个人，尽可能不直视他们。他在观察，看看哪些人显然曾经来参加过。一个女人把她盘子里的每一样东西都淋上蜂蜜，很奇怪。“过了今天，我就不吃糖了。”她说。她把黏稠的蜂蜜淋在她的糙米、蒸花椰菜和印尼发酵豆上面。一个光头男子好像认识每一个人。他如果不是领导者就是个超级自命不凡的学员，自以为高人一等。他是个自得其乐的自大狂，样子有点迷人又有点讨人厌。理查德周围的人都安静无声，所以他也安静地吃饭。他看到别人在讲话，希望自己也能加入，不过他只能默默地继续吃着饭。

晚餐后他回房间，拿塔德·福特借他的垫子。他心想，他们要是知道这个垫子是谁的，一定会很惊讶，但他随即纠正自己的想法。他们知不知道都无所谓，垫子从何而来无关紧要，它只不过是个垫子，电影明星也只不过是个人，而他即将展开七天低温冷冻的静修。

“找个位置，每个人都找个位置。地板上做了记号，挑选一个点，任何一点都行。”

“我们开始了。”

敲锣，点燃香烛，大家安静地坐下。锣又响了，他们坐着——等待。

约瑟夫开讲。

“苦恼是正常的，痛苦是正常的，它是人生的一部分。我们为什么会来这里？我们为什么要害怕苦恼？我们为什么要努力避免苦恼？我们为什么认为不该忍受苦恼？我们吃药，我们冥想，我们渴望没有苦恼。什么是苦恼？苦恼代表了什么——我们内心深处的感觉、我们的感情、我们对无法拥有的东西的期盼、我们的自尊，以及所有那些能把我们拖下苦海的情绪？在修行的这个礼拜，我们必须要求自己愿意、能够去体会我们的感觉，不要把感觉推开，不要对它感到不安，反而要更加去留意，仔细去思考，去了解它。我们的苦恼重担源自何处？它代表了什么？开始去接触它、接近它、接受它：嗨，苦恼，我在这里陪你。我在你左右，与你同在。我是你。我是苦恼。现在就承认它的存在。”

约瑟夫以传福音的声调说着话。他说话，他们则沉默地坐着，寻找他们的痛苦，吸收痛苦。他们坐着，直到因为坐太久而感到痛苦，然后敲了更多响锣，他们慢慢地弯身低头鞠躬，站起来，离开去睡觉。

他的室友是肥胖、苍白、病态的韦恩。韦恩不说话，除了拉开行李袋、脱下衣服、当着理查德的面晃动他毛茸茸的亮白屁股之外，什么都没做。理查德关灯，面向墙壁睡。他太老了，不堪如此折腾。

他在半夜醒来，不晓得自己是在洛杉矶的饭店、布鲁克林他弟弟家还是在某地的医院。韦恩的鼾声低沉响亮，理查德无法再入睡。清晨四点半，有人在走廊上来回走着摇铃。他们起床，去公共浴室，用冷水漱洗，冲冷水澡，用粗毛巾擦干，然后走向静修厅。

有人移动他的坐垫。它被移到另一边，光头男子，快乐的傲慢先生，坐在昨晚理查德坐的点上。那是他的点吗？有任何东西是任何人专用的吗？如果那不是他的专用点，当然也不会是别人的专用点，那么光头佬为什么要强占？光头佬为什么要贪图那个点？是在处罚、捉弄他吗？理查德认为那是针对他个人的挑衅，他发誓要报复：他花了半个早上的静思时间反复思索，努力想把坐垫被移走这件事化小，努力不去介意。或许移走它的人以为那是别人的坐垫？或许他们是想要帮忙，或许他们不知道他会在意？或许他应该过去，把光头佬推离他的点？光头佬必须明白他理亏，必须感到愧疚。或许光头佬已经进化到不必在乎任何事。说不定这是故意安排的陷阱，借此向理查德证明他多么需要静修冥想？或许这个插曲是要证明：如果你放纵情绪，任何事都可能把你逼疯。他不会放过他，他不会善罢甘休，因为不放过，所以他不能心平气和。他告诉自己：算了，别理他，忘了吧！这样帮不了我。他的善恶思绪在对抗，来回不休。

你如果能够接受你的苦恼，你就能转变它。

静修进行到一半，他突然想吃甜甜圈。不是安希尔的甜甜圈，而是早期的甜甜圈，他年轻时吃的那种。他记得很清楚，那是橙色的油炸圈饼。橙色的外皮沾满糖粒，松脆、卷曲、软绵绵地甜。他在脑中品尝甜甜圈。这个关于甜甜圈的回忆是他对于孩提时代的少数一段完整记忆，他认识安希尔是个巧合吗？旧甜甜圈和新甜甜圈之间有什么微妙关系吗？

他好饿。他们休息，吃早餐。他吃了很大一碗优格，加入很多蜂蜜和葡萄干。美味可口。好吃极了，好像他很久没吃东西了。

回到静修厅。他看着其他人；有的人很漂亮，他盯着一个女人的手臂看了很久，也看了另一个男人的背。他观察他们是怎么优雅地坐着不动。然后某些东西变了，他不知道是什么东西。他放眼环视，每个人都变得贫乏、可悲、丑陋。他突然痛恨卢萨迪，他推荐他来参加这个静修营一定是故意在整他。他闭上眼睛。

你如果能够接受你的苦恼，你就能转变它。

转变成什么？

静修厅里的某个人显然喉咙痒，强憋着在低咳，想要安静下来，可是没有用，又忍不住闷声轻咳，再轻咳，几分钟后又低咳。理查德有种想尖叫的冲动。他妈的，你就痛快地大声咳出来不行吗？

他的双脚在痛，他的屁股因为坐太久而发麻。昨天晚上约瑟夫说，在你感到不舒服而打算改变坐姿之前，你应该问自己：我能不理会它吗？我能忽视它而维持原本的姿势吗？

他从这里出去后要做什么？他会变成一个更好的人吗？他没有告诉家人他来这个地方，他没有重录他的答录机留言。他应该打电话给他们吗？他应该留话吗？

这些是发生在午餐之前的事。

下午是走路的静修。他们围成一个圈子走，一圈又一圈地走，走得很慢。他很高兴能到户外，在和煦的暖风中走动。阳光明亮耀眼。他眯着眼睛，有时候还闭着眼睛走几步。就像是监狱电影里的场景一样，所有的囚犯都在走路，拖着他们被链在一起的脚，慢慢走。他看看四周，有些人看起来很糟，喃喃地自言自语。

转变苦恼——或许反而更糟，会让人陷在其中打滚，这样一来又如何转变任何事？要忍受它、接受它。可是如果它是无法忍受的呢？

他走得稍微快一点，然后，撞到别人，回过神来，缓下脚步。

第三个晚上的讲题是："谈狗"。讲到狗会让人联想到欢乐、喜悦、恼人的跳蚤、抓痒的痛快、爱吃骨头、爱埋骨头、项圈、主人、自由地跑、主人丢球它捡球。约瑟夫说到师父和徒弟的关系，老师和学生的关系：当老师对学生不再关注时，他们的关系便结束，那使得学生——狗——因为分离或被遗弃而痛苦，好像被父母抛弃一般；他会意志消沉，因而能够深刻地体会到真正的孤单滋味，接着超越自我的限制，超越想要和老师或师父在一起的需求和欲望。

狗的故事是充满希望的，可是师父和徒弟的关系感觉像是一种捉弄，一种理查德一点也不想玩的斗智游戏。他觉得自己很紧绷、很排斥。

“你可以默默地为别人做些什么？”约瑟夫问，“你如何在对方不知道的情况下帮助他？调整自己的座位，好让别人可以有多一点空间吗？试着愉快温柔地说话，不让别人感觉被冒犯？试着让自己看起来讨人喜爱？让别人觉得你很高兴可以坐在他们旁边吗？”

理查德放了个屁。每顿饭都是糙米和扁豆。他说服自己相信那吃起来像是肉，像牛肉。他吃糙米和生蔬菜，甜点是优格。他无法控制，不时地放屁。由于全场静默，所以大家都听得到他在放屁；而因为大家都在静修，所以无法闪开；因为大家都在静默，所以他不能道歉。当约瑟夫说话的时候，理查德又放屁了。

“当你感觉挫败或生气时，问问对方想要什么，或需要什么，做正面的思考。”约瑟夫说。

晚上的讲座结束之后，理查德经过一个在大厅拖地的人。他是以此换取膳宿的学员吗？或者他只是个普通的工人，一个工友？他对那个男人点点头，男人回点致意。“要大麻吗？”男人轻声说，“我有大麻。”

他躺在床上想本，旅途中的本，在探险的本。本会怎么想待在这里的他？本会怎么想大麻这件事？

第四天，他由于静坐、早起、食物难吃而筋疲力尽。每一次呼吸，他都感觉到胸部的重量，他的肺、他的肋骨、他的皮肤，隆起又下沉。他想到他弟弟：能去看他们一趟实在很棒，可是为什么弟弟和弟媳要邀请他前妻去旅行呢？或许是他弟弟想让本更敌视他这个爸爸。或许不是，或许他们只是想表现善意，因为理查德不在儿子身边，他们试着给本温暖？他想到他父母。他想到那天晚上他在医院里担心着自己会不会死。他告诉自己，如果他能撑过静修营，他要做些更好的计划。他要为自己安排葬礼，那样就不必假手他人。如果他现在就死了，他们会怎么做？某人会打电话给某人，做些安排。他父母会带他回布鲁克林的老家，把他葬在爷爷奶奶下葬的皇后公墓，或者他们可能会把他葬在佛罗里达的某个墓园。他爸爸的家族以前常常谈到他们的墓地，说他们有多少地可以使用。不管有多少，永远都不够。理查德会在洛杉矶买个长眠之地，为自己买个坟位。他会买个坟位给他自己，多买两三个，以便有人想和他在地下当邻居。

他为什么会想这些事情？他的脑子是个无底深坑，一个幽暗洞穴，一根敞开的管子，覆满纤毛；也像章鱼的触腕，强壮、危险、无声。

“我不想死。”他尖叫。

他真的尖叫了吗？或者是他想象自己在尖叫？

下午下雨了，这个季节不该有的倾盆大雨。天色变暗，没有闪电，他们在静修厅里点上蜡烛，在室内慢走静修。然后他们坐了几个钟头。理查德在坐着的时候睡着，他的鼾声把他自己吵醒了。

到了晚上，雨仍然继续在下。理查德清醒着，他的作息颠倒了。他在走廊上游荡，薯条的香味把他吸引到接待区去。警卫是个年轻女孩，她在吃汉堡和薯条。

“我不是他们的人，”她在他走过去时对他说，“你可以跟我讲话。”

“闻起来好香。”他说。

“吃一点。”

他跟她一起坐在办公室里，看一台关掉声音的小荧幕黑白电视机。“我不完美，”她说，“我根本不想尝试静修。他们希望我在凌晨三点做什么，看书？”

他点头。

“你还好吗？”

“我是第一次静修。”他说。

“你看起来好像挺能适应的。偶尔会有人精神错乱，他们不知道自己是谁，为什么来这里。我们有一种特别的毯子，像给疯子穿的约束衣，可是比较舒服一点。那叫做束缚毯。我们会把崩溃的人用束缚毯裹起来，努力劝他冷静下来。然后我会打一个电话号码，请一组人员来帮忙。我只碰过一次那样的状况。很戏剧性，有个女人曾认为一艘太空船会来接她。你想喝杯茶吗？”

“不用，谢谢。我想我要回去睡觉了，很高兴认识你。”

“祝你好眠。”她说。

他的确睡得不错。

有个男人每天都在哭，一开始是在早上的静修时间哭，哭个不停。他的低泣声逐渐增强，转成嚎啕大哭。理查德知道自己应该同情他，应该关心他，可是这家伙毁了他们所有人的静修。为什么他不停止哭泣？为什么没人阻止他？为什么他不起身离开大厅？为什么这件事如此令人沮丧？为什么他会这么讨厌那个哭泣的男人？

为什么没人起身去安慰他？那样做违反规定吗？他们为什么不全都停下静修一起去安慰他？如果他们能够安慰他，知道他为什么哭，他们对他的厌恶就会减少吗？他的哭泣令大家尴尬，是因为每个人都知道这种事可能发生在自己身上吗？因为他们知道痛苦有多深，因为他们全都害怕，因为他们说不定也会一哭就停不下来吗？

那个男人最后总算不哭了，只传来断断续续的哽咽声。

午餐时饭厅的门上贴了一张公告："如果你有肠胃问题，请在这里找药。"纸条下面放了一篮子的药物。

充满敌意的病毒在公厕里散播。厕所里到处都是标语："注意卫生""别忘了要经常洗手""我们订购了软一点的卫生纸"。

下午过了一半，标语上出现许多手写的补充注解："免费灌肠""当你解放的时候也在静修吗？""约瑟夫也会拉屎""拉肚子也是静修练习的项目吗？"是谁写的？什么时候写的？有人看到他们写吗？他们怎么会有铅笔和圆珠笔？

他的室友韦恩稍早时没说一声就走了。理查德回房间换衣服时，韦恩已经走了，床单也已经被换下。理查德检查了一下，以确定他的皮包和个人物品还在。

肢体疗法。

理查德注册的时候，报名预约了按摩。

女按摩师握着他的手，握得有点太久。"别拘束，让你自己觉得舒服自在。"她欢迎他进入她的工作间，"有什么我需要事先知道的禁忌吗？"

"我还好，"他说，"我的意思是，我背痛、腿痛。肩膀和脖子也痛。"

"所以要由我来为你服务，"她说，"请先准备好，仰躺盖上大毛巾，然后我们就开始。"她走出去让他脱衣服。

"请进。"他说，调整了一下盖在自己身上的大毛巾。

"要是你想讲话的话，你就讲，这里是隔音的，"她说，"有些人从头到尾都在讲话，他们很高兴能够……"

"我还好。"他说。

被人抚触是如此地放松，他不知道他有多想念这种感觉。温暖的精油，她的按摩，感觉非常舒服。他闭上眼睛，做个深呼吸。

“力道可以吗？”

力道强劲，但仍保有女性的温柔。“好极了。”

她的手指滑到他的后脑勺，仿佛在揉捏他的头脑，把复杂的思绪排出去。

“你愿意的话，我可以继续下去。”她在按摩了一会儿后问，当时他的脸朝下，鼻子和嘴巴压在一个头垫上，垫子中间挖了一个像甜甜圈的洞。

“什么意思？”

“排在你之后的那个人取消了预约，你愿意的话，我有更多时间为你服务。”

“当然好，那很好。”

“要加收九十美金。”

“好。”他的脸压着头垫说。

“你的臀部肌肉很紧绷，要我帮你放松或许做些内部的按摩吗？”

“好啊。”他说。

然后她的手指滑上他的屁眼，他吓了一跳，自然地缩紧。

“对不起，我应该先告诉你……我现在做的是内部的按摩，这样可以吗？”

“我想可以。”他尴尬地感觉到自己的屁眼把她的手指夹紧。

“试着放松，不要想。”她说。她的手指来回滑动，按摩他从来没有被别人碰触过的地方。他感觉自己硬了起来。

“别担心，那是自然的反应。”这个女人在按摩他的屁眼内部时表现得很严肃。她真的在工作。

“不是每个人都能够接受这样的按摩，”她说，“这是很深入的按摩。”

“很棒。”他说。

“谢谢。”她说。他听得出她在害羞。

按摩让他想到哭泣的女人。他想象她现在正在做瑜伽。她像一棵树般站着，而他却像一具尸体般躺着，像瑜伽动作里的大休息。

听完第五个晚上的讲座后，他和约瑟夫进行了面谈。每个来参加静修营的人都可以短暂地和约瑟夫交谈，让他们有机会问问题，私下聊个几分钟。他坐在约瑟夫办公室外面的椅子上。连心灵导师都有办公室。

排在他前面的是一对男女，他们坐在走廊上，嘀嘀咕咕的像在吵架。门突然打开，他们被请进去，门又关上了。他感觉像回到小学四年级的时候，等着被叫进校长室。面谈时谈什么？约瑟夫会问他问题吗？像考试吗？不管是什么，他要通过，要让自己看起来很聪明，他想赢。

轮到他了，他走进去，坐在约瑟夫对面的椅子上，等待。

约瑟夫看着他。

每一件事想起来都微不足道。他本来想要提提移走他坐垫的那个自大光头佬，可是他决定还是不说比较好。“我想，最让我惊讶的是，我的脑子一直在转动；前一秒我认为很重要的事，下一秒我却不记得了，我本来很确定自己绝对不会忘记的。”

约瑟夫点头。“你的静修进行得如何？”

“我一直在静修，”理查德说，“我已经遗忘自己很久了。我希望这么做会让我想起我是谁。释放我，打开我，改变我。”

“只不过是静修而已，没有神奇的力量。”约瑟夫说。

“是的，我知道。”理查德垂下眼，他知道当他这么做时，面谈就结束了。他在面谈开始之前就结束它。

约瑟夫坐着。他在等。他怎么能只是坐着，只是在等？

理查德站起来准备离开。

“保重。”约瑟夫说。

第六天的静默。今天充满了暴力的情绪。不可思议的暴力思潮涌出，他有想打人、想砸毁或猛击什么东西的冲动。他可以感觉到暴力是怎么发生的，愤怒是如何地喷出。他想到带枪到学校报复的那些孩子们，他们表达不满，他们再也不会被忽视。他想到走进便利商店拿枪指着店员的歹徒。如果他在一家店里，有人拿枪走了进来，他会怎么做？他会试着和歹徒谈话吗？你为什么来这里？你觉得愤怒吗？你现在觉得如何？你杀过人吗？那样有快感吗？是比性爱好上一千倍的征服感吗？是一种解放吗？逼迫某人忍受你忍受过的痛苦，有一种迷幻的喜悦吗？

理查德一整天都陷在愤怒的情绪里。他担心等离开这里之后，他会做出一些可怕的举动。他能够做什么呢？

他没有杀人，而是用他在地上捡到的一支笔，在厕所的墙上写下：“静修是无所事事者的游戏。静思冥想不稀奇。停止静默！”

在下午的静修时间里，他领悟自己之所以会生气是因为即将离开这里了。他发现自己在这里感觉很舒服自在，包括这里的人、清晨四点半的起床摇铃声、难吃的食物以及可以使坏的机会——偷占别人的静坐点、把厕所的卫生纸用完却不补充、吃掉最后一粒米。

隔天早上，铃声还没响起，他就起床收拾行李。

在早上的聚会里，约瑟夫简短地说："让我们花些时间想想，谈谈从这次的经验里学到了什么。生命不是在反刍，不是一再地重播你的过去，要活在当下，注意你的感觉，把你过去的负面情绪放走。拥抱人生中的所有波动，所有发生的事。"

理查德坐着听，他感到屁眼在痛，也感到某种快意，以及前所未有的活力。他坐着，微笑着，偶尔移动一下身体。或许那个光头的家伙，那个快乐的自大先生，每天都去按摩屁眼。

"让我们用吟唱来暖和我们的声音。"约瑟夫带头开始，他们跟随，那种喊叫和回响让理查德忍不住起了一身鸡皮疙瘩。

早餐过后，理查德和他从来没讲过话的人拥抱。"你的背很漂亮。"他对一个女人说。

"我偷了你的点。"快乐的自大先生说，"你以为那一点是你的，但它其实是我的，我总是坐在那个点上。对不起。我不该强求那个点，可是我需要，我真的需要，我想我还需要修炼很久。"

"我们都需要修炼。"理查德说。

他走出大门，花了二十分钟在停车场里走来走去寻找他的车。他变得焦虑，失去冷静，感觉自己又回到现实。他在想车子是不是被偷了，然后他低头看着手中的钥匙，看到那个标志，他才想起他没开自己的车子来。真像个恶作剧。

理查德开车去甜甜圈店。安希尔看到他时，嘴唇在发抖，眼角含泪。理查德很讶异他的真情流露，安希尔竟如此关心他，如此想念他。他拥抱安希尔。

"我开你的车去祈福大会，让神父祝福车子，祈求能得到免费的维修里程、需要道路救援时有圣灵协助以及容易找到替换的零件，但是出了意外。”安希尔坦承，“发生了可怕的事，圣灵完全没用。有人用钥匙刮你的车子，想把烤漆刮下来。你的车子受伤了。我不知道该怎么道歉才好。我不知道该怎么办。我不能在你静修的时候打电话给你。我开去修车厂，他们说可以修理，可是很贵。保险公司会承保吗？”

“好在它只是一辆车子。”

“一辆漂亮的车，但现在有瑕疵了。”

“没关系。”

“你不生气，也不怪我没把它照顾好，你真是太好了。”

“我不生气。”理查德微笑，有点失望安希尔的泪不是为他而流，不过他还是很高兴见到安希尔。

“要我给你一个甜甜圈吗？”

“只要一杯热开水和一片柠檬，如果你有的话。”

“那个祈福大会好棒，好多名贵的车子，大家一起按喇叭，”安希尔倒热开水给他，“我这里有你的谷类食物。”

理查德摇头。“我早上很早就吃过早餐了。”

“你的静修如何？让你开窍了吗？你有没有听到声音？有时候会那样——所有伟大的宗教人物，像预言家和先知，都会听到声音。你去参加之前我不想多说什么，不想让你担心。”

理查德看了一下他的表。“我该走了。”

安希尔陪他走出去，给他看受损的车子。副驾驶座那边有严重的刮痕。

“很不快乐的人才会做这种事。”

“没关系，”理查德上车，“改天见。”

她在那里，坐在门前的台阶上，看起来经过了充分的休息，头发整理过了，变年轻了，穿着金门的运动服。

他没有打开他家的门。他只是看一下房子，它仍和他离开时一样，洞也还在那里。每样东西都一如往常，只是围栏边多了两支橙色的安全锥和一串喷漆记号，从街道的中央画到草地上。

“怎么样？”他问。

“棒极了！”她说，“真的好得不得了。你看起来瘦了。”

“每个人都拉肚子。不是食物中毒就是肠胃不适，或是吃了太多纤维。”

“我们每天早上都健走五英里。”她跟着他走上山坡。她上下摇动手臂，在他身边绕圈子。

“走慢一点，”他说，“过去五天来我都坐着。每天有一个小时的慢走静修，那是唯一的活动。”理查德在慢走静修。他看起来像默剧演员在表演太空漫步。

“我们要去哪里？”

“塔德·福特家。”

“不可能，你骗我。”

“真的。”

“你为什么不早说？我没有换件像样的衣服，我只穿了运动服。”

“这样就很好。”

“这套衣服是我在玩‘猜中了’游戏时赢来的。你怎么会认识他？”

“我在马掉进洞里时认识他的。”

“听起来很怪。”

理查德点头。

“我刚从一个礼拜七千美金的水疗馆回来，而现在我要陪一个我在超市认识的男人去一个电影明星家吃午餐。我好像在参加帮人圆梦的电视节目。对了，你的腿怎么样了？”

“好多了。”

“我叫安迪四点来接我，可以吗？”

“你最后一次打给他是什么时候？”

“一个偷带手机进去的女人让我用她的手机，以交换我不揭发她。我打电话给他时，他说：‘现在我知道你的电话号码了。’我说：‘这不是我的手机。’他说：‘你必须告诉我们你什么时候回来，该洗的衣服堆积如山，到处都是脏盘子，我们没有东西吃。’我告诉他：‘洗衣粉在洗衣房里，刷子在水槽下面，便利商店就在街尾。’然后我说：‘我得走了。’”

理查德有种失去皮肤保护的感觉。他看到的、闻到的、碰到的每一样东西都是深刻的冲击。他仿佛完全能被穿透一样；他觉得并不好受。

塔德的妹妹请他们进去。“我是莎凡娜。”

“她原来叫茱莉，可是她改名了。”塔德在厨房里大喊。

“这是个自由的世界。”莎凡娜说。

他们经过电影明星家的客厅到了阳台，它是向外搭建出去、悬空的，可以俯视洛杉矶。莎凡娜各递给他们一杯加了冰块的红色冷饮。

“现榨的石榴柠檬汁。”塔德说，他从厨房走出来，腰间绑着围裙。

“好好喝！”辛西亚说，“在哪里买的？”

“我做的，先煮柠檬糖水，然后加进现榨的柠檬和石榴。过滤之后冷却，端出来之前搓一点花园里种的薄荷进去。”

“完美的组合。”辛西亚说。

“你们两个看起来很像。”理查德有点惊讶。

“爱尔兰双胞胎，”妹妹说，“他大了十一个月。”

他们坐到漂亮的桌子旁，上面摆的盘子看起来像来自很久以前又很远的地方。

“意大利托斯卡纳的餐具？”

“从百货公司买来的。”妹妹说。

“说来听听，”塔德对理查德说，“你的屁眼会痛吗？你有不一样的感觉吗？你会觉得很累吗？”

“我觉得很好，”理查德说，“我很高兴能去参加静修。透过冥想，我发现自己的情绪转变竟然如此快速，即使什么事都没发生。那实在很有趣。静默只是外在的表象，但内心非常奔腾。”

“我了解，老兄，你正在转变。”

“对了，谢谢你的坐垫，它让我舒服多了。”

屋里发出计时器的铃声。“午餐好了。”电影明星说，他和他妹妹走进去。

“他真可爱。”辛西亚低语。

“他们的表情一模一样，”理查德说，“让人有点害怕。”

“双重烘烤的智利圆鳕。”电影明星捧着鱼走出来。

“牛油果，番茄洋葱沙拉，沙拉拌入了芝麻菜和茴香。”莎凡娜说。

“你应该写一本烹饪书。”理查德说。

“你也是演员吗？”辛西亚问妹妹。

她做个深呼吸，引吭高歌了一小段。从她的嘴里发出来的歌声是超凡脱俗的天籁，回荡在峡谷间，笼罩了山丘，填满了裂缝，令空气停滞了好一会儿。

她的听众都拍手。“哇噢。”

“她是真正的明星。”塔德说。

“我只是来这里待几个礼拜，之后就要回去。”

“回哪儿？”

“巴黎歌剧院。”

“谈到改变，这是我吃过的最棒的一顿饭。”理查德说。

“我对你的赞美持保留态度，”电影明星说，“毕竟，你七天里没有真的吃到东西。”

“那你呢？”他们问辛西亚。

“我整个礼拜都在金门水疗馆，今天早上刚回来。”

“就是最好的那一家吗？”电影明星和他妹妹同时说，“我们带全家人去过。”

理查德安静地坐着，听塔德和辛西亚谈话。阳台、风景、颜色，这一切都令他赞叹。他好像吸毒了，或者早上离营前喝的茶是某种迷幻汁，阳台上的每一样东西都那么地完美，全都像梦想中的那样。

“你还好吗？”他们问。

“好，我很好。”他说。

辛西亚告诉塔德和莎凡娜关于她童年的冒险：她和爸爸在东海岸抓螃蟹，把生鸡肉挂在钩子上放进水里，看螃蟹用螯抓鸡肉。

“我不知道你来自东岸。”理查德说。

“我是啊，这里几乎没有人是本地人，我们全都是移民来洛杉矶的。”

辛西亚和塔德真的很谈得来。一个电影明星为什么不能和一个沮丧的家庭主妇有许多共同点呢？

“当你不拍电影或把马吊出洞里的时候，都做什么？”辛西亚问。

“我做菜，”他说，“我看书，一天看一本书。我现在在看西部史。”

“我们的读书会在看新的《狄特蒙特女王》。”

“我不知道你参加了读书会。”理查德说。

“那不是正式的读书会，任何人都可以参加，你要做的只是看书。”

“很好，”理查德说，“那能够让你走出去和别人说话。”

“不要高估了这个团体，他们选这本书是因为他们以为它是关于两个女性朋友的故事，他们不知道那是写英国女王和她妹妹的。”

“你们两个是怎么认识的？”电影明星问。

“我们只是朋友。”理查德说。

“在超市认识的，”辛西亚说，“我在哭，因为我的人生黯淡无光，而他刚刚被车子撞到，腿上缠了一个大冰袋。我叫他买一个帆船牌冰淇淋蛋糕。”

“我喜欢帆船牌蛋糕。”塔德说。

“那算不上美食。”理查德说。

“我们生日时总是会买帆船牌蛋糕。”莎凡娜说。

电影明星走进屋，回来时手上端着一盘饼干和一大壶茶。“为你做的，柠檬饼干和巧克力球。”

“好吃极了。”理查德说，饼干在他的舌头上化开。

那是一个温馨的、完全没有虚伪做作的下午。理查德实在难以置信，怎么可能呢？他从来没想到一个电影明星会这么自然随和，不刻意去吸引别人的注意。

他们在阳台上坐了很久。最后是辛西亚看着她的腕表说："我真的该走了。"

电影明星跟他们拥抱、亲颊告别。他们走下坡，走向理查德家。

"我不敢相信塔德·福特竟然为我做午餐。这是真的吗？我中了乐透彩吗？"

他点头。

"你过得愉快吗？"她问。

"再愉快不过了。每一件事都感觉有点奇怪，我不知道自己现在到底是怎么了。"

回到他家前门，他坐在门前的台阶上。"我还没准备好要进去。"

"我可以借一下你的洗手间吗？"

"好，可是要还我。"他开玩笑，让她进屋。

一辆厢型车停在前面。"她马上就出来。"理查德自台阶上喊道。

当辛西亚出来时，她丈夫以讥讽的口气问："这是你下太空船的地方吗？"

"你不必回去。"理查德温柔地说。他站在她旁边，他们两个人都看着厢型车。

"真的可以吗？"

"为什么不行？"

"我无处可住，没有工作，没有能力照顾自己。"

"那根本不是什么问题。"

丈夫按喇叭。"你马上给我上车！"

"我不认为我想上车。"她叫道，保持距离。

"上车！"丈夫吼叫。

她摇头。"我原以为我想要回去，可是现在我不想了。谢谢你来。”

“得了，辛，上车来，我们再谈。孩子们要跟你说话。”

小孩坐在后座系着安全带，看起来茫然不知所措。他们处于尴尬的年龄，过了儿童的年纪，但还没到青春期。

她走近车子。

“你干吗带孩子来？”

“没有保姆，我不能把他们丢在家里。”

“他们没有保姆了，他们要互相照顾。”

“上车，辛，”他说，“如果要我下车拉你，那就难看了。”

“态度好一点。”理查德说。

“态度好一点是什么意思？说得好像我很坏似的，好像我会打她或怎样？你他妈的到底算哪根葱？”他下车，抓住他太太的手腕。

辛西亚尖叫。

“放手。”理查德说。他走近。

“别教我怎么做。”他扭着他太太的手臂。

“放手。”她说。

“上车。”丈夫说。

“我不要上车。我永远都不要上车。你要不放手平静地离开，要不就在你的孩子面前出丑。”

他放开她的手腕，往后退一步。“你在干吗？我们来接你回去。我对你已经够好了。我要带大家去大吃一顿。我们何不一起去吃晚餐，一边吃一边谈？然后，你如果不想回去，我不会逼你。”

“你不能逼我。”

“好。”

“他也去。”她抓住理查德的袖子。

那是理查德最不想做的事。他想独处，想思考所有的事，把它们写下来。

他们在沉默中来到闹区一家出名的牛排馆，一群人塞满了一个小隔间。

理查德突兀地进入辛西亚的人生，触及她的隐私，那是个完全不同的世界。

“要什么饮料？”侍者问。

“可乐。全部都一样。”丈夫说。

“我只要水。”辛西亚说。

“你们有果汁吗？”理查德问。

“我们有蔓越莓汁、柳橙汁和葡萄汁，都不是现榨的，省得你再问。”

“我想要沙拉。”辛西亚说。

“吃牛排。”丈夫说。

“我没那么饿。”

“看在上帝的份上，我们是在牛排馆。她要牛排，五分熟，加烤马铃薯和花椰菜。”

“我可以要薯条和烤马铃薯吗？”男孩问。

“不行。”丈夫说。

“我要一个汉堡，可是不要面包。”女孩说。

“点你真正想要点的菜。”理查德在她耳边低语。

“我不能。”

“可以，你能。”

“你呢，先生？”

“我什么都不要，我中午吃得很饱。”

“看在上帝的份上，吃点东西。”

“蔬菜，”理查德说，“有蒸蔬菜吗？”

“这里是牛排馆，不是中国餐厅。我去看看厨房能不能做。”侍者走开。

孩子坐着玩面包卷和奶油。

“克里夫的爸爸跟克里夫的妈妈最好的朋友搞外遇，然后克里夫的妈妈去隆乳……”辛西亚的儿子说。

“只是朋友。”辛西亚打断他的话。

理查德用手肘推她。“点你想要点的菜。”

“我马上回来。”她说完离开餐桌。

理查德对男孩微笑。理查德不太喜欢这个男孩，他太胖了，像颗球一样，老是哼哼唧唧地说话。

“你在哪里认识我妈妈的？”小女孩问。

“在超市，”理查德说，“她在哭，因为你们不喜欢她烧的菜。”

他们沉默。

稍后，当辛西亚的沙拉送上来时，她丈夫显得有些失望。

“可我要吃你的牛排。”

“欢迎你吃沙拉。”

“如果我知道你不吃牛排，我会点些别的。”

“我说了我要沙拉。”

等他们吃完，又全都挤进车里往山上开去。“我们会放你下车。”丈夫对理查德说。

“很高兴认识你们，”车子停在家门口时理查德说，“祝你们好运。”

“很高兴见到你们。”辛西亚说，她在车子停下时解开安全带。

“别又来这套，”丈夫说，“我们刚刚吃了一顿美好的晚餐，你不觉得那样很好吗？”

辛西亚开门跳下车，跑过庭院。丈夫下车追她。车门开着，车内的灯光自动亮起，照亮孩子们的脸，他们看着父母在前院追逐。

理查德匆匆追上他们。

“开门。”辛西亚叫道。理查德跑过石头走道开大门的锁，把门推开。她丈夫越过草地，飞扑过来企图抱住她，她闪到一边。他撞到大门，发出砰的巨响，接着是玻璃碎满地的声音。

她走进去。“对不起。”她说完，随即非常小心地关上门。

“今天晚上闹够了吧？”理查德对她丈夫说。

“你是个怪胎，”丈夫忿忿不平地说，“好，你要她，那就留着她。我不知道你要利用她做什么。”他气冲冲地走回厢型车。“她不可能这么容易摆脱掉我们，你也是。你这个同性恋的恶心鬼。”丈夫开车离开。

“他其实没那么坏，是不是？”辛西亚说，她走出屋子。

“很难说。”理查德说。

“车子一开走，我就知道我不可能回去了。我有种解脱的感觉。我运气很好。我如果回去就会死。坐在车上时，我好想吐，现在我感觉很轻松。看看我现在多健康，”她转向房子，“等我一有了钱，我会马上赔你。我会负起所有的责任。我不敢相信我竟弄坏了你的房子。”

“这房子本来就已经有问题了。”

“你想他会回来吗？你想他会回来杀我吗？”

“我们反正不能住在这里。现在你老公跑掉了，房子也破掉了，我们应该去马里布。房地产经纪人留钥匙给我了。”

“我要你知道，我不会永远依赖你。我很感激你为我做的一切，可是我不能一直跟你住在一起。我会自己解决我的问题。”

他们进屋，试着把绿色大塑料袋补在破掉的玻璃大门上。垃圾袋用完了，他们从橱柜里找出各种名牌购物袋来用——爱马仕、阿曼尼、巴尼精品百货、布里斯托农场超市……他们把这些东西都糊在玻璃门上，以防万一下雨可以保护屋内的东西，也可以防止野生动物跑进来。

他留下信息给他的保险经纪人。“有人来我家，把我的两大片玻璃门打破了，有理赔吧？”

他把在静修营穿脏了的衣服丢进洗衣篮里，带了干净的衣服去马里布，还带了帽子、太阳眼镜、泳裤、白色的长裤、浅蓝色的运动衫和一件他好几年没穿过的牛仔夹克。他好像去度假一样，快乐地收拾着行李。

“我只有这个，”她拍拍一个小塑料袋说，“或许我可以偷偷溜回家拿些东西。我没计划离家出走，一切都是意外。”

理查德加快节奏，好像他必须匆忙赶到某个地方去似的。

车子沿着日落大道一路往下开，进入郊区，经过圣塔莫尼卡，然后上太平洋海岸公路。他们停在马里布的乡村小店买补给品。

“我们不是刚吃过吗？”她问。

“什么时候？”

“在牛排馆？”

“我其实没吃什么东西，你吃了吗？”理查德问。

“我真的想继续减肥。我不能再吃垃圾食物了。”她在薯条前绕圈子。

“我也不能。”他拿起一包甜甜圈，看看外包装上的成分说明，再把它放下。

他们买了蛋、面包、奶油和水。

“我们可以做法国吐司，”她高兴地说，“和水果！”

“有水果吗？”

“收银台前面有一堆香蕉。”

回到车上，理查德在阴暗的天色中寻找门牌号码。“我只来过一次。它像个白色的大盒子。”车子开下公路，他差点压着一个穿着浴袍在大垃圾桶里翻找东西的男人。

“你该死的想杀死我吗？”

“对不起，我没看到你。”

“我难道是该死的隐形人吗？”

“对不起。”理查德摸出钥匙，开锁，按下密码。他一向讨厌这样，讨厌抵达一个地方时天已黑，既没办法看清楚自己在哪里，又因为太晚了而不能改变主意。

他开灯。

“好棒，”她说，“闻起来有新的油漆味。”

味道钻进他的脑子里膨胀，介于令他兴奋和头痛之间。有一部分的他感到疲惫不堪，想马上睡着，排山倒海而来的不安感让他想将自己关机。他们像是非法占用这间房子的人，小心翼翼地把补给品摆到厨房的流理台上。他找到一个平底锅，她打蛋，再把吐司浸入蛋汁里，然后放进锅里煎。

法国吐司的香味让他感觉好了一点。能够吃到温热、柔软、香甜的东西真好。

“我在我的口袋里找到几包砂糖。洒上去很好吃，对吧？”

“很好。”

“你想那家伙是无家可归的流浪汉吗？”理查德问。

“我不知道。大部分的人不会在黑暗中穿着浴袍翻垃圾桶，”她说，“这里好白……”

“非常白。”

白是希望的颜色吗？

晚餐后，他拿出牛仔外套，走出屋子，把它留在金属的垃圾盖上。穿着它总比穿浴袍好。

他走进房间，安装好电脑，上网，先检查看看离开的这段时间他的投资有什么变化。还好，不错，即使他每天观察行情，也不见得会更好或更坏。然后他收邮件。他弟弟把两个男孩每天的行程纪录寄给他。他们更靠近这里了。他很兴奋能够看到他们的故事，可是想到那是他弟弟转给他的二手资料，他的开心程度顿时下降了。

他们在乡下的路边摊向一个小女孩买柠檬汁。“她有个贴着免费赠送小猫的箱子，里面装着几只十个月大的小猫，我们很想把小猫全部带走，可是不行，所以就只能跟它们玩，拍拍照片。我们花很多时间开车，还好有音响。我不小心把手机忘在一辆路边的餐车里，直到很晚了才发现，赶紧打电话过去找。手机掉在餐车下面，和掉落在地上的薯条、饼干包装纸、用过的餐巾纸作伴。女侍把它送去快递公司，我们第二天早上去新墨西哥的快递站付费领取。现在我们在星巴克咖啡馆，一切都很好。我从这里寄信给你们。你们有没有听过山露汽水？我们很喜欢它，一天到晚都在喝，喝了很多咖啡因。我们喝醉了！”

看着本的照片，理查德十分激动，很难相信他有个这么大的儿子了，一个快变成男人的大男孩，长得像他，可是又完全不像他。除了血缘的延续之外，他还有机会改善他们的关系吗？

看着照片，他感觉到这些年来所失去的一切。身为缺席的父亲，他感到罪孽深重。他开始哭起来。

辛西亚坐到他旁边。她抱着他，他哭得更厉害了。

“我错过了那么多。”他说。

等到他哭完，她静静地走开。他很感激她的拥抱，也很感激她让他独自与他的悲伤相处。

他很早就起床静修。墙上有一幅白色的天鹅绒布画，他起先以为它是抽象画，仔细看才知道那是两个女人在做爱。他坐着，注意他的呼吸、他的背、他的身体、外面的水声和吹进屋内的凉风。他练习静坐，想象敲锣的声音，慢慢地闭上眼睛，感觉他吸进去的气在他身体里运转，清晨的阳光洒入，在他身上升起，在他体内上升。

他怀念其他人的呼吸声、清喉咙声。他告诉自己要记得买香烛。

他坐着，呼吸，将黑暗转变到光明；呼吸，将怒气转变到同情、到原谅。

他坐了一个钟头，这时候太阳已经高挂天空，房间里明亮、光灿、温暖。他向外面对着海洋，好像看见什么东西。一开始他以为是垃圾漂在海面上，然后他发现那是一顶黄色的泳帽。他看到游泳者向大海游去，游向圣塔莫尼卡。外面有人在游泳，一条美人鱼，他感到一阵兴奋；有人游泳的地方就有希望。

他蹑手蹑脚地走进客厅。她在沙发上。“你醒了吗？”她问他。

“是的。”他说。不然她以为他在梦游吗？她为什么会那样想？

“你起得很早。”

“我一向早起。”

“你想去散步吗？”她问，“我养成了清早健走的习惯。”

他们一起走到玻璃窗前，站在那里看向太平洋。

“我从房间里看到一个女人在游泳。她好像把海洋当作一个游泳池，碰到另一端的某一点，又转身游回来。你看，”他兴奋地说，“我刚刚还看到别的东西。”

“什么东西？”

“海豚。”

的确，那附近有个海豚训练中心，一群海豚接连着跃过空中，再从水里冒出来，仿佛在表演舞蹈，仿佛在挥手道早安。

“我想下去那里，”她说，“你去吗？”

“我想留下来。我必须打几个电话。”

西西莉亚的人工髋骨到了。“如果你不需要我的话，我会去让他们帮我换上髋骨。我将有六到八个礼拜无法工作。”

“我会寄一张支票给你。”他说。

“你要开除我吗？”

“当然不是。我想为你付医疗费。”

“留着你的钱。”

“西西莉亚，等你住进医院，找一间单人房吧。我会付差额的，你应该得到应有的休息。”

“他们给我什么房间都好。”

他打电话给营养师。

“西西莉亚告诉我你出城了。”她说。

“我去参加静修营。他们给我们吃螺旋藻和磨碎的亚麻子。”

“那很好。你的新住处在哪里？”

“马里布。”

“哦，好远。我送货上门的路线很固定，不过我可以跟你约在沿路的某个地方见面。圣塔莫尼卡可以吗？”

“你方便就好，我都可以。”

“明天下午两点十五分，我们在西格尔名品店的停车场见面。我会给你准备一些东西，足够你吃一个礼拜。”

“好，我需要双份，两个人的食物。”

“你怀孕了？”

“不是，我有个朋友住在这里。”

“朋友？恭喜你了。”

他打电话给健身教练。

“马里布，哇，你超出我的服务范围了。你什么时候回来？”

“一个月，或许两个月。”

“那里一定有健身房或瑜伽教室，去查查电话簿，在运动的行业类别里。”

他照办，找到一家叫做“马里布螺旋塑体”的健身中心。

“你曾经做过普拉提、体操或其他以舞蹈为基础的运动吗？”接电话的女人问他。

“没有。”

“那我帮你排明天三点上雪梨的课。”

“好。”

“一节课八十五美金。”

“好。”

“不包含保险费，除非你有物理治疗处方笺。”

“好。”

他打电话到卢萨迪的诊所。

“最大的转变是，”他笑着说，“大家都拉肚子了。我要预约。”

“今天下午一点如何？”

“好。”每件事突然间变得很完美。

“如果你还在拉肚子，带粪便样本来，我们会做检验。”

他假装没有听到那句话。

有人敲门。是比利，房地产经纪人。“一切都还好吧？”

理查德点头。“你为什么不告诉我这是谁的房子？”

“因为看起来应该很明显。”

“大家都知道，除了我。”

比利耸耸肩。

“昨天晚上我家的玻璃门破掉了，”理查德说，“我必须找人去修，可是我不知道该找谁。”

“我认识人。”比利说，从口袋里拿出一本黑色的小册子。他看了看里头的电话号码。“多年来我交了很多朋友。”

“谢谢，比利。”

理查德打电话给比利的承包商朋友。

“我就在这附近。你现在在家吗？多久可以到？”

“四十分钟到一个小时。”

“好，”承包商说，“等你快到了再打电话给我。”

辛西亚健走回来了。“我帮我们安排了食物。”理查德得意地说，“我跟营养师约在圣塔莫尼卡碰面，她会给我们带些好东西。”

“太好了。我刚刚在海滩上遇到一个女人，她告诉我一个协助家庭主妇重回社会的就业辅导计划，是由一位整形外科医生发起的。他发起这个计划是因为他帮人整形，可是这些人整形后依然痛苦，令他感到很难过。他们有社工人员，还有瑜伽班和营养班，他们会帮我找工作，全都是免费的。医生说那是他亏欠社会的。”

“你确定那不是某种邪教或是他招揽生意的方法吗？”

“我好开心，”她说，“我要去找工作。我很多年没工作了。”

“那很好。”他小心地不泼她冷水。“我该走了，”他说，“我跟承包商约好了，怕来不及。”

“去吧，”她说，“我会打电话再问清楚一点。”

理查德匆匆走出门去开车。他又看到昨天晚上那个家伙，穿着理查德的旧牛仔夹克，头上戴着隔绝噪声的耳机。

理查德看着那个人，拍拍他自己的耳朵。“我也有一个。”他大声说。

那个人直视着他，然后拉下耳机的一边。

“我也有这种耳机，”理查德再一次说，“我喜欢它。”

“你是那个混蛋吗？”

“你说什么？”

“买下那间狗屎屋要拆掉的混蛋。”

“不是，我是房客。”

“你认识那混蛋吗？”

“不认识。”

“你来这里干吗？”

“我的房子快要掉进一个洞里，我只好暂时先租别的房子住。那是我的夹克，我昨天晚上留给你的。我以为你是流浪汉。”

“不是，我住在这里，”他说着，转头点点隔壁的房子，“满合身的，谢谢。”他拉拉夹克。

“我看到你在翻垃圾。”

“你差点把我轧着。”

理查德点头承认。

“我翻垃圾桶是为了寻找完美的台词，”那个人说，“我把台词写在某张纸上，它就在这里面的某个地方。”他往大垃圾桶弯下腰去，“唉唷，我的背。帮我个忙，我弯不下去了，拿不到下面那个袋子。你能帮我拿出来吗？”

垃圾桶很臭，有腐烂的恶臭。理查德试着拉那个袋子而不把头往里头伸。

“你得弯下腰去拿。”

理查德只好弯腰，整个上半身都探进去，拉出那个袋子。他的衣服上沾了某种臭味液体。

那个人把袋子打开。“哇哈哈。”他头往后仰，发出怪吼，像个野人。

“好了，”理查德进入自己的车子，“祝你顺利。”

承包商绕着房子走来走去，用全身的重量去撞桩柱，想要震动地基。

“还有水电吗？”

理查德点头。

“你应该把水电关掉，不要冒险。”他弯身，拾起一块玻璃碎片，它们像海滨的碎石，锐利、泛着光，“我从来没看过玻璃像这样破掉。”

“现在怎么办？”理查德问。

“你可以整修，或者，你知道的……”他顿一下说，“现在很多人都喜欢把房子整个打掉重建。那样一来，你可以随心所欲地设计新房子，处理你比较在意的细节。譬如浴缸该放在哪里、卧室的门要从哪边开、你希望能从床上看到更好的风景，等等。”

“打掉房子听起来像是很大的工程。我在想的是，恢复它上个礼拜的样子，那个时候玻璃没有破，所有的一切都正常，我喜欢它的原貌。”

“由你决定。”承包商递名片给他。

理查德开车回马里布，顺路绕去超市。他在超市走道上走来走去，挑一些连自己都讶异的东西，有机蔬菜、大豆蛋白、豆腐乳酪，等等，购物车里的东西堆得高高的。在他忙着转化苦恼之际，他也想让自己在静修营里净化过的身体保持干净。卖场里陈列着成捆的木头，他拿了四捆进购物车里，他觉得很好玩，一捆木头五块钱，但他们为什么不卖一根一块钱呢?

他在超市看到翻垃圾桶的那个家伙，到处走来走去，跟一个似乎很乐意与他交谈的人在讲话，那个人似乎认得他。他穿着夹脚拖鞋，一头长发蓬乱粗糙，很特别，很有男子气概，可是又有点阴柔的感觉。以一个看起来似乎已经几个礼拜没洗澡的人来说，他散发着无比自信。

“我还不确定你不是那个混蛋。”那家伙对他说。

“我说什么才能让你相信?”

“你说什么都没有用。我看起来很糟吗?”

“你看起来……不修边幅。”理查德说。

“我进入了一个阶段。我现在在和我的身体对抗。我有味道吗?”

“我没闻到。”

“我在赶稿。”他的手指探进一袋莴苣，抓一点进他的嘴里。“青菜，有益你的健康，”他吃得好像他迫切需要它，好像蔬菜是糖果一样，“你去哪里?”

“我刚回我家跟一个承包商见面，评估我的房子毁损得有多严重。”

“结果呢?”

“很糟。”

“在那之前你在哪里?”

“参加一个静修营。”

“你是会静修冥想的人?”

“刚开始。”

“我不信那一套。我以前做过，可你知道我是怎么想的吗?正常人不会光坐在那里，而是会去做些事情。”

理查德没回应。

“你能让我搭便车回家吗?我是走过来的，我的车子进了修车厂。”

“当然可以。你住在哪里?”

“我告诉过你了，混蛋，就在你隔壁。”

“我不知道你住在那里。”

“不然你以为我住在哪里?我要是不住在那里，干吗在黑暗中翻垃圾桶、找面包屑呢?”

他们开车回家。

辛西亚在家里等他。“他们说我是很出众的应征者。我明天开始上班。”

“我应该跟你去吗?你确定他不是骗人的?”

“杂志上有一篇关于他的文章。”

“那他就不可能骗人吗?”

“我很兴奋，你不能为我高兴吗?”

“我为你高兴，我只是不希望你被一个神经外科医生骗了，他可能把你弄昏，然后给你整形或其他什么的。你要吃午餐吗？”

“我饿了。”她伸手进购物袋找东西吃。

午餐后，他回到车上，开车进城去看卢萨迪。

“结果呢？”卢萨迪问。

“我喜欢静修。不虚此行，对我来说是个未曾有过的挑战。除此之外，我现在感觉所有的事情都很奇怪，都不合我的意。我不是我过去以为的那个我了。”

“我们都不是。”

“我其实并没有不一样，然而一切都不一样了。”

“你还痛吗？”

“我感觉很好。我想我还在痛。我的意思是，我一定还在痛，对吗？我们都在痛，可是它现在不会干扰我了。”

卢萨迪把听诊器压到他胸膛上。“你没有变成不一样的人，你只是学习去接受你自己，那是最困难的部分。”他们安静不语，卢萨迪听着他的心跳。“你听起来很好。”他说。

理查德开车回他家，跟比利的另一个建筑商朋友乔梵尼见面。

“在我看来并不严重，”乔梵尼说，“我们处理过多起地表移动、玻璃爆开。总之，只需要顶好地基，或许放进一些令它稳固的支架，把它撑平。不需要太大的工程。”

“不太大的工程大约有多大？”

“不真正去执行的话，现在很难确定。不过我估计可能是十五万，或十七万五千美金。”

“所以，大约是在十五万到十七万五千美金之间。”

“差不多。”乔梵尼说。

“听起来像个大工程。”

“我们经常做这种工程，”乔梵尼说，“你有没有平面图、建筑商的名字、原始工程设计图？”

“我想电工的名字应该在地下室的电源箱那边，那里的某根铅管上或许也写了铅管工的名字。”

“我要找蓝图、设计图等具体的资料。”

他们讲话的时候，门铃响了。是室内设计师，她后面跟着扛了梯子和家具罩单的油漆工。“我们到了，正是时候。”

“我忘了你要来，”理查德说，“我的房子出了问题。”

“我们不会妨碍你们。”她走过他身边，径自走向客房。

“我不认为今天是油漆的好日子，”他说，“房子快塌了。”

“哦，那你让他怎么办？”她指向油漆工，“叫他来可不容易，他很忙的。”

“可能得取消，现在没必要油漆了。”

“我不懂。”

“不漆了。”

“你要让石膏板再裸裎十年吗？”

“我得再考虑一下。”他不想吵架。

“我想我再找人来看吧，我们详细估价后，再给你一个确实的数字。”乔梵尼说。

“有确实的数字就好谈了。”理查德送他出去。

“如果你现在就想好，”设计师说，“油漆师傅现在就能漆。他不会花太久的。”

“两天，”油漆工说，“我甚至可以在这里过夜，工作到很晚，明天很早就开始工作，在十八个小时内完工。”

理查德拒绝。可是他们不听，僵持不下，他只好让路给他们进去。

“你可以先开一张支票给我吗？”设计师问，“我们一向都是在开工前先收支票。”

“可是我并不希望你们开始工作。”

“如果你不要我来油漆，那你干吗打电话给我？”

“我打电话给你的时候，房子还没有倒塌的危险。”

“那不是我的错。”她说。

“没人说是你的错。”

“那你为什么对我吼？”

就这样没完没了地各执一词，直到理查德说：“我必须走了。”他走到外面，上车，把车子开上山。他开到山顶，在那里观看。他等着，以为能看到设计师和油漆工走出他家，可是他没看到他们出来。他等了又等，最后把车子开走了。

理查德上路回马里布，他今天跑第二趟了，心情很差。塞车。他第一次了解为什么大家老是在谈交通的问题。他在十号公路上，被堵在那里，车流完全不动。公路老旧，状况不佳，路上有破碎的混凝土和小石子。为什么同样是公路，在东岸叫柏油路，在西岸却叫沥青路？是跟温度、反射和丑陋的美国有关吗？他累坏了，心里想着到底要花多少钱整修房子或者必须拆掉？居然还有设计师蛮横地不接受他的拒绝。

所有的事情都不完美，都丑恶、卑鄙、混乱，好比要漂白却弄成了米色。这里虽然没有车子不行，但他周围所有的车却都是烂车：老旧的、生锈的、新款的。他坐在方向盘后面，心里想着洛杉矶和车子，这时他的脑子里突然接收到 SOS① 的讯号。摩斯密码的求救信号。SOS 重复着。点、点、点。划、划、划。点、点、点。

他看着前面的车子，他发誓对方的煞车灯明显地发出一连串的 SOS、SOS。

车流移动了，车速加快。前车改变车道。尾灯没有打出变换车道的方向灯，而是继续在打 SOS，不停地在打 SOS。

有人在求救。有人在那么做，但是开车的人不知道。理查德加速。前车的驾驶从后视镜看他。理查德回看。那个家伙瞪他一眼，转换车道。理查德跟上去。

理查德以同样的“点划”模式按喇叭。他按了喇叭，然后停一下，再按喇叭。刹车灯闪烁。

理查德短促地按两声喇叭。刹车灯闪了两下。

他在与人“通话”。有人在后车厢里发出 SOS 的闪光。理查德必须阻止那辆车逃逸。他必须让那辆车停下来，但又不能撞到后车厢。他加速上去与那辆车并排行驶，向它靠过去。两部车如亲吻般地碰触一下，然后分开。那个家伙加快速度。理查德保持与它并行。他又按了喇叭，仿佛发出警告声，然后大角度地把车子转向那辆车。

那家伙怒瞪他。“你他妈的在搞什么鬼？”

他把车子开走，理查德加速追上去，重复一次前面的动作。路上其他的车子也在按喇叭，纷纷离他们远一点。SOS。SOS。

那家伙回撞理查德，然后突然转到路肩。理查德跟上去，挤进路肩。

“你是他妈的疯子吗？”那家伙大吼。他们的车很接近，理查德

① 求救信号。

可以清楚听到他的声音。

他或许疯了。

如果那家伙停车会发生什么事？如果他打开后车厢，结果里头只有备用的轮胎、两灌油和几件他一直忘了拿去捐给救世军的旧衣服呢？那辆车在跟他讲话、沟通，如果那家伙没有藏着什么，他干吗想逃呢？

两辆车并肩在路肩上开。那家伙踩着油门冲向他，这次是撞理查德的车门。理查德被撞开后，转回去瞄准那家伙的前轮。两辆车都滑出路面，滑下草坡，大奔驰车咯吱咯喳地发出抱怨声，但相当稳健地往下滑。他们的车一停下来，那家伙就跳出车子逃跑。理查德扑上去拦住他，两个人滚下坡，直到那个家伙跌倒，面朝地趴在地上，理查德才占上风地跳上他的背。

“你在发什么神经？”

理查德坐在那家伙的背上，当他是一匹小马一样骑在上面；其实比较像在驾驭一匹发狂的野马。他能压制他多久？理查德用鞋跟踢他、踹他。

终于有人出现。

“需要叫救护车吗？”

“快点过来。”理查德喊叫。

“要打九一一吗？”

“来帮我。”那家伙快挣脱了。他奋力扭动想摆脱理查德。两个男人跑下来。“坐到他身上。”理查德说。他们照他的话去做，其中一个人问：“我们为什么要坐在他身上？”

理查德告诉他 SOS 信号的事。

“后车厢里有人吗？”他们问那家伙。他不回答。

“你最好去看一看。”他们对理查德说。

理查德爬上坡去敲后车厢。“有人吗？”

“有。”一个女人的声音说。

“我看到你的 SOS，”他说，“我把这辆车撞离马路。现在没事了。我会把你弄出来。”

“别打开。”

“你不要我救你出来？”

“外面还有别人在吗？”

“有。”

“我没穿衣服。”

“哦，”他想了一下，“我会把后车厢打开一条缝，递给你一些衣服。”

“我的双手被绑着。”她说。

“好，我会先把后车厢的盖子按开，让你有一些空气，我去找剪刀。”他走到车子的前座，按开后车厢，“现在怎么样？”

“好多了，”她说，“我能看到光线了。”

一个骑着摩托车的公路警察停下来。“需要帮忙吗？”

“这是劫持人质的事件。”理查德说。

更多车子停到路边。坐在那家伙背上的两个男人已经用他们的皮带把歹徒绑了起来。

有人贡献出随身小刀，女孩把双手伸出后车厢，他们把她手腕上缠绕的管线胶带割开。理查德脱下他的衬衫，从隙缝里塞进后车厢给那个女孩，有人车上有多余的运动长裤，也把它塞进去，然后她说：“可以打开了。”

理查德掀开车盖，女孩因为突来的强光而不断眨眼睛，她的头脸湿得好像差点淹死，表情惊恐。

“我当时正在淋浴，他把我拉出了浴室。”她的头发还是湿的。

“你认识那个家伙吗？”警察问。

“他两个礼拜前来帮我修理过电视。”

救护车抵达，停到路边，他们扶女孩上了救护车，歹徒被押进一辆警车的后座，还抱怨他们坐在他身上时害他受了伤。

做笔录的警察对理查德说：“我得搞清楚到底发生了什么事。你是说，你在开车，然后前面的车子开始跟你讲话？”

“是的，”理查德回答，“用摩斯密码发出 SOS。”

“摩斯密码是什么东西？那是我知道的东西吗？”

“是的。”理查德说。

“某种高科技的网络语言？”

“那个坏蛋打算杀死她。”坐在歹徒身上的一个男人说。

“是他告诉你的吗？”警察问。

“他不必说我们也知道，一旦坏人把你关进后车厢，就表示他没打算让你活着出来。”另一个男人说。

“没错，”警察说，“这类犯罪案件的致命率相当高。”

“你救了她的命。”有人对理查德说。

警犬在附近搜索。一个旁观者拿录影机拍下整个过程。“离开路肩，离开路肩，”警察在指挥交通，“没什么好看的了。”

“我必须回家。”理查德没有特别对谁说。警察问了他的一些资料，包括地址、电话号码，等等，然后有个男人帮他把车开上坡。他们护送他上公路，他把车开走，午后的强光让他有点睁不开眼。

他开着零件脱落的奔驰车，听起来像是婚礼后一对新人在车后面挂了一堆罐头，丁铃当啷。

直到他把车子停到白色的屋子前面，直到他关掉车子的引擎，直到他安全了，他才意识到刚才出了什么事。感觉好奇怪，就好像是在看电影，只不过更糟。关着女孩的后车厢发出臭味，当车盖打开时，臭不可闻，酸味和尿味刺鼻而来。看起来吓坏了的女孩直视着理查德，理查德伸出手想帮助她。他伸出手，她握住他的手。

理查德下车呕吐，在路边吐了一大摊，还吐到停在旁边的车子上。吐过后，他感觉更糟。他去敲他以为是流浪汉的那个人的家门。

“走开。”

“你有止痛药吗？”他喊道。他知道白色屋子里的药品柜里是空的。

邻居开了门。理查德看到他的手臂上有塑料管，他在打点滴。

“对不起，我不知道你生病了。”

“我没生病，这是维他命。你出了什么事？你看起来……”他打量着理查德，“像受到了惊吓。”

“你有止痛药吗？”

他摇头。“止痛药对肝脏不好。不过我可以帮你。进来。”

邻居给理查德倒了一杯饮料。“威士忌会让你觉得好一点。”他指向一张椅子，理查德坐下。邻居在抽屉里翻找，然后走去冰箱那里带着几个小瓶子回来。“我是个有执照的顺势疗法医生，”邻居说，“也是精神病患者，”他哈哈笑。“嘴巴张开。”

理查德听话。他打开每个瓶子，各滴几滴进理查德的嘴巴里。

理查德作呕。“那是什么？”

“我自己配的药。”

邻居又递了一杯威士忌给他。“它能安神镇静。”

理查德喝酒压惊。他可能会被杀。掳人的那个混蛋显然要对女孩不利，他也可能会要了理查德的命。他真的做了一件好事吗？他救了别人的命就会让一切有所不同吗？会因此改变历史或命运吗？他怎么会变得如此奋不顾身了呢？

“还要威士忌吗？”

理查德点点头。邻居的家里很朴实，是一间单身汉的海边木屋，天花板能看到木头横梁，有一张面朝大海的大书桌，桌上的弧形相框里摆着几张照片，还有一台大型瓶装水自动贩卖机。

“你为什么要打维他命？”理查德问。

“因为我是疯子。因为我要长生不老，但我的屁股下垂、内脏肮脏，变老令我害怕，我无法想象自己变老。”邻居点了一根烟。他脸上的皱纹难掩风霜，头发像狮子的鬃毛，眼睛是最蓝的蓝色，五官轮廓深刻清晰。

“你是演员吗？”

“不是，更糟。”

“制作人？”

“食物链的更下层。”

理查德耸肩。

“作家，只不过是个微不足道的好莱坞作家，等着自己的作品被人胡乱删改的作家。”

“听起来很有趣。”

邻居捏捏点滴袋，把袋子里所剩无几的液体注入管子，流进他的手臂。“都没了。”他说得像个小孩，然后拔出针头。

“不是该找个护士来拔针头吗？”

有人敲门。

“他在这里吗？”是辛西亚。

“好，你太太来了，你现在可以回家了。”

“我不是他太太。”她走进来。

“抱歉，是女朋友。”

“我不是他的女朋友。”

“秘书。”

她摇头。“朋友，”她说，“我只是他的朋友。”

“随便。”

“请问大名？”她说着伸出手。

“尼克。”他说。

理查德这才发现他们还没有正式认识。“理查德。”他说。

“辛西亚。”她说。“我刚才在外头听到收音机报道一则不可思议的新闻，那是你吗？”

理查德点头。“我不知道我当时是怎么了。”

“你没有抢银行或在邮局里枪杀了谁，或是做了类似的什么事情吧？”尼克问。

“完全相反。”辛西亚与有荣焉地说。

“我不知道我那时候在想什么。”理查德开始说故事：他回家和承包商讨论，不明白为什么一个建筑商认为只要做个小工程就好而另一个承包商却建议要整栋房子拆掉；还有他为什么会心情恶劣地上公路，然后前面的车子如何开始跟他说话，他为什么知道自己必须做点事。

“他们访问目击者，目击者说看到两个男人在打架，像动物那样滚下坡，他们以为是因为开车纠纷而暴力相向。然后他们公布了你的名字：理查德·诺瓦克，一个见义勇为的英雄。他们是这么称呼你的，见义勇为的英雄。”

“你没有受伤吗？”尼克把他从头到脚、从上到下摸了一番，“有割伤或咬伤吗？”

“哪一种咬伤？在公路上被蛇咬吗？”

“不是，被人咬。被人类咬伤是非常危险的。最脏的是人的嘴巴。”

“谁知道那个坏人会对女孩做什么。”辛西亚说。

“坏人是谁？”

“修电视的人。”

“你想那是他第一次犯案吗？”

“绝对不可能。”

屋外有声音，像猫在哭。他们不去理会，可是声音持续着，没有停下来的迹象。他们三个人走到外面。

安希尔手里拿着一盒甜甜圈在敲白色屋子的门。他转身面向他们。“对不起，我突然跑来找你，可是我很担心。我在电视上看到你的车，我不管在哪里都认得出它。”安希尔说。

他们绕着车子走，车子损毁得相当严重，比理查德以为的还糟。他们在太平洋海岸公路边围站在奔驰车旁，还有车旁的呕吐物，马路对面似乎有人在拍照。

“我们进屋去吧。”尼克说。

“去我家，”理查德说，“我必须换衣服。”

辛西亚开门。

“它是香草幻想曲。”安希尔说。

“我从来没有进来过，”尼克说，“住在隔壁这么多年，我没有进来过。我想象这里是某种销魂窟。”

“某个房间里有某种设备，可是房地产经纪人已经把它拿掉了，”理查德说，“是吊在天花板上的怪东西。”

“你没有跟我说过。”辛西亚说。

“我不想吓到你。”

理查德告退，进房间去换衣服。他冲了个热水澡。

“好一点了吗？”他回到客厅时辛西亚问。

“干净多了。”他说。

“我太太今天晚上要炖鸡，我可以打电话给她，她会把炖鸡送过来。”安希尔说。

“那要等多久？”尼克问。

“或许四十分钟，或许两个钟头，我想介绍你跟她认识，虽然太突然了，”他对理查德说，“她炖的鸡一级棒，我可以吃掉一大桶。”

“打电话给她，”尼克说，“我饿了。”

尼克开了一瓶酒，辛西亚找出冰箱里的一些点心，他们围坐着等待。电话铃声响了。

“请问是理查德·诺瓦克吗？”

“是的。”他回答。那个男人随即挂断电话。

太阳开始西沉。“你有木头吗？”尼克问，“我会生火，那是我的专长。我的烤箱两年前坏掉了，我没修理过。”

“你用壁炉煮东西？”辛西亚问。

“不是，事实上是用户外烤肉炉。”

“我今天买了木头，”理查德说，“就在大门外的袋子里。”

“你买了木头？你不该买木头的，在海滩上就找得到。”

安希尔的弟弟和太太抵达，带着一锅炖鸡、一大袋要加进去的材料，和不同的酱料罐。

尼克要请安希尔的太太喝杯酒，但她礼貌地拒绝了，并拿出一瓶杏桃汁，为她自己和安希尔各倒了一些。

“你叫什么名字？”尼克问。

“丽琶。”她说。

“那是‘神的手稿’的意思。”安希尔告诉他们。

辛西亚在一个抽屉里找到一打白色的许愿杯烛。他们坐着看外面的海洋，暗夜里，只有烛光为他们照明。

理查德闭上眼睛，脑海中不断出现下午的意外事件片段，他的车擦撞歹徒的车，铁皮磨擦的声音听起像是在工厂里一样。

“大家都吃椰子吧？”丽琶在把椰奶加进炖鸡之前问。

“那是秘密佐料之一，”安希尔说，“可是你这样问了大家就不算是秘密了。”

一阵风吹进屋里，将尼克生的火吹得更旺，吹过理查德的后颈，他打个哆嗦，把领口扣上。他们坐在长餐桌旁。

“这张桌子有点古怪，”辛西亚说，“看起来像是石头的，可是好轻。”

“它是道具，”尼克说，“我们随时都能买到这种东西，丢弃的道具。看起来好像还不错，其实只是表面好看而已。”

辛西亚拿着蜡烛杯到桌下看。“我想它是保丽龙的。”她说。

“小心，”理查德说，“它可能易燃。”

丽琶把炖鸡端上来。“桌上有保险套。”她说。

安希尔和他弟弟哈哈笑。“她的意思是，桌上的小碗里有酱料，是番茄酱、莳萝酱之类的。”①

---

① 保险套的英文 condoms 和调味酱的英文 condiments 发音相近。

“对，我的意思就是那样，保险套。”

他们又笑了。“对不起，”安希尔笑着说，“不过你真的很好笑。”

“调味酱。”辛西亚说。

“有什么差别？”丽琵困惑地说。

“你们是在哪里认识的？”尼克问安希尔和丽琵。

“我们是同乡。我八岁的时候就爱上了丽琵。我没有告诉别人。我不想有任何人反对，她的家庭环境比我家好得多。后来他们家生意失败，我才能娶到丽琵。”

“我姐姐的丈夫因此离开她，真坏，”丽琵说，“美国到处都有夫妻离婚，没人在乎，可是在我们的国家，那是轰动的大事。他们认为错在我姐姐。她丈夫的几个朋友过来杀死了她。我就在那里，躲在衣柜里，害怕他们可能也会把我杀掉。我知道他们是谁。”

“保护丽琵是我的责任，所以我们半夜逃走了。”

“我不能回去了。”

“炖鸡很好吃，”辛西亚说，“加入橄榄和扁豆是完美组合。”

“谢谢。”丽琵说。

酒瓶空了，尼克回他家拿更多酒过来。

电话铃响。

“请问是理查德·诺瓦克吗？”

“是的。”

“我是‘今日秀’节目的普莉西拉，我想请问你几个问题。在事件发生后，你和你救出来的那位小姐谈过了吗？”

“没有。”

“你救她的时候，在想什么？”

“我没有想什么，我有点像在做白日梦。”

“有报道指出，你曾做过类似的事情。”

“没有吧？”

“你曾经从洞里救出一匹马？”

“我无意打断你说话，不过我们正在吃晚餐。”

“没问题，我们的制作人会再打电话给你，跟你谈谈请你上我们节目的细节。”

“是谁打来的？”尼克问。

“‘今日秀’节目。”理查德用手捂住听筒说。

尼克从理查德手里拿走话筒。“谢谢，不过，谢了，不去。”他说完挂断电话。

晚饭后，尼克点了一支很大的大麻烟，大家传递着轮流抽。每个人都抽，除了丽琵。

“我不懂，”理查德说，“你喝酒，也抽烟，可是你又把维他命打进静脉里以保持健康，看起来很矛盾。”

“互相抵消，”尼克抽一口烟，“全都是为了平衡，为了平衡必须抵消。”

“你还好吗？”辛西亚问理查德。

“我很好。”

“你觉得自己像个超人吗？”安希尔问，“有断层扫描光般的眼力？”

理查德摇头。坦白说，他觉得很脆弱、很累，仿佛他已经走得太远了，现在他对自己感到有点陌生。

大麻烟又传了一圈。理查德有好多年不曾感觉如此飘飘然，他的头好像棉花糖一样，轻松，快活。

他们打开甜甜圈盒，当点心吃掉。安希尔详细地解释每一个甜甜圈的特质。“这个是最新研发的，我叫它‘早起者’。它是个让人吃了很有劲的甜甜圈。”他被自己的话逗笑了。“很好笑，很有劲的甜甜圈。我现在是很有劲的甜甜圈。”他说。

丽琵摇头。“大麻把你变傻了。”

理查德舔着甜甜圈上面的糖浆，他被那一层糖衣迷惑了，像玻璃碎片在他的舌头上融化一样。

“我要下坡了，”尼克说，“我没办法稳住，我要爆炸了，我要爆炸了。”他抽大麻。

“我觉得飘飘欲仙，”辛西亚直率地说，“你是在洛杉矶长大的吗？”她问尼克。

“我来自纽约的斯卡奈塔第市。”

“你怎么会来这里定居？”

“你真的想知道？”

“嗯。”

“我哥哥二十岁时从军，参加了越战，那年我十六岁。有一天下午我在家，我妈妈看到一辆军车开过来停在路边。她在车上的男人还没下车之前就打开门。‘我丈夫不在家。’她喊道。

“那个人站在车旁一会儿，问道：‘我可以进去吗？’

“妈妈对我说，‘打电话给你爸爸，叫他回家。’她不想自己一个人听消息。

“我进厨房，打电话给我爸爸。他到家的时候，我妈妈在跟那个人聊天，告诉他关于我哥哥汤姆和我们家的事，那个人只是听着，喝掉他的咖啡，没有多说什么。为什么？出于礼貌？不想伤害我妈吗？而我在做什么？我躲在厨房里，害怕进客厅，害怕我可能会哭。我爸爸回家了，脸色非常苍白。他坐到沙发上，摘下帽子。

“我不记得他们有没有哭，也不记得我妈妈有没有感谢那个人来报信，或感谢他等到我爸爸回来之后才拿出军方的慰问信。我爸爸问了几个关于‘如何安排’的问题，那个人给了他一张名片，让他打电话去问。

“等那个人离开之后，我爸爸走出去耙院子里的落叶，耙了好几个钟头。在黑暗中，每样东西都会冻住，那是我第一次体会到。我一直在想，如果事情发生在我身上，他们会不会比较好过些，可是因为事情是发生在汤姆身上，所以他们很难过。我瞒着他们穿汤姆的衣服：运动衫和袜子。我妈妈或许知道，或许不知道。我怕被他们发现，把我当作是某种记忆的小偷。可是我必须那么做，我必须那样去感觉他，去记得他，去相信我像他。

“当我离开家乡时，加州听上去就像月球一样遥远。一旦我来到这里，我就无法回去，除非闯出一点成就来。等我做到了，人生中的某些阶段已经过去，我就不再是同一个人，而是历尽沧桑的老兵了。”

他们沉默地坐着，无话可接。

尼克走到窗前。“海洋看起来像墨汁，流出了很多很多墨汁。”

他们又坐了好一会儿，然后安希尔、他弟弟和丽琵收拾餐盘。

“我把剩下的食物放在冰箱里了，你们明天还可以吃。”丽琵说。

“谢谢，”理查德说，“我很高兴你来了，很高兴认识你。”

“我爱你。”辛西亚没有特别对谁说。

“这是我的梦想，”安希尔说，“和我太太一起受邀到马里布海滩的名宅。下次大家到我家来，并不像你们想的那么寒酸。”安希尔拥抱理查德：“保重，救难队员。”

“火会自己熄灭。”尼克拿起半空的酒瓶走向门口。

理查德转身，看到辛西亚在沙发上睡着了。他站着听海浪轻拍沙滩的声音，然后慢慢关上玻璃门。

他进入卧室，脱掉衣服。身上的淤青开始显现出来：他的手臂、腿部和身体侧面都有大片的青青紫紫。他穿上运动衫，打开电脑查看他的账户，检视他的钱总会令他感到安慰。

他发了一封信给他弟弟："我今天帮一个被绑架的女人逃出车子的后车厢。我现在睡不着，期待男孩们抵达。对了，你真的差一点得到诺贝尔奖吗?"他删掉关于诺贝尔奖那一句话，然后按鼠标点"寄出"。再过一两天，男孩们就会抵达加州，理查德想起现在没人知道他在哪里——本不知道，他弟弟不知道，他前妻不知道。他打到家里的答录机，听来电信息。

"我是你的油漆工，我用我的手机在你家里给你打电话。我没有钥匙，所以只好在这里过夜。现在我已经漆完了。整个房间都漆好了，所以我要走了，我要离开了。我会在出去时关上门。"

"这里是卢萨迪医生的诊所，医生想跟你讨论你的前列腺问题。"

"我是西西莉亚，我在医院里。我刚刚麻醉出来，看到你在电视上。我以为我在做梦。你在山坡下，有车子掉进水沟里。电视新闻一直重复播，每十分钟播一次。我看到你爬上坡的画面。上帝，我希望你没事。"

"嗨。你不认识我，我三十九岁，想认识一个像你这么好的人。现在根本找不到像你这么乐于助人的男人。所以，如果你感兴趣的话，我们可以约个地方喝咖啡。好吧，我知道这样有点奇怪。"

"喂，理查德，我是'早安，美国'电视节目的查理……"

"我是'你好，洛杉矶'的温蒂……"

“老兄，我是‘今日秀’的杰夫……”

“哦，诺瓦克先生，我是布雷多克警官。我们今天接到一位住在汉克公园附近的男子来警局报案，他说他太太在你那里，说你绑架了他太太。嗯，从新闻报道你在公路上英勇救人的行为看来，似乎是不可能的。可以请你给我们回电吗？”

“是我，我想谢谢你。我不知道要说什么。我真的很感激你，如果你不介意的话，我会留着你的衣服。我现在住在我父母家，我会在这里住一阵子。”

“理查德，你在家吗？听电话。我今天接到十几通电话，他们似乎认为你做了一些事情，拯救动物、救了被绑架的女人……我告诉他们那不可能是你，你不是会做那种事的人，不过我想你应该知道，有另一个理查德·诺瓦克在做那些事情。小心一点。我希望你好一点了。顺便说一声，我不是不关心你，我只是太忙了。”

他躺到床上。没有别人看到吗？煞车灯闪动；她怎么知道如何弄出闪光？当她闪动煞车灯，他以同样的模式按喇叭时，她是怎么想的？她想：“我安全了？”她以后还会有安全感吗？他的手臂酸痛；滚下坡、擦撞粗糙的灌木丛、滚过黄色的硬草、抓住那家伙。他的指节敲击后车厢时的空洞回音。女孩回答，声音模糊；不认识的女孩在一个不认识的后车厢里。他在脑中不断重复播放这些片段，清楚又模糊。

理查德下床回到客厅，壁炉里的火还在燃烧。他在辛西亚对面的另一张沙发上坐下来。

“睡不着。”他说。

“欢迎加入。”她说。

清晨五点，理查德坐在特大号床的中央，闭上眼睛，呼吸，试着集中精神注意他的呼吸。他的思绪漫游着，而他追逐它，提醒自己留在体内，追随自己的呼吸。他平静地持续了二十二分钟，然后结束。

辛西亚起床了，穿好衣服，准备去整形医生的“改变你的人生”慈善机构接受就业辅导。车子八点半才会来接她，她已经在踱步了。“我做对了吗？我希望我做的是对的事情。我的意思是，当我回想我就这样离家出走，抛下我的孩子。我可能犯了遗弃罪。如果安迪想做坏蛋的话，他可以可恶到底，从此不再让我见到他们。可是一天二十四小时都在伺候他们，煮饭、洗衣、打扫、开车，那样的人生又令我害怕。”

“你要去散散步吗？”

“去走走很好，”她说，“我必须动一动。我昨天晚上不该抽大麻的。我每次神志恍惚后都会变得很激动。我看起来像不像偏执狂？我的意思是，我没有做任何会吸引别人注意我的事，是不是？”

“你后来睡着了。”他说。

他们走下阶梯到沙滩上，朝圣塔莫尼卡走去。一颗球滚到理查德脚边，然后过来一只狗。他捡起球，丢过去。狗捡到球，丢回给他。他们这样来回丢了约二十次，然后狗跟着他们回去，跟着他们上阳台。

“好了，朋友，”理查德说，“你该回家了。”狗仍站在那里。

“你上电视了。”辛西亚在客厅叫。

“理查德·诺瓦克的一切鲜为人知，他拒绝出现在节目里。他的高级住宅区的邻居说，在上礼拜发生马掉进坑洞的事件之前，他们从来没见过他。他是个现代超级英雄，匿名打击犯罪，或者他只是个老派的大善人？如果你认识理查德·诺瓦克，或是某个长得像他的人，请与我们联络。大善人调查从星期一十一点的新闻开始。”

“你出名了。”辛西亚说。

狗还在阳台上。

“我出名了吗？”理查德问狗，“出名是什么意思？”

“我可以借用一下你的电脑吗？”辛西亚问。

“当然可以。”

她开机，发一个信息给孩子。“妈妈在这里，只是想要你们知道我想念你们。记得：要刷牙，如果你喷出恐龙般的气息，别人就很难继续跟你做朋友。要换内衣，每天都要换穿干净的内衣，不是只有特殊的场合才要换。”

外面响起车子的喇叭声。

理查德陪辛西亚走向车子。“你要留给我地址或电话号码以防万一吗？”

开车来接她的女人递给他一张医生的名片。“别担心，”她说，“我会在五点钟以前送她回来。”

“如果你要提早回来，打电话给我。”他说。

“我不会有事的。”辛西亚说。

车子开走，尼克开门。“嗨，老兄，昨天晚上我如果失态的话，我道歉。我实在不该抽烟喝酒。”

“你起得很早。”

“我是个早起的人，不管多晚睡，五点半就爬起来了。我可以借你的车吗？我的车送进修车厂了。借两三个小时可以吗？”

“可以，开去吧。”

“事实上，最好是，你能载我去吗？”

“我想应该可以，你要去哪里？”

“去费尔费斯的某个地方。”

“可以。没问题。”

“我们能很快就去吗？”

“给我十五分钟。”理查德走回屋里。狗还在阳台上。理查德给了它一些昨晚吃剩的东西和一碗水。

“你知道的，”他告诉狗，“名人不会自己喂狗，他们会雇用别人来养狗。”狗只是看着他。理查德给狗一条毛巾，好让它可以坐在上面。狗在毛巾上蜷曲起来。

理查德走到外面时，尼克已经拿着一个装满了东西的购物袋在那里等他。

“你到底有没有车？”理查德问。

“我当然有车，”他从口袋里掏出一个钥匙圈，按下按钮，车库的门打开，一辆巨大闪亮、与劳斯莱斯车同样顶级的宾利车停在狭窄的车库里，“好吧，它不在修车厂，不过我不能开着它到处逛。”

“你为什么会有宾利？”

“它是礼物。”

“真好。谁会拿宾利当礼物送人？”

“披头士合唱团的约翰·列侬。它是约翰的车子，他很久以前送给我的。我不能把它卖掉或怎样。”

“约翰·列侬为什么要把他的车子送给你？”

“事实上，是我付他一块钱买下的。为了车主过户，必须有实质的交易。”

“我可以问你是在哪里认识约翰·列侬的吗？”

“他看了一本我写的书，打电话给我。”尼克摆出一副“事实就是如此”的表情。

“哦，我的前妻供职于出版业。”理查德说。

“昨天晚上失礼了，”尼克改变话题，“我不是有意把大家搞得迷迷糊糊的。”

“扣好安全带。”理查德把他的车子开上公路。

他们沉默地开着车，听着车子的锒铛声和驶过路上坑洞时的呻吟声。理查德每听到一个声音就估算起修理费，有些要花两百块，有些可能接近两千块。他在十号公路上往城里开。每辆车看起来都和昨天不一样了，没人是无辜的，每个人都是嫌疑犯，每个人都有威胁性。或许他昨晚不该抽大麻，或许他也变得有点偏执了。

他们终于到了费尔费斯，理查德问：“要去哪里？店家？办公室？”

“老人安养院，”尼克说，“再过去两个街口。”

“你要去拜访某人吗？”

“弗雷。”他们把车子停在路边。尼克丢了几个二十五美分的硬币进计时收费器。“你要进去吗？”虽然是问句，却在暗示他要进去。

“好啊。”理查德说。

里面的味道差点令人昏倒：尿骚味、臭屎味、消毒药水味和食物的味道，全都弥漫在不流通的空气中。虽然外面天气很好，可是在里面感觉不到。窗帘拉拢了一半，小小的窗子从来没擦过，向外看出去是一间当铺、一间洗车店和一长排卖廉价品的商店。他无法想象谁会把家人放在这里。

“他在哪里？”尼克问坐在接待柜台里的女人。

“午餐室。”女人说。

他们经过走廊，走进弗雷的房间，或者该说是弗雷的半个房间。

尼克打开他带来的袋子，拿出一包廉价的白色运动袜和一包四角内裤。他撕开包装，用黑色防水笔在袜子和内裤上写下老人的名字。“如果你想知道我为什么买便宜货，”尼克边写边说，“那是因为他们老是把他的衣服搞丢或偷走。我找人给他织了一件很漂亮的手工毛衣，他只穿过一次，我再也没看过它。所以我买烂东西，每个月一次左右，让他常常换新的，这样他至少有干净的衣服穿。”他打开弗雷的抽屉，把旧袜子和有污渍的内裤拿出来丢进垃圾桶。

他们走上走廊，进入午餐室，沿路挥手和每个人打招呼。

弗雷是个扭卷着身子的人，他的身体弯曲歪扭着塞在轮椅里。“弗雷，你好吗？这位是我的朋友理查德。我借他的车来，好让我们能出去兜风。”

弗雷微笑，露出可以看得到牙缝的牙齿。“耶。”他尽可能地挥手。尼克推着弗雷的轮椅经过门口的柜台，签了名，带弗雷出去。他把他抱上车子的前座，再帮他系上安全带。

“你要开车吗？”理查德把钥匙递给尼克。他无法想象和弗雷一起坐在前座。

“我们今天要去吃什么，弗雷？吃些派？很好吃的樱桃派，或是蛋白糖霜派？记得我们上次买了一个地瓜派要送给达莲娜护士吗？结果在回去之前我们两个就把它吃光了。我们去杜帕餐厅，他们的派很好吃。”

“耶。”弗雷说。

尼克把车子停在农夫市场的停车场，抱弗雷下车。“秘诀在于，不要害怕。会发生什么事呢？我会把他掉在地上摔破吗？弗雷不在乎的，是不是？你就是喜欢出来。”

“耶。”

尼克推着轮椅，举高前轮，鼓励弗雷用他弯曲歪扭的手去偷商店的东西。“去拿，尽量拿。他们会怎样，逮捕你吗？”

弗雷看起来很兴奋，他微笑。“耶。”他说。

“两杯拿铁咖啡。”尼克对一个小贩说。

“他能喝咖啡吗？”

“弗雷，你能喝咖啡吗？”尼克大声说，好像弗雷耳背一样。

“耶。”弗雷说，然后咖啡送上来，尼克缓慢地喂弗雷喝咖啡。“好喝，对吗？”尼克用餐巾纸擦拭弗雷脸上的口水，“你流口水的话要怎么追姑娘？”

弗雷微笑。

等到他们把弗雷送回房间，尼克对他说：“下个礼拜见，你如果需要我早点来，叫他们打电话给我。”

弗雷指向贴在他床边墙上，写着“打电话给尼克”的纸牌。

在他们走出安养院时，理查德说：“我真的很喜欢你爸爸。”

“他不是我爸爸。我来看弗雷，是因为我无法去看我爸爸。”

“他死了？”

尼克迟疑了一下才回答。“有时候你无法为你本该为他做些什么的人尽点心力，可是你能为某个陌生人做点什么。弗雷是个陌生人。他是我的陌生人。”

“那很好。”

“事情就是这样。你可以说我在利用他，让我自己觉得好过一点，那是真的。”

“你是怎么找到他的？”

“有个‘领养老人’的活动，他们会给你面试，安排一个老人给你。你要一个老人吗？我可以给你电话号码。我选弗雷是因为他被困在轮椅里，没人会选他。他流口水，他会说的话只有‘耶’，可是他还是个有灵魂的人。”

“你是个好人。”

“当我们想做好事的时候，我们都是好人，否则我们就是该死的动物。现实是没有好坏的，这个城市里没有现实。你无法上网找到答案。人们喜欢谈论你的人生，但，这是你的人生。”他停下来呼吸。“不管你必须知道什么，你已经知道了。想象在另一个国家，另一种风景是什么样子——暑热、昆虫、惧怕。想象看着某人就在你面前，话说到一半或烟抽到一半时，被电线绊倒，踩到地雷，身体被炸成碎片。想象你身上溅满了人类的血肉。想象你跟一个知道自己无法活着回家的男孩谈了五分钟的话。想象那样的场景和在纽约喝着啤酒找女人上床整个夏季在乔治湖当救生员的差别。想象把你的朋友装进尸袋，拉上拉链。告诉我为什么有人会认为战争是个好主意——如果有人不讨厌战争，那他一定是疯了。”

他打住了。然后是一阵沉默。

“你介意吗？”尼克说，“我们既然已经出来了，可以顺道去见我的制作人吗？我一直在拿他们的钱，礼貌上应该去打个招呼，露个脸。就在这里下去一点，到了梅尔罗斯再进去一点，就会看到大门。”

“早安。”尼克对门口的守卫说。

“早安，先生。”守卫说完绕着车子的周围走一圈，手里拿着长柄镜子，以便检查车子底下是否有炸弹。一只狗猛嗅车子。

“可以麻烦你打开后车厢吗？”守卫问，理查德照办。

“你今天要去见谁？”守卫问尼克。

“伊凡·罗伯兹。”

“请稍候。”守卫走进守卫室。

“我从来没有进过电影制片厂。”理查德说。

“没什么好看的，只不过是几栋建筑物。左转。”尼克指示他把车子开到电影制片厂后面的一间平房。尼克下车，把理查德留在车上。“我两三分钟后就出来。”

一个开着高尔夫球车的女人经过。她挥手。他也挥手回应。她注意看一下他的车子。“嘿，你是昨天的新闻人物。你要来开会，卖你的故事吗？”

“我只是在等一个朋友。”

她走了之后，理查德下车，用手抚过车子。车子原本的刮痕更深了，像是伤疤，像全新的地图。他闭上眼睛，当作自己是瞎子那样抚摸车子。他摸着车子，在脑中重播“意外”发生的经过。那个事件，那是什么事件？他在做什么？他会再做一次吗？

尼克出来，上车，关上车门。“非常谢谢你，”他说，“我很高兴我解决了这件事，他们永远不会再雇用我了。”

“什么？”

“他们一见到作家本人，作家的光环就消失了。”

“那你为什么要这么做？”

“因为那家伙有点讨厌，我不想为他工作了。让他以为那是他自己的决定，对我来说有种奇怪的快感。”

理查德瞥向车内仪表板上的时间。“我迟到了，我必须去见我的营养师。去圣塔莫尼卡走哪一条路最近？希望你不介意。”

“我不介意。事实上，我饿了。”

理查德没告诉他，他只订了两个人的食物。

他们的车子开进停车场，晚了四分钟。“对不起，我被塞车困住。

西尔维亚，这位是尼克，我的邻居。”

“你是营养师？”尼克微笑道，“你能告诉我怎么吃才会长生不老吗？”

“我能告诉你怎么吃才会觉得舒服。”

“你可以喂我吃那些东西吗？你的工作就是喂食客户，对吗？”

“我可以当你是一只雏鸟那样喂你，”她媚笑道，“可是我必须先找到一支滴管。现在我可以给你一块温的饼干。我车子里有新鲜的饼干。”

“我想吃一块新鲜的饼干。”尼克说。西尔维亚回她的车子，拿出一袋她特制的精力饼干。“我的电话号码在袋子的标签贴纸上，”她暧昧地说，“你真的饿了的时候，打电话给我。”

等他们回到车内，理查德说：“我不懂。”

“哦，拜托，我们只是聊聊天。别担心，我不会把她偷走。你知道圣塔莫尼卡需要什么吗？”

“什么？”

“一家甜甜圈店，你的朋友安希尔应该来这里开一家甜甜圈店。”

“我会告诉他的。”

他们沉默地开着车，有好一会儿没有再交谈。“得了吧，她喜欢我又不是我的错。”

“我就是不懂。你古怪到有点疯疯癫癫的，看起来又有点脏，可是她却对你抛媚眼。”

“女人喜欢我这种邋遢鬼，她们以为自己可以把我改造得容光焕发。还有，别转移话题，不过你最好快点修理你的车，它开起来像狗屎，仪表板上显示温度的灯一直亮着。你喜欢的话可以开我的宾利，它开起来像游艇。”

“你真是厚脸皮，但你不是坏人。”

“那是恭维吗？”

回到屋里，理查德把食物放进冰箱，狗出现在玻璃门前。他给狗吃昨晚剩的鸡肉和米饭。“你想念我吗？”

他在冲动之下，拿起电话打给他父母。或许是因为狗，或许是因为去过老人安养院。

“嗨，妈。”

“我们还在怀疑你是不是永远不会再打电话过来了。我不知道你在搞什么鬼，过怎样疯狂的生活……”

“我只想让你们知道我没事。”

“你当然没事，我知道你没事，你是个年轻人，你没理由出事。出事的人不是你，是你爸爸。”

“他出了什么事？”

“他忘了他是谁。我们去超市，他跟某个女人讲话。她问他的名字，他不记得。她问他有没有太太，他说没有，而我一直站在十英尺远的地方看着他。我开始挥手，他却好像不认识我。我带他离开超市直接去看医生，医生说是一种暂时性脑缺血发作。我不想让你担心，即使他不知道我是谁，我也会照顾他。相处了这么多年，我不可能离开他。”

“或许他只是在钓女人。”

“他告诉那个女人他没结过婚，没有小孩。”

“他现在认得你是谁了吗？”

“认得，他声称那个意外没有发生过，说是我编出来的鬼话。”

“幸好他现在好多了。”理查德闻到烟味。“我得走了。”他说。

“你当然得走了，你老是走掉。”

有味道。他逐一巡视房间，闻闻看。屋里没有问题，没有烟。他打开前门，路上所有的垃圾桶都在燃烧。有的在闷烧，有的火焰往上冲。怎么会这样？某个纵火狂开车经过，往每个垃圾桶喷点汽油再点燃一根火柴吗？他打开花园的水管，浇熄水能喷到的四个垃圾桶。开车经过的人按喇叭。无法看出整条路上还有多少垃圾桶在燃烧，他走进屋里打九一一。

“警察、火警、救护车。”

“火警。”他说。

“洛杉矶消防局。”

“我要报案，太平洋海岸公路的垃圾桶在燃烧。我闻到烟味打开门看，所有的垃圾桶都在燃烧。我浇熄了几个我浇得到的，可是还有更多的桶子在燃烧。”

“我查一下。是的，我们的系统接到一个垃圾桶火警报告。”

“不是一个垃圾桶的火警，是火灾。人来了吗？”

“先生，请问大名？”

他听到远处传来警报器的声音。他挂上电话，走出门去看。一辆消防车驶过来。理查德不想第一次上螺旋塑体运动课就迟到，所以他跳上车子开走。又一个零件掉到地上。

走进马里布螺旋塑体中心就像走进另一个世界：空气里没有温度，既不冷，也不热，完全平衡，恰到好处，闻起来有盐的味道。

“我是雪梨。”一个女人向他伸出手。雪梨的身材玲珑有致，她不算娇小，也不高，一个穿着紧身衣、曲线极美的女人。

“你以前尝试过螺旋塑体吗？”她问。

“我请过个人健身教练，我们会做举重、瑜伽、伸展运动，”他说，“我以前习惯每天早上在跑步机上走一个钟头。”

“以前？你为什么停止？”

“最近我家……在整修，现在没办法使用跑步机。”

“你曾经因为任何健康问题或医疗问题而治疗过吗？背、膝盖、髋骨等等，你身上有任何人工零件吗？”

“全都是原装的。”他说。

她领他进一个房间，开始要他做一连串简单的动作。

“螺旋塑体是结合了游泳、舞蹈、瑜伽和体操的动作。螺旋塑体的方法是一连串波浪般的循环律动。动作要配合呼吸来放松紧绷的肌肉，并刺激神经系统。”

她测试他的柔软度。“这种运动是从脊椎下端的荐骨开始，经由连续的弯曲和伸展、收缩和扩张，做韵律运动。我们的目的是增加肌力、肌耐力、关节的灵活度、身体的协调性和平衡。”她顿住，调整他的姿势。他试着不去抗拒。她压向他。

“你这里的肌肉很紧，”她说，“做深呼吸。我见过不少臀部紧绷的男人。”

理查德感觉到她的双手放在他的臀部上，感觉有什么东西失去控制，发出某种嘎吱声。在课程快结束时，她要他面朝下，她用手肘在他的两边屁股上按摩。她的动作让他觉得比以前与健身教练的接触更私密、更亲密。以前的健身教练没有身材可言，但现在这一位俯身时胸部一定会碰到他。加上她的紧身衣完全暴露出她引人遐思的女性曲线，柔软但坚实，使得他想捏捏她。她的长发绑到后面束成马尾；他想玩马，想骑骑她。他被自己的想法吓到。做完健身运动，他感觉精力充沛、放松，以及尴尬。

开车回去的路上，他经过一个“小心落石”的牌子，路边有一堆碎石。他绕过去，转进下一条巷子。

前面的路边有些被火烧熔得不成形的铁皮垃圾桶，像是奇怪的雕塑品，或惨遭祝融焚身的外星人。电线杆上有烟冒出来，宛如曾被雷击。他停好车。有人用钉枪在电线杆上钉宣传单，单子上写着斗大的标语：“你看过这个吗?”标语下面画的是一个底下发光的卵形东西和一个电话号码。

“什么味道?”尼克从窗户探出头来问，“好像是闪电。”

“有人纵火烧掉许多垃圾桶，你怎么能不知道?”

“我在工作。”尼克说。

尼克的头从窗里探出来。理查德看到他的脖子上挂着随时准备再戴回去的隔音耳机。

“你还好吗?”理查德问。

“我很好。我想出去，不过我正在写东西，再说，对面又有人在拍照，我现在不想被拍到。”

“那些东西一直都在那里吗?”理查德指向宣传单。

“有时候可以看到一大堆，有时候几个月都没出现。”尼克的意思是指宣传单还是发光的东西?“我等一下可能会去找你。”尼克说完把头缩回去。

据他们的旅行日志所写的，两个男孩快要抵达洛杉矶了。理查德感到紧张。他打电话给他前妻。“我不知道我是不是准备好了。我住在这个新的地方，一切都还不太熟悉。”

“你如果不要他去，就写信告诉他。”

“我没有说不要他来，我只是说我不知道自己是不是准备好了。我在回忆。”

“回忆什么？”

“所有的事：他出生那天、我们一起去度假的时候、我去纽约探视他的时候总是带了许多东西，还有狗的事情。”

他没有提及细节，虽然在脑海里他都记得很清楚。回忆。在某些时候，狗有个真正的名字，像火箭或小花，可是他们总是叫它弟弟。

他们会说：“弟弟爱你。”或是：“有人遛过弟弟了吗？你有没有看到你弟弟？我想弟弟咬了什么东西？鞋子？”他们在本六个月大时，送他一只拉布拉多幼犬当作他弟弟。后来，当他们正式跟本说，爸妈的关系将有所改变时，弟弟躺在他们的脚前摇尾巴。“我和你妈妈已经决定……”是弟弟安慰了本，是弟弟不离不弃地陪伴着本。

理查德记得当本和狗都还很小的时候，他回家时偶尔会发现地上有一小摊尿，本和狗看起来都有点愧疚。他记得遛狗的夜晚、纽约市清晨的美丽、饱含露水的空气、慵懒未醒的朝雾和以狗来认识主人的狗文化。

本十五岁的时候，打电话向他哭诉。

“出了什么事？”

“弟弟死了。”

三千英里之外的理查德不知道该说些什么。“怎么死的？”爸爸听到儿子的哭声，多年来不曾有过这种感觉，理查德也跟着哭了出来。一开始他忍住哭声，接着，掩不住的哭声汹涌而出，电话那头突然沉默了。

“你在做什么？”儿子质问抽泣的爸爸。

"对不起。"理查德哭道。

"别哭了，笨蛋。"本说完挂断电话。

外面开始下雨。海滩上的狗还在那里，在水边玩弄一块漂流的浮木自娱。理查德开门，狗听到开门声，冲上阶梯进入屋里，好像在说：我等了一整天，就在等你邀请我进去。

"我没有帮我打扫的用人，"理查德对狗说，"你要小心一点。"

理查德在购物单上写下：狗粮。

辛西亚四点半回来。"我给你买了一个礼物。我想那是你不会买给自己的东西。"

他打开袋子，是一支手机。

"下次你再拯救别人时，可以打电话搬救兵。"

"太好了。谢谢，"顿了一下后他问，"结果怎样？"

"很好。"她说，"真的很棒。"她拿起手机，插进墙上的插座。"必须先充满电。"

"告诉我。"

"好，我去了那里，他们给我咖啡。一位原本是洗牙师的女人回学校进修后，成了那里的社工人员。她问了很多问题：你在哪里长大？你结婚多久了？你有没有上过大学？你有任何工作经验吗？你对未来一年、五年的展望？然后做了些检测。"

"检测？"他想象医疗检测，痛苦的检测。

她点头。"根据检测，我是个适合与人接触的人，而且她用目视就看得出我有一口好牙齿。我想那是她洗牙师的专业技能。然后他们给我拍照。"

"别让他们给你修片。"

“什么？”

“他们总是那么做的，他们拿笔在你的底片上画，给你照片上的脸美容。”

她摇头。“最好的一点是，我不是唯一的一个。还有另外五个女人，其中一个有六个孩子，一个在高级百货公司兼差，另一个在电脑店工作，还有一个在做野生动物救援工作。”

“她们都离开了她们的丈夫？”

“不，有的还跟老公住在一起。有个女人在做晚餐的时候，不小心切掉她三根手指头的指尖。她的家人继续吃东西，没人停下来帮她找指尖，她想他们可能吃掉她的手指头了。他们简直是食人族。你干吗以这么大男人的心态来看待这个就业辅导计划？你没必要帮我防备，也不必保护我，我可以照顾自己。”

“只有整形医生那部分令我担心。”

“这个计划是由女人执行的，与医生无关。”

“他只负责出钱？”

“难道就不能做好事而不引起别人怀疑吗？你何不去见见他？假装你要去整形就好了。”

“要整哪里？”

“我不知道。眼皮？”

“我的眼皮需要整形吗？”

“需要整形吗？嗯，你的眼睛张合自如，所以，不必，你的眼皮不需要整形。午饭后我去找公寓，在圣塔莫尼卡，一间两房的公寓。我有个室友，一个可爱的女人，她正在休息。她丢了工作，现在在做某种药物治疗。”

“这个计划会帮助求助者多久？”

“她们需要多久，就会帮助多久，”她说，“我拿到一些润肤霜。”她亮出一大把样品。

电话铃响。

“我要去洗澡，”她说着走出客厅，“我要放松地泡个澡。”

理查德拿起话筒。“我打电话来问车子的事。”是车行的丹尼打来的。

“你是怎么找到我的？”

“我们有我们的方法。我本来希望你主动打电话给我们，依法来说，我们拥有那辆车。我对你不好吗？你是我第一天上班时第一个成交的客户，你让我的那一天非常快乐，信心百倍。你以为那对我没有任何意义吗？”

“谢谢你，丹尼。”

“你打电话给你的保险经纪人了吗？”

“关于车子的事，还没有。”

“你必须打电话给保险经纪人，你必须交一份意外事件报告。麻烦的是，你是故意弄坏车子的。”

“我有好的理由必须那么做。”

“那违反你的租约。可是我告诉你，我们准备装聋作哑。我们会自行承担你的保单不肯理赔的超额修车费，只要你写一封语多赞誉的信给我们，讲述车子为何如此损毁和我们慷慨大方愿意负责修理的故事。我们会拍几张你和车子的照片，把照片框起来挂在墙上。老板要客户们看到我们参与了好人好事。老实说，我们认为车子表现得非常好。”

“诀窍在于把他的车撞离公路，但是要避免撞到他的后车厢。”理查德说，“我能这么写吗？”

“越早把车子送进厂维修越好。”

闪动的光线吸引了理查德的目光，他走到屋子的前头，往窗外看。一辆载货卡车已经停在外面，正在把他的车运上平台。

“我想外面是你的人正在动我的车。”

“是的。”

“他不需要钥匙吗？”

“我们有钥匙，我们一向都有留备份钥匙。”

“我有代步车吗？”

“我现在没有车子给你，不过明天会有。你再打电话给我。”

理查德走到外面。

“你不是要来跟我吵架的吧？”卡车司机说。

理查德摇头。

“它表现得很好。”司机说。理查德不确定司机是在跟他说话或是跟他自己的卡车讲话。

没有车他就没办法逃了，也没有地方可逃。他的某样东西被拿走了，让他感到脆弱，好似他做错了什么事而被惩罚。

“你有没有看到这个？”电线杆上的宣传单困扰着他。那是什么？印宣传单的人想干吗？他拉下一张宣传单，回到屋内，照着上面的电话号码打过去。

一个男人接起电话只说了声：“喂。”就没有再说话。

“你在听吗？”

“嗯。”

“我只是想知道，单子上在讲什么。”

“你看到什么了？”

“公路上到处都有这样的宣传单。”

“继续看。”那个男人说完就挂断电话。

理查德无意间听到辛西亚在跟她的孩子讲电话。“拿笔记下来：你星期四下午三点要去看牙齿矫正医生；麦特星期二下午四点要去看眼科医生，要记得叫他戴眼镜去。夏令营的报名单快到期了，打电话去裴尔医生的诊所，催他们把单子填好。还有，问他们能不能连同你的过敏药处方笺一起寄给你，”她停下来吸口气，“一切都好吗？爸爸买了新衣服给你？因为你没有干净的衣服穿了而他没有时间洗衣服？那没关系。”她说：“我很快会再打电话给你，再见。”

“他们把车拖走了，”理查德在她挂断电话后说，“我没办法出门，无法逃走了。”

“不会有事的，”辛西亚说，“我们可以打电话叫计程车，或者你可以租一辆车。”她看出他心情不好，又说：“这样很好，我们可以自己做晚餐，也可以玩游戏。”

“玩什么？”

“我看到柜子里有拼字游戏板。”

“不必做晚餐，晚餐已经在冰箱里了，我今天下午拿回来的。我们有足够吃上一整个礼拜的营养餐。”

“你不再婚真是浪费，”她赞美得很刻意，“我们两个必须吃一样的东西吗？”

“怎么都可以。”

“我喜欢两个人吃不一样的东西。我不想一模一样，吃的一样，住的一样，没有变化。鲑鱼看起来就很好吃。”

“好，你吃鲑鱼，我吃火鸡肉。”理查德拿出鲑鱼、肉块、姜味四季豆、甜菜沙拉和一些什锦菜。“我不喜欢他们不事先跟我说就直接派卡车来把车子拖走，感觉好像我是个向爸爸借车的小孩子。”

“我猜你租车的时候合同就有这样的规定。”

“我不想再租车了。”

“希望你也不再把任何人逼出公路。”

他找出拼字游戏板。“你要边吃边玩，还是先吃再玩？”

“规矩一点，吃完再玩吧。”他给两人各倒了一杯酒，她点燃几根蜡烛，两人坐下来吃晚餐。通往阳台的玻璃门敞开着，海浪轻吻沙滩，海风送来邻居交谈的细语。

“为什么我跟我老公无法这么做？”她问。

“你曾经这么做过吗？”

“我不记得了。如果我们曾经做过，那也是很久以前的事了。你跟我还没有做什么，是不是也很奇怪？”

“我们不应该做什么。”

“很多人都有婚姻关系，但那阻止不了他们做什么。”

“我想我们比较理性成熟。”

“或是比较像修道士。我十八年来没有跟我老公以外的人睡过。”她说。“你觉得我……算了，”她打断自己的话，“我不该问的。”辛西亚似乎感到困扰。“安迪有一点还满好的。即使我们整天不讲话，或是我们上床时憎恨对方，我们还是会做那件事。我们经常做。”

“真的吗？”理查德相当惊讶，“你想做吗？”

她点头。“我只有那一点不讨厌他。”

“我以为你不希望他靠近你。”

“他对我不好，但是到了晚上就不一样。他会像个小男孩，很需要我、很黏人，我蛮喜欢他那样的，甚至曾经因此而疯狂地迷恋他。”

听到她这么说，令理查德感到困惑，又几乎是兴奋的：想象辛西亚和她丈夫做爱。他想象孩子在走廊的另一头睡着了，插座的蓝光夜灯发出冷光，辛西亚的长睡衣被安迪拉高。

此刻她在清理桌上的盘子。理查德瞅着她，以不同的眼光看她。他回想他太太的身体。她其实没什么身材，瘦小，平胸，但他一向都喜欢她的身体，他想着她，想起她的乳房像山顶的积雪，阴毛卷曲……他停止想下去。

“说说你的孩子。”理查德把最后一滴酒倒光。

“我来告诉你我的厢型车好了，我在车上放了些东西：换洗的衣服，每个孩子一套，包括鞋子，全都包在塑料袋里。还有几双以备必不时之需的袜子和旧运动鞋。我女儿活在月经随时会来的恐惧中，所以我给她准备了几片卫生棉。还有一个洗衣袋。我厌倦了从椅子下面捞出肮脏的男生运动保护带，或更糟糕的是，当他们的运动保护带被钩到时，我必须去帮他们解开。此外，车上的必备品还有矿泉水、运动饮料、点心棒和乳酪条。如果是要出外一整天，还要带午餐、全麦三明治、沙拉。他们不吃面包和新鲜的水果，所以常会便秘，除了因为吃太多薯片而拉肚子。我不只要给我的孩子准备足够的食物，如果和别的家长轮流接送孩子，就像是送餐给老人的服务车或某种流动厨房。我要给他们食物，放他们下车，事后还必须拿铲子来清理车子里的垃圾。我在第三排的座位处装了车窗窗帘，好让他们方便在车里换衣服。我每天花多少时间在车上？好的话是三个小时，坏的话可能多达六个小时。轮到我接送别人家的孩子时，我就像航空公司一样，如果没有及时把他们和所有的行李送达，就全都是我的错。”

“有好的一面吗？”

她摇头。“我不知道。我一定没教好他们与别人相处的正确观念。

我只希望他们懂得学习照顾自己，以及，或许有一天他们会注意到，他们住在一个有别人的世界，不是每一件事都得配合自己的需求。”

“你会邀请他们去你的新公寓吗？”

“还不会，我得自己先在那里生活一段时间。”辛西亚打开拼字游戏板。“你儿子又是怎么回事？”她问。

理查德挑选他要的字母。“他不想跟我讲话。”

“他想来这里，可是不想跟你讲话？”

理查德点头。“他想来是一件好事，他想跟我有些接触，可是我们有很多事情得克服。我离开了他。父母不该离开他们的孩子。我不知道我能期待什么，他很倔强，个性跟他妈妈一样。”

“也跟你一样。”

他们开始玩游戏，理查德拼出瀑布。

辛西亚在 s 下面拼出悲伤。

理查德接着 w 拼出畏缩。

辛西亚在 e 下面拼出胜过[①]。

“你会带拼字游戏板去我的新住处看我吗？”

“当然，你很会玩。你上一次玩游戏是什么时候？”

“我以前不得不跟老小玩彩虹天地的认识色彩益智游戏，因为没人跟他玩。你呢？”

“我和我太太会在床上一起玩字谜游戏。她会问：‘折磨的同义字是什么？’然后我说出答案。那是我们处得比较好的时候。”

十一点的新闻被一连串目击者对剑齿虎的描述占据。

---

① 瀑布、悲伤、畏缩、胜过的英文分别为 cascade、sorrow、wince、excel。

“据专家说，这种山猫绝种一万一千年了，可是最近几个月里有人发现了它们的踪迹，并详细描述他们看到的东西。相关单位正在努力，他们想要了解，近来人数逐渐增加的目击者的说法是否属实，或只是某些人在造谣。此外，警方在本周稍早接获一桩动物谋杀案，受害者是一匹马，他们希望很快就能破案，看看凶手是否与最近闹得沸沸扬扬的剑齿虎有关。第四频道的记者伊丽莎白·欧森与专家自洛杉矶佩吉博物馆发回报道。”

“事实的真相是什么？真的有剑齿虎出没吗？”

“不可能，即使有人真的看到了什么，也可能只是一头山狮。”

“绝种的动物有可能再度出现吗？”

“任何种类的动物在灭绝了一万一千年以后，想要重新出现都是非常困难的。有一种可能是，譬如说，一个南美的非法动物贩子发现了几只山猫，走私进我们国家。近年来我们看到很多这种例子，其他国家的动物被偷渡进来，卖给国内的买家，然后当饲主无法处理这些动物时，就把它们放走。我们看过蛇、狮子、老虎、猴子，偶尔还有大猩猩。”

“一定是没什么新闻好报了。”辛西亚说。

理查德摇摇头。绝种一万一千年的山猫竟然再度出现，这说法相当吸引他。即使非常不可能，也不无可能。

十一点三十五分，在《今夜秀》的脱口秀节目中，主持人雷诺调侃理查德：“你有没有听说把绑匪的车子撞出公路的那个家伙？你知道的，就是一个女孩在车子的后车厢里闪着灯号发出求救讯息那件事。他的车子被收回了，显然是因为他开车不小心，违反了租约。救了一条命，丢了一部车，可惜啊！”

理查德回房间上网。他做了收盘后的功课——检视持股，保持警戒，目前一切正常。

他查看他的信箱。男孩们离洛杉矶只剩不到二十四小时了。或许辛西亚找到地方出去住是一件好事，否则当本和巴思来这里住的时候，她在这里可能会不太方便。

半夜里，狗跳上床，理查德感觉到它压着自己的腿。他迷迷糊糊地以为那是他前妻，他感到温暖、安慰。到了早上，狗睡在床中间。理查德起床，没有惊扰它。

一大早七点钟，承包商就打来电话："我什么时候方便带装玻璃的工人过去？他必须先量尺寸才能估价。"

"我今天没车。"理查德说。

"我们先约个时间，你想办法过来，"承包商说，"就一点半吧。"

"我借一些这个，你介意吗？"辛西亚问。她把西尔维亚的一包高纤饼干分装进两个密封袋里。

"尽管拿。"他说。

她把两袋饼干分别放进两个棕色纸袋，和她做的两份午餐放在一起。"这些要给我的小孩，"她说，"我今天早上去参加就业辅导之前，要拿去给他们。哦，不是我自己开车拿去给他们。载我去上班的伊芙琳会开车载我去学校，有点像打带跑战术的营养攻击。我担心他们没有好好吃东西，安迪可能会在载他们去学校的路上顺道去麦当劳买点麦乐鸡块，就给他们当午餐了。"

"我无法想象他们会吃冷掉的麦乐鸡块。"

"哦，"她说，"他们一定有办法去弄热吃，教师的休息室里有微波炉。当他们想做什么的时候，他们多的是办法。"

喇叭声响，辛西亚的顺风车来了。她又丢了两颗苹果进午餐袋里。

“你要搭我们的便车去哪里吗？”

他摇头。“我会想办法的。”

“祝你有愉快的一天。”辛西亚说。理查德吓一跳，她真那么说了吗？

理查德换了衣服，去找尼克借车。他按门铃，敲门。他用力捶门。然后他转动门把。“有人在家吗？”

“在这里。”尼克轻声说。

“我按电铃、敲门、拍门。”

“我知道。”

“你为什么不开门？”

“过来一点，我让你知道为什么。”

“你为什么要这么小声？”理查德走进屋里，发现尼克醉倒在餐桌上。“我的背。我起不来，下不去，不能大声讲话。”

“你这样多久了？”

“从昨天晚上到现在。”

“出了什么事？”

“我在开电话会议时，弯身去捡掉到地上的一张纸，结果起不来了。我爬到这里，设法滚上桌子。最惨的是，电话会议继续进行。我用免持听筒，听到他们还在哇啦哇啦讲个不停。他们不知道我怎么了，过了一会儿才听到我尖叫，然后开始咒骂。”

“我能帮你做什么吗？你要我打电话给谁吗？”

“你可以帮我拿一个塑料袋，并在里面装些冰块吗？多套一个塑料袋，然后用布包起来。我不想在桌上留下水渍。这是我外婆的桌子。”

"很漂亮。"理查德说。餐桌古典优雅，看起来与尼克的格调完全不搭。

理查德拿了一个枕头和冰块给尼克。"可以请你拿冰箱里那些有绿色盖子的小药瓶给我吗？我得吃点我的独门解药。"

理查德依照尼克的指示，一会儿滴两滴这个，一会儿滴四滴那个，以及满满一滴管的另一种液体进尼克的嘴里。

"你还要躺多久？"

"我想我应该会好一点了。我不担心。帮我一个忙，"尼克说，"把电话挂断，它可能还在通话中。"

"要我扶你站起来吗？"

理查德看着尼克躺在那里，脑海中闪过尼克躺在手术台上，两脚垂到台下的画面。

"你不妨拉一张椅子过来坐下。"

理查德坐在餐桌旁的椅子上，靠近尼克的头，有点像坐在病床的旁边，也有点像精神科医生在听病人讲话。

"当你的背出问题的时候，你正在洽谈一部新电影？"理查德找话说。

"没有'出'问题，只是旧疾复发，讨厌的老毛病又来了。是的，我们在谈我写的一部剧本。他们要我修改，改得像一个完全不同的故事。我一直在想，那是另一部电影，如果你要我写那部电影，你得付我更多钱，要多很多，因为我已经写了这部电影，而且是你要我那么写的。他们常常想影响我的写作，通常是某个念过电影理论的小子。电影和理论无关，理论是信仰的公式，是卖爆米花的公式。"

"你写过多少剧本？"

“十五或二十部。你能帮我倒杯酒吗？”

“现在是早上，还不到九点。”

“我过了一个漫长的夜晚。”

“来一颗止痛药怎么样？”

“没有用。”

“那来一颗真正的肌肉放松剂怎么样？”

“再等几分钟好了，看我的独门解药能不能发挥功效。”

理查德点头，两个人都陷入沉默。他坐在尼克的脑袋旁边，没有讲话，看着沉思中的尼克。尼克呼吸平稳，意识清楚，坠入自己的思绪中。理查德也闭上眼睛，呼吸，他怀念和别人一起静修的时刻。大伙儿坐着，只是在呼吸。

“好吧。”尼克说。他将理查德拉出冥想。“我讨厌那么做，吃那些药令我不安。不过我不能永远躺在这里。给我两颗止痛药和一颗镇静剂，在浴室的药物柜里。”

“止痛药和镇静剂一起吃？”

“我又不是没一起吃过。”

理查德拿药和水给他，然后坐回尼克的脑袋旁边。“我按宣传单上的电话号码打过去……”

“结果呢？”

“一个男人接的。我说我想知道更多资讯。他问我有没有看到什么，我说没有，他说：‘继续看。’接着就挂了我的电话。”

尼克点头。

“你认为上面有什么东西吗？”

“我持开放的态度，我相信任何可能性。关起门来不相信有什么用？让门开着，看看有什么东西会进来。接触，人们需要接触，如果他们在这里找不到，他们会去别的地方找。”

“那剑齿虎呢？你认为它真的存在吗？”

“我喜欢这个想法，大自然的反扑。我想它是母的，一定是。”

沉默了一下。

“昨天晚上辛西亚告诉我，她和她老公的性生活相当频繁欢愉。我发现我感到异常兴奋，我已经好些年没有性生活了。”

“好些年？”

“那很奇怪吗？你常做吗？”

“上个礼拜两次。”

“和谁？”

“女性朋友。我是怪人，不是死人。你或许该去看医生。”

“我看了。我的意思是，我最近看了医生。”

过了一会儿，尼克觉得他好些了，可以翻身让理查德帮他在背上涂抹肌肉酸痛舒缓软膏。“慢慢来。我在痛，不是没感觉。”

尼克的背相当厚实，毛多、汗多、肉也多。理查德碰触着他，感觉怪怪的，他从来没有碰触过别的男人的背。他迅速且不均匀地把软膏抹上去，像抹防晒乳液般乱涂一通。他的脑海中闪过他妈妈在他爸爸多毛的肩膀上抹防晒乳液的记忆，那时候他是一个只能坐在海滩上观看的小男孩。

“你要真的抹进去，”尼克说，“要把它按摩进肌肉里。”

“我可以介绍一个相当好的男按摩师给你。”理查德说。

“你做得不错。很好，就在那里，再过去一点。”

“好点了吗？”

“好多了，谢谢。”

“我儿子就快要来了，”理查德脱口而出，“要是他来了这里，结果我们处得不好，怎么办？我几乎不认识这个长大了的孩子。”

尼克滚起来坐着。“你想要交换秘密吗？我有个孩子。”尼克的口气让理查德觉得他不只了解自己的意思，也是个好的倾诉对象。“一个小女孩，费丝，我一年没见到她了。她妈妈，也就是我的前妻，为了另一个女人离开我。她的名字叫珊卓拉，是个黑人，她要搬回黑人社区，而我绝对不可能同意。于是我们变成了敌人。”

“不过，她是你的女儿。”

“重点就在这里。那个长大了的男孩是你儿子，亲情的牵系使他来到这里，你得尽力跟他相处。”

“你应该去看你女儿。”

“是啊，”尼克慢慢爬下桌，“我应该去看我女儿。事实上，我会把这件事列到我的单子上。”他拍拍他的头，他的单子就放在里头。“你来敲门是有原因的，我能为你做什么？”

“我在想，我是不是可以借你的车。他们把我的车子载走了。”

“钥匙在门边。”

“你一个人待在家里行吗？”

“扶我去沙发那里，我想睡一会儿。”

“我问我前妻，我儿子本喜欢什么，”理查德扶着尼克走路的时候说，“她说四年前精神科医生告诉她，他需要父母。她以前没有跟我说过这件事，现在是否已经太迟了呢？”

理查德沿着奥林匹克大道先到邦迪，再到圣塔莫尼卡，经过比佛利山饭店。宾利车很漂亮，犹如艺术家的杰作。只有一条安全带，松松地越过他的腰，万一撞车，保证会在现场附近找到他的尸体。

驾驶宾利车有一种难以形容的优雅。美丽的车让理查德开得更慢，更悠闲，犹如在游行。约翰·列侬真的曾经开过这部车吗？或者他只是坐进来过？理查德转头看向后座，想象长发的披头士成员之一，穿着白色西装，坐在他太太小野洋子旁边。

城里满街都是高级轿车，即使是节制的人，也开着超出他们财力所能负担的车。宾利车与众不同，是富豪级的，有点奇特怪异。人们盯着它看。理查德挥挥手，他不知道怎么做更好。

他开车上坡，看到有游泳池那户人家前面摆着“出售”的牌子。他暗自高兴。很好，会有新的邻居来住，新的女神。

他把车停在他家外面。当他从宾利车的挡风玻璃看出去时，他家看起来变小了。那是人的问题。他买这座房子时，刚从纽约搬过来，纽约人都住公寓，与公寓相较，这间房子似乎相当宽敞奢华。现在，他从马里布海滩过来，看过太平洋的景观后，这间房子感觉变小了，像是一间小树屋。他走进去。西西莉亚在的时候，家具总是擦得发亮，那种清洁的味道，高尚的感觉，现在全部都不见了。

他检查他的信件：目录、账单和一封用金门水疗馆的信封寄来的信，来信地址上有着辛西亚的潦草字迹，里头有四季饭店的信纸、金门水疗馆的信纸和她沿路搜集的免费明信片，还有一张背面写了字的收据；每一张纸上面都有编号。

当我在写这封信的时候，我一直告诉自己别写了，撕掉，去买一张漂亮的卡片，上面印有比如鸭子在雨中跳舞的照片，写上我想说的话：谢谢你。我一直在想我应该撕掉的，可是我还是一直写。我只是想说，谢谢你给我一个机会，在我的人生关闭了那么久之后，让它再次打开了。我感觉好像被释放了，即使说是你把我救出来的也不为过。你不知道从何而来，照顾我，不求回报。从来没有人像你这样照顾我，而照顾别人一向是我的工作！

这就是他想做的那种人。他希望能为别人做点事，为陌生人、为谁都无所谓，他想为自己做点事。他突然想起他爸爸，他为什么一天中想起爸爸两次？他爸爸看着他的成绩单，全部都是A，他说：“你以为这样就够好了吗？还有别人比你好吗？”

他再看一遍信，那让他感到很窝心，感到自己好多了。

承包商没有敲门就进来。“幸好你能赶来。”

“我的车子在修车厂。”理查德把信折起来，放进口袋。

“这位是路奇，他跟着我在为附近的另一间房子工作，”承包商指着破掉的玻璃门对路奇说，“这显然是玻璃嵌板。”

“你为什么要用这种玻璃？”路奇问理查德。

“我买下这间房子时它就是这样了。”

“这种玻璃不好，难怪会破成这样。这种玻璃现在已经停产了。我可以特别帮你调货，不过现在已经没人用了。大家都用双层玻璃。”

“比较贵一点。”承包商说。

“是的，不过这又不是穷人的房子。”

“好，那么就装双层玻璃吧。”理查德说。

承包商摇头。“你不能只改几片。双层玻璃看起来会完全不一样，你必须整座房子的玻璃都换掉。”

“那就不要改成双层，维持它原来的样子。我就是要恢复它的原样，我要假装这种事没发生过。”

“美国人就是这样，假装没有发生过。你们总是在假装，所以才会碰上麻烦。你应该照顾它，使它更好。”

“那要花多少钱?”

“像这样的大窗子，或许要七万五。我会做得很好。”

“不用，只要换破掉的玻璃就好。”

“好吧，你是出钱的老板，我不会跟你争执。”他拿出金属量尺，搭在窗子上，对着一个他随身携带的小录音机报出他量出来的尺寸。“这样才不会出错。”他的金属量尺从一个窗子量到另一个窗子。

他应该换更好的玻璃吗?他还会住在这间房子多久?

“不用担心，”承包商说，“看起来会很漂亮的，放心。”

答录机的灯在闪动，表示有留言。有人要来清理烟囱，他连他家有没有烟囱都不知道。许多电视制作人来电，还有一则本的留言：“我们明天到。等我们快到时，我会打电话给你。”

理查德更改他的答录机留言设置：“如果是本打来的，请打我的手机。其他人请在哔声后留言。”

理查德要离开时，辛西亚的丈夫安迪从灌木丛后面蹦出来，冲到理查德面前。“你在干什么?你他妈的对我太太怎么了?”

“我什么都没做。你躲在灌木丛后面吗?”

“你一定是对她怎么了，因为她走了。她离开了我，离开了孩子。我现在连她在哪里都不知道。”安迪推理查德。

“你要打架吗?我不会跟你打架。”

“你不跟我打架?”他又推了理查德一下。

“老兄，你的问题不在我。你和辛西亚必须自己解决你们的问题。”

“别告诉我你没跟她上床。”他说。

理查德不知道该说什么：你不应该在这里?你应该在上班?你

现在的行为像是一个没有大脑的蠢蛋?

“老好人先生，你他妈的大善人先生，”蠢蛋把理查德推过院子，一推再推，“后车厢里的女孩是你的计划吗?你要是敢把我太太放进你的后车厢里，我就杀了你。”

“你可以去查，我是把那个女孩救出来的人，不是把她放进去的人，所以人家叫我大善人。”

“那可不一定，”安迪说，“我会盯着你，我会一天二十四小时都监视你。你可以告诉我太太，她免费享受的期限快到了。她还在用我的信用卡，我只要打一通电话，她就别想再花我的一毛钱。”

“你知道吗?”理查德说，“你在骚扰我。你是个对我动粗的暴徒，你正站在我的土地上，所以请你离开，你听懂了吗?走开，不要再骚扰我。”

“呵呵，我好怕哦。”

“我叫你离开我的土地。”

安迪挥拳，理查德闪过。“混蛋，你他妈的敢再碰我一下，我就告你。你敢再来这里，敢对辛西亚怎样，或万一她出什么事，我都知道是你干的。”理查德用蠢蛋的语言讲话，好让他听懂。“我会把你送进监狱，你的孩子会被别人收养，听起来很有趣吧?”他喘口气，“有点风度，接受事实吧。”

一辆闪着黄灯的小白车停下来，是工务局的人。

“那是什么，你的私人警察，你的打手吗?你不能像个男人一样保护你自己吗?”蠢蛋被地上的一块玻璃片绊倒，大叫道，“我要控告你害我的脚踝受伤。”

“需要帮忙吗?”工务局的人问。

“你他妈的去死。”蠢蛋狂吼，往街尾走去。

“他怎么了？”

“哀伤过度。”理查德说。

工务局的人看起来有点困惑。

“你想他会再回来吗？需要先防卫吗？”

“车库里有高尔夫球杆。哦，你好吗？”

“很好。我在城里的一出话剧里得到一个小角色，我还带着这个四处跑，”他探身进车里，拿出剧本对理查德挥了挥，“我写的剧本叫做《地面震动》。”

“我等不及想看。”

“别笑我了。我只是过来给你提供一些资讯。你的洞并不是莫名其妙发生的，可能和水有关，在洛杉矶的历史里，每一件事都和水有关。你可能可以要求赔偿，弥补你的损失。我不敢保证，不过我建议你找律师跟工务局联络，”他说，“我的话仅供你参考。”

理查德点头。“了解，谢谢。”

“你如果要跟我联络，我的电话号码在本子上。”

理查德坐进宾利车，开车下山。他往下开的时候，厢型车加速冲了过来。理查德急忙把车子转进一个半圆的巷道里，他看到蠢蛋的厢型车猛地撞上停在路边的一辆车子。蠢蛋的安全气囊爆开来，打到他的胸口，把他打昏。理查德从口袋里掏出手机，打九一一要求救援。他说：“一个家伙的厢型车撞到一辆停在路边的车。他可能受伤了。他在阴影坡路上。”

“你是热门人物大善人吗？”接电话的人问。

“是的。”理查德说。

“我认得你的声音。我们已经上路了。”

他开车去安希尔的店。店里没有客人。“你吃过午餐了吗？”

安希尔从冰箱里拿出一个塑料保鲜盒。“丽琵给我做了午餐，你要吃一些吗？”

“我们出去吃吧，我请客。”

“好。”安希尔说。

“我能借一下电话簿吗？”

“要人名的，还是商用的？”

“哪一本比较厚？”

安希尔把“营业中”的牌子翻转成“休息中”，锁上门。“我漂亮的皇后呢？”

“进厂去美容了。”

“你要开我的车吗？”

“我借了一辆车。”理查德淡淡地说。他领安希尔走近宾利车。

“哦，我的天啊。好家伙，你简直像是英国国王。我能开吗？”

“你得坐在这上面才行。”理查德把电话簿交给他。

安希尔开着车，在电话簿上弹上弹下。他的脚不时踩放油门，像纽约的计程车司机，兴奋之情溢于言表。“我是大人物。”他加速。

“你知道这是谁的车吗？”

“谁的？”

“约翰·列侬。”

“不可能。”

理查德点头。

安希尔唱起《让它去吧》①。“他死的时候我好伤心，那是我们所

---

① 披头士名曲，英文名 Letitbe。

有人心中的痛。”

安希尔把车子开进华盛顿大道上汉堡店的车道。他摇下车窗。“一个四乘四，加很多芥末和……”他转向理查德。

“一个双层双片，蛋白质特餐。”理查德说。

“什么是蛋白质特餐？”安希尔问。

“没有面包的汉堡。什么是四乘四？”

“四片肉馅，四片起士。我一个礼拜都饿不着了。”

他们离开汉堡店，然后停车坐在面对华盛顿大道的一张野餐桌旁吃东西。“我们不能在车里吃，”安希尔说，“那会显得把它当成浴室。还有，别告诉丽琵。我不该吃牛肉的，那违反我的信仰，不过这太好吃了，和牛无关。”

“本明天到。”理查德说，他必须告诉某个人这件事。

“我很期待见到他。”

“谢谢。”

“不，谢谢你。我不敢相信我坐在约翰·列侬的车上。”

回家的路上，理查德走进一家派对用品店，买了一个可以贴在大门上的“欢迎”招牌。好像是为四岁孩子或安全返家的人质而准备的幼稚玩意儿，可是他控制不了自己。

离开派对用品店后，他去了超市，在走道走来走去。他想到辛西亚如果要为她的孩子准备午餐的话，最好买些适合孩子吃的东西：有机花生酱、有机果冻、吐司、大豆片、乳酪棒。

他在超市里打电话给他前妻。

“她在开会，”她的助理说，“我可以帮你留话吗？”

“呃……我是本的爸爸，”他说不出“前夫”两个字，“我想知道本午餐都吃什么。”

“鲔鱼罐头。我知道是因为我有时候会帮忙她订购杂货。牛油果、很硬的香蕉。你要我找出我电脑里的购物清单来念给你听吗？”

“那太好了。”理查德说。

“低卡麦根沙司、切片火鸡胸肉、火鸡面汤、英式满福堡。我想其他的东西是她要吃的。我不认为本会吃红葡萄柚、喝无乳糖的牛奶。我应该告诉她你打过电话来吗？”

房子对面的街道上有两个人在拍照；他们到底要拍什么？他驱车下公路，打开尼克的车库，把宾利车开进去。刚刚把车子停好，他就看到营养师西尔维亚从尼克的屋里出来。

“哦，嗨。”她尴尬地打招呼。

“肉块很好吃，”理查德说，除此之外他不知道要说什么，“他的背怎么样了？”

“好些了。我先给他按摩，再帮他擦药。”

理查德点头。“你带食物来给他吗？”

“没有，事实上是他煮东西给我吃。牛排。我只是出来买辣椒酱，我吃牛排必须配辣椒酱。”

“我不知道你吃肉。”

“我有时候会想吃肉，可必须是生肉，血淋淋的。”

“帮我跟他打声招呼，还有，我把他的车开回来了。”

“我会的。”西尔维亚说完，开着她的小型运动休旅车加速驶上公路。

晚餐后，理查德帮辛西亚搬家。因为她实在没什么东西，所以他们又借了宾利，开车去最近的卖场。

开高档的宾利车去卖低档货的卖场，只有住在洛杉矶的人才会觉得这样做完全合理。

他们在走廊上穿梭，买牙膏、洗发精、刮毛剃刀、吹风机、体香膏。她不好意思地承认："我这几天都用你的。"

他乐于得知他的体香膏抹过她的腋下，夹着几根剃过了的短腋毛。她的毛茬粘在他的体香膏上。

"你觉得我必须买沙发吗？"他们走在家具区的走道上时，她半开玩笑地说。

"我想你必须练习睡在床上。"

床单、毛巾、枕头、咖啡杯，公寓里有咖啡机吗？咖啡机、闹钟、拖鞋、两条裤子。"这些东西真的没问题吗？或者只是因为比较起来其他的东西看起来更烂？"

"这些都很好。"

理查德买了一台录放影机和几张电影光碟，这样当本来的时候，他们能有些事情可做。他还给狗买了玩具。

"人们喜欢宠物胜过孩子。"辛西亚说。

在结账柜台，辛西亚想用她老公的信用卡付账。

"让我来付，当作离别的礼物。"理查德坚持要付账。他怕蠢蛋会根据消费纪录偷偷地跟踪辛西亚。

"不要说离别。"她说。

"好，展望未来。"

"我还能过去吃晚餐吗？"

"你随时都能来。"

辛西亚租的公寓大楼挺好的。理查德在门口遇到她的室友。"你是她先生吗?”

“只是朋友。”他说。

“我不喜欢男人。”室友说。

“总得有人帮忙搬重的东西。”理查德说。

“我不认为他应该进来。”室友说。

“他要进来,”辛西亚推开那个女人,“我要他看我住的地方。”

“那么,起码要脱掉你的鞋子。”

他脱鞋进去放东西,然后只穿着袜子上下楼梯六次搬东西。最后他把袜子丢掉,光脚穿回鞋子,开车回家。

回到家,他把宾利车开进车库,把钥匙丢进信箱里还给尼克。西尔维亚的车子已经开走了。

“我知道你在外面,”尼克大声说,“进来吧。”

“你觉得如何?”尼克眨眨眼睛。

“进展得真快。”

“邋遢的魅力,”尼克说,“女人喜欢改造男人。”

“谢谢你的车。”

“很棒,是不是?”

“我感觉自己像个王子。”

“你就是个王子。”

理查德独自在家,他很高兴有狗陪着他。安静的夜晚,他开着窗睡觉,听外面的海洋轻唱催眠曲。

他刚睡着,电话铃响了。是辛西亚打来的,她低声说:“我们在冰箱里各有各的地盘,她在她的每一样东西上都写下了她的名字。在浴室里,我们有各自的毛巾架和一层药品柜,她那一层的药柜里有十种药。”

“睡吧。”理查德对她说。

“连睡觉也要提高警觉。”她说。

到了早上，戴黄色泳帽的女人又出现在海里了。他用望远镜看，想看她游得多远，和她会不会或什么时候会回来。他追踪着她，直到她变成一个黄色的小点。一会儿后，他再去看她是否游回来了。没有。有可能只游单程吗？或许她早就计划好了，或许她游到某个地方后再跑回来；可是她没有穿鞋子，只穿了泳衣，没有毛巾。或许她安排好了，游到某个地方，爬上岸，走去她的办公室。她搭电梯上楼，经过走廊，留下湿答答的脚印，进入她的办公室，吹干头发，换上上班穿的衣服。或许她的司机会在圣塔莫尼卡的码头接她？或许她有早晨的咖啡之约，或许她是正接受训练的奥运选手？或许她……她或许……

车商打电话来。“‘今夜秀’的雷诺开你的玩笑。”

“我听到了。”

“不好笑，是不是？对了，你要写一封信给我们哦？”

“车子什么时候修好？”

“过两天。”

“车子送来时，我会把信交给送车子来的人。”

“我很照顾你，是不是？”

“是，你很照顾我。”理查德说完挂断电话。

电话铃声又响起。“请问是理查德·诺瓦克吗？”

“你是怎么找到我的？”

“我拿到了你的资料。我们是一家活动公司，是心灵治疗中心的协力公司。”

“现在不是时候，我能稍后再回电吗？”

“我们只是想知道，自从你参加过我们的静修营之后，一切都顺利吗？你对我们提供的服务有何评价？第一个问题是关于食物：你对食物的品质和数量满意吗？”

“不错，”理查德说，“全都很贴近自然，有点像在吃土。”

“你希望约瑟夫多谈些什么话题？”

“没有，没有特别希望什么。”

“你希望能在中心看到什么别的东西吗？”

“我真的没时间讲电话了。”

“我们也想让你知道，我们中心是非营利的组织。你有兴趣捐款吗？”

“你要多少？”

“我们对此不做建议。”

“好，我会寄支票过去。我要挂电话了。”

电话又响了。是本。“我打了好几次电话给你，可是一直占线。”

“对不起，我接了两通电话。你在哪里？”

“我到了，”本说，“就在这里。我们在马里布市场。我想给你一个惊喜。”

“你的确给了我惊喜。往圣塔莫尼卡的方向转回来，我在外面等你。”

理查德站在路边。他试着不去看对街的摄影师。他站着面对迎面而来的车子，跟每一辆接近的车子打招呼，胡乱挥手，像在揽客洗车，或是打旗号请车子停下来救助。然后他看到他们，他看到四四方方的富豪休旅车，它的格栅式风口像是在露齿微笑。他挥挥手。

他像个飞航指导员般引导他们开下公路，进入一个定点。

男孩们还在车里，车窗没有摇下来，理查德站在车外，有那么一会儿，他感觉到，他永远不可能像他希望的那样跟本那么接近，他觉得本对他的需要永远不及他需要本那么多。

车门打开，巴思下车，手里拿着摄影机，红灯亮着，显示正在摄影。“我们在拍摄了。”

巴思站到本后面，摄影机越过本的肩膀在拍摄。

理查德上前要拥抱本，但本向他伸出手，他们握手——总比什么都没做好。

“我很高兴你来了，”理查德说，“嗨，巴思，嗨，摄影机。我想现在我是你电影里的一角了。”

“他会再编辑剪接。”本说。

理查德后来看录影带才知道，摄影机捕捉到本刚抵达时的复杂表情，肢体反应僵硬，情绪不稳，令理查德看不透。

“进来。”理查德领他们进屋。

进到屋里，巴思拿摄影机当他的眼睛四处转。“非常白，像乳品皇后冰淇淋，香草口味的。这不是你真正的家吧，是吗？”

“是租来的，”理查德说，“我不知道你们有没有听说，我的房子有点问题，前面出现一个大洞，所以我暂时来这里住。”

然后，他决定该他掌控了，他对巴思说：“在屋里不要拍。”出乎理查德的意料之外，巴思乖乖地放下了摄影机。

“很棒的地方，”本说，“这里有你的东西吗？”

“你想找什么特别的东西？”

“没有，我只是在想，这些是不是你的东西。”

“全都是一起租下来的，附带所有的家具。”

狗从沙滩跑上来，进入屋里。

“你什么时候弄来一条狗？”

“我没有，是它自己出现不走，我就让它留下。”

本跪下来跟狗打招呼。

“我带你们参观一下。”理查德带男孩们上阳台。这是洛杉矶典型的好晴天，能见度很高。“那里下去是圣塔莫尼卡，码头在那边，那里有个游乐园，晚上游乐设施的灯都亮起来时挺好看的。机场在那一头。山在……”

“你的邻居在你的正上方。”巴思看着尼克的阳台说。

“寸土寸金。”

“你认识那个女人吗？”

理查德瞟向尼克的阳台。是西尔维亚，他起先没认出她来，她仰躺着，闭上眼睛，上身赤裸。她瘦瘦的，身材比他想象的姣好；她的乳房无拘无束地松弛着，乳头是暗酒红色，非常性感。他感到兴奋。看到西尔维亚上身赤裸令他兴奋，但这件事又刚好发生在巴思和本站在他旁边的时候，他承受不了这样的刺激，突然一阵疼痛。

“我认识她。”理查德说。

“离别人这么近，不是很奇怪吗？”巴思问。

理查德无法回答。

“缺乏隐私，”本说，“美丽的海洋比我想的平静。看着水，令我想尿尿。厕所在哪里？”

“走廊尽头的右手边。你可以把随身物品放在最后一间卧室里。中间那个房间曾经有朋友住过。”

“你可以有女朋友，你不必叫她跟你分开睡或假称她只是你的朋友。”

“她不是我的女朋友。她已经找到地方住了，你会见到她的。”

理查德对巴思说：“关于你说离别人很近这件事，其实我在布鲁克林的一栋公寓大楼里长大，那里到处都是人。”

“哦，我知道，”巴思说，“我爸爸也是。”

接着是沉默。本从浴室出来，理查德站在走廊上看着他。这就是了：他一直在期待又担心的父子见面大会，感觉有点雷声大雨点小。

“我帮你买了鲔鱼。”理查德说。

“我有点排斥鲔鱼了，”本说，“我已经连续三个礼拜每天吃鲔鱼了。”

“你要沙司吗？”

“好，谢谢。”他似乎知道理查德在努力准备他喜欢的东西。

“我想带你们出去吃饭，再四处转一转。”

“我们开了好几天的车，”巴思说，“我现在只对干净的毛巾和一些不会感觉像是沙纸的卫生纸感兴趣。浴室在哪里？”

“走廊尽头。”

本在巴思离开后说：“我之前在想，我是不是还认得你。”

“我也是。快一年没见面了。”

“你看起来不一样了。”本说。

“你也是。”

本深色的头发相当浓密，深蓝色的眼睛上头穿了眉环，几乎可以用漂亮来形容他。当他抬起手臂时，低腰牛仔裤腰露出内裤的松紧腰带，理查德怀疑自己是否曾经看起来像儿子这么轻松自信过。

巴思从浴室出来，拿起一包薯片，在屋里边走边吃。他的举动令理查德感到困扰，巴思那副混合着青少年的傲慢和旁若无人的模样让理查德想起他弟弟泰德，巴思的老爸，只不过巴思更高大，头发更多。

“我们出去吃午饭吧，”理查德说，“路口就有一家店，我们可以走路过去。”

“这么做有点疯狂。你经常这么做吗？”在他们穿越海岸公路时，本问道。

“没有。而且我从来不在晚上走，开车的人会看不到你而撞上来。”

午餐好像在约会。理查德感觉自己刻意地想制造好印象，想表现出他最好的一面，同时血浓于水的亲情油然而生。有点像在跳舞。本知道他们现在的关系像舞伴吗？他在乎吗？理查德感觉自己好像在跳该死的狐步舞，他流汗了。

邻近那桌有一群小孩在开生日派对，许多孩子不时地尖叫。当蛋糕端出来时，他们齐声唱生日快乐歌，餐厅里的其他人也加入了合唱。

寿星男孩的妈妈问：“威利，你要先切第一块吗？”

男孩认真地点头，拿起刀子开始刺蛋糕。在大家的注视下，他一再刺蛋糕。他对蛋糕刺了又刺，直到他爸爸抓住他的手腕，夺下刀子。男孩在刺蛋糕的时候发出凄厉尖锐的叫声。

“没关系，威利，”他爸爸拿着刀子说，“没关系。”

“巴思，你的大学生活过得如何？你主修什么？”

“政治学。但主要都在拍摄纪录片。”

“巴思早期拍的影片得了好几个奖。”

“早期？你是指你大约十二岁时拍的？”

“实际上是十一岁。我拍我们学校一个得了白血病快死掉的男孩。影片获得奥斯卡奖的提名，在八个国家上映过。”

理查德点点头。“没错，你妈妈在圣诞节的家族近况报道里写过。”

巴思继续说：“我爸爸十二岁的时候发明了粘胶。”

“是吗？我不记得他十二岁的时候做过那件事。”

“他是那么说的。”

他干吗那么讨人厌？但巴思的话刺激得他想表现自己。他并不喜欢自己这么做——在一个儿子面前质疑其爸爸的可信度。

午餐送上来了。

“你呢？”他问本，“你的工作什么时候开始？”

“我今天下午必须打电话给他们。”

“实习经纪人，听起来很刺激。”他试着表现得愉快，但太做作了。

“我不是做经纪人，”本说，“那份工作更像是收发室的小弟，但是他们可能连收发室都没有。我还不太了解状况，而且现在大家不是都用电子邮件。”

“你呢，迪克伯父，你整天都在做什么？”巴思问。

“别叫我迪克，”理查德突然不悦地说，“从来没有人叫我迪克。”他说谎。很久以前，他妈妈就叫他迪克，他的小名。但他很讨厌她那么叫他——“迪克在哪里。迪克今天做了什么？”她会以高傲的尖声问道，即使现在想起来，他仍能听到她那么说，感觉耳朵在刺痛。他们为什么给他取名叫理查德？一个多么了无生气的名字，理查德·纳森·诺瓦克，就像是一个道地的小人物。理查德·纳森·小人物。他陷入沮丧之中。“我整天在做什么？”他大声说，“我今天下午要去做螺旋塑体运动。”

“那是某种洗肠水疗法吗？”巴思问。

“是一种运动。欢迎你们两个在家里到处晃，或是去海滩走走，不然你们也可以跟我去运动，就在这条路上。”

“我需要睡个午觉，开了好久的车。”本说。

本一向都喜欢睡午觉。理查德看着本，很难想象一个男孩怎么会变成了男人。“你应该打个电话给你妈妈，告诉她你安全抵达了。”

本点点头。

沿海岸公路走回家时，理查德感觉倒楣透顶，像是一个冲浪者或打零工的流浪汉。一个开卡车的男人缓下车速，问他们是否需要搭便车。

回到屋里，理查德给男孩们浴巾、防晒乳液和水。“这里不像东岸。洛杉矶的阳光很强，最近比平常更热。这里没有救生员，却有礁石，浪潮变幻莫测，偶尔会有鲨鱼出没。”

“我们会小心的。”巴思说。

上螺旋塑体课时，理查德旋转，脚抬过头，头低向脚跟。他的脑子里想着好多事情，因此教练每次对他说什么时都必须重述一次。

他一直想到尼克，尼克和西尔维亚。奇怪的是，他好几年没有性生活，也不曾在意过，直到辛西亚提起，然后又看到尼克的艳遇。他在脑海中一直看到西尔维亚的乳头；像上好的美酒，他想象着自己啜饮它们的情景。

他想要的话，办得到吗？他需要帮助吗？需要一点助兴令它勃起吗？他原本对自己的无性生活安之若素，可是突然间，大家活跃的性行为令他变成异类，令他担心了。

螺旋塑体运动使他伸展他的肢体，举起他的脚。她的头伸到他的两腿之间，突然间他集中精神了，把心拉了回来。他试着跟教练交谈："你做这行多久了？你一直都对螺旋塑体感兴趣吗？"

回家的路上，他在马里布报摊停留，买了《时代杂志》《新闻周刊》《大二生的狂热》和《好色客杂志》。他希望没有人看到他买了什么，这是他二十年来第一次买色情杂志。实在荒谬又可悲，但他必须知道自己到底还行不行。

回到家里，他直接进卧室，把装杂志的纸袋塞到床单下。本在走廊尽头的房间里睡觉，巴思还在海滩上，理查德从卧室的窗子看到他：肉肉的、白白的、毛毛的。

到了六点，他敲门叫醒本。"你如果睡太久，会整晚睡不着的。"

晚餐时，男孩们把冰箱里所有的东西都拿出来加热。他们吃掉了西尔维亚准备给理查德吃一整个礼拜的食物：鲑鱼、肉块、四季豆、糖蜜饼干。

他们的谈话变成理查德和巴思两人在争论电影《雨人》是谁主演的。理查德发誓是莎莉·奈特主演的，巴思说莎莉·麦克琳才是女主角。双方争执不下，理查德为了证明自己说的对，起身离桌去上网查。

理查德查出来后，宣判结果，巴思说："你赢了，现在你高兴了吗？"

晚餐后，巴思去散步。"他需要抽烟，可是你要假装不知道。"本说。

"你和巴思同一个房间没问题吗？如果你想要的话，可以睡中间那个房间。"

"那是你女朋友的套房。"

"她不是我的女朋友。"

"我跟巴思睡一间没关系。"

"你们两个人怎么会成为这么好的朋友？"

"我们每年都一起去参加夏令营。"

"谁安排的？"

"妈妈询问泰德叔叔和梅迪丝婶婶我应该去哪里，他们认为那对我有益。"

"你参加了几年？"

"从我八岁的时候开始，两年前我还带领夏令营里七岁的小孩，做他们的辅导员。"

理查德点头。"我寄包裹去那里给你，对吗？"

"对。"

"我和泰德小时候也去参加过夏令营。"

"我知道。"

"我不知道你去的是同一个地方。"

巴思回来了，他冲过澡后，浴室发了水灾。

理查德看了一眼，对巴思叫道："这里不是饭店，也不是湖里……我们不会把浴巾丢在地上，不会让地面变成水潭。我们会把浴室的踏垫拿高，把浴帘拉上，礼貌地把浴室恢复整洁，准备好让下一个人使用。"

"我懂了，"巴思在房间里大声对本说，"你爸爸是同性恋。"

"我不是同性恋。"理查德喊叫，然后又痛恨自己的回应。

他在自己的房间里打电话给他的前妻。"巴思。"他叹气。他发出来的声音听起来像在呕吐。

他还没有多说什么，她就说："别理他。"

"他们吃了我一个礼拜的食物当晚餐。"理查德说。

"你是大人，要控制他们的食量。本好不容易才学会控制。你不记得他十三岁时参加犹太男孩的成年礼时有多胖吗？我不得不给他买哈士奇西装。”

“什么是哈士奇西装？跟哈士奇狗有什么关系？”

“那是加大尺寸，给胖子穿的衣服。”

“真的吗？”

“他长得很快。”

“西装穿不下了？”

“他已经过了肥胖的时期。”

理查德记得成年礼，可是他不记得本成了“哈士奇”。那时理查德跟他爸妈、弟弟、弟媳坐在一起，他感觉自己像个局外人。他和他父母坐在一起，她则和本和他们一堆最好的朋友坐在一起，账单是他付的。他应该生气，可是他能被邀请去参加就已经很高兴了。

“你必须设置底线。”

“我以为他已经十七岁了，会知道自己要什么或需要什么。”

“所以他总是吃鲔鱼。”

“他吃太多鲔鱼了。”

“所以我也叫他吃低脂的火鸡肉。”

“他看起来不胖。”

“他不胖，可他想要看起来完美。”

“你送他去我以前参加过的夏令营。”

“嗯。”

“故意的？”

“嗯。”

“我喜欢夏令营吗？”

“我不知道。本喜欢。他每年夏天都去，去了八年。”

理查德疲倦地躺在床上。他想打电话给他弟弟，询问关于夏令营的事，可是又担心他会在无意中吐露出对巴思的不满。

他听到模糊的铃声，他的裤子在叫他，是辛西亚打手机给他。“你的室内电话已经占线一个钟头了。”

“我刚才在跟本的妈妈讲话。”

“他到了吗？你喜欢他吗？”

“他让我想到我自己。另一个男孩，我的侄儿，我想赏他一巴掌。我只能说，现在我了解到你经历了什么，做菜、打扫、担心……好累。”

她有好一阵子没说话。“一天二十四小时，一年三百六十五天，十六年来全年无休。”

“我只能用想象的，”理查德说，“你今天过得怎么样？室友如何？”

“我喜欢这个就业辅导计划。我想在某个交通要道开店。我喜欢有很多活动。我室友是个笨蛋，但是我想她并没有危险性。”

“或许我们可以找个晚上一起出去吃饭或什么的，男孩们把食物都吃光了。那是什么声音？”理查德说，他听到她那边相当吵。

“是她。她不是在用头撞墙就是在抗议我晚上十点过后还在打电话。我们明天再谈。哦，还有，我从门口瞥见了她房间，她的枕头上还放着泰迪熊。”

他锁上房间的门，拿出他藏匿的东西。他手淫。女人的乳房都那么大吗？他闭上眼睛，回想他搬来洛杉矶时约会过的女人：等着要结婚的女人；有些已经结过婚了，靠赡养费过日子，希望第二次婚姻能钓上更有钱的男人。她们都颇具吸引力，甚至过于完美。他特别记得其中一个，记得她的乳沟和肋骨的曲线、她的臀部。他跟她做爱过一次，本以为还会有下一次，但她显然认为仅此一次。他记得她跪在他面前，他在她口中爆炸。她说他给了她蝶式的性爱姿势，所以他隔天订了一打活的蝴蝶送她。他想到辛西亚，想象辛西亚和她老公翻云覆雨，这个想法令他莫名地兴奋起来。他想象辛西亚跪着，老公在她背后。他想到静修营的女按摩师，她的手指进出他的屁眼。他想到他前妻，突然间他发动了；他很快就出来了，快到吓了他自己一跳。

早上，他静坐，回忆约瑟夫说的关于忍受不舒服：不去感受你需要动，能缓和你的不舒服。他想再那么做，沉默地静修。他可以看到自己每个月花一个礼拜的时间，只是坐着。

有声音，有人转动门把。然后是敲门声。理查德开门让本进来。幸好本没有问他为什么要锁房门。本穿着内衣爬上理查德的床。不管他们之间有什么问题，本的动作流露出一种家人的亲密感，令理查德相当安慰。理查德把色情杂志推到了床底下。

“我感觉我好像走进了什么东西。”本说。

“像是什么？”

“不知道，好像是你的中年危机。”

“哦，你知道的，大约一个月前，我开始警觉到不对劲，我努力想了解情况。”

本点头。“他们查出了你哪里不对吗？”

“没有异常。医生说是因为某个时刻或许由于某种改变，导致身体的运作暂时失常。我可能必须做前列腺切片检查。”

“所有的男人都有前列腺癌。”

“没有，不会。”

“我听说的。所有男人死的时候都有前列腺癌，不过他们并不是都因为前列腺癌而死。”

“你从哪里听来的？”

“妈妈的一个朋友。”

本会在他妈妈面前穿内衣走来走去吗？他穿的是贴身四角裤。理查德在店里看过，他从来不知道它们是否真的合身。穿在本身上很好看，他身材好，肌肉结实。理查德想象着女孩子为他疯狂的样子。

“你要跟我一起出去兜风吗？我去看西西莉亚。”

“你的管家。”

“她换了髋骨。”

“我有点忘了她的模样。”

“我要去看她。我想你可能想跟我一起去。”

“你的车在哪里？”

“进厂维修了。我上个礼拜出了个小意外，这几天都向隔壁的邻居借车。”

“我可以考虑一下吗？”

“当然可以。你昨天打电话给经纪公司了吗？”

“我留了口信。”

巴思在浴室里，门开着。

“关门。”理查德大声叫。

他照办了。

理查德去向尼克借车。尼克坐在桌前，凝视着海，戴着耳机。

“我必须去洛菲利斯看一个人。你需要什么吗？你要出去拜访弗雷或是看你的孩子吗?”

尼克摇头。“不用。”

“我能借你的车吗?”

“请便。”

“你如果要个伴的话，我陪你去。”本说。

“你可以在码头放我下去吗?”巴思问。

理查德很高兴能趁这个机会与本独处。他没有解释车子的事，没有告诉他们这是约翰·列依的车。他不想让本以为他在炫耀，而且为了某种奇怪的理由，他就是不想让巴思知道。他没有先打电话给西西莉亚，以免她劝他打消念头。他预备买个派做伴手礼，然后在途中再打电话给她，那样她就没办法拒绝他了。

他们走十号公路进城，在费尔费斯下公路，到了农夫市场停车。“她喜欢派。”理查德告诉本。他买了一个覆盆子派，领着本逛市场。这个市场以前是真正的农夫们拿他们的农产品和甜食进城来卖的地方，现在它只对观光客具有某种吸引力。

本买了明信片。理查德在佛蒙特的一个停车场打电话给西西莉亚，她告诉他不必来看她。

“可是我要去，”他说，“我已经到了佛蒙特，而且我带了一个在杜伯餐厅买的派要给你。”

西西莉亚的丈夫华特开门迎接他们。“今天是我的休假日。”

“我们带了派来。”理查德递出派盒。

“请进。”

“这位是本。”

“你住在纽约的儿子?”

本点头。

“纽约是什么样子？肮脏？嘈杂？”

“纽约很好，”本说，“那里总是在发生一些事情。”

华特摇头。“无法想象。我们邮局有很多东部人想转调到这里，即使过程艰难，他们也尽力争取。洛杉矶永远阳光灿烂。生活品质好是最重要的，我住在新泽西州的亲戚从来没见过阳光。我不喜欢寒冷的天气。”

“你们要喝茶吗？”西西莉亚推着助步器进入客厅。

她看起来像个老妇人。她顶上的头发突然变灰白了。三个礼拜前就是这样了吗？或是她染过头发但褪色了？她是在一夜之间头发变灰白了吗？理查德拥抱她，紧抱了一下。“你觉得怎样？”越过西西莉亚的肩膀，理查德看到她的隔绝噪声耳机放在厨房的流理台上。

“应该说医生不会完全告诉你事实如何。我猜如果他们说感觉像是被一辆巨型卡车辗过，大部分人不会让他们开刀。”

“你很快就会觉得好一点了。”

“我能有什么选择呢？又不是我可以退货，或要求退钱的事。”

沉默了一下。

“原来这就是你家。”理查德说。

“这间房子是你付钱的。”西西莉亚说。

“是你努力工作赚得的。”

“我没有。”西西莉亚说，“我六个月没为你工作，而你给了我两万美金让我付房屋的头期款。”

“我有那样吗？”

“而且你还不让我还钱。”

“老实说，”华特说，“我不喜欢欠债的感觉。”

理查德耸肩。“我不记得了。”

“你以为我这些年是平白无故地对你好吗?”西西莉亚开玩笑说。

“她要是没打扫房子，她的髋骨可以撑得久一点。”华特说。西西莉亚嘘他，要他闭嘴。“我想他们能放新的髋骨进去是一件好事，”他继续说，“他们以前没办法做到。我参加朝鲜战争时，很多同袍失去了身上的某部分，医生能够为他们做的不多。你知道吗?参加过第二次世界大战和朝鲜战争的黑人士兵拿不到勋章。我怀疑上流的白人知不知道这件事。”

“我不知道。”理查德说。

“我可不认为该知道的人都不知道。”华特说。

“那是他的骨头，”西西莉亚说，“他每天都要啃那根骨头。”

“我们这么说吧，”华特说，“我很荣幸能为国效力，即使我的国家并不光荣……希望他们能在我死前给我勋章。军队取消种族隔离是一件大事。总统的行政命令九九八一号，由杜鲁门总统在一九四八年七月签署。我的整个人生都在为国家服务，为军队和邮局。”

“吃派吗?”西西莉亚问华特。

“只能一小片，”华特说，“得当心血糖。”

“你还需要什么吗?”理查德问西西莉亚。

“我全都有了，”西西莉亚说，“我得去做物理治疗，希望下礼拜能把这个助步器还给他们。”

“你如果想到要什么，让我知道。我现在有手机了，你可以随时打电话给我。”他写下手机号码。

“你的房子现在怎样了?”

“正在整修。”

“你呢，暑假来打工？”她问本。

他点头。“明天开始。”

“记得告诉我你做得如何。”

“我会的。我们很快会再见到你。”本在他们要离开时说。

“我期待着呢。”西西莉亚说。

在回程的车上，理查德感谢本陪他来。“我们应该来看她。她为我工作了十几年，我不能弃她于不顾。”

“你为什么讨厌巴思。”本问。

“我没有讨厌他。”

“有，你讨厌他。”

“我不知道为什么。”

“幸好他没注意到。”

理查德点点头。那就是他讨厌巴思的原因。

理查德没有直接上公路回家，而是走另一条风景秀丽的路线。他带本去唐人街吃午餐。他带他去大约五年前跟他约会过的女人带他去的地方：哈普路易餐厅。餐厅里没什么人，只有一大群中国人围坐在一张奇大无比的桌子旁。

“你们开始营业了吗？”

“营业了，准备就绪了。”

他们点了一桌丰盛的菜：酸辣汤、咕咾肉、蒸饺、炒饭，理查德感到很内疚，因为他们点太多了，本会吃过量，恐怕会恢复哈士奇的尺寸。

“你还在弹钢琴吗？”理查德问。

本点点头。“有一天晚上，我跟妈妈去参加一个派对，哈利·康尼克[1]也在场，我问他是否愿意跟我一起弹，结果我们合作了四手联弹。”

食物送上来。

“你今年的生日是怎么过的？”

“妈妈带我和一大堆她公司里的人去一家超炫的新餐厅庆祝，我算过，在那种地方吃一口就要花二十美金。”

他们吃到撑，然后打开他们的幸运饼干：“幸福就在眼前”“好朋友有时候无须言语便有默契”。

他们绕路回家。理查德带本去看数万年来一直在冒油的“煤油矿坑”，告诉他关于在那附近发现九千年前被谋杀的“拉布雷亚女人”化石，和可能还没有绝种的剑齿虎的事。他们两个人都深深地呼了口气，笑着说不知道是否有人会因为闻到煤油味而感觉兴奋。

“这是个奇怪的城市，”理查德说，“充满各种不起眼的东西。你知道吗？在这半径五英里内的任何地方都可能冒出煤油来，而在比佛利山上，有的家里的后院就有油井。”

“我们离迪斯尼近吗？”

“迪斯尼？”

“对，我一直想去迪斯尼乐园。”

“你真的要去迪斯尼？”

“真的。”

“好，我们去。”

“太好了。”

他们沉默了一下，仿佛有什么事情不一样了。

---

① 爵士钢琴歌手，三座葛莱美奖得主。

“当你离开妈妈的时候，你们两个人之间有第三者吗？”

“没有。”

“有第三者会比较合理。”

然后改变话题。

“你叔叔那时候真的以为他会得到诺贝尔奖吗？”

“显然是的。”

“他一定很难过。”

“据巴思说，他老爸所做的一切都是为了得到那个荣耀，现在叔叔认为那一切全都是狗屎，他走路时会喃喃自语地说：‘不够好，别人赢了，别人总是赢。’”

“他年轻的时候常常大发雷霆，”理查德说，“我爸妈会坐在客厅里，互相问对方该怎么办：应该打电话报案吗？叫警察来抓自己的孩子吗？他发作起来十分惊人，他会撞墙、摔东西。我爸爸会说：‘犹太人不会打电话叫警察。警察都是爱尔兰人，他们对我们的问题不感兴趣。’”

“真难以想象。”

理查德点点头。

回家的路上他们去了安希尔的店。理查德向他介绍本。本点了一个果酱甜甜圈。

“你不能吃甜甜圈，”理查德说，“我们刚刚吃完午餐。”

“好，”本说，“不要甜甜圈。”

“尼克打电话来，邀请我今天晚上去海滩参加哇哇之夜。你们会去吗？”

“我不知道他是否邀请我们。”

“他当然会邀请你们，你只是还不知道。”

“我们整天都在外面。你去吗？”理查德问。

“我当然去。我会提早打烊。我有一顶特别的帽子，”他走进去后面，拿出一顶旧的帽子，“看到它会让人哇哇叫，像《摩登原始人》里的巴尼和弗雷回到茅屋那样。”

理查德听不懂安希尔在说什么，不过他没有精力去搞清楚。“好吧，到时候见。”理查德说。

回到家，答录机里有经纪公司留给本的口信。“请你明天早上八点来报到。有任何问题的话，欢迎来电。”

“你知道地址吗？”理查德问。

“我抄下来了。有车给我开吗？我想把休旅车留给巴思开。”

“我会打电话问我的车行，应该修理好了。”

理查德拿宾利车的钥匙去还给尼克。尼克在打电话，可是他挥手示意要理查德靠近一点。“你今天晚上来吗？你收到我留的字条了吗？”

理查德摇头。

“我在你的屋外贴了一张便条纸，你没看到吗？‘饥饿、无聊或想寻找什么吗？今晚来与我们同乐。’我得知道我该准备多少热狗。你吃牛肉吗？我会准备牛肉热狗、火鸡热狗、豆腐热狗。你们每个人需要几支热狗？几根玉米？”

“今天晚上到底是什么活动？”

“你想做什么都行。一堆男人在海滩上举办营火晚会。带你的男孩们来。”

“谁会来？”

“喂，是，”尼克对电话说，“我需要啤酒，普通的和不含酒精的，还有低卡可乐和一些薯片零食，各种口味各两袋。你可以记在我的账上吗？我会找人去取所有的东西，谢谢。”他挂上电话。“随便凑的一些家伙，有海滩附近的本地人和制片场的工作人员。我的会计师来过一次，他脏兮兮地回了家，他太太再也不准他来了。”

“我能邀请我的电影明星朋友来吗？”

“唯一的规则是，不准带演员来。”

“我不信你有任何规则。”

“所有的集会都有规则。”

“什么时候开始？”

“我们八点开始生营火。”

“我要带什么东西去吗？”

“棉花糖和串烤棉花糖的竹签。”

理查德打电话给车商。

“我正在希望你不要打电话来。”

“什么意思？”

“他们在把车子运还给你的路上出了意外，它全毁了。”

“你毁了我的车？”

“我没有毁了你的车……你如果没有搬到那么远的地方去，那种事情可能就不会发生。所有事情都不会发生。我什么都不想讲了。或许我们应该扯平了，取消租约，你付给我五千美金，我们不会再向你的保险公司要求修理费用。”

“你毁了我的车，现在你还要我付五千美金？你怎么能说什么事都不会发生？可能会发生更可怕的事，我们可能打开电视就看到晚间新闻报道说某个女孩被分尸了。”

“哦，对啦，我忘了她的事。好吧，”车商说，“你不必付钱给我。我会送一辆新车给你，我们再签新的合约。你一定要写那封信，行吗？”

“我什么时候能拿到车子？”

“这个礼拜结束之前。”

“我需要早点拿到车。明天早上。”

“不可能。我根本不知道我们这里有没有车可以送过去。”

“明天下班之前。”

“我尽力。”

理查德、男孩们和尼克一起搭尼克朋友的厢型车去举办抛哇[①]营火晚会的地方。理查德尽责地带了他在路口的商店里买的棉花糖和竹签。厢型车后座装满了热狗、啤酒和冰块。车子开了大约两英里，他们停在太平洋海岸公路的边缘，原本在那里冲浪的人们正在把冲浪板扛上车，预备打道回府。理查德一行人像西藏的雪巴人，提着一袋袋的东西走下坡到沙滩上，架好电动热狗烤架、冰啤酒的冷藏箱和垃圾桶等等。

“你预计会有多少人来？”

“我总是搞不清楚，十五或四十？”

“你常办这种活动？”

“一年大约三四次。”

“你收门票吗？”

“我请客。”

“我会分担一些费用。”

---

① 指印第安人传统的歌舞聚会。

“我不收你的钱。帮我把这个折叠桌架起来，我们称这个叫手工艺服务。”

“我们要做东西吗？”

“在电影这一行里，手工艺服务指的是提供食物。”

尼克和理查德在海滩上捡木头。

“我以为生营火是违法的，余火可能乱飞，酿成灾害。”

“没错。但我们弄到了拍片许可，这是这个城市的名片：电影业。”

来参加的人陆续抵达，很多人穿着夏威夷衫，他们自我介绍：菲利普、瑞克、朗、赖瑞、凡斯、西蒙、坦兹、普林尼。他们互相拥抱，拍拍背，彼此叫着“老兄”“老弟”“兄弟”，然后互相问道：“近来好吗？”理查德想起他多么不喜欢团体活动。他不知道从这里怎么回家。他能叫计程车吗？他该叫计程车到哪里接他？

一个看不出年纪、皮肤宛如护理过的皮革的男人向理查德伸出手。“我是坦兹，”他说，“我二十五年来天天泡在这一带的海里，被鲨鱼咬伤三次。”他给理查德看三个伤疤，一个在手臂上，一个在脚上，一个在大腿上。“我有一张幸运牌。你是怎么认识尼克的？”

“我住在他隔壁。你呢？”

“我在海上认识他，很久以前我教他冲浪。”

“你认识一个戴黄色泳帽的女人吗？”

“玛德琳，”他说，“她每天早上都游泳。”

理查德点头。

“她把鞋子藏在沙滩的木板路下面。”

理查德微笑，很高兴得知这个秘密。

热狗转动着。一个巨大的锅子里在煮玉米。安希尔终于带了几盒甜甜圈抵达。“我给店里挂了一个牌子，‘为参加私人派对而休息’，然后把剩下的甜甜圈都带来了。”他戴着帽子在沙滩上跳吉格舞。“我是海滩迷，是原始穴居人。”

理查德低头看，发现自己穿着鞋子。他脱下鞋子，塞进一堆木头旁边的沙里。他光着脚，扭动脚趾头，这种感觉还真不错。巴思和本在远处玩丢接飞盘。夕阳正在西沉，令理查德回想起很久以前的夏天，他和前妻去长岛与人合租度假小屋。

一个男人对理查德说：“我刚刚换了我的车险合约。他们没有通知我一声就提高了四千美金保费。我花了十二分钟要他们让步。你的车险多少钱？”

“我不知道。”理查德说。

有人递给他一罐啤酒。“这是个药的世界，”一个家伙说，“我的小孩不做功课，除非吃了利他能[①]。我女儿开始出现忧郁现象，她以为那代表她长成大女孩了，就好像她从吃口嚼锭进步到吃胶囊锭。那是必经的过程，就好像要戴一段时间的牙套才能变漂亮一样。”

另一个家伙整晚不是在讲手机就是在检查手机有没有短信。“喂，喂，你听得到我讲话吗？这里的信号比较弱。喂，你听得到吗？”他对旁人说，“我正在接一桩大生意。”

大伙儿在沙滩上挖了一个非常大的洞来生营火。一些热狗烤好了。巴思在拍摄，一个警察理所当然地过来询问他们是否已获得许可。尼克给他看许可证，给他热狗和两罐可乐，他逗留了一会儿才走。

“你吃了多少热狗？”理查德问本。

---

① 中枢神经兴奋剂，可促进大脑分泌更多化学物质，令过动儿趋于稳定。

“两个火鸡肉热狗，一个面包，没吃玉米。你呢？”本问。

“一个火鸡，一个豆腐，没吃面包，半根玉米。”

天黑后开始冷了。理查德拿一块塑料桌巾当毯子披挂在肩膀上。

“我疯了，”安希尔说，“我喝了一整罐啤酒，我从来没有喝过一整罐啤酒，我没有酒量，我会发酒疯的。”

“你喝的是假啤酒。”本说。

“假啤酒，你是什么意思？我喝了一整罐。”他举高空罐。

“那是不含酒精的啤酒。”本指着标签给他看。

“我从来没听过这种东西。”

“它是给有酗酒倾向的人喝的。”

“那为什么不喝苹果汁？”

“那才是真正的啤酒。”理查德指向坦兹，他正在喝别人剩下的啤酒，假装在清理。他拿起一罐，往嘴里倒，再把空罐放进他的垃圾袋里。

“那样不卫生。”安希尔说。

“是很不卫生。”

他们点燃鼠尾草火炬，大伙儿围成一个大圆圈坐着传递火炬。鼓声响起。空气中飘散着鼠尾草的香味。

“这是哇哇派对的重头戏。”安希尔说。

“深呼吸，听鼓声，浪涛拍岸让我们感觉孤单，却又群聚。”尼克说。

理查德靠过去在本的耳边说：“你想走的话，我们随时都可以走。”

“我很好，”本说，“巴思真的乐在其中。”

理查德继续在本耳边低语。“我是想道歉，我不知道会是这种样子。”

一根假装是麦克风的发言棒传递着。“你是一只老鹰，一只在山林间行走的老虎。请对着发言棒坦白。”尼克把发言棒递给他旁边的人，那个人接过棒子握着，低下头。

套路，却令理查德起了一身鸡皮疙瘩。

“我要对很早以前就抛妻弃子的老爸说，我原谅他和赦免他了，”低着头的男人说，“我放下我的怒气，我对你没了感觉，可是我却得到了自由。我因此感谢你。”他把发言棒传下去。

“去你妈的，法兰克。你知道你是谁，你知道我的意思。”

“珍妮，我爱你。”

“不必觉得你一定要说什么。”理查德对本耳语。

“谢谢你们让我参加。”本接到发言棒时说。

巴思忙着拍摄没接棒。

发言棒传到理查德手中，他当它是烫手山芋一样传了出去。

“我要对住在海里伟大的大白鲨说，”接理查德棒子的人说，“我要向你致敬，我敬畏你。我们在比赛谁活得久，可今晚我是大海。”

鼓声持续着，有些人停止聊天，走到圆圈的中央绕着营火跳舞。尼克跳得像只野兽，嚎叫着甩头。“这是我心里的熊、野人、愤怒的蠢驴。”他冲向火，又退回来，再冲向火，再回来，用他的身体搧火。

“这比打保龄球还好玩。”安希尔说完去跳舞，他跳得好像走在烧热的木炭上。

冲浪者坦兹像发狂似的，发出可怕的笑声，抓起一把火炬，跑进水里消失了。

理查德还没多想，他的身体已经反射性地做出去追他的动作。

他没去看哪里是海水和沙滩的交界，只注意看着他最后看到坦兹的地点，火光消失的地方。他的脚一打滑，就张开手臂扑进海里。海水的冲击令他非常清醒，有一刹那，他自问：我在做什么？他想到坦兹，想到那个把自己投进幽黑海里的男人。

他摸到那个男人，抓住他的脚，但手一滑又溜掉了。理查德被海浪冲高，双脚碰不到地，像条鱼一样跃出水面，抓住冲浪者的脚踝和手腕。坦兹挣扎着不让理查德抓住他。理查德没能抓住他的手腕，却抓紧了他的脚踝。他看到岸上的白点、火光，像卡通里的眼球在黑暗中凝视。几个男人跳入水中，把理查德和坦兹带回岸上。

本在海滩上尖叫："你去死吧！你为了救一个神经病的陌生醉鬼，一点也不在乎我就站在这里担心你是不是被淹死了。你要是死了怎么办？那会该死的糟透了，我不是大老远开车来这里看你死掉！"

"我没死。我好好的。我湿透了，但我没事，而且我救了一个人。"

"去你的，你不是他妈的超级英雄。"

"看着我，"理查德说，"我没事。"

理查德不知道该怎么办。他用湿漉漉的身体抱住本。本比理查德高了六吋，也比他健壮，理查德尽可能地抱紧他。

"放手，"本说，"你可以放手了，我发泄完了。"

他们回到屋里，没人说话。

隔天早上，本穿着深色西装出来，看起来像个殡葬从业者。

"你看起来很好，稳重，令人敬畏。"

"妈妈给我买了三套西装。"本说。

“你要吃些早餐吗？”理查德摇着一袋西尔维亚特制的谷物碎片，“这是订制的营养食品。”他放一些进碗里。

“有牛奶吗？”本问。

尼克酣睡着。理查德溜进他家，拿了车子的钥匙，开车载本进城。经纪公司有自己的大楼，像迷你版的五角大厦。

“很像军事部门。”理查德说。

“它的创始者是两个想拍动作冒险片的前中央情报局探员。”

“你下班时，打我的手机。我大约五点半就会先在这附近绕。”

他开车去安希尔的店。灯关着，门上仍挂着“为参加私人派对而休息”的牌子。他等着。客人来了又走，空手离开。九点十五分，安希尔出现了。

“很多客人来过。”

“我整晚都在营火前尽情享乐。你太早走了，错过了精彩的部分。有人用吉他伴奏唱着：‘来吧，我的上帝，来吧’和‘墙上有九十九瓶啤酒，九十九瓶啤酒’。我待到太阳都出来了，我还学会把我的那个夹进面包里。”

“什么？”

“朗是个喜剧演员，他可以把他的小弟弟弄成热狗用面包夹住。很有趣。我回家后弄给丽琵看。她尖叫，不过她本来就喜欢尖叫。我从来没有那么长过。还有，是你弟弟的儿子吗？”

“巴思？”

“对，我邀请他来跟我和丽琵住，他跟你说过吗？他要拍关于我的电影，那我以后就出名了。”

“他要去跟你住？”

“对，”安希尔说，“我或许不该告诉你的，或许他想自己跟你说，给你一个惊喜。”

“不，很好，那样很好。你会是好题材的。”

“我也这么想：我是一部电影。”

理查德前往卢萨迪的诊所，他把车开进停车场，在那里等待。他看到接待员开着她青铜色的日产车抵达，走了进去。几分钟后，卢萨迪开着一辆旧的捷豹车来上班。

理查德按诊所的电铃。

“你来得很早。”接待员说。

“你能让我插队吗？”

“他的预约排满了，”她说，然后挥手叫他进去，“快点。”她说。

卢萨迪坐在他的桌子后面，从盒子里拿出几块砖形的小麦片在吃。

“我想我可能试图要杀死自己。”理查德说，然后他解释经过：他跑进海里、营火晚会、发言棒，而他觉得自己很讨厌这一切。

“你为什么想杀死你自己？”

“我不知道。我是个游泳健将。我高中时常游泳，我做过暑期救生员，我常在海里游泳。我记得我还是小孩时，我们全家去海边。我妈妈坐在岸上，不想弄湿头发。我爸爸只敢走到海水深及膝盖的地方，他从来没学过游泳。我儿子，本，他来洛杉矶了。我跟你说过了吗？我从水里出来时，他大声吼叫。他好生气，可是没多说什么。”

“或许他是在害怕。”

沉默。理查德气自己怎么会这么自私，他没有想到本会以为他在玩命。

“我忘了我曾经是个游泳健将，那样很奇怪吗？”

“我们会忘记我们想忘记的事情。或许你并不想杀死自己，或许你真的是想救人，或许你是在救你自己。”

“我的胃痛死了。”理查德说。

“情绪会导致胃痛。你今天早上吃过东西了吗？”卢萨迪把他桌上的碎屑清干净。

理查德摇头。“我给本吃了一些谷物，可是我自己忘了吃。”

当他走出诊疗室时，接待员问，“你要我帮你盖停车票吗？”

“我没拿停车票，大门开着。”

“哦，”她难过地摇头，“那你可得花大钱了，他们会收你一整天的停车费。”

“他们怎么能收我一整天的停车费？现在还不到十点半。”

她摇头。“他们不讲理的。”

“安德森医生不再看诊了吗？”

“他晚一点才会来。他太太得了阿兹海默症。”

“我不知道。”

“他本来也不知道，她才五十三岁。”

“他们是怎么发现的？”

“她不记得她是谁了。”

他离开的时候，帮候诊室的一位老太太穿上毛衣，她的腿缠着绷带，讲话时脖子上的每一条肌肉都会突出来。

“你自己回家没问题吗？”

“当然没问题，”她说，“我都自己来了，不是吗？”

“我可以载你回家。”

她摇头。“我活这么久不是靠别人的。”

理查德帮她，候诊室里其他的人也帮她。一个女人帮她打开助步器，另一个帮她开着门。

“这就是关键，对吗?”理查德没有特别对谁说。

他离开，想着那位老太太，她的腿、她的助步器、她的独立。

理查德开车经过福斯车行，看到那里展示了许多甲克虫车。他在本这个年纪时，曾经很想要一部甲克虫车。

他停好车走进去看。甲克虫车是一种快乐的车，令人愉悦、抗忧郁，不是家庭车，不适合共乘，而是有趣的车。一个手里拿着一朵花的业务员直接向他走来。他把花递给理查德，是一朵非洲菊。

“我们好莱坞的福斯车行有个特色，不管你何时走进来，我们都会送你一朵新鲜的花。甲克虫车里头有个插花座，我想你一定已经知道了，是不是?请问你现在开什么车?”业务员问。

“借来的车。”

“我们来看看你开来的车，好做个比较。”

“不用了。”理查德说，“没有必要。”

“没什么好尴尬的。你应该看看我来这里工作之前开的车。我爸爸的老爷车，他保养得很好，可是那辆车比我还老。”

“我要买车，”理查德说，“我们直接谈。事实上，我想要买两辆车。如果我买两辆，有优惠吗?”

“有议价的空间。”

“两辆敞篷的，一辆黑色的给我儿子，本；另一辆要粉红色的，你们有粉红色的吗?”

“我们有很漂亮的天蓝色。”

“好，一辆黑色，一辆漂亮的蓝色。”

他拿出信用卡。

“买车不能刷卡。”

他拿出支票本。

“不收个人支票。”

“那你告诉我要怎么付。”理查德说。

“银行的支票。车子要用你儿子的名字买吗？”

“对，这是礼物。”

“他几岁？”

“十七岁。”

“那么必须用你的名字买，除非是农用器具。”

“为什么？”

“你真的在乎为什么吗？”

他打电话给他前妻。“我只问你一个问题：本的社保卡号码？”他没告诉她他要买车给本的事。他不希望消息走漏，不想知道她是否允许。

他打电话给辛西亚，问到她的驾照号码和社保卡号码，然后他打电话给保罗，保险公司的大麻客，要求他把他们的车险加入他的保单账户。

“你要开始做生意吗？”大麻客问。

“我是自由职业。”

他又问车行业务员：“你今天晚上能把车子送到吗？”

“我们通常没有这么快。”

“破个例吧。”理查德说。

“办不到你就不买了吗？”业务员问。

“对。”理查德说。

“好吧，”业务员说，“我们会办到。”

理查德有一种满足感，好像他成功地做到了什么意料之外的好事，一件为本，一件为辛西亚。

“把这两辆车送到圣塔莫尼卡的常春藤餐厅，”他说，“把车子交给代客停车的服务生，它们是惊喜的礼物。你需要的话，这是我的手机号码。我要车子在七点之前送到。叫你们的人开车要小心。”

花的时间比他预期的还久。等到文件都弄好了，理查德已经没时间在接本之前先回马里布一趟。他开车上山回了他原本的家。破掉的玻璃门用板子围了起来，此外没有其他改变。

他走进去，换好运动服，上跑步机，对自己花那么多钱买车感到有点不安，也因为整修这间房子会花掉他不少钱而紧张。他上网，他的资产总值有点下跌。他最近比较少花时间去看，出现了一点问题。不过没什么大碍，他的投资一向稳健，只不过需要注意一下。他要建立新的生活秩序，多用点心思在静修和思考上。

他一边在跑步机上走着，一边看工务局的公务员给他的剧本《地面震动》。那是部灾难电影，里头有火灾、水灾、地震、瘟疫和土石流。电影开始的旁白是：“以下情节纯属虚构，它还没有发生，不过都是真实的。它是根据我对我们住的这个地球所了解的一切状况而写的；那意味着，灾难即将到来。”他听到后面有脚步声。痛的感觉又在他的胸部蔓延开来。

“对不起，”电影明星进入房间，“我无意吓你。我按过门铃，你没有应门，所以我从一个以前是玻璃门的洞钻了进来。我看到停在你家外面的车子。我以前认识一个编剧，他有一辆同样的车，那辆车以前是名歌星艾尔顿·约翰的。”

“是约翰·列侬的车。”理查德说，电影明星没有反驳。

他的胸部还在痛。他怀疑是不是命运真的来了。一个大牌电影明星闯进他家里，引起他心脏病发，害他丧命，命运会这么安排吗？他减缓跑步机的速率，但继续走着，而不是突然停下来。

“你最近到哪里去了？”电影明星问。

“马里布。我儿子跟我侄儿来洛杉矶了，我们昨天晚上在海滩上举办营火晚会，一群男生对着发言棒告白。”

“哦，我知道，我参加过那种活动。”

理查德发现，不管自己说做了什么，电影明星都做过。

“我想我儿子的脚可能感染了某种霉菌。”理查德插入一句假话。

“那很难根除，我擦了一年的药。”电影明星说。他如果不是一个为疾病所苦的人，就是个大说谎家、九命怪猫或是很有同情心的人。

“你在看什么？”电影明星问。

“一个曾经来查看过外面那个洞并帮助过我的工务局职员写的剧本。”

“好看吗？”

他总算没有声称他看过。理查德把剧本递给他。电影明星站在跑步机旁边阅读起来。

五点钟，理查德开车下山，绕着经纪公司的大楼兜圈子。他观察着。每一辆从他们的停车场里开出来的车都是高级轿车。

他的手机响了。

“你在外面了吗？”本问。

“对，你在哪里？”

“马路对面的速食店。”

本拿着一大杯奶昔上车，吸着吸管，可以看到很多小颗粒在透明的塑料吸管里上升，杯外在冒水珠。理查德想要说奶昔的热量很高之类的话，但他阻止了自己。一个非常健康的孩子在上班的第一天结束后，为什么不能喝杯奶昔？他以自己能保持沉默不说教为荣。

“我没吃午餐。”本说。

“我也没吃。”

本给他喝一口。

“很好喝，”理查德说，“真的好喝。我已经一百万年没喝过奶昔了。”

“这就是人们喜欢冰淇淋的原因。巴思在哪里？”

“我不知道，我没回家。你的工作如何？”

“还好。”

“比你想的好还是差？”

“比我想的紧张一点。”他吸着奶昔，吸管开始发出吸到空气的咯咯声。

“我打算今晚带大家一起出去吃饭庆祝，你、我、巴思和我的朋友辛西亚。”

“女朋友。”

巴思睡在阳台上，他的背被太阳晒得像蒸熟的虾子。

“你在想什么？”理查德问。

“我看见不可思议的东西，一个女人和海豚一起游泳，她就像美人鱼。我在这里等她游回来。”

“她是走回来的。”理查德有点骄傲地说。

“我还在脑子里计划了我的电影，关于安希尔的电影，印度的宝莱坞遇上美国的好莱坞，一出甜甜圈店的喜剧片。”

"我以为你是在拍纪录片?"

"我是呀，不过它需要一个架构，一个丰富的故事，你不觉得吗?"

"我不知道。你曾经晒过太阳吗?"理查德问，"你知道阳光有多强吗?"

"你讲话的口气跟爷爷好像。"

"我相信。"

本从厨房里拿来芦荟盆栽，把芦荟叶里的汁挤出来。

"你怎么知道要这么做?"

"保姆教的，她总是把芦荟汁挤出来做各种用途。"

理查德把芦荟汁抹到巴思的背上，他肉很多，像在把油涂到培根上面。"我们今天晚上要出去吃饭。你去吗?"他问巴思。

"不要，我有点不舒服。"

他给巴思一瓶运动饮料。"喝这个，多喝一些。你的背要是起水泡，就要去看医生了，"他摇摇头，"你怎么能就躺在那里让太阳烤?"

"我只是一直在想，晒太阳感觉好舒服。"

理查德和本在常春藤餐厅和辛西亚见面。她看起来很漂亮，在平价百货公司买的套装很合身。

"你离开了你的家庭，现在接受辅导?"本问。

"不是政府机关的辅导，是由私人资助、为长时间没有工作的女人所设的就业训练。"

"你在那里做什么?"

"学习数学和电脑。我们现在在经营我们所称的'商店'，其实只是个储藏室，不过堆了一些货。我们有木制的玩具食物和芭比娃娃的衣服，每一样东西都是缩小版的。每一样东西都有电脑条码，我们要学会扫描，把东西拿出来卖，盘点存货，做损益表。我十五年没工作了。幸运的是，我平常和孩子们玩，了解所有的电脑游戏。有个女人少了三根手指头，在操作食物调理机时被切断的，她认为她的手指头可能被她的家人吃掉了。她在学习怎么打字。”

“我十四岁的时候去做过心理辅导。”本说。

“真的吗？”理查德相当诧异。

本点头。“去了三个礼拜，有家庭治疗和许多课程。”

“我怎么完全不知道？”

“妈妈很气那个机构。她带我去注册的时候，他们问我爸爸的名字，她告诉他们我没有爸爸，说她是个单亲妈妈，是用捐赠的精子受孕的，她查不到捐精者是谁。”

“你的新工作怎么样？”辛西亚问本。

“他们带我们进会议室，然后说：‘你们要遵守一些规则。不要直视你的上司，我们是在指示你，不是在跟你聊天。不要靠着椅背坐，你如果靠着椅背坐的话，就不是在工作。你没有做白日梦的权利。让你自己和你的上司都有充足的饮水，访客来时都要请他们喝点东西。不得比上司早下班。’另一个家伙进来，是我们的实习辅导员，他给了我们保密文件、停车证和一套经纪公司的扑克牌，上面有顶尖经纪人的照片和他们的名字、背景、客户名单。然后我要学习如何打电话。”

“打电话？”

“对啊，‘我可以请问您什么什么问题’之类的。”

晚餐送上来，分量很多。

“我们可以一起吃。”辛西亚说。

“这让我想到棕榈树餐厅。每次碰到什么特殊的节日，爷爷和奶奶总是带我们去那里吃饭。那里光线充足，每个城市都有连锁店。纽约的棕榈树餐厅和波士顿的，我们都去过。”

辛西亚告退去洗手间。

“她很不错。”

“她不是我的女朋友。我在超市认识了她，帮她度过人生中最艰难的时刻。对了，你为什么去接受心理辅导？”

“很多原因。大约有一整个月，我看起来好像病得很严重，妈妈只好告诉别人我得了传染病。”

辛西亚回来，告诉他们她的室友丢了一颗药，一直诬赖说是她偷的，直到她自己在客厅的地毯上找到。“她还说可能是我动了她的药。”

“你应该过来跟我们一起住，”本说，“你的房间还是空的。”

“谢谢，可是你应该陪伴你爸爸过暑假，再说，我也必须自立。对我来说，最兴奋的是现在我能够独处，完全孤独，没人跟我讲话，不必与其他人分享浴室。”

“你不觉得孤单吗？”

“不会。”

理查德的手机响了。他礼貌地告退，走到餐厅外面。他签收送来的车子，给运送车子的司机小费，然后回桌。

服务生送来插着蜡烛的甜点。“生日快乐，”服务生说，“我想你不会想听我唱歌。”

“哦，今天不是我的生日。”理查德说。

“是，是你生日，”辛西亚说，“别害羞。”

“吹蜡烛。”服务生说。

尽管理查德持续抗拒，“今天不是我的生日。”他们三个人还是分享了甜点。

“当然不是，”辛西亚说，“不过我告诉他们你今天生日。现在很多餐厅都会送免费的生日甜点，如果你生日那天去消费的话。”

等他们吃完，理查德买单之后，他们一起走到餐厅外面。

理查德很兴奋，可是尽力表现得冷静。他们站在人行道上等服务生把车子开来。“我们可以送你回家吗？”他问辛西亚。

“当然可以。”她说。

服务生开了车子过来。本和辛西亚站着转头看，等待宾利车。

“我有东西要送给你们两个。”理查德指着车子说。他们花了一分钟才明白他的意思。

“黑色的给本，蓝色的给辛西亚。我本来要帮你挑粉红色的，可是他们没有粉红色的。”

“你是说真的吗？你帮我们租车？”辛西亚说。

“不是用租的，我用现金买的。”

“我从十八岁开始就不曾有自己的车子了，那时候我开我死于乳癌的阿姨的一辆绿色福特车，我总是担心车上可能会有传染病菌。”她亲吻他，开始哭。

“你女朋友。”本说。

服务生把钥匙交给本，理查德坐上副驾驶座。他们把车开上海洋大道，两车隔着车窗互相喊叫。

“你的车上有一朵花吗？”

“有。”辛西亚打开收音机，在驾驶座上跳起舞来。

“试试电动加热座椅，”本说，“看看车顶怎么掀起来。”

“哇噢!”

理查德感觉很棒，棒到令他害怕。

“你是个幸运的家伙,”辛西亚对本喊，“你有个了不起的爸爸。”

“难说。”本说。

他们回到家，本问:“你怎么会买一辆车给一个不是你女朋友的女人?”

“你会想为别人做你不能为你自己做的事。”

等本睡着了，理查德去隔壁归还宾利车的钥匙。

“想喝一杯吗?”

“好啊。”

尼克给理查德倒了一杯威士忌。

“我应该谢谢你昨天晚上邀请我们。”理查德说。

“我应该谢谢你跟在我的朋友后面下水,”尼克喝干他的威士忌，又倒了一杯，“他是个在任何情况下都不该喝酒的人。”尼克以熟练的技术卷烟点燃。

“你喜欢安希尔所谓的哇哇之夜吗?”

“我喜欢热狗和绕着营火跳舞。我喜欢尖叫。我是个爱放烟火的人，你没有待到看见我们点了一百枚烟火。”

“朗和他的小弟弟是怎么回事?”

“阳具木偶戏。我个人喜欢水果飞。”

“我记得你说过不让演员参加。”

“他不是演员，他是个搞笑的软骨功杂技表演者。”尼克靠向椅背，抽一口烟，香烟嘶嘶烧着。

“你记得你小时候的事吗?”理查德问。

尼克吐出烟来。“我想想。被蚊子咬、很湿、没有冷气、不上锁的门、晚上坐在外面的阳台、我送报纸的路线、跑道、把接力棒传到别人手里、橄榄球赛、跟着我哥哥到处走……当你是个小孩时，战争是玩具手枪、丢雪球大战、在苹果园里打球，一队穿衣服，另一对打赤膊。大约十五年前，越南人邀请我们去看看我哥哥死的地方，我们没去。”

“小时候的事情我都不记得了，”理查德说，“我没有常常回想。嗯，我记性不好。好像我以前不曾发生过什么事，但是突然间，我想起一点点什么，然后我觉得，这真是有趣，我竟然完全忘了那回事。”

“我们住在一个没有人想回忆过去的时代。我们假装我们从一开始就是这样。看看我们的生活方式：我们住在断层带上，在悬崖上盖房子。天灾发生后，我们不从历史中学到教训，又在同一个地点盖房子，盖得更大更好，”尼克滔滔地说，“辐射累积，我们现在所谓的现实是事实与虚构的混合。”

“你曾经做过最糟糕的事是什么？”理查德问。

尼克毫不考虑，立即回答：“在我哥哥死后跟他女朋友上床，有一刹那我感觉我像我哥哥，感觉有股有不可思议的力量，然而很快，我就感觉糟透了。你呢？”

“大麻，”他笑道，“我给我爸爸看一些大麻烟。他对我说：‘你以为你是大人物。’然后他要我把大麻拿到外面去埋起来。他担心我们都会被抓去坐牢，好像警察会在布鲁克林的街道上到处嗅人们的口袋一样。”理查德再次轻笑。

他们喝着酒，听海浪的声音。

“我认识一个女人，她是第二次世界大战的幸存者。”尼克说，“她不管去哪里都会带一点吃的在身上，因为她担心当她到下一个地方时，那里会什么都没有。她的皮包里永远会有用餐巾纸包着的食物，她总是会多买一些东西。她曾经告诉我：‘卖场门口有免费赠品实在令人宽心，例如免费CD。’她有好几百张。她每次把一张免费CD放进袋子里就会觉得安心一些。还要威士忌吗？”

“一点点。”

“我曾经做过一个梦，梦见我走进每样东西都售价九十九美分的店里，那里有个自杀式炸弹携带者在买胶带。他站在走道上，把炸弹用胶带捆在他的肚皮上，而我是唯一看到的人，别人都在注意他们想买的东西，”尼克说，“你觉得我为什么会做这个梦？”

“你醉了吗？”

“是啊。不过梦是真实的。我梦过三次，”他顿了一下再说，“可惜你的甜甜圈店老板朋友在圣塔莫尼卡没有分店，不然我很想去吃上面撒了很多东西的甜甜圈。”

礼拜六，他带本去迪斯尼乐园。巴思去安希尔家了。本开车，他开得像个自东岸来的小伙子，像个周末要去上课的学生，像个只在暑假开车的新手。

在高速公路上，他保持在外线车道上，不管有多少车子从后面超越他。

“我做错什么了吗？”

“没有，完全没有，你没错，只是可以开快一点，这样他们就不必绕过你。这个线道有很多车进进出出，比较难开，而我们不能只以时速四十五英里的速度前进。”

本点点头。他加速到时速四十八英里。插花座里的非洲菊在渐渐枯萎。花了很久才抵达迪斯尼乐园。他们在乐园里的美国大街上走着。

“这里就和我想的一样，”本说，“好干净，每天看起来都是全新的。”

门票非常贵。理查德怀疑，穷人或不止一个小孩的家庭怎么负担得起？它不像纽约的麦田或康尼岛的游乐场只要五美金就可以买到一整天的娱乐。

“这么老的老鼠还这么受欢迎，真是神奇！”本等待他的名字被绣在米老鼠帽的后面时说。这样一顶帽子要价二十二美金。

卡通人物布鲁托狗走过来搂他，理查德发出抗拒的低吼。他意识到自己板着脸，就像他爸爸那么古怪。当他还是个小孩时，每次他们终于可以全家出游了，他爸爸老是不高兴，其他人就得整天看着他的脸色。

“从来没有人带你去过迪斯尼乐园，连你去佛罗里达看爷爷奶奶时也没有吗？”

“没有。”本说。

“学校也没有带你们全班去过？”

“我们去一些比如战争纪念碑的地方，或是去某个同学家族的有机农场。”

他们排队等待开碰碰车。你必须超过三岁，也够高，才能玩这项游乐设施。

“我们会不会有一点老了？”

“怎么会老？我们从来都没有玩过。”本说。

“我们比这里的每一个小孩都高。”

大玩具车在金属轨道上，乘坐者不是真的可以自由地开车，却会有在开车的感觉。每个方向都有四吋的“扭动空间”。

他们的车开动之后，本问："你们相爱过吗？"

"当然。"转弯的时候，某个神经质的六岁孩子一直撞理查德的车屁股，即使他已经把油门踩到底，还是无法摆脱那个小鬼的撞击，然而到处都贴着"不可以撞别人的车"的标语。"我很爱你妈妈。她依然吸引我。"

"出了什么事？"

"你曾经问过你妈妈吗？"

"问过。"

"她怎么说？"

"她说你要的比她能给的多。"

"她那么说也没错，只是比较轻描淡写。或许应该说，我要的比她想要给我的更多，那是不一样的。她选择不给。"

"你们制造了一个孩子，然后婚姻破裂，然后没人要那个孩子，那不是很奇怪吗？"本问。

"我们要你，那是毫无疑问的。我们都要你。"

"我怎么知道？"

他们玩过一项又一项的游乐设施，本兴奋地奔跑，就像一个令家长精疲力竭的小孩，但理查德却很喜欢他这种天真无邪的本性。

他们坐在旋转杯里旋转。

"你为什么不带我走？"

"那时候我不知道我要去哪里。"

"你不知道我需要你吗？"

"我没有做爸爸的经验。"

"可是你自己以前是个孩子，你有你自己的爸爸，你自己的童年。"

感觉像在审问，仿佛是本让他一直旋转一直旋转，直到他把所有的话都吐出来，直到什么都不剩为止。理查德想，好吧，审问吧，这是他欠儿子的，他们从来不曾这样谈过。

他们在太空山云霄飞车前面排队排了二十五分钟，排到他们前面和后面的人都听到了他们的对话，也知道了他们的情况。

“我并不认为我把你留在了危险的地方，我是把你留给，你妈妈。”

“你丢下我走了，那是重点。”

擅离职守。在汪洋中迷失。他没有跟她吵架。他受不了戏剧性的情节。他住进饭店。他并没有事先拟定计划，事情就是那样发生了。他住进饭店，躺下，以为自己会死。他瘫痪似的一动也不动，缺乏氧气，身体很痛。他想起那时候的痛。他差点忍不住就拿出手机打电话给卢萨迪，说他已经找到痛的原因了，可是他受不了让在太空山排队的每个人知道更多他的私事。他想起他的痛，现在他不会忘记了。当年他离家出走之后一个礼拜没有打电话给她，等到他打了，她说：“你要怎样？你要我叫你回来吗？是你自己决定要离开的，没人叫你走。”

“我们聊过云霄飞车吗？”本问。

“我想没有。”

“我喜欢云霄飞车。”本说。

坐在云霄飞车上，理查德感觉自己的身体好像快要爆炸了，他的肌肉在震动，一上一下，整个胃都在翻搅。这是一种酷刑折磨。

他们一出来，本就想再去坐一次。

“我有个主意，”理查德说，“我们一起排队，可是等轮到我们的时候，你自己上去，我走回去帮你再排队，这样你就可以一直玩一直玩。”本那样玩了六次，直到有人发现他们那么做，引起了争议。

理查德的脚酸死了。那里只有热狗、汉堡和怪味道的鸡块，所谓的沙拉是在塑料碗里装着卷心菜叶，上面有几丝红萝卜。他给自己买了个冰淇淋，还买了一顶帽子，因为阳光烤着他的头。“你要绣什么名字上去，傻瓜？”那个家伙在说“傻瓜”吗？或是理查德认为自己是傻瓜而大声说出来的？

“不绣，”他说，“什么都不绣。”

现在他和迪斯尼乐园里的每个人一样，看起来像一只汗流浃背、快热昏了的老鼠。

在一家礼品店里，本想要一只巨大的填充玩具动物，要价一百七十五美金。

“骆驼是我最喜欢的动物。”本说。

理查德必须付钱。

回马里布的路上，由理查德开车。

“我还没过瘾，”本说，“我还想继续。”

“那是什么意思？”那时他们的车停在一个购物中心，那里有室内游乐园，他们报名玩镭射枪战。又必须排队等，到处都有男孩在跳跃、攀爬、喧闹。

“你玩过这个吗？”

“玩过几次。纽约时代广场有个地方，我们曾去那里开生日派对。”本顿住话，他们的注意力都转向两个男孩，他们在争吵是谁把铜板放进贩卖机里的。“你知道吗？”本说，“你从来没带我去过哪里，从来没见过我的朋友，从来没教我怎么做个男人以及怎么修理东西。”

理查德在听，回想起他的纽约之旅总是带着一大堆东西，那些都是他每次去纽约之前的几个月里陆续搜集来的，或是担心买得不够多，所以在最后一分钟又添购的。他记得有一次他带着脚踏车、电脑和恐龙的骨头搭飞机。

他带所有他想得到的东西去，但总是带错东西。我为什么不带橄榄球或棒球手套，那样我们就可以到公园去投球，玩个几回合？下雨，我们不能去公园。下雪，我们可以去滑雪。你有雪橇吗？我们或许可以买一个。他打电话去问，卖光了，没有存货，下礼拜呢？山上的积雪留不到一个礼拜，或许我们可以去借一个。你的朋友有多出来的吗？用空箱子滑雪呢？或是用大的饼干烤盘、魔毯……哦，我们至少可以一起喝杯热巧克力。

“你从来没教我怎么刮胡子才不刮伤脖子，从来没帮我做过功课，从来没带我去看比赛、听音乐会、看表演。”

“并非如此，”理查德抗辩，“我们有一次去无线音乐城看圣诞秀。”

“哦，那次我吃了太多糖果，在女厕里呕吐，因为我说我不舒服，而你没有起身，旁边的某位女士可怜我，带我去了女厕。”

“我去找过你。我到处找你，以为你走丢了。我没想到要去女厕找你。”

叫到他们的号码了。理查德付钱，他们被带进军械库。

“规则是不能跑，不能推，不能对眼睛开枪。违反上述任何规则，你就要出局。当你被击中之后，你的背心会闪烁。它会闪烁十五秒钟，闪烁期间你不会再被击中，你也不能开枪。你的分数会由电子仪器自动计算。要遵守这些规则。”

他们穿上像护甲的厚重背心，枪的后面连接着像电话线那样圈绕的电线。一个男人把理查德的背心拉紧。“第一次玩吗？”

理查德点头。

“慢慢来。小孩会把你累死。”

理查德和本分属敌对的队伍。理查德是红队，本是绿队。

“这样我就可以杀死你。”本高兴地说。

他们进入游戏战场。开始倒数，灯光闪烁，制雾机喷出烟雾，大家分头躲藏。喇叭播放出很大声的放屁巨响。孩子们快步经过理查德，他立刻被砰砰砰的塑料枪战火包围了。有个人跑着经过他，打他的脚。理查德抓住那个小孩的衣服，摇他。“不准跑。”

他的背心开始闪烁，他中弹了。他没看到镭射光从哪个方向来。他四下看，不知道射他的敌人在哪里。他寻找掩护，从藏身处还击，打中一个胖小孩，那是容易打到的目标。他打中另一个，然后他又中弹。当他在桥上经过本时，他的背心还在闪烁。

“你还好吗？”理查德问。

“嗯。”本走进黑暗中。

理查德到下层战区去，低下身子，从角落出来，开枪，躲回角落，学会利用枪上面附着的镜子来开枪，那能够反射他的射击；反射过去，对方就死了。

他的呼吸急促。他的背心又闪动了。他听到笑声。

“本？”

“对。”

“你在哪里？”

“我躲着。”

理查德等待闪烁的灯号熄灭。他不确定本到底在哪里，在他的左边或右边。他的背心一恢复正常。他又中弹了。

“你有没有想到是我干的？”本在化学烟雾里问。

“有。”

理查德的背心恢复正常。本冒出来，直接开枪射中了他。本等着，摆出预备再杀死他的姿势。

“你如果马上再射击我，那有什么乐趣？”

“会增加我的分数。”

“我没有别的机会吗？”理查德问。

“你已经错过机会了。”

理查德躲到柱子后面，向经过的人开枪，直接命中。“你为什么老是生我的气？”

“你跟你的脚讲话。”本说。

“那是什么意思？”

“行为。与你说什么话无关，而是你做了什么。”

理查德比较能够掌握枪战的诀窍了，他学会避免被杀必须灵活如狙击兵，并出其不意地击中几个人。

游戏结束。他们满身大汗，兴奋地出来。理查德提议再玩一次。“你还有什么话要对我说吗？”

“现在没有。”本说。

他们缴回镭射枪，回家。

回家的路上，理查德停车去超市买些东西，本留在车上。理查德匆匆进去，他好饿。每样东西他都丢一些进购物篮里：水果、蔬菜、可以做辣味火鸡的有机火鸡、豆子、冰淇淋和许多麦根沙司。

经过走道时他看到约瑟夫，静修营的讲师。约瑟夫提着的篮子里空空的，只有细香葱。

“嗨。”理查德打招呼。

约瑟夫点点头。他似乎不记得理查德是谁。他继续跟走在他旁边的年轻人讲话。理查德跟随他们到下一个走道，听他们的谈话。“信徒对导师的爱是强烈的，在他最需要导师的时候，导师不再给信徒任何东西，什么都不给。信徒会感到痛苦，感到导师辜负他的信任。可是他们建立这种关系的目的本来就是为了促成这种不可思议的失落感，令信徒的自尊粉碎，只有在那个时候，信徒才能超越自我意念的限制，变成一个潜力无穷的导师。对吧？”

“你是会员吗？”收银台的小姐问。

“不是。”理查德回答。

他把杂货袋放进车子的后车厢。“我刚刚看到我参加过的静修营的讲师。我一连五天盯着他看，一天十个小时。我跟他私下面谈时对他掏出心里的话，可是他看着我，好像从来没有见过我一样。”

“他可能学生太多了。”本说。

“他的学生众多，突显出我是多么地微不足道。”

“那不是你一个人的问题，”本说，“我们都微不足道。”

过一会儿，开着车的理查德瞥向本，他在哭。

“更多，”本说，“我要更多。”

“你要更多什么？”

“什么都要。”

理查德没有开车回家，而是把车子开去圣塔莫尼卡码头的游乐园。父子俩一起吃着冰淇淋，还把他们自己塞进儿童的旋转杯，爬上不高的假山，再去坐摩天轮。

当他们回到家时，本说：“很好玩。”

理查德误解他的意思。“你还要跟我抱怨吗？一整天不停地玩，我没有说什么，我愿意倾听，我认为我理应补偿你，可是也该有个极限。”

“我没有抱怨，”本诚恳地说，“我真的玩得很高兴，我说很好玩。”

“是吗？我也觉得很好玩，我喜欢迪斯尼乐园。”

他们都戴上米老鼠帽，躲到沙发后面，开始互相丢东西，袜子、抹布、抱枕。狗吠叫。

那天晚上，晚间新闻插播了一则神秘的大型猫科动物和大型联结车相遇的新闻，司机差点撞到它而急忙转向，它则以镰刀式的跳水姿势遁逃。据司机的描述，那像是一头“狮子”。“这只动物的一根脚趾头遗留在出事现场，公路因此封闭一个多小时，验尸官和为动物争取权益的激进分子轮流搜集证据，包括脚趾头和血液样本，他们还为该由谁保管那些证物而争吵。据洛杉矶动物园的兽医说，那只动物可能从那场意外中生还，现在逃往山区。追捕者和野生动物保育者纷纷赶往洛杉矶山区，他们今晚全都在寻找那只受伤的动物，比赛谁先找到它。显然，不管谁发现它，为了接下来该如何处置它还得吵。有的人认为应该当场射杀，有的人想设陷阱来捕捉它进行研究，有的人相信是人类挡了它的路。”电视的镜头切换到自然历史博物馆。“一些相信‘它先到这里’理念的人们在这里聚集，他们要在此处彻夜祈祷，支持那只动物。”

“马里布没有碰它的晚餐。你还好吗？”本问狗儿。

“它没事。它有时候会因为吃太多死鱼而胃痛。”

“或许你不该一直让门开着。”

“它是一只海滩狗，我不想让它感觉被困在了这里，它可以自由来去。别让它舔你的脸。”

“为什么？”

“它吃死鱼，还舔它的蛋蛋，你还愿意让它舔你的脸吗？”

理查德的手机响了。是辛西亚，她开新车去看她小孩的足球赛。“真是太好了，我在那里陪他们，为每个出场的人加油，吃热狗，然后跟他们道别，离开。最棒的是，我不必载任何人回家。”

“你看到他们的爸爸了吗？”

“他出差了，园丁的太太在陪他们。”

理查德感觉到还有什么，她有某些事情隐而不说。

“还有呢？”

“我去约会了。”

“和谁？”

“一个播报气象的男人，我在健身房里认识了他。”

“真的。”他有一点嫉妒。

“我们一起上飞轮健身课。我说我好喜欢看气象频道，那会令人感到放松。他说他就是气象预报员，然后我们停止谈话，因为要开始骑上坡了。等到骑上坡之后，他气喘吁吁地问我要不要跟他约会。”

“然后呢？”

“没有像我预期中的尴尬。我们去看了电影。”

“你会再跟他约会吗？”

“你在嫉妒。”

理查德没回答。

“承认吧。”

“我承认。”他说。

她哈哈笑。“你不想跟我上床，可是也不想让我跟别人约会。”

“我可没这么说。你喜欢那家伙吗？”

“我不知道，”她说，“我只是觉得既然他邀请了，我应该去。就业辅导教我们要练习约会。你应该试试看。”

本还在阳台上拿着望远镜。他喜欢观察马里布跑去了哪里，担心狗会跑到公路上。

“它对公路没兴趣，”理查德说，“它住在这附近很久了，知道自己在做什么。”

“它是一只不懂交通规则的狗。”

本把望远镜转向尼克家。“爸、爸，过来。”

理查德匆匆过去。本把望远镜交给他。“你有没有看到我看到的？”

理查德看入望远镜，看进尼克的客厅。“一个头发卷卷的女人？我想应该是他家的清洁妇。”

“那不是清洁妇，是老牌民谣歌手鲍伯·迪伦，看他的鼻子。”

理查德再看一眼。“他看起好老。”

理查德看的时候，迪伦走到阳台上来，自十五英尺外瞪视着他。“嗨，老弟，别往里头看，要往外头看。表演的海豹在那边。”他指向海。

理查德把望远镜放低，含着歉意挥手。“我们在找我们家的狗。”

“马里布，”本叫道，“马里布。”

狗儿吠叫着跑上阶梯，摇着尾巴，迪伦走回尼克家。

“哦，太好了，真下流。我竟偷窥别人。”理查德说。

本走向前门，打开门。

“你要干吗？”

“我要看他开什么车来。”他们两个都出去看。一辆令人难以置信的黑色长礼车与房子平行地停在那里，它的全长是两间房子加起来的宽度，边边有一条白色的小灯串，看起来像一艘邮轮或航空母舰。

“不知道尼克是怎么认识他的。”理查德说。

“你知道住在隔壁的尼克是谁吗？”本问。

“你的意思是，他是做什么的？”

“他是谁？”

理查德一脸茫然。“他是编剧。”

“他是尼古拉斯·汤普森，他写了《我的兄弟之邦》。”

“那是一部电影吗？”

“那是一本书。爸，那是一本非常有名的书。”本领着理查德去打开电脑，上网搜寻尼古拉斯·汤普森，结果有五万七千项符合查询结果。“那就是他。”本说。

“听你这么一说，我对这个名字有点模糊的印象。”

“模糊？你到底是在哪个星球长大的呀？他是你那个年代的代言人。”

本用鼠标点一下，打开一张照片，里头是一个俊美的年轻人，他有一头浓密的金发，穿着流苏鹿皮外套，长相介于橄榄球员和天神之间。

“尼克跟这个家伙一点都不像，”理查德说，“这个家伙好帅。”

“他那个时候年轻多了。”本说。然后他点鼠标，连结到《滚石杂志》的网站，那里有以尼克为封面的照片，标题是：“他为你发声”。然后本找到近期的《时代杂志》上一篇标题为“在镜头前消失”的文章，写的全是关于尼克如何躲到幕后，在洛杉矶某处隐居。

“他没有消失，他住在隔壁。他去电影制片场谈事情，很多人知道他在哪里。”

"他的书迷在找他，他有点像退出光鲜耀眼的舞台的明星。"

"我不认为他想当作家。"理查德说。

"可是他是作家。他也用迈克·斯通的笔名写了很多书，例如《混凝土城堡》和《我在那里》。"

当尼克在隔壁和鲍伯·迪伦喝啤酒的时候，理查德和本坐在电脑前，看着关于尼克的报导。有点诡异。理查德感觉自己像个间谍，像个骗子。

到了早上，礼车走了，理查德想去敲尼克家的门，不过他觉得有点尴尬，有点不好意思。他以为尼克是他的朋友，他很高兴和一个年纪与他相当、与他有一些共同点的家伙当朋友，但现在他发现自己连尼克过去是谁、现在是谁都不知道，也不知道尼克是否在跟他玩什么把戏。

理查德去安希尔的店。"我发现尼克是个名人。"

"他当然是名人，"安希尔说，"在美国大家都是名人。只有名人才会办那么好玩的哇哇之夜。"

安希尔是不是把名人和好人搞混了？

巴思在店里帮安希尔做甜甜圈。"我跟他说，如果他不知道甜甜圈怎么做，就不可能拍得出关于甜甜圈店老板的好电影，"安希尔对理查德眨下眼，"做两个钟头的甜甜圈可以拍半个小时的电影。"

"你们为什么不跟我说尼克的事？"理查德对着在后面搅拌面糊的巴思喊道。

"我们不敢相信你不知道。我第一天就认出他了。"

"你看过他的书吗？"

"看过，中学时看的，是那种年轻人寻找自我的故事。"

“另一大袋糖在哪里?”安希尔问。巴思从储藏室里拎出一大袋糖。

“那本书曾翻译成我的母语吗?我不喜欢看英文书，英文的变化不多。”

“你的母语是什么?”

“我看得懂印度文、法文、英文，我会说英语、北印度语、乌尔都语、孟加拉语、法语和一点点意大利语。你以为我们是怎么长大的?我们没有卫星电视，”安希尔摇摇头，“美国人总以为他们比较聪明。有没有人告诉过你们，你们以常春藤联盟为荣，其实常春藤是有毒的，所以你们都忙着搔头抓背。”安希尔对他的笑话自鸣得意。

“我真的不知道，”理查德说，“他没有表现得像是某个特殊的人物。我以为他只是个住在隔壁的乱七八糟的人。”

“他一定很有钱，”安希尔说，“因为在哇哇之夜的最后，他说我们应该去找房屋中介，他要我在圣塔莫尼卡开一家甜甜圈店。或许你和尼克可以资助我开分店?”

安希尔和巴思一起量材料的分量，倒进一个超大的碗里。“为了保持甜甜圈的品质，你必须学会始终如一,一次又一次地做同样的事，这样才能每天做出一样的甜甜圈。客人会再来，是因为他们想吃一样的甜甜圈，而不是为了尝试不同的甜甜圈。”

巴思启动搅拌机，面粉四处飞散。

“转速太快了，”安希尔说，“必须慢慢地搅拌，直到里头所有的成分都搅拌得很均匀。”

“我爸爸是科学家，”巴思突然说，“他差一点得到诺贝尔奖。”

安希尔点头。“那很好。丽琵的妹妹要来拜访我们，她长得很漂亮，或许你该跟她结婚。她是个数学家，要来加州大学洛杉矶分校念博士。她像个女神。在你走之前，我必须给你看个东西。”安希尔带理查德到店内的地下室。“有黑黑的东西渗进来，”安希尔说，“令我害怕。”

是刺激性的黏稠黑色液体，闻起来像道路施工时的味道。

“任何人都可能碰到这种情形，”理查德说，“我听过一个故事，警察逮到某个他们通缉了很多年的人，那个家伙谋杀了某人，然后擦掉了遗留的痕迹。那里的庭院冒出黑色的黏稠液体，渗出地面，淹没了草地，猫狗都被困住，游泳池裂开，到处都是黑色的黏稠液。”

“你这样说并没有让我感觉好过一点。”安希尔说。

“打电话给排线工人或是做地基的人。”

回马里布的路上，理查德先开车绕回他山上的家。承包商早就应该开始动工了，可是到目前为止却没有任何动静。相关单位说，他们同意派一组人来填满那个洞，可是他们否认该为那个洞造成的财产损失负责。

回到马里布，他打开冰箱，空的。他打电话给西尔维亚，留下口信说他每一种东西都需要双份：高蛋白、低碳水化合物和一些额外的点心。“我儿子跟我住在一起，他的食量像马一样大。顺便一提，他真的很喜欢你的饼干。”

西尔维亚中午回电。“我今天下午要去往你那个方向，会把东西送过去。”

“太好了，”他说，“我会在家等。”

“你不在家的话，我会交给尼克。”

“很好，”他说，“你们两个是认真的吗？”

“事实上，不是，”她说，“不过他很幽默。”

他把回收的东西拿出去时遇到尼克。

“你在躲我吗？”尼克问。

“我不知道该说什么。”

“你不妨道歉说你做了偷窥狂。”

“哦，对那件事我很抱歉。是本叫我看的，我以为那个人是你的清洁工之类的。”

尼克微笑，然后沉默了一下，两个人都没说话。“有什么问题？”

“我只是不明白。”

“不明白什么？”

“我以为我们是朋友。我喜欢和一个他的人生跟我一样混乱的家伙相处。”

“结果？”

“我不知道你是谁。事实上，我应该说我本来不知道，现在知道了。你为什么不说呢？欺骗隔壁邻居让你觉得很有趣吗？”

尼克摇头。“正好相反，我很高兴有个不理会我是谁的朋友。你可能注意到了，我其实没有朋友。”

“鲍伯·迪伦。”

“他不算是我的朋友，他只是顺道过来聊聊天。”

“约翰·列侬。”

“你很难搞。那跟我是谁有什么关系？”

“我知道的话会，感觉会比较好。”

“对我来说你不知道比较好。我在做法国土司，你要来一点吗？”

理查德摇摇头。“我已经吃过麻花饼了。”

“那至少进来吧，我不能在观众面前跟你聊。”尼克向对街的狗仔队点点头。

“他们是为了拍你而来的?”

“我以前以为他们是想拍市长从他的藏娇屋走出来的照片，可是他不再回来之后，他们仍待在那里，我才明白我是他们的目标。”

理查德跟着尼克进他家。他坐到餐桌旁，以不同的眼光看每一样东西。凌乱有了新的定义，不是凌乱，是尼古拉斯·汤普森式的凌乱。

“你确定你不要吃一点吗?”尼克把蛋打进碗里。

“我什么都不确定了。”他瞄向尼克的桌子、尼克的电脑荧幕。“你在写什么?”

“我在写一本书。”

“你也写电影剧本吗?”

“我也写电影剧本。你应该知道，美国许多伟大的艺术家都会为了支付房租而出卖灵魂。”

“你在写小说吗?”

“我用别的名字写过一堆垃圾，如果你问的是这个的话。但这次是一本真正的书，我用心写的东西。”

“它是关于什么的?”

“转变。”尼克拍拍他的档案抽屉。

“你有多余的备份吗?”理查德问。

尼克笑道:“没有，我是用打字机打的。”

“听起来不太妙。”

“所有的生物都危险地活着，”尼克微笑着说，“我无法严肃地看待我写在电脑里的东西。为了使它们对我来说有意义，我必须一个字一个字地把它们敲出来。我喜欢敲动打字机的声音，那样会感觉真的在敲键盘。”尼可打开柜子，里面全都是打字机，一个叠在另一个上面，有好多盒色带和更正带。“有个技师来修理打字机，上次他来这里之前，刚刚去修理过洛杉矶郡停尸间的打字机，他们的字模杆卡住了，没办法打字。”

“你跟安希尔讲过会投资他开甜甜圈分店吗?”

“是的，我在想，我们应该为他在圣塔莫尼卡找个地方卖甜甜圈和西尔维亚的健康食品，二合一的店。”

理查德犹豫。“怎么回事?你是在遁世隐居吗?你失踪了吗?外面有人在找你吗?你到底为什么会如此特别?你看起来，请恕我直言，你的生活和大家一样乱糟糟的，但他们仍认为你是神。”

“他们不了解我。你听过一个老笑话吗?对你妈妈来说，你是船长；对你爸爸来说，你是船长；但是对一个船长来说，你不是船长。我不喜欢别人期待我引导他们的人生。我并没有特殊的能力。我只是一个以卖保险为生的人的平凡儿子，我会出名是因为我哥哥死了，搅乱了我的人生。我出名只带给我的家人困扰，他们早上出门时会发现有人在我们家的前院露营。”

尼克把法国土司放在盘子上，浸入糖浆，再递给理查德。尽管已经吃过麻花饼，理查德还是吃了起来。

“你可以想象那种重担吗?我无法做真正的自己。我不过是写出我在想什么，然后我受邀到国会作证、去毕业典礼演说、主持婚礼、在孩子出生时到场。家乐氏想用我的名字为他们的一种谷类食物命名。我离开家是因为我无法忍受。我不知道该怎么办，该怎么感觉。我害怕。我的家庭失去英雄。我去跑步，因为如果我再不做些什么，我会爆炸的。我走路，因为我没有车子，因为我生气，我必须走上几英里把它发泄出来，因为我要看外面有什么是我不知道的。我要知道美国是什么。我每到一个地方都有人给我一些东西：一条裤子、一件衬衫、一点点他们自己。他们告诉我他们的故事。我把那些故事用一部旧的手提打字机打在复写纸上，把副本寄回家，正本带在身边。我怕弄丢它们，你能想象吗？还好现在我可以走进每一个镇上都有的连锁影印店复印，或用电邮寄，或用传真发送出去，或用网际空间储存。”

尼克吃法国土司，然后挂上他的维他命点滴，一直在讲话。

“美国有黑暗面，我是个流浪男孩，是诗人、预言家、胡说八道的人。我来加州是因为，相较于纽约附近那些州的寒冷，我喜欢总是阳光普照的地方。我横越过整个国家寻找我自己，只不过又失去了。人们要我成为我不是的那个人，一个导师或领袖。但我只是一个普通人，只是一个平凡的家伙。”

“那些来参加营火晚会的人呢？”

“他们不知道我是谁。”

“真的？”

“真的，他们怎么会知道？据他们所知，我不过是一个幸运的文字工作者。”

“你真的有小孩，有前妻吗？”

“是的，她真的是为了别的女人而离开我的。我是个怪人，但不是骗子。帮我一个忙，假装你不知道我是谁。我看得出你很烦恼。”

理查德假装改变话题。“你觉得开甜甜圈店是个好主意吗？”

尼克点头。

“要怎么做？”

“我们和安希尔合伙。三个一起签约，共同分享利润。”

“风险和收益的比例呢？”

“我不知道。那是对一个人的投资，你的朋友辛西亚可以在那里工作，由她来经营。”

理查德微笑。“好主意，她正想做零售生意。”

“我可以问你一件事吗？”尼可倾身向前。

“当然可以。”

“你年轻的时候都在做什么？我的意思是，那是个大鸣大放、非常活跃的时代。”

“我比你年轻一点。”

“没有年轻多少。你跟世界完全不接触吗？”

“我被藏起来了。我们去滨海小镇隐居两个礼拜，还自以为很酷。”

“你不怕被征召入伍去打越战吗？”

“我是扁平足，很小的时候就要穿脚支架，金属的支架，和棕色的矫正鞋。”

“你生了什么病？”

理查德耸肩。“我不清楚。而我弟弟的一只耳朵是聋的。”他的记忆突然回来了，他感到有些困惑。他摇摇头。“我一直都忘了他一边耳聋的事，直到我刚才说的时候才想起来。”理查德脱下鞋子，看着自己的脚，苍白，非常苍白，完全没有足弓。“或许这就是我喜欢游泳而不喜欢跑步的原因。”

“右脚的小腿看起来比左脚瘦一点。”尼克研究他的脚。

“对，我知道。一直都这样，”理查德穿回鞋子，“我那时候在做什么？我看很多书，发明家的传记，企业家创业的故事。我真的很喜欢爱因斯坦和发明电脑的人。”

“我以为你弟弟才是发明家。”

“我想是我开始的，后来我对赚钱比较感兴趣。我一直在创立小公司。我十二岁的时候就赚到了第一笔钱。”他打住。

沉默。沉思。他分心了，从尼克的故事回到他自己的故事。

“你不能逃避你自己，”尼克说，“每个人都有故事。”

理查德打电话给他父母，他妈妈接了电话。

“你记得越战吗？”

“怎么着？没有说，‘嗨，你好吗？’这是电视益智节目吗？我答对的话可以得到一辆新车或价值一百元的免费杂货吗？”

“我只是想拼凑一些东西。我小时候，你和爸爸曾经谈过越战吗？”

“没有，”她说，“我们在家里不谈那种事。我们不想吓到你。”

“为什么会吓到我？”

“我们是饱受第二次世界大战威胁的犹太人，所以越战令你爸爸非常焦虑。他认为战争对保险业有利，但是对犹太人不利。二次大战期间，罗斯福总统没有积极处理所谓的犹太人问题，他早就知道纳粹在屠杀犹太人，却没有采取任何行动来阻止。跟我们同一栋大楼的邻居说，纳粹从来没有杀过犹太人。我们不跟他们讲话。我们历经三十年还没从世界大战中恢复过来，实在搞不懂为什么又要打越战，越南人又不是我们的人，”她顿了一下，“我所能说的是，越战应该早一点结束，事实背后的真相总是比较有趣。”

“关于我的脚和支架呢？我出生的时候有什么毛病吗？”

他妈妈沉默良久。

“你感染了病毒，”他妈妈说，“病毒进入了你的脚。”

“哪一种病毒？”他觉得不合理。

又沉默了一下。“小儿麻痹。你和你弟弟都被感染了，我吓坏了，以为你没救了，以为你们两个都会死掉。我起先当你是感冒，可是你哭了又哭，好像很痛，然后你的脚出现问题。我不知道该怪谁。你爸爸不知所措。他要我们搬离城市，说是城市环境不卫生害的。他要担下责任。我想他是感到愧疚。”

“我有没有参加过犹太成年礼？”

“没有。如果那对你而言有意义的话，你现在可以去做。我们给你举行过割礼，那才重要，我们还因此开了个派对。”

“我不记得了。”

“感谢上帝。”

“你弟弟行过成年礼，”他爸爸从他妈妈手里接过电话说，他显然一直在旁边听，“一群要行成年礼的小孩聚在教堂里，在那里吃午餐，许多人因为吃了鸡蛋沙拉而拉肚子，结果是美乃滋有问题。你从什么开始对宗教这么感兴趣？”

“我没有。我只是在试着回想一些事情。”

“历史在改变，你抓不住任何东西的。”

他挂断电话，心想爸妈已经渐渐老去，记忆不晓得流失掉多少，而现在他永远无法追回了。他想着自己和他们疏离多久了，他仿佛是在保护自己，可是他忘记他们已不是当年的他们，秘密已经消失，他们不再记得他们忘了告诉他的东西。

早上，他接到承包商的电话。“我们必须停止整修工作。你那里成了火蚁窝，有两三个工人被叮了。希望他们不会告你。”

“他们为什么要告我？”

“他们可以说你知道那里有火蚁窝。”

“什么火蚁窝？我连你在说什么都听不懂。”

“你听好，去找一家杀虫公司，你必须立即扑杀火蚁。然后，等杀虫公司说安全了，再打电话叫我回来工作。不急。”

“我急啊，那是我的房子，它快塌了。”

火蚁。他想象一群小蚂蚁穿着消防员的装束，厚重的外套，坚固的帽子；他想象红色的蚂蚁穿着夏威夷装或像是新几内亚的部落土著，围着枯叶引燃的火跳舞，传送烟雾信号到海岸线各处的其他火蚁窝，庆祝它们咬了人类。

在他打电话问了六家公司之后，总算找到能对付火蚁的人，那是他的保险经纪人保罗介绍给他的。“我们有可能碰个面吗？”保罗问，“还是就这样不定时地打打电话？”

“我不知道，”理查德说，“你存在于现实之中吗？”

“是的。我建议你下次顺道到公司来。”保罗的声音既高又细。理查德想象他又高又细长，像加州的树。

在他的螺旋塑体运动课程结束时，健身教练雪梨邀他出去。他们去吃饭、跳舞。她邀请他去她家。“如果你不喜欢我的桃子，请不要摇我的树。”她唱道。“有件事我应该先告诉你，”她说，“我只有一只乳房。”

“没关系。”他想那是基因的问题，就像有的男人只有一颗睾丸。

“我得过乳腺癌。”

他点头。

“我开刀切除了一边的乳房。”

他再点头。

“所以，我只剩下一只乳房。我很久没有跟男人在一起了，”她迟疑地说，“我想你应该知道。”

“我也很久没有跟女人在一起了。”他说。

“我从开刀之后就没有了。”她说。

“你没事了吗？”他问。

“我现在很好。”

他拥抱她。他们就那样，站着，抱着，好一会儿。他们亲吻。她是个亲吻高手。他怀疑自己是否曾像现在这么喜欢亲吻，她的唇尝起来美味极了，感觉很好。她湿润的唇和灵活的舌令他不及防备。他感觉血液窜流，身体既热又冷，既害怕又渴望，被她温热的身体和陌生不熟悉的香气包围着，令他想起他多么喜欢他太太的味道喜欢到当他离开她时拿走了她的香水，不时喷一点，像是打一针，注射了她。

“这样好吗？”他问。

“很好。”她说。

消失的乳房，不对称的感觉，起先有一点困难，是个不完美的配合。他在她上面，感觉不平衡，然后换成她忸怩地在他上面，单乳像挤过乳汁的乳房那样挂着，疤痕是一条深色的线。

他们找到一个好姿势，侧进式，他在她后面。“一定很可怕。”他说。

“我感觉到异样，”她说，“一开始我以为没什么。我等着，然后出现一点东西。开刀后我可以重造乳房，可是我还没有准备好。我记得我想过何不在那里放上别的东西，比如一个帽架，或一个植物架，何不挂天竺葵在我的胸部上？我告诉医生我会考虑重造乳房，然后我就无法再去想了。”

他的手握着单边乳房，像握着一个水果。

后来，他们比肩站在浴室的镜子前。

“你看起来很好，”他说，“你的曲线非常迷人。”

“谢谢，你也是，”她说，“你的身材保持得很好。”

他们肩并肩站着，望着。

“你很勇敢。”他说。

他们再次做爱。

他用舌头爱抚她的疤痕。她发抖。“会痛吗？”他问。

“不会。”她说。

他对她的每一个部分做爱，乳房和不存在的乳房、实体空间和虚拟空间。缓慢而深刻，当他释放出来时，那是一种发自心底的震撼，像某种超出现实之外，难以言说的上帝恩赐。他来不及阻止自己的叫声，他觉得有些尴尬。

当他们做完之后，两个人都不确定他们是否完美地结合，是否心灵和肉体都合一或是永远不会再见到对方。他们是彼此的礼物。空了，又重新充满。

他滚到旁边。“你是犹太人吗？”他问她。

“我是半个犹太人。”她说。

他回到家已经相当晚了，屋里是黑的。他走进去，看到晚餐在桌上，没人动过。蜡烛一路点着，烛光摇曳。屋里闻起来有呕吐的味道。本趴在厨房的流理台上，喝醉了，火气很大。

“欢迎来参加派对，笨蛋。我打手机找你，你都不接，然后我就喝酒。我等了又等，打了又打，我一直打，你一直不接，我一直喝。我喝光了一整瓶酒。”

“我的手机一定是放在我的裤子口袋里了。”

“我不想听那么多。”

“出了什么事吗？巴思在哪里？我以为你们两个人要去看电影。”

“安希尔带他去一个甜甜圈展什么的。我以为你出了什么事，或许撞车了，或许心脏病，或许又离开我了。我给你做晚餐。我走到杂货店去买东西回来，煮了半天，而你不回来。你不回家也不该死的先打个电话通知我一下。”

“对不起。”理查德说。

沉默。

“我喝光一瓶酒，然后我喝掉了你所有的威士忌。我不知道为什么，可是我喝了你的威士忌。威士忌到底是什么东西，人们为什么会把它放在家里？它难喝死了。我喝掉了，一滴不剩，我很不舒服。我不是酒量很好的人。我在你的浴室里呕吐，吐了一地。”他嘻嘻笑。“我还没清干净，我没有清。我把威士忌喝光了，不过，你知道的，我还可以再喝。我在想我现在随时都可能会喝清洁剂。你他妈的烂人。”他滑下流理台，摔到地上。“除了你自己以外，你什么都不关心，你只关心自己。我是同性恋，我到处想吸引男人注意我、上我，都是你的错。”他挥舞空酒瓶加强语气。“哦，还有一件事，我爱你。我他妈的非常爱你。你要是出什么事，我会疯掉的。我已经半疯了，我因此痛恨你。我从来不曾真的有个爸爸。我整个人生充满了空洞。哦，说到那个，我想上你。有何不可呢？还有什么方法能比那么做更了解你？”本像一条狗那样隆起背扑向理查德。

理查德把他推开。马里布吠叫。“你还没有大到我打不了你。”理查德说。

“太好了。你要打架吗？你要怎样？把我绑起来，打我的屁股，用你的皮带抽我？你介意我脱裤子让你打吗？我们或许该那么做，你把我操得半死，当作成年礼。”他拉下裤子，弯下身子，亮出他的屁股向着理查德。“或者我应该上你，或者那会是个消除我自己这种悲惨感觉的方式。我如果强暴你，我会觉得好一点吗？那是一个儿子对父亲所能做的最大逆不道的事。有任何一本书曾经那样写过吗？你会告我吗？”

“拉上你的裤子。”

“我从来没有告诉任何人，但是每当我生你的气时，我就出去帮一个老家伙吹喇叭，那是我报复你的方式。有时候我对你和妈妈都认识的人做，那就像是额外加分，得到双倍点数，”本说，“从我懂事以来，我一直在想，你一定知道我有多么悲惨，多么需要你。你会来找我，会来拯救我。可是你他妈的连电话都很少打。”

“因为时差的关系，”理查德说，“我担心会打扰你的睡眠。”

“那是借口，人家连在他妈的太空船上都会打电话回家。”

“你说得对，”理查德说，“好，没关系，你有理由生气。”

“有关系，一点都不好。并不是你说‘对不起’就一切都好了，就一切都能化解了。我讨厌死了我有发泄不完的怒气，所以我去接受心理辅导。我只有喝醉了才不会那么难过，才不会那么害怕。你不了解吗？你伤害了我。你还在伤害我。你打电话告诉我，你因为胸痛去急诊。我每天都该死的胸痛，我受到诅咒般地痛进骨髓。有好多事情我根本不知道要怎么对你说，我可能发神经地杀死你。”他突然弹起来，愤怒地冲向理查德。然后他退后，平静下来。“要尝尝不知道某个人是不是永远不回来的滋味吗？”本冲下后门的阶梯，冲入夜色里。

理查德跑出去追他。到了阶梯的底层，他听着声音寻找线索或方向，远处有声音吗？除了海浪拍打岸边的声音之外，他听不到别的。本跑进水里了吗？或是他跑到公路上去？

“本？本，你在外面吗？你听得到我的声音吗？本，别这样！回来，我们好好地谈。对不起。我真的非常抱歉，我再怎么道歉也不够。”他跑到沙滩，跑向圣塔莫尼卡的方向。他的扁平足推着柔软的沙子。他不喜欢跑，可是他继续跑着。

“本？本，拜托你出来。”

他上公路寻找，每当有车子转弯过来，他就担心本会不会竖起拇指搭便车走了？事情会有多糟？那样的话，他们的关系就会变得无法挽回，那样的话他可能永远失去本。

“本。”他大声吼叫。

夜里的湿气很重，空气凝滞着，浓雾迷蒙。他再次看向公路，看向海洋。远处游乐园的摩天轮在旋转，颜色闪动，仿佛在廉价兜售幸福，高声招揽客人说愿意打个折扣，射四次飞镖三美金，再加一次多一美金。这种事不可能发生。他想到剑齿虎。要是真的有剑齿虎，要是剑齿虎就在某个地方等待呢？它可能饿了，它还没有吃人，因为路上没有人，人都在车子里。它会吃车子吗？理查德想象被戳破的轮胎上有齿痕。他跑向更远的沙滩。

“本！本！你在哪里？对不起，本，一切都是我的错。本，你听得到吗？告诉我你听到了。本！”

他被什么东西绊倒，一个重重的落地声。他绊到什么东西上面，一只动物吗？他轻拍动物的身体，粗糙不平，相当厚实，有强韧的皮。动物蠕动、呻吟。是一群海豹吗？海豹们排列交叠着在休息吗？他匆匆爬起来，担心它们会误以为他是入侵者而攻击他。他推开海豹，回到沙地上。

他踉跄着，迷失了。他再往前走，被一块石头或一根棍子绊倒，他扑跌在地上，身体好像裂开了。“马可，”他在静谧中尖叫，“马可。”

“波罗。”他弟弟以前会如此回应他的叫喊。理查德想起弟弟喊“波罗”的声音，他开始啜泣。此刻的压力多到他无法承受。

本自黑暗中出现，面目模糊，仿佛被威士忌溶解了。他接近理查德，低垂下巴呕吐，泼溅到理查德的脚踝上。本踢沙子把他呕吐的东西盖起来，然后坐到理查德旁边。

“你应该来的，即使有暴风雪阻拦，我一直在想你无论如何都会来，你会排除万难来看我。我以为什么都阻止不了你来看我，可是你老是令我失望。我在道尔顿的班上有个同学，他爸爸来把他偷走，他们去了巴西，永远不回来了。他妈妈因此疯掉了。我每天都希望同样的事情发生在我身上，可是我等不到。你是失踪的爸爸。”

理查德站起来，本把他撞倒。

“对不起。”理查德说。他再站起来，向本伸出手，本向他的膝盖攻击。

理查德没有选择的余地，只好跟他摔跤。他们在沙滩上相扑，吃进沙子，在沙地上绕着圈子翻滚、互踢、旋转，发泄不满的情绪，直到本不再战了，直到他瘫软在他爸爸怀里。

“我好冷。”本说。

“洛杉矶就是这样温差大，你可能会在玫瑰丛下冻死。”理查德说。

本在查理腿上昏睡。查理抱着他，庆幸还拥有他，感觉得到他的呼吸，感觉到他的胸部在均匀地起伏。他的五官放松，睫毛如此之长。尽管本的外表看起来已经长大了，他其实还只是个孩子，一个小男孩。

虽然气温并不低，理查德却不由得打了个冷颤。他刚才流的汗干了，夜里的湿意沁凉。他起身，半抱半拖地把本弄回屋里。他脱掉儿子的外衣，把他送上床。

理查德把一串银器绑起来，缠绕在本的门把上，心想，如果本醒来，不管是要呕吐或杀死他，他都会听到声音。

然后他去浴室。浴室的马桶周围满地都是呕吐物，连浴缸和墙上也有。他拿一卷卫生纸和他找得到的所有清洁用品猛刷。他用清洁剂和去渍粉刷，用刷烤肉架的刷子刷。他刷瓷砖、刷水泥缝、刷浴帘，最后打开莲蓬头，冲刷他自己。

淋浴时，他闻到螺旋塑体教练雪梨、那个只有一个乳房的女人身上的香味。那似乎是好久以前的事了。她的香味像是动物的味道，附着在他身上。她的味道在他的胸毛里，他的阴茎和睾丸上有他们俩混杂在一起的体液。他抹上肥皂，洗干净，用肥皂的味道取代性交的味道。

洗完澡后，他走到窗前，看尼克家是否还有灯光。他渴望找人讲话。尼克的屋里是黑的，除了泛着蓝光的电脑荧幕，像游泳池。

他回想起那个女人。那是愉悦美好的性交吗？还是有缺陷的性交？抑或在他们彼此都有缺陷的情况下，他们已经尽力做到最好？他认为他们的性事甚为美妙。他想那对他们彼此都具有相当的意义。他不知道他们会不会再交欢。

他的思绪回到本身上，回忆本脱掉裤子，亮出屁股面对他的画面；本诉说他为男人吹喇叭的事。要你爸爸上你是什么意思？

他很想打电话给他前妻，可是他暂时按捺住了。他想到单乳的女人，她告诉他她如何失去一个乳房，那让他想哭。他拿出色情杂志，自慰，或许那样能帮助他入睡。

到了清晨四点，纽约时间早上七点，他打电话给他前妻。“他是同性恋。”理查德说。

“早。”

“他想跟我上床。”

“他需要爸爸。”

“他把所有的威士忌都喝掉，吐得到处都是，还引诱我。他想上我，或要我上他，我不清楚他到底想要怎样，反正不管他要哪一种，他的意思就是那样。”

“他的意思是，他感到困惑，情况令他困惑。他在测试你，小孩子都会那么做，他们经常会测试你。这一趟旅行对他来说意义重大，别搞砸了。”

理查德听到她那边有声音，有翻纸的沙沙声，还有用铅笔写东西的摩擦声。“我们讲话的时候你也在看稿子吗？”

“我从六点就开始工作了。”

“他告诉我，每当他生我的气的时候，他就去给我们的朋友吹喇叭，你的朋友。”

“我相信。我是在纽约市工作的职业妇女，做了十三年的单亲妈妈。我尽了我最大的努力，那并不容易，一直都不容易。你早上七点打来是要跟我抱怨吗？”

“他说他想杀死我。”

“你能怪他吗？那非常合理，”她站在本那边，“理查德，他有这些感觉已经很多年了，他必须倾诉。我相信他的心声不会好听，可是我想他不至于会杀死你。你害怕的话，就把门锁好。”

“我锁了他的门。”

“太好了，监禁他。”

一阵痛苦闪过。理查德是在努力保护本，希望他安全无恙，而不是囚禁他。“我尽我所能。”理查德说。他知道那样还不够，他必须做得更多。

“我如果能清掉我桌上的一些东西，或许会去洛杉矶待一两天。我们要是能花些时间聚在一起，可能会对他有帮助。不管他说了什么，他很爱你，对他好一点。设下底线，让他完全了解你能容忍什么，不能容忍什么。”

“我会试试。”理查德说。

早上七点，他为本炒了一盘漂亮的蛋。但一想到本的呕吐物，他就感到恶心。他把蛋给狗吃了，又为本做了些吐司，倒了一杯柳橙汁，走到走廊的尽头。

“本，该起床了，”他把柳橙汁放在床头柜上，轻推儿子的肩膀，“起来吃东西。”本稍微动一下。理查德继续摇他。“好了，你该起床了。”本的眼睛张开，他眯着眼睛看理查德，仿佛在问：你是谁?

“你觉得怎样，难熬的一夜?”

本坐起来。

“你还好吗?”

“嗯。”本只应一声。

没有多说，没有解释，不知道本是否还记得发生过什么事。

“我给你烤了吐司。”理查德说。

本起床，冲澡，吃吐司，喝水。

他在穿长裤时跌倒，说：“我想我或许还在醉着。我觉得怪怪的。”

“你能开车去上班吗?”理查德问。

本走到客厅，一脚放到另一脚前面，试着走直线，走过客厅。他又做了一次，往后走。他闭上眼睛，手指碰触鼻子，做酒醉的测试。

“我想你应该没问题，”理查德说，“多补充水分，你必须把身体里的酒精冲掉。”

“我昨天晚上有没有做很奇怪的事？”

做爸爸的耸耸肩。

“你年轻的时候常常做傻事吗？”

理查德摇头。“我想没有。我不喝酒，不吸毒，二十几岁的时候抽过大麻。我以为那样够酷。”

“你不必帮我清理浴室的呕吐物，我打算自己清。没人应该清理别人的呕吐物。”

“那不像是能等的事，再说，我不想让狗吃了它。”

“你那样做很好，很像爸爸。”

“我乐在其中，”他说的是实话，“我感觉那么做很像爸爸，很有做爸爸的感觉。”

本再给他自己倒杯柳橙汁。“你昨晚跟某个女人上床了。”他对冰箱说。

“对。”

“我想我有点知道你去做什么。我只是害怕，担心你一旦有女朋友就会抛弃我。”

“我不会抛弃你。去上班吧，晚一点再打电话给我。”

本出门了，理查德累得要命，筋疲力尽，可是无法平静。他躺下，试着调匀呼吸，可是无效。他看着在游泳的玛德琳从他眼前游过去，他想去游泳。到了海边，他想起他高中时在进入学校的游泳池之前，脚浸入杀菌池里，然后他的皮肤因为长时间泡在含氯过高的游泳池里而开裂。他冲入海里，海底的沙吸着他的脚，海水的盐分刺激他的眼睛，这些感觉都令他舒爽。他游向圣塔莫尼卡，用自由式游，转动头呼吸，只看到海水，有时候瞄海滩一眼。海水的阻力莫名地令他感到放松。他因为昨晚的混乱而平静不下来，但如果他妈妈知道了，她只会说：家门不幸。海洋滚动着，他游到喘不过气来，仰躺在海面上，调节呼吸。他不孤单，有人在冲浪，也有海豚。他之前的不安被一种充了电般活着的感觉所取代。

他一直游到再也无法挥动手臂，直到再也没有力气踢水，直到再也抬不起头来，然后他让海浪把自己冲回岸上。他走回屋里，淋浴，更衣。早上十点半。别人一整天都在做什么？

他打电话给正在上班的弟弟。“我打扰你了吗？”东岸时间是下午一点半。

“我在回一些信。我一天会收到七八十封信，那些一向不喜欢打电话的人很高兴能使用信件。本还好吗？”

“很糟。”

“他才十七岁。”

“他是同性恋。”理查德说。

沉默，弟弟显然已经知道或怀疑过。“那已经不会被社会大众视为不正常了。”

“但并不是一个爸爸希望见到的。”

“那不是病。每个孩子都不同，”他弟弟说，“巴思还不错，但是看看潘妮，她饮食失调，还是个会偷东西的扒手，两次因为偷商店的眼影被逮。梅迪丝气疯了，你能想象一个女权运动者的女儿偷化妆品吗？”

“她为什么要偷化妆品？”

“不知道，我们从来没看过她化妆。”

“或许她偷偷化妆。”

“梅迪丝的爸爸因为逃税而差点入狱，我们把他保释出来了。”

“他不是律师吗？”

“大约十年前开始，他决定不缴税，没有特别的理由。他们逮到他，而我们必须借钱给他，他才不必入狱。他已经失去律师资格，也不还钱给我们，那笔钱是梅迪丝从她奶奶那里继承来的。”

“我不知道发生了那些事。”

“我们不会到处跟别人说。家家都有见不得人的丑事。”

“我们家以前怎样？有丑事吗？”

“你有一次对爸爸说，他很卑鄙。我以为他可能会杀了你，他叫你‘不知感恩的畜生’。”

“你知道我们得过小儿麻痹吗？”

“我知道你得了某种病，那使得你的脚有毛病。医生说你可能一辈子要靠支架走路，而你让医生刮目相看。你不记得你的矫正鞋了吗？”

“我们一直都穿很好的鞋子。”

“那是有原因的。”

“没有人告诉我们，你不觉得很奇怪吗？”

“他们觉得很幸运，因为我们活下来了，所以他们不想去揭开旧伤疤。我想妈妈甚至换了医生，那样就看不到我们以前的就医记录。”

“能那么做吗？”

“她不希望人们觉得我们是瑕疵品。”

“有那么糟吗？那不是我们的错，我们感染了病毒。”

“她把病毒跟不卫生连结在一起，联想到肮脏的犹太人之类的事。”

“你记得你的坏脾气吗？”理查德问，“你发脾气时像火山爆发，你会摔破东西，爸爸差点叫警察来抓你，可是妈妈拦住了他。”

“他真的要叫警察来抓我吗？”

“是啊，你吓到他了，他担心你疯了。他会说：‘你需要去医院吗？’”

“我不记得了。”

沉默。或许他不该提到弟弟的坏脾气。“梅迪丝告诉我你差点得了诺贝尔奖。我不知道该怎么说。”

“很失望。那是我一直想要得到的东西，现在不可能得到了，我会因此变成失败者吗？”

“当然不会。”

“梅迪丝说，如果我们的孩子向我哭诉说错失诺贝尔奖，我会告诉他：他那么努力真是太好了。他已经得到那么多肯定，得到那么大的成就，只有一个人会得奖，想成为那个人太难了。没有赢并不代表输。”

“她说得对。”

“我知道，可是我还是咽不下这口气。我私底下生我自己的气，气我以为我会赢。”他改变话题：“你还在跟那个在超市认识的女人约会吗？”

“我们只是朋友。”理查德说。

跟弟弟打完电话，他又打电话给辛西亚。“有空吃午餐吗？”

“当然有，我想应该有，一切都好吗？”

“我十二点半去接你？”

他带她去就业辅导训练处附近的健康饮食餐厅。“斯佩尔特小麦是什么？”他问。

“一种新品种的全麦。”

“面筋又是什么东西？为什么有的人需要，有的人不需要。”

“它对你的肠道不好。”一个客人说。

他们坐在角落的一张小桌子旁。她撒了些芝麻到她的沙拉上。

“你的室友情况如何？”理查德问。

“有人在网络上拦截她的资料，给她下病毒，吃掉她电脑里所有的东西，啃个精光。到了早上只剩下空壳，空白的荧幕对她眨眼，电脑无法读硬盘。她气疯了。显然，这整件事是因为她的身份被盗用。她前男友的新女朋友盗用她的身份，积欠巨额账单，她得花上两年的时间才能澄清一切。总之，我得带她去医院，她说病毒钻进了她的脑子里，攻击了她的头脑。”

“报气象那个家伙，你还在跟他见面吗？”

“断断续续的，”她说，“他帮忙送我室友去医院，不过我打算跟他分手。我不喜欢他的头发，梳理得一丝不苟，当我的手穿过他的头发时，它们一动也不动。你呢，最近如何？”辛西亚问，“你找我吃午饭，想对我说什么？”

“很多事情，”他说，“隔壁的尼克居然是某个隐居起来、曾经引领文化潮流的精神导师，对街的狗仔队是想拍他的照片。”

“你就像一个会吸引奇人的磁铁，”她说，“先是我，然后是电影明星，现在是塞林格①的鬼魂。”

---

①《麦田里的守望者》一书的作者。

“你怎么会知道塞林格？”

“我虽然是个家庭主妇，却不是文盲。”

“总之，本叫我用望远镜看尼克家的客人，结果我被鲍伯·迪伦发现，现在我觉得我没办法跟尼克讲话。我不知道我是被吓到还是气他没对我表明身份。”她点头表示了解。“然后本，呃……他是同性恋，”理查德吐出一口气，“那令我吓一大跳，想到他跟别的男人……当他看到我光着身体时，他会感兴趣吗？”

“不会。”

“为什么不会。”

“你是他爸爸。”

“谁又知道同性恋者是怎么想的？”

“一个人是同性恋并不表示他会被每一个同性别的人吸引。”

“他生我的气。不仅如此，他发酒疯，又暴力又吓人。”

“那很悲哀，”辛西亚说，“他一定真的很生气。”

“他是很生气，但那并不表示他可以企图强暴他爸爸。”理查德大声说，整间餐厅顿时静默。

“你去约会了吗？”她小声地问他。

“我接受了你的建议，”他说，“我试过。”

“结果呢？”

“结果引发本独自喝闷酒的风暴，因为我去她家太晚才回家。”

“你跟她处得怎样？”

“很好，有点不可思议。”他本来还想说更多，可是看到辛西亚的表情有点不开心，就改变了话题。“对了，我发现我小时候得过小儿麻痹症，可是我妈妈从来没有告诉我。”

“这些都是这个礼拜内发生的事？”

“最近三天内发生的。我觉得好累。”他说。

“喝些人参姜水果冰砂，”他后面那桌的客人说，“它能使你恢复元气。”

“谢谢。”他说。然后他以更轻的声音说话：“我感觉自己像坐在云霄飞车上，不知道接下来会怎样。说起来，你对甜甜圈感兴趣吗？”

“我进甜甜圈店只吃沙拉。”她说。

“安希尔、尼克和我想在圣塔莫尼卡找个地方开甜甜圈分店。我们想你可能会有兴趣去管理那家店。”

“会有人为我工作吗？”

“我想会有吧，一个或两个。”

“那就像是我自己的店？我能成为二十三街的甜甜圈店老板娘吗？”

“能，非常能。”

“安希尔的甜甜圈好吃吗？”

“很好吃，很新鲜，每天都有新口味：覆盆子、水蜜桃、柠檬……”

“大约什么时候开始？”

“等我们一找到地方，装潢好了就开业。安希尔会在城里做好甜甜圈送过去。这间新分店也会卖西尔维亚的谷类食物和低卡点心，那样的搭配很合适。”

“听起来很棒。你知道，我就是想开店。”

午餐后他打电话给螺旋塑体健身教练雪梨。

电话没能接通，他开始留言：“嗨，是我，我只想看看你好不好。”

她突然接起电话。“抱歉，我没听到，你是哪位？”

“是我，”他说，“昨天晚上和你约会的人。我只是想问候你。”他的话听起来很严肃。

“哦，我很好，你呢？”

“很好，”他说，“我回家，我儿子很生气，不过我没事。”

“他几岁？”

“十七岁，不过，我们没有真的住在一起。昨晚他为我做了晚餐，而我不知道，没有回家吃。”

“星期三好吗？”她说，“我们星期三能再见面吗？”

“当然好。”他说。

“这样好了，你来我家，我做晚餐。你想早一点来的话也可以。”

“我会去的。”理查德说完挂断电话。

安希尔和丽琵为了欢迎她妹妹来美国，开了一个庆祝会。“丽琵为了今天的大餐已经准备了一个礼拜。”理查德很期待，期待他不必一个人独自应付本。

安希尔家是一栋租来的平房，门外有个大草坪。附近的住家有的打理得很好，有的则胡乱挂着床单当窗帘，每个窗户都加装了铁窗。他家的天花板很低，房间阴暗窄小，但并不给人洞穴的感觉，而是令人感到温馨放松，干净得一尘不染，空气中充满神秘的香料味道和煮东西的蒸气。光是吸进那些味道，理查德就心旷神怡了。

他们等待丽琵的妹妹从机场过来。“相信我的话，”安希尔说，“她是个女神。”

他说得对，丽琵的小妹拉希米明艳照人。安希尔的弟弟去机场载她到安希尔家，当她走进屋里，丽琵脱掉围裙和她拥抱。

理查德看着她们姐妹，她们看起来有点像，可是拉希米比丽琵漂亮不止一千倍。

“她从出生就很漂亮，”安希尔看出理查德在想什么，“她也很聪明。她来美国要拿数学和物理学博士学位。”

“你会在美国待多久？”理查德问她。

“我的下半辈子都会待在这里。”拉希米说。

丰盛的菜肴一盘接一盘、一碗接一碗，每一种食物都加了很多香料，口味既辣又重又好吃，富含奶油、甜酸酱、优酪乳。还有蒸龙虾。“这是拉希米最喜欢的食物。”安希尔用一只螯夹住他自己。

“饭很好吃，”理查德说，“每样东西都很美味。”

“那只是白饭。”丽琵说。

“可是很好吃。”

“这里的每样东西都特别好吃，因为它们都是由丽琵的手煮出来的。”安希尔敬她一杯果汁。

他们一直吃，直到实在太饱才停止。但他们仍坐在餐桌旁，前面摆着盘子。巴思站起来介绍他剪辑的电影作品。

“我要感谢安希尔和丽琵邀请我进入你们的家，进入你们的生活，我真的很高兴能够享受这段如此美好的时光。”

电影开始播放，镜头里的安希尔效法电影《罗宾汉》里的场景，挥舞着手里的剑，不时前进或后退，与隐形的坏蛋对打，背景是远处的树林与蓝天。镜头拉回来，安希尔在与一个充气人物——就是那种人家把它放在路边，用电风扇吹它的屁股使它跳舞的广告道具——奋战镜头拉到更远，背景是洗车店油漆过的砖墙。当安希尔的车子从洗车隧道里出来时，几个人上前去擦干车子，扮演罗宾汉的安希尔给他们小费，把车子开走。大家都在笑。

然后是安希尔在甜甜圈店里对镜头说：“美国有很多移民，他们在自己的国家是王子，可是他们来到这里在停车场工作，而且感到比较快乐。没有王国的国王又有什么意义？”他弟弟提着一袋东西走进甜甜圈店。“我就像柠檬，”他说，“不是从高高的树上掉下来的。”

有个场景是巴思和安希尔在贝艾尔高级住宅区试开一辆奔驰车，他们开车经过社区宏伟的大门。“你觉得这些有钱人怎么样？”巴思问。

“他们很幸运，也很肤浅；他们都一样。”安希尔说。

稍后，在一个热狗摊前，安希尔对巴思和镜头说：“我是为了你才吃热狗，让你知道我多么美国化。这对你不好，不是你应该在家里做的事情。你如果要吃热狗，就要确定它符合犹太教规。”

安希尔和巴思把车开回去还给奔驰车的车商，业务员问他们觉得这部车怎么样。

“谁会不爱它呢？”安希尔说，“一个月多少钱？”

“租约要签三年，每月七百五十美金。有兴趣吗？”

“谢谢，”安希尔说，“我会再打电话给你。”

“安希尔，那得卖多少个甜甜圈？”巴思在他们走出车行之后问。

“这是个测验题吗？我要是答对了，可以赢得车子吗？”

巴思哈哈笑。“说真的，你一天能卖掉几个甜甜圈？”

“有时候四百个，很多是老顾客，消防队、理容院、老人中心……，那些客人一次会买两打。明天我要提高价钱，一个甜甜圈涨价十美分。我不能永远开小车。”电影切回开头的场景。

“这是我的美国，”安希尔说，他的剑在空中比划着，不小心打到他车子的天线，“我讨厌出糗……”背景有笑声。

播映完毕，安希尔在桌前鞠躬。“谢谢，谢谢。”大家都在鼓掌，转向巴思喝彩，他当然仍在拍摄。

“你目前的拍摄进度如何？”理查德问。

“我们交替着拍纪录片和一些梦幻的东西，是我和安希尔想出来的神话——牛仔、好莱坞、美国梦。”

“很棒，”理查德说，“你真的抓到了一些东西。”

理查德在回家的路上谈论那部影片。“我不知道巴思这么有天分，他拍出了安希尔的美国体验，拍出了他的梦想与现实的不协调，同时又捕捉到安希尔如何看他自己以及别人如何看他。”

“他相当用心，”本说，“他善于观察。”

“看不出来。”

“所以他才能拍得好。人们跟他在一起觉得很舒服，没有压力，不在意摄影机入侵，而是当它是巴思的延伸；他从小就有这种能耐。夏令营请他拍推销的广告片时，每个人都乐意协助他，露营者、厨师，甚至平常一副晚娘面孔的医务室护士。”

“那很好。你记得吗？在你还比较小的时候，我们经过一家宠物店，你很气我没拯救店里所有的宠物。”

“我应该把巴思的电影和我被剥夺的童年联想在一块儿吗？”

“我只是突然想到，想到你以前说过，等你长大了你想当兽医。”

“我不想了。”

“为什么不想？”

“因为兽医要帮动物安乐死。我不喜欢动物不晓得自己快死了。我以前做过帮人遛狗和看家的工作，在我看来，他们是付钱让我喝他们的酒。”

“你真的那么做了吗？”

“有时候。”

“你将来想做什么？”

“不会把手弄脏的工作。”

“你记得我带你去度假吗？我们大老远飞去伦敦，在那里刚住了一个晚上，你就吵着要回家。”

“我那时候才八岁。”

“你喜欢所有的事情都一成不变，那是一种僵化。”

“那令人安心。”本说。

“我们从伦敦回家，你妈妈去度假了，我陪你在公寓里住了一个礼拜。我们去自然历史博物馆、动物园、公园这些地方，玩得很愉快。”

本点头。“我们为什么谈这个？”

“只是刚好想到。”

他们沉默地开了几分钟的车。

“你真的是同性恋吗？”

“是。”

“你想你是天生的同性恋还是后天形成的？”

“你这么问是因为你想知道是不是你的错？”

“我想是吧。”

“无论是哪一种，我都确定是你的错。现在你觉得好一点了吗？”

一早，房地产经纪人比利开着大型休旅车，载着尼克、安希尔和理查德去寻找适合的店面，巴思带着摄影机坐在副驾驶座。

“我好兴奋，”安希尔说，“要跟我的美国大股东去看房子。”

“谁在看店？”尼克问安希尔。

“我弟弟。”

“你要开创新事业？”比利问。

“是的，西尔先生。”安希尔决定比利名叫西尔先生，没人有办法纠正他。

“事实上是一间已有的店要开分店。”尼克补充。

“甜甜圈店。”安希尔说。

“会现场做甜甜圈吗？很多居民会对味道有意见，你们知道的，像干洗店、面包店。”

“不会在分店里烘焙，甜甜圈会在城里做好，送去新的地点。”理查德肯定地说，事实上他并不是很确定。

他们在同一个街区绕了三圈之后，街上有人问：“你们在勘景吗？”

“是的。”

“为了拍电影？”

“不是，为了开甜甜圈店。你认为在这附近开一家甜甜圈店是个好主意吗？”

那家伙耸耸肩。“我不吃小麦做的东西。”

他们看了几个地方，有停车位的，没停车位的，其中一家以前是面包店，另一家以前是有快餐窗口的银行，还有一家店卖的是“想象力”，很快就关门大吉了。

“他们一定曾经真的相信他们可以赚钱，因为他们花了很多钱装潢。”比利说。

“装潢一定要很简单，”尼克说，“店里的风格要轻松。没有人会在吃甜甜圈时想太多，他们会说服自己别去想。”

他们每到一个地方就买几杯咖啡。

“你注意到那里的餐巾纸了吗？他们有真正的厚餐巾纸，而不是只有一层的粗糙面纸。一次用好几张薄餐巾纸，或一张厚的好餐巾纸，哪一种比较符合成本效益?”尼克问。

他们像一群年轻的男孩在游荡，只不过他们也有老年人的需要。“这里有厕所吗?我喝了好多咖啡，现在必须尿尿。”他们到处晃，就像几个男人待在车上那样，不由得谈起了女人，除了比利，比利谈男人，好像当他们都是女人，例如他会冒出这样的话：“他是个贱货。”他们谈抛弃他们的女人，有时候他们甚至不知道自己被抛弃了。

“我大约十四岁的时候，在一个派对上被一个女孩抛弃，因为她遇到一个她更喜欢的男生。当我问她他有什么好的时候，她转过身来，当着所有人的面对我尖叫：‘你是一坨大便!’”尼克说，“我花了一整年的时间才恢复过来。”

“我渴望女人，我精力旺盛。”安希尔说，然后他转向尼克问：“你出名的时候有很多女朋友吗?曾经有时有两个、三个吗?那是我的梦想。”

“我有过很多女朋友。”尼克说。

“你会给她们拍照吗?”安希尔有本事问出那些换了别人问就显得无礼的问题，可能是因为他的口音和他无辜的表情。尼克只是微笑。

“我不拍照。”尼克回答。

安希尔说他表哥来美国在一家购物中心的停车场设了一个冲洗照片的摊位。“运气不好，”安希尔说，“大家都改用数码相机，他的生意很差。然后，有一天，一辆拖车要给购物中心里的家具店送货，在倒车的时候撞进照相亭，轧到了他，他根本不知道出了什么事。他选的地点太瞎了。”

他们逛了好几个小时，终于在蒙大拿大道找到一个地点。“我故意一开始不带你们来看这里，它有点小，但地点很好。你们可以把桌子摆到外面，再过去就是停车场。而且它在转角。我认为转角处最适合开咖啡厅。”

“我喜欢这些树，”尼克说，“这是个适合在这里坐一会儿的地方。”

“哦，这里很漂亮，很高贵。”安希尔说。

“高雅。”尼克说。

“差不多，”安希尔说，“我们可以在前面弄个电动三轮车站，用三轮车送货。”

“什么是电动三轮车？”比利问。

“印度巴贾杰公司①的电动三轮车，”安希尔说，“它有三个轮子，一个在前面，两个在后面。有趣的是，只要三轮车的前轮能挤进停车位，就能把它其余的部分都推进去……那很适合狭小的停车空间。在美国，它将是吸引路人目光的送货交通工具。”

“我们就这么办。”理查德说。

“谢谢你，”安希尔对大家说，“谢谢你们。你们让我美梦成真。”

星期三吃早餐的时候，理查德对本说：“你如果同意，我今天会很晚回来。”

“你可以带她回家。”本说。

“不，我不能。我很多年没约会了，还很生疏。现在充其量是在实验阶段。”

“我该打电话给你，确定你没事吗？”

“我不会有事的，”理查德说，“我只是想确定你没有问题。”

---

① 位于浦那的印度著名家族企业。

“我很好。”

下午，理查德去了名酒专卖店，在走道上来回寻找，烦恼着该带什么酒去。他最终选了一瓶定价过高、体面而又不至于太奢华的酒。

他到她家的时候，她正在整理花园。她用一个吻来跟他打招呼。他闻到她的香味，像丁香的芳香。她领他进屋，直接进卧室，迅即脱掉他和她自己的衣服。他光溜溜的，手里还拿着一瓶酒。她把酒接走，他们躺到她床上。他们做爱。他仔细看了她的伤疤，消失的乳房。然后，有点刻意地，他亲着孤单的乳房，现在它不那么孤单了，因为它得到他所有的关爱。他们做爱，感觉似乎持续了好几个小时。太阳西沉，月亮上升。他们像动物那样做爱，那完全是感官的欢愉，满足他们最原始的需要。

在一次激情高潮时，他冲动地脱口说出：“我爱你。”那句话挂在空中，悬浮着，没有得到回应。她的手伸到床底下摸找，拿出她的地震包。

“里面有什么？”他问。

“我现在想要来点大麻。”

“里头还有什么？”

“几张百元钞票，还有我的化妆品，我受不了不化一点妆就进地震避难所。我早上起床时看起来像是鬼。还有几条巧克力、太阳能手机电池、净化水质的药片和阿司匹林。我还要继续说吗？”

“你在里面放了多少大麻？”

“不多，或许十根。”她点燃一根，递给他。

她把晚餐端到床上：熟乳酪、牛油果、橄榄、她自己烤的番茄、她自己做的意大利烩茄子沙拉和用她上陶艺课时做的碗装青酱。他想到静修营的约瑟夫说过的话："每天用取自于你花园里的东西喂你自己，养成习惯，这么做会令你非常安心。"他们吃的时候，她告诉他，当她健走的时候，她会吃她沿路找到的东西，包括蘑菇和蕨类植物。她告诉他说，她红铜色的头发是用一种自制的染发剂染的。她告诉他她在学肚皮舞。还有她给她所有的植物取名字：玛格瑞特、乔娜丝、伊薇特。"所有的花有了名字之后，都开得比较好。"她说。他又想到约瑟夫说过，我们穷尽一生都想努力超越，想对抗我们被放进一个人类身体里度过一生的事实。她说了什么切断了他的思绪。"你给了我很大的信心，下次我们在公共场所做爱。"

早上起床后，理查德尿尿时很痛，他打电话预约卢萨迪医师。

"我不能帮你挂号。"接待员说。

"什么时候才能？"

"卢萨迪医生不在我们这里看诊了。我请你别挂断，稍等一下。"他等着，猜想卢萨迪出了什么事。她再接起电话："安德森医生建议你过来跟他谈。"

"好，"他说，"什么时候？"

"两点。"

终于轮到理查德进入诊疗室时，安德森医生问："你为什么来看病？"理查德已经在候诊室看完所有的过期杂志。

"我最近常来看卢萨迪医师。"

"然后呢？"

"我想继续，你知道的，跟他谈一些事情。"

医生翻阅理查德的档案。"你觉得怎么样？"

“很好。”

“有再胸痛或呕吐吗？”

“没有，只有那一天。”

“你的前列腺有压迫感或解尿困难吗？”

“和以前一样，只不过……”

“让我来听听。”医生打断他的话，然后把冷冷的听筒压到他胸膛上。安德森医生让理查德更怀念卢萨迪。安德森医生对理查德这个人不感兴趣，只对修理他的身体感兴趣。

“我想我听到了一点东西，可能只是一个瓣膜。你曾经有二尖瓣脱垂的毛病吗？曾经有人提过吗？”

“没有。”

“我要重复做几项检查，好让我们都安心，还要做心电图。我们没有你最近的心电图报告。”

“卢萨迪医生做过。”

“你的档案里没有。他一定是带走了。别担心，我不会向你再次收费。”医生呼叫护士。

想象卢萨迪在洛杉矶到处游荡，口袋里放着他的心电图，真令人不安。理查德希望他的心电图纪录放在病历里，放在它们应该待的地方。

“你去急诊的时候，他们怎么做？”

“他们给我做扫描以确定我没有心肌梗塞。”

“没有做心脏超声波检查吗？”

“我想没有。”

“我会送你去做。”

理查德开始紧张。“放松，”医生说，“如果你不能放松，做了也没什么用。”他为理查德做心电图检测，一边讲话一边观察理查德心脏的跳动。“我自己年初时有一点异样，感觉不对劲，但不知道是哪里不对。经过检查后发现我的心脏里有一条血管破裂了。到了我这个年纪，心脏科医生甚至不帮我修补，他们当我是一台老爷车，任由它废掉。”

“卢萨迪真的带走了我的心电图资料吗？”

“没有，”医生说，“我相信一定是在诊所里的某个地方，可能只是放错了档案。”

“卢萨迪医生去哪里了？”

“我还想问你呢。”

“什么意思？”

“他走了，消失了。他根本不是医生，因为我们想要进一步了解他，所以他跑掉了。”

“他不是医生？”

“他不是他声称的那个人，耶鲁大学没有心理内科。”

“嗄？那么他是谁？他不笨，他说的话没有错。”

“他是不笨，不过他没有医生执照，他是被芝加哥大学退学的哲学系学生。”

“他很健谈，也会倾听，了解我的问题。”

“他很狡猾。”医生从机器上撕下心电图的纸带，把纸带凑近眼前仔细查看。

“你怎么发现他不是医生？”

“是保险公司发现的。任何系统都查不到他，他说那是因为他们输入他的资料时总会把他的名字打错，打成常见的拼法，这种事以前也发生过。我和我太太没有小孩，我对他颇有好感，以父亲般的心情当他是我可以寄望的青年才俊。我大约是一年前在一个医学会议上遇到他的。你知道的，我最近承受许多压力，我太太的状况不太好。”

“她最近如何？”

“她不知道出了什么事。当她清醒时，她会害怕。看到她那么害怕，真令人心碎，那是最痛苦的部分。她会咬狗。你的睡眠如何？”医生问理查德。

“不规律。”理查德说。他回想卢萨迪说他在芝加哥由单亲妈妈扶养长大，自己赚学费上大学和医学院，他周遭的同学却身在福中不知福，把他们拥有的一切都视为理所当然。

“我直到现在才开始担心。我看过他所有的记录，他所写的病历，以确定他没有误诊任何人，我也看过他开过的所有处方和做过的检验。他是个骗子，不过他没有真的偷走什么东西。”

“除了我的心电图。”

“那可能只是归档错误而已。”

“你会控告他吗？”

“我只希望他没有造成任何伤害。”

“因为他不是真正的医生，他说的话就都是错的吗？”

“我会给他的话打折扣，不能轻信。”

“那是处方吗？”

“那是我的专业建议。”

“我尿尿会痛，”理查德说，“所以我来求诊。呃，我跟一个女人上床……”

“有时候，发生某些问题时确实会出现这种现象。你的结肠、糖尿病、心脏和你的想法都会受影响。我现在知道她的病将会如何演变，会怎么结束，但依然会感到害怕。”医生迷失在自己的思绪中，“那不是你想得到的结果。即使算命师真的看得到未来，他们也不会告诉你坏消息。就算你知道未来会如何，你又能怎么办？和你的未来谈判吗？有所谓的好命、好死吗？我离题了，对不起。请你再告诉我一次，你性交后怀疑自己是否得了什么病吗？”

理查德点头。

“我们可以做个全套的检验。别担心，多喝些蔓越莓汁，明天早上我们就会知道检验结果。或者，如果你很担心的话，我现在可以给你一剂盘尼西林，打在屁股上。”

“我们等着看结果好了。”

“聪明的选择，”安德森医生说，“我们会打电话给你。”

理查德离开诊所，想要寻找卢萨迪，想了解他真正的故事。理查德想告诉假医生，他犯了大错。他可不是别人的玩物。

奇怪的夏天。日子不可思议地停滞着，明亮的阳光相当柔和，让人很难知道是夏季已经过去了，或是空气品质太糟。整个城市都干涸了，每个能逃走的人都走了，跑去加拿大、欧洲或不远的小岛避暑。

理查德醒来，听到地震的新闻。“昨晚汤堡镇发生里氏三点六级的轻微地震。有些人被惊醒，不过没有造成太大的损害，只是可能摔破盘子或导致墙壁破裂。”

中午，本从公司打电话给他。“你现在能来接我吗？”

“本，你还好吗？”

“我需要你过来接我，现在。”

“出了什么事吗？是车子有问题吗？”

“爸！”

“我穿上鞋子马上上路。我要在哪里接你？”

“我几分钟后再打电话给你。我现在必须挂断。”

理查德开车冲上太平洋海岸公路，一路走日落大道进城，然后在巷子里钻来钻去，脚一直踩在油门上。

二十分钟后他的手机铃声响起。“你在哪里？”理查德问。

“我在外面的公共电话亭。你离这里多远？”本问。

“十分钟。”

“我再打给你。”

“本？”他已经挂断。

理查德看到本在靠近经纪公司的巷道里徘徊。

“出了什么事？”理查德问，本开始哭起来。

“怎么了，出了什么事？”理查德无法想象。

本哭得太厉害了，无法讲话。“一个家伙，是公司的合伙人，他跟我一起搭电梯。他把我压到电梯的墙上，用力抓我的睾丸。他说了一些话，然后亲吻我这里，靠近耳朵的地方。我还在痛。我去洗手间，脱下裤子，看到我那里整个发红。是我做了什么让他误会吗？我曾以异样的眼光看他吗？公司里没有人知道我是同性恋。”

“那个家伙叫什么名字？”

本用袖子擦眼睛。

“哈桑姆，罗杰·哈桑姆，”本说，“然后，当电梯门打开后，我做了奇怪的事。我跑下楼梯，去警卫那里，亮出我的工作证，对警卫说：‘他们派我来拿监视器的录影带，我要刚才电梯里的录影带，快给我！’警卫按开监视录影机，拿出录影带给我。我对他说：‘你从来没有看到过我，从来没有给我任何东西。’他点点头，好像这种事每天都在发生。”本把录影带递给理查德。

“其他人知道你有这卷录影带吗？”

“没有。我的车还在他们该死的停车场里。”

“你对这份工作有多在乎？”

“我不会再回去了，如果你是在问我这个的话。”

“那就好，”理查德说，“我要去那里。几楼？”

“那个家伙以前在中央情报局工作，他可能会杀死你。我第一天去的时候就有人警告过我说：‘绝对不要单独进电梯。’那时候我没懂他的意思。”

理查德把本留在他的车里，车子停在路边。“我如果二十分钟内没有回来，就打电话给警察。”他走进大楼，搭电梯上去。

“我要找哈桑姆，”他对接待员说，“他在哪里？”

“请问大名？”女孩拿起电话要通知。

“这边吗？”理查德指向一条走廊。

“事实上，他和客户在会议室里。”她说。

在任何人反应过来之前，理查德已经进入会议室。一位看起来面熟的老先生坐在会议桌较远的一头，其他几个男人坐在他的两边。理查德能感觉到自己打搅了他们的讨论，气氛非常尴尬，他从来都不是这种莽撞无礼的人。

“哈桑姆。”他说。

一个家伙抬眼看他。

“你被逮到了。”

“我不知道你在说什么。”那个家伙说。

“我儿子的睾丸。今天稍早你在电梯里抓了我儿子的睾丸。你有两分钟的时间考虑你该如何对他表示歉意，否则洛杉矶警方马上会来这里没收你的电脑，你所有的电脑。你既然是这家公司的合伙人，警方绝对会发现一些有趣的资料。”

哈桑姆站起来。“我想你该走了。”

“我有电梯监视器的录影带。”理查德说着，把录影带放进他后面的录影机。

“停下。”哈桑姆在录影带播放之前说。

门口出现四名拔枪警卫。

“停下来。”哈桑姆再次说。会议室里鸦雀无声。

“先生，您还好吗？”持枪警卫问。

长桌尽头的长者说：“我很好。这件事和我们无关。”

“我向你买回录影带。”哈桑姆说。

“它是非卖品。”

“呃，那，你不想要钱的话，想要什么？”

“向我的儿子道歉，让他完全明白，不是因为他做错了什么，而是你的错。你侵犯他，侵犯他的领域、他的权利。还有，你要写一封他在这家公司实习期间表现优异的推荐函。”

“还有呢？”哈桑姆等着听和解条件。

“就这样。”

“我能拿回录影带吗？”

理查德摇头。“没人能拿到录影带。这是警告。万一任何人再遭遇同样的事，他就会出面作证。”理查德从放影机里取出录影带，走出会议室。他搭电梯到地下室，开本的车上坡道，回到街上。当他把车停在本后面时，他觉得自己在发抖。他停好甲克虫车，爬进大车。

“怎么样？”

“我令他很难堪。我直接走进去说：你摊上事了。”

“他在他的办公室里吗？”

“在会议室，里头还有一些人，有个人看起来很眼熟。”

“哦，上帝，”本说，“福特总统今天早上会在那里开会。”

“那我很惊讶只出现了几个警卫。”理查德说。然后他才明白那些拔枪警卫瞄准他是准备开枪，可能会真的开枪，他们是保护前总统的特工。

“然后怎样？”

“他问我那卷录影带要卖多少钱，我说那是非卖品。”

“他一定很高兴。”

“我不能卖它，否则就是勒索。总之，他会正式向你道歉，而且给你写一封很漂亮的推荐函。你确定那是前总统杰拉尔德·福特吗？我想或许是影星哈里森·福特。”

“他也在。哈里森·福特与杰拉尔德·福特及其儿子杰克见面。他们要拍一部关于福特任职总统的经过电影。”

理查德点头。“你一说我想起来了，是有一个比较年轻的家伙。我不太舒服，”理查德说，“我需要喝点东西。你能开车载我们到别的地方去吗？”

本发动车子。

“福特到底去那里做什么？”

“我跟你说过了，经纪公司是由前中情局的干员们合伙开的，他们和政府有很深厚的关系。”

在餐厅里，他们坐进一个火车厢，喝着巧克力奶昔。

“我不敢相信我竟然敢那么做，”理查德说，“一点都不像我。”

“你是为我而做的，”本说，“谢谢。”

“我的明星邻居塔德·福特和哈里森·福特以及福特总统有任何关系吗？”理查德问。

“我想没有吧。”本说。

“一大堆福特。”理查德说。

从他们坐的地方可以看到前总统的车队从大楼地下停车场冒出来，一辆是挂着“美国政府”车牌的厢型休旅车，一辆是没有标志的轿车。

“是他。”理查德说，他又想到那些指着自己的枪。

“别告诉妈妈。”本说。

理查德点头。

第二天早上，他们决定离开洛杉矶几天，沿着海岸线开车去探险。理查德走向隔壁，要告诉尼克他们预备出门几天。他和西尔维亚在阳台上，两个人各挂着点滴。“维他命，”西尔维亚说，“仅次于性的好东西。”

“做爱刚结束后打更好。”尼克微笑着点烟。

“你看起来很苍白，”西尔维亚对理查德说，“下个礼拜我要带给你肝脏和甜菜。”尼克站起来，拉着他的点滴杆一起走，领理查德进厨房。“我正想去找你。我接到孩子的电话，我的小女儿。她想见我，更明确地说，她要带我去学校上‘展示和讲述’课，我是她的展示品，必须回答她同学的问题。”

“展示什么？”

“她的爸爸。我前妻说，她同学不相信她有爸爸，也不了解她有两个妈妈是什么意思，他们会挖苦她：‘你爸爸跟她们两个结婚了吗？’”

“你应该去。”

“我应该穿得正式一点吗？我从来没有上过那种课。我甚至没有西装或什么像样的衣服。”

“穿衬衫和长裤就好了，”理查德拍拍尼克的背，“她打电话给你是好事。”

理查德和本坐进福斯车，把车篷放下，沿着海岸公路开。车内播放着麦尔斯·戴维斯的演奏曲，马里布在后座蜷曲着。过了一会儿，车子好像在往上爬，道路曲折蜿蜒，转过来弯过去。路旁出现一些警告牌：“小心落石”“易滑路段”“险降坡”。高低不平的悬崖愈来愈陡峭。一只有巨大翅膀的鸟在他们上空盘旋高飞。

他们一直驱车奔驰。他们坐在车上听音乐，兜着风，看绵延的公路会带他们往哪里去。

他们在车上打电话给本的妈妈，两个人把手机传来传去跟她讲话。“我听不到，”她说，“你们听起来在好远的地方。等一下再打电话给我，我要去开会了。”

他们吃在加油站的便利商店买的点心，然后在一片葡萄园前面停了下来，放马里布去追逐香味。“它可能只在海边生活过，”理查德说，“这是它第一次追兔子。”

经过圣芭芭拉，他们找到一家愿意接纳狗的旅馆，并和其他房客一起吃饭。桌上所有的东西都来自旅馆老板的菜园。理查德和本看看其他客人，然后看看彼此。他们之间有了某种连结。现在理查德真的是个爸爸，本真的是儿子，他们成了一对父子兵。他们和马里布分享一张特大号的床，狗儿占据中间，把理查德和本推到两边。

黎明时，父子二人坐在高高的断崖上俯视太平洋。马里布跑到下面，在岩石之间跳来跳去追逐鹈鹕。

“再也没有比现在这样更好了。”

“我想马里布从来没有度过假。”本说。

回到洛杉矶又不得闲了。答录机里有些留言：承包商快完工了，可是有了新问题。坑洞填满了，覆盖上新鲜的草皮，在灌木丛和野花的衬托下显得非常鲜绿。

西西莉亚想回来工作，兼职的。她手术后还不能太操劳，可是她想离开家。

理查德打电话给一家清洁公司，雇用四个人清扫房子。屋里积了好些灰尘，还有火蚁的尸体和残留的杀虫剂。他不能把肮脏的家交还给西西莉亚。

理查德和本回去看房子。除了让房子恢复原状之外，他们还做了某种地下的固定墙，挖出来的土形成了土丘，屋子看起来像是被群山环绕。

电影明星也在，和建筑工人一起工作。“这不是很棒吗？看起来真的很好，是不是？”

“你知道你在做什么吗？”理查德问。

“知道啊，他们教我怎么做。他们不会让我随便敲打你的房子。我要在我的下一部电影里扮演木匠。我想我应该来感受一下。嘿，抱歉，我想火蚁是来自我家。我妹妹从墨西哥带了一些植物过来，它们藏在植物里移民过来繁殖了。我看过你那个工务局朋友的剧本，我们会选用部分情节。你见过他太太吗？”

“没有。”

“她是饭店的电话接线生，可是她像个女演员。我想我应该给她在电影里安插一个角色。”

室内设计师带着油漆工出现，可理查德认为油漆工的另一个身份是她的性奴隶。“你活下来了。”她说。

理查德听不懂她在说什么。“是的。”他说。

“我们现在要怎么做?”她问。

“我不知道，”理查德说，“你告诉我。哦，这是我儿子，本。你设计的是他的房间。”

她站到本面前，仔细端详他，然后闭上眼睛，她的手在他面前来来回回地挥动，接着又绕着他看。“我在读你。”她说。

理查德虽然被她的动作迷惑了，但眼角还是瞄到电影明星手里拿着一把钉枪走下阶梯到他的房子旁边去。

“我看到一张学生书桌，”设计师说，“和一张厚实的比利时手工地毯，漂亮的中性色调墙壁，棕灰色的鼠标。”她张开眼睛。“喜欢吗?”她问本。

“平面电视，”本随着她的语调起舞，“还有高速无线局域网。”

星期六早上，尼克用力敲理查德家的大门。“弗雷死了。安养院打电话来说他昨天情况恶化，他们送他去医院。他昨天夜里就过世了。我不懂他们为什么没早点打电话给我。他出事的话，我应该是他们要联络的人。”

“我开车载你过去。”理查德说。

在医院里，尼克自称是弗雷的儿子。护士相当尴尬。“我们没想到会有人来看他。我们已经把他送去了太平间。我可以找个人在那里跟你们碰面。”

“出了什么事?”

“他很可能是夜里中风。我们给他氧气和点滴，尽可能地医治他，可是你也知道，他早就签署放弃急救同意书，那是他自己的选择。然后，当我们照护他的时候，他看起来像是再次中风，走得很安详。”

“我要见他。”

“好的。”她拿起电话，安排将弗雷从冰柜里送出来。本和理查德陪尼克一起去地下室，他们父子在标有“未经许可，请勿进入”的门外等尼克。每次有人进出太平间，他们都会瞥见尼克弯着身子在跟弗雷讲话。尼克与弗雷话别了很久。等他出来时，他的衣服上有甲醛或不知是什么化学药品的味道。

他们去安养院。“打算举行葬礼吗？”尼克问经理。她是个严肃的女人，消瘦的脸像是干燥的水果。

“没有。我们已通知他住在德拉瓦的侄儿，他会将他火葬。骨灰和比他早过世的太太放在一起。”

“为什么没有早点打电话给我？”

“我们只通知家人。”

“我的名字写在弗雷签署的文件上，那里清楚地写着他的意愿。”

“我能帮你什么呢？”

“我要举行一个仪式，让他的朋友们有机会跟他告别。”

“先生，怎么称呼……”她等尼克报出姓氏。

“汤普森。”尼克说。

“我们尽可能不公布某人的死亡。在这里的每个人都来日无多，他们都心里有数。我们不喜欢引起他们的心情波动，造成恐慌。”

“这样也算尊重吗？为什么不把他们当成知道将会发生什么事的大人？办个追思会会让他们以感怀的方式送走朋友。”

“你是这里的宾客，我知道你有朋友在这里，可是你没有权力改变这里的规则，我才有。”

“请你同意，”尼克说，“我想办追思会，邀请这里的朋友们参加。”

“不能在安养院里办。”她说。

“好，不在安养院里。明天。我会提供交通工具，帮助所有愿意也能够来参加的朋友们加入。这样行吗？”

她点头。

“对他们来说什么时候比较方便？”

“他们是早起的人，早上精神比较好。”女经理说。

“那么十一点好吗？好让他们来得及回来吃午餐。”

“好。”她说。

“弗雷的遗物呢？”

“我们通常会回收再利用。如果你想把他的房间清理干净，我可以给你几个塑料袋。”

尼克回到弗雷的房间，收拾他的东西，捧在怀里，然后在安养院里到处走动，跟每个住院的老人讲话。

“弗雷要我送你他的红色毛衣。明天我们要颂扬弗雷的人生。我们大约十点半会载你们出去吃东西。”

他送出弗雷的拖鞋、新袜子、干净的浴袍和手杖。尼克给还能让弗雷脸红的女人莉莉安几张弗雷的照片，那是弗雷房间中仅有的私人遗物：弗雷年轻时在军中的照片、弗雷和他父母的照片。“他要把照片送给你，”尼克对她说，“我想你是知道的。”

“可爱的男人，”莉莉安说，“谢谢你。”

尼克把弗雷结婚时和结婚二十五周年纪念的照片送给本。“一张给巴思，你自己留一张。不管你知不知道，人到哪里都会带着过去的记忆；你还是知道这一点比较好。”

尼克把弗雷的梳子放进自己的口袋里，把弗雷的收音机放进一个几乎抬不起头的老头子的怀里。

“弗雷叫我一定要亲自把这个交给你，他说你喜欢音乐。”尼克说谎。

老头子含糊地说了什么。

“我们会准备好交通工具和派，因为你知道弗雷有多喜欢吃派。”尼克对每个人都这么说。他们都很兴奋：不只是因为收到礼物，他们还有值得期待的东西——派。

“饮料呢？我们能喝到好喝的咖啡吗？”

“当然可以，咖啡、茶，不管你想喝什么都行。”

尼克租了两辆厢型车，雇几个下班了的安养院助手。理查德打电话给辛西亚，请她来帮忙。“我们需要临时看护，有些老人会失神乱走。”

早上，尼克、理查德、巴思、本、辛西亚与十三个住院老人浩浩荡荡地前往农夫市场。

“这个地方叫什么？”一个人问。

“老农夫市场。”另一个说。

“你看，有甘蓝菜，我们以前会在花园里种植像这样的东西。我可以拿一下吗？”

理查德花两块钱给那个女人买下甘蓝菜。巴思全程拍摄老人们上下车。

追思会上，理查德坐到辛西亚旁边。“谢谢你来帮忙，你的室友如何？”

辛西亚摇头。“不太好，她还在医院里。”

“你要找个新室友吗？”

“不。我会让那个房间空着，邀请我的孩子过来，一次一个，来过夜或度周末。我想念他们。”

理查德点头。“那样很好。”

“我是他们的妈妈。”

他们讲话的时候，理查德注意到一个老人尿在了椅子上。

尼克开始说话：“就我所知，弗雷仅有的东西是一个保龄球、他太太的假牙和他们以前一起跳舞时穿的旧鞋子。他喜欢吃美味的派，也喜欢与人相处。他喜欢你们每一个人，当有人跟他讲话时，他的脸就会亮起来。你们之中有谁想说说弗雷的什么事吗？”

一个老人说：“弗雷刚来安养院的时候，还能用助步器走路。那时候他会勤快地在走廊上走。”

“我记得弗雷是谁。”另一个老人说完这一句话之后就没再说什么。

“当我死的那天，我们吃中国菜吗？”一个老先生说。

他们把老人们送回去后，莉莉安抓着尼克的手臂，拉他靠近她。“我以后不会再看到你了吗？”

“放心，莉莉安，”尼克说，“以后我每个礼拜都会来看你。”

“谢谢。”她说。

“下星期三见。”他说。

“哦，我喜欢柠檬蛋白派。”

“我很高兴知道。”尼克说。

弗雷的葬礼过后，理查德打电话给雪梨。他想寻求安慰。他从医生那里得到好消息，他只是有点过敏，并没有感染病菌。他们计划开车去圣芭芭拉吃晚餐，那是一个他们两个人都不熟悉的地方。在开车去那里的路上，他开着车，她帮他吹喇叭，在高潮的刹那，他差点撞上前方油槽车的屁股。抵达圣芭芭拉后，他们沿着海滩散步。走到某个地方，她要求说："在这里跟我做爱，现在。"

她性欲高涨，令人难以抗拒。

理查德离家之前吃了从网上订购的威而刚，纯粹只是想试试效果如何。他硬得像石头，趴在她身上；他感到胸痛，也许只是因为姿势的关系。

他们做了又做，可是他射不出来，过了好一会儿，相当痛苦。她已经几次激动地达到高潮，他只想赶快射出来好让他们结束。就像他感觉到痒，忍不住搔痒，结果一抓却好像没完没了似的。他开始想，即使他现在射出来，也可能会因为兴奋过度和过度做这种有氧运动而心脏爆炸。

终于，恐惧超越一切，他拉出来，把它收好。它僵硬着，湿透了。他希望它会自行软化。

他们在沙滩上散步。他想她开始迷恋他了，感觉自己在退却。然后她对他说，她不知道他对她的感觉如何，不过她必须诚实，她不想误导他，前几天她在超市认识了另一个男人。

他有点失望，不过压力顿时大减，现在他感觉它软化了。突然间他尿急得要命。理查德跑到远一点的沙滩上解放。有人看到他在那里尿尿，大喊："喂，这里不是你的厕所，混蛋！"

她没有说一声就来了；他曾经深爱的女人。"我在去机场的车上。我将搭深夜航班到达。我会住在饭店。"

“你到了？”

“我是说我正要过去。哦，上帝，电话响了。”

“你只说过你会试试看。”

“对，所以我现在试了。是办公室打来的电话，我要挂了。”

“我们能碰面吃早餐吗？”理查德问。

“我早餐已经有两个约了。”

“午餐呢？”

“也有两个。”

“晚餐？”

“六点行吗？”

“好，很好，到时候见。”

他告诉本。

“我已经知道了，”本说，“六点吃晚餐。”

“我没跟她说过我买了车给你。我不想被她拒绝。”

“我告诉她了。她说那是你应该为我做的事，可她不懂你怎么会买车给一个你没睡过的女人。这件事的后果是，巴思必须自己把富豪车开回纽约。”

理查德微笑。他打电话给饭店，订花送去她的房间。他忽然感到害羞，于是吩咐他们在卡片上署本的名字：“欢迎来洛杉矶。”

他想起他们最后一次的家庭度假：本大约三岁，他们去圣巴特岛。他每天带本去游泳，而她大部分时间都在编辑稿子。他记得本的双臂戴着学游泳的充气浮圈，站在游泳池边尿尿，细细的黄色尿液注入清澈的水中后散开。

自从那一次到现在，将近十五年了。他很期待这次重聚。他去报摊买早报时，忍不住在理发院前面停步。修剪好头发，理发师掸掸他的脖子，把一些碎头发屑掸进他的衬衫。

下午，饭店的服务生打电话到家里来。

“对不起，”他说，“我是偷偷打电话给你。”

“请说。”理查德说。

“我打电话来是因为她出了点小意外。她被鸽咬了。”

“被鸽咬了？”

“对，鸽。”

怎么可能？是理查德听错了吗？还是服务生的口音有问题？“鸽？她被鸽咬，就像被蜜蜂蜇了一样？”

“不是蜜蜂，是狗。”

“她还好吗？”

“她在冰敷。我想你应该知道。你是她儿子，是吗？”

“是。”理查德回答，他不想多做解释。

“我记得你。”那个声音说，理查德希望他没有听出声音的差异。

“好，”他说，“我马上过去。”

他花了一个小时才到达那里，塞车严重。他在车子里打电话给她。她没有提到被狗咬。他开始怀疑，说不定是服务生布局，要本去饭店。

“我今天下午刚好在饭店附近，顺便过去好吗？”

“哦，”她说，“好啊。”

他走进饭店大厅，没有被人注意到。他按她房间的门铃。“进来，”她叫道，“门没锁。”

她看起来还是和以前一样吗？或者不一样了？老了吗？他不知道。他有点焦虑。

房间看起来很熟悉，就是他家的地下沉那晚他和辛西亚待过的同一间套房。她在客厅里，脱下了鞋子，脚搁在沙发桌上，用冰块裹着。

“很漂亮的房间。”他说。

“我一向都住这一间。”

“是吗？”

她点头。

“扭到脚了？”他问。

“我想给本买件礼物，路上，一群好像小野狼的野狗追我。我大喊：‘坐下、停、别过来。’它们都不听。我想跑开，可是我穿的不是慢跑鞋。”她指向丢在门边的意大利名牌高跟鞋，“它们在罗迪欧大道上追着我进百货公司。我冲进去，想把它们踢走，一只狗张牙咬住我的脚踝，我摇着脚想摆脱它。其他的狗在玻璃门外叫嚣、抓门、狂吠。

“警卫处理得很好，他用袋子套住它们，把它们交给了警察。这种事显然不是第一次发生，比佛利山附近有一群野狗出没。它们可能会把我活生生吃掉。”

“所以是一只狗咬了你？”

“至少有一只。被咬当时我没有马上转头看。”

“你打电话给医生了吗？”

“我打电话问纽约的医生，他说我必须打狂犬病疫苗。你在这里有熟识的医生吗？”

“我倒是希望跟医生没那么熟。”理查德说。他拿起冰袋看着她的脚。

她的丝袜已经破了，脚上有咬痕。她的小腿肚瘦瘦的，脚踝纤细，可是她的脚与他记忆中的不同，粗了一点，脚趾头呈现锤状，比较像她妈妈的脚。他注意到她的脚趾头上有些白色的东西，像是香港脚。

“你是不是擦了我在电视广告里看到的那种药膏?”

她哈哈笑。“那不是香港脚，是擦指甲油的小姐技术太烂。我要求贴法式指甲片，她们没有把胶刷准。”

他打电话去安德森医生的诊所。

“我是理查德·诺瓦克，”他对接待员说，“我打电话来是因为我太太被野狗咬了。”

“我不知道你结婚了。”接待员说。

“她需要打狂犬病疫苗。”

“等一下。”过了一会她回来说：“医生就要下班了，不过他说会留下来，他很想见你太太。”

“医生叫我要把脚抬高。”她说。

他抱起她。他感觉背痛，但没说什么。她的手臂圈住他的脖子。她拿在手里的冰袋冰着他的肩胛骨，头靠着他的胸膛，他重重地呼吸。他喜欢她的味道。他爱她。他一直都爱着她，所以他必须离开她。

他们等电梯的时候，他说：“很高兴见到你。”

她微笑。“本好吗?”

“他很好，真的很好。”

他们搭电梯下楼时，一个声音从电梯对讲机传出来：“听得到我的声音吗？这是测试，在测试我们的系统。你们听得到我的声音吗?”

“听得到。”他们同声说。

“请你们说几句话，好让我们确定声音传递没问题。”

“我们在搭电梯，”理查德说，“正要下楼。你从哪里跟我们讲话的？”

“这是加州柏本克的卫星传输系统。谢谢你们花时间帮助我们完成测试。”

“它们可能是觉得你很有吸引力。”安德森医生看了她的脚后说，“你知道那是什么狗吗？”

“耳朵尖尖的，脸是尖瘦型的，是墨西哥食品广告里的那种。”

“吉娃娃？”

她点头。

“你确定不是剑齿虎？”医生半开玩笑地说。

“罗迪欧大道名店街上会有剑齿虎吗？”

“无论什么稀奇古怪的事情，都有可能发生。”医生说。

“是狗，”她说，“小狗。”

“你最近打过破伤风吗？”

“我最近什么针都没打过。”

“你见过她这样的病例吗？”理查德问医生。

“我没见过，不过我听说街上有成群的凶悍野狗在流窜。你曾打过狂犬病疫苗吗？”医生问。

“是打在肚子上的狂犬病疫苗吗？”

“早期是的，现在是打在手臂上。”

“我没想到你的诊所里会有狂犬病疫苗。”

“我什么都准备至少一剂。我喜欢准备好，以备不时之需，”他说，“你有过敏症吗？你对蛋、贝类、坚果这些东西过敏吗？”

她摇头。“有一次某种卸妆油使我起疹子，不过那已经是好多年前的事了。”

“好，那我们今天给你打两针，分别是破伤风和狂犬病疫苗，然后在接下来的四个礼拜里，你还必须再打五针狂犬病疫苗。一定要打完这一整套的疫苗，这很重要。狂犬病会致命，可是疫苗不会。”

理查德看着她——她的容颜、她的皮肤、岁月在她身上的痕迹，全都比他记忆中的看起来更柔软、更温暖。

“对了，我们找到你的心电图了，”医生对他说，“它堆在卢萨迪的桌上。”他走出诊疗室去准备疫苗。

“我想走了，”她突然说，“我不喜欢打针。”

“你没得选择。”理查德说。

“我不在乎。”

“我们必须留下来。”他握她的手轻捏。

“你从什么开始变成这样？”

“变成怎样？”

“这么温柔。”

“我不知道。”他说。然后，为了打破沉默，他又说：“你知道我得过小儿麻痹症吗？”他好像当它是个转移话题的好题材，不过他真的很在意这件事。

“你没有得过小儿麻痹。”

“我有过，只是我自己不知道。你为什么说我没有？”

“因为你没有。你不必睡在铁肺里，也没有坐过轮椅。”

“小儿麻痹有很多种形式。”

医生走回来。“今天早上有轻微的地震。你感觉到了吗？”

“我没感觉。”理查德说。

医生给她打针。“打完后我会让你在候诊室里等上二十分钟，以确定你没有过敏反应。然后你必须在三天内打第二针。你平常看的医生也可以帮你打。如果你仍在洛杉矶，给我打个电话，我会帮你打。”

“谢谢，”她说，“非常感谢。”

“很高兴能认识你。”

理查德扶她下诊疗台，进入候诊室。

“我的飞机延误了，”她说，“我们在俄亥俄州的上空时，出了引擎故障，然后不得不飞回纽约肯尼迪机场换新引擎。”

理查德记得他们最后一次做爱的情景，那时候他知道自己就要走了，他亲吻她的脸颊、脖子、秀发，心里明白那是最后一次了。“我们结婚的时候你是怎么想的？”

“我抱着很大的希望。”

“你记得我们蜜月时发生的事吗？”

“火山爆发，我们必须逃命，有好多火山灰和熔岩。”她说。那是他们常玩的游戏，经常重复他们的故事。

“那座火山一百五十几年来第一次爆发，刚好让我们碰上。然后我们去了巴黎。”他说。

她沉默了一会儿。

“你在想什么？”他问，以为她会说些关于他或本的话。

“我疯了，”她说，“公司里有个家伙什么事都不做，而我们其他人都工作繁重，每天累得像狗一样，只有那个家伙不做事。可我却没有胆子叫他滚蛋。”

他感觉他的胃像被踢了一脚，她的话证实了他以前的感觉，他早该知道，她仍是老样子。“你曾经停下来吗？”

“我为什么要停下来？”

“你那么喜欢工作吗？它能带给你满足感吗？”

“我没时间去想这个。”

“所以那就是你不停地工作的原因？好让你没时间去想？”

她没回答。

“是不是？”

“我喜欢努力工作。”

候诊室里的电视转到地方新闻台。“一位橘郡的妈妈是个英雄。在超市的停车场里，她的车子停好后滑动，撞到她稚龄的孩子，轧到孩子的手臂。玛丽亚·圣提亚哥把车子举起来，让车子底下的小孩得以爬出来，只有手臂骨折而已。”这件意外被停车场的监视器拍了下来。“当车子辗过你女儿的手臂时，你在想什么？”记者问，“我只知道我必须把我的宝贝救出来。我祈祷上帝赐给我力量。”

理查德改变话题。“前几天我看到一只松鼠被车子撞到，它没有死，躺在那里疯狂地踢动四肢。”

“你轧到过它吗？”

“你是什么意思？”

“你曾开着你的车轧过它，结束它的痛苦吗？”

“没有。为什么要那么做？”

“如果你是那只松鼠，你难道不希望有人对你那么做来结束你的痛苦吗？”

“不。”他恐惧地说，他不曾想要那样。“不，”他再次说，说得更明白，“我希望有人跟我讲话，握着我的手，可是不要把我轧过去。”

医生过来检查她的血压，然后说她没事，可以走了。“吃消炎药，保持脚举高。如果你的体温升高到三十九度，打电话给我。”

快六点的时候，本抵达饭店的房间。他看到冰块包，看到他妈妈的脚裹着绷带。“出了什么事？”

“被野狗咬了。”她说。

“你还好吗？”

“我很好，”她说，“全都消毒干净，打过疫苗了。”

“你确定你没事吗？”本再问一次。

“是的，”她说，“你呢？你的工作怎么样？”

“呃，这么说吧，我不会成为超级经纪人。”

“凡事都是得个经验。”理查德说。

自从本的成年礼之后，他们三个人就不曾同时出现在一间屋子里。理查德希望有第四个会出现，某个能使得他们之间的气氛变得比较轻松或是某个能修补他们关系的人。

他们彼此看着。两个男人站着，女人坐在沙发上；彼此心里隔着隐形的围墙。

“现在该怎么办？”本问。

“我的助理帮我们在餐厅订了位。”她说。

“你应该保持脚抬高。”理查德说。

“哦，我们三个人坐一张四人座的桌子，多余的那张椅子正好可以派上用场。”

本的目光一直在爸妈之间飘来飘去，脑袋忙碌地转来转去。

“你在找什么东西吗？”理查德问他。

本领他们进卧室，三个人坐在床边，正对着一面大镜子，本坐在中间。

“看到了吗？”本问。

“我不太懂你要我看什么。”理查德说。

“床垫硬硬的，”她说，“一定是新的。”

“我的脸。”本说。“看我的脸。发线这里和你一样。”他对他爸爸说。“而我的眼睛和你的一模一样。”他对他妈妈说。“我的下巴……”

“那是你爷爷的下巴。”理查德说。

“你能看得出来每一部分是从哪里来的，是属于谁的。”

他们三个人就坐在那里看着镜子，看着本，看他们自己。他们坐着，然后灯光震动了一下，暗掉，随即又亮起来，几秒钟之后，房间里变黑，空调停止运转。

紧急照明灯发挥作用，房间里充满昏黄的灯光。

“这是怎么一回事？”她问。

“天气太热，”理查德说，“洛杉矶用电量超负荷。”

本走到窗边。“好消息是，外面的灯是亮的。”他指向二十层楼之下。

“我们应该出去吃晚饭了，”她说，“即使只是去附近的某个地方，也比坐在这里闷死好。”

“没有电，电梯就不能运转，而你又不能走。”理查德说。

“我忘了。”

理查德想打开电视，想知道出了什么事，想看画面，想知道所有的讯息。他拿起电话打给一楼的服务台。

“不光是我们，我们这一边的街道都停了电，”柜台的男职员说，“是高压电路出了问题。”

“你知道电力什么时候恢复吗？”理查德问。

“要等高压电路修理好，”他说，“在等待的时候，我们会送些东西去给你们，白酒和意大利面。我们还有瓦斯，正在煮水。”

警卫拿着手电筒在走廊上走动，敲每个房间的门，数里面有多少人，然后递出手电筒。“请待在房间里直到电力恢复。如果必须离开房间，请带着手电筒，走走廊尽头的消防楼梯。楼梯是安全的，那里有工作人员。”

“我可以下去买些东西上来，”本说，“我可以爬楼梯。你们要吃什么，披萨、寿司、中国菜？”

“你有菜单吗？”她问，“没有菜单很难点菜。”

“想想看喜欢吃什么，然后说出来。”理查德说。

“姜汁虾，”她说，“如果他们没那个的话，就买些辣味虾，只要不放番茄酱就好。”

“还有呢？”

“蒸的青菜和鸡，酱料单独，”她说，“糙米和一点儿排骨。”

“你呢？”本问他爸爸。

“哦，青菜蒸饺，或许，如果他们有的话，给我软壳的螃蟹。”

“你仍在吃中国餐厅的软壳螃蟹？”她问。

“是呀，怎样？”

“那是你二十年前吃的东西。”

“我仍然喜欢。”他给本一叠现金。

“你能帮我买些消炎药吗？”她说。

本离开后，她说：“他是个好孩子。”

“他很棒。”

房间里只剩下他们两个人。理查德感觉不太自然，他走到窗边，站在玻璃窗前往外看。洛杉矶不是个过分光亮的城市，不过，就像美国所有的城市一样，会在黑暗中发光。无数的广告招牌像路灯，它们会在黑暗中自动发出荧光。四十英尺高的墙上映出电影明星的脸以及“即将上映”“星期五首映”的宣传语。

他离开窗边，凝视她。“你看起来有点焦虑。”

“这是奇怪的一天。”

“呼吸。”他说。

“什么？”

他走到她面前，拿起她的一只手按到她的胸口，将她的另一手按着她的肚子。“闭上眼睛，吸气，用你的手去感觉，让空气充满你的背、你的肚子，然后缓慢地吐出来，让空气出去。等你准备好了，再次呼吸。”

“我一定是发烧了。”她说。

有人敲门。一个爬楼梯爬得满脸通红的服务生递给理查德一瓶酒。“柜台送的。我抱着它，抵着我的心脏，希望没把它弄得太热。”走廊上有嗡嗡的电流声，有紧急照明灯和和红色的“出口”指示灯。理查德付给服务生二十美金小费。

本提着两大袋的食物和一些蜡烛回来。他们把食物摆到沙发桌上，点起蜡烛，理查德为每个人倒了一杯酒。

“大餐。”她说着，把她的脚移到沙发上。

“室内的野餐。”理查德拿一个枕头搁到她的脚下面。

房间里充满了温暖的奶油色灯光。

“很好吃，你在哪里买的？”她问。

“你如果看到了那个地方，会不想进去。”本说。

“那家餐厅叫‘那个’名字吗？”

“不是，不过我想它应该不错。它有卫生署的A级评等，而且有很多人在吃。”

她吃了几颗消炎药，喝酒灌药片入喉。理查德再次倒满他们的酒杯。渐渐地，全家人都醉了，由于光线不足，由于空气失调，由于吃了味精，由于喝了酒。

虽然有某道可能无法突破的防线横亘在他们三个人之间，但他们都感觉到应该珍惜此刻这难得的团聚。即使如此短暂的幸福尚不足以填满他们的期盼，也聊胜于无。

“你们有没有想过，如果你们没离婚，事情可能会不一样，而我的人生可能也会不同？”本没有特别问他们中的某一个。

“我们真的办理了离婚吗？”理查德问他前妻。

“你在说什么？”她坐起来，酒洒了出来。

“我不记得我们签署过离婚文件。”

“很多年前签过。”她说。

“在谁的要求下？”

“我的，”她说，“我做事喜欢清楚分明。”

“我是在问关于我的事，”本说，“你们有没有想过，我可能会不一样？”

“有，”理查德说，“我想过很多次。”

“如果世界末日到了，而现在是我们最后的谈话机会，你们会说什么？”本问。

“那是你所担心的事吗？”理查德问，“如果世界末日到来会怎样？世事难料，是不是？”

“我不喜欢这种游戏。”她说。

“我想说，如果世界末日现在到了，我也无所谓。”本说。

“如果世界末日到了，我怀疑接下来会发生什么事。我们的世界不是只有这么大，宇宙中还有更多世界，比我们任何人所想象的更多。”理查德说。

“如果世界末日到了，”她插嘴，“我会熬夜跟你们聊天，可是如果还没到，我要去躺下了。”理查德扶她离开沙发。“今天是漫长的一天，我必须早起。如果我现在不睡觉，明天就完了。”

理查德和本跟着她进房间。她进浴室的时候，他们分别躺到了床上。

“我们今晚应该待在这里。”理查德对本说。

“马里布怎么办？”

“它不会有事的。它有食物和水，门是敞开的，它可以出去。”

“我想我应该跟她回家，”本轻声说，“暑假快过完了，甜甜圈分店的帮手都找好了，开幕的时候我可以飞过来帮忙。”

“我想要更多，”理查德躺在另一张床上说，“我想再去迪斯尼乐园，还想去纳氏乐园，听说他们的云霄飞车很刺激。我要跟你一起去每个地方，或许骑脚踏车横越法国。你喜欢骑脚踏车吗？”

“大概喜欢吧。”

“我们可以搭火车，如果我们现在开始计划，到了春天就能准备好。”

“好啊。”

“你要带马里布跟你回纽约吗？”

“我想它不会喜欢整天待在公寓里。再说，你需要它。”

她穿着一件运动衫从浴室出来，爬上理查德躺着的床。“晚安。”她说。

本没有再说话，理查德知道儿子已经睡着了。

理查德想想起身走人，可是他没那么做，而是钻进毯子下，她的身边。她的身体弯过来，默许他同床。

清晨六点，她穿着内裤和文胸，在另一个房间的跑步机上运动。“我想没有人看到。”她指着自己的装扮。

“很可爱。”理查德说。

“电力恢复了。”她抬高跑步机的坡度。她已经吃过半颗葡萄柚，喝了一杯低卡咖啡。本还在另一个房间睡觉。

“现在是纽约九点。我起晚了。”

“你要去哪里？”理查德问。

“我有两个早餐约会，分别在七点半和九点。然后十点半有个会议，午餐约会是一点。”

“你的脚还好吗？”

“还好，可是我的手臂因为打针而酸痛。”她说。

稍后回到房间，他看着她更衣。他一向都觉得她更衣时性感得不得了：坐在床边，把裤袜拉高到大腿上，站起来，伸手到背后，拉上裙子的拉链。他观看着，压抑住渴望。

“我可能今天晚上就必须回纽约，书出了问题，我晚一点会打电话给你。”她说完就离开了，脚踝上两块不引人注目的绷带是她曾被野狗攻击的仅存痕迹。

大火突然间开始在山上烧起来，可能是有人点火柴，可能是闪电引起的，也可能是没浇熄的余火闷烧导致。大火蔓延得很快，干燥的丛林迅即化为烈焰，火舌向下蹿烧，火星四处飞散。一开始只是小范围的火灾，却以无比的热情不断地扩散。

理查德和本从比佛利山的饭店开车进入圣塔莫尼卡时，看到远处冲得很高的黑烟和山上的火焰。

“她回纽约的时候，你也要跟着回去吗？”理查德问。

本点头。“我会回来的。你相信我，对吧？”

“平面电视和高速网络。”理查德说，提醒本他的新房间里会有什么。

“骑脚踏车横越法国。”本说。

“我会提醒你信守承诺的。”理查德说。他放本在新的甜甜圈店下车，那里正在油漆，新的员工在场，装潢已经有进展得非常迅速。

“我没办法应付告别场面。”本说。

“打电话给我。”理查德说。

本举起手指到耳边，做出打电话的手势。“我会打电话的。”他说。

尼克在他家外面翻找垃圾桶。“我想我丢掉了某样东西。”

“什么东西？”理查德问。

“我不知道，倒垃圾的时候我感觉倒掉了不该倒的东西。我买了一台碎纸机。”他把许多被碎纸机切碎的细纸条抓回他屋里。

“你看起来好像好几天没睡觉。一切都好吗？”

“我一直在工作，累得像狗。”

“在写剧本？”

“小说。我好像在燃烧。”尼克说。

理查德跟着尼克进了他家。屋内岂是一个乱字了得，咖啡杯、吃了一半的三明治、地上到处都是的一团团揉皱的纸……两部电动打字机同时开着，发出轻微的轰轰声。

“只等最后一页定稿。”尼克说。他把纸送进碎纸机里，它吐出碎纸来。“这些是初稿。我打电话给我的家人了。”他说。

“哦？”

“你知道的，弗雷的事令我害怕。我爸爸一接到我的电话就问，

‘你什么时候回来？’我说，‘我会搭第一班飞机回去。’我只能那么说。他们好像已经在电话旁边等了很多年。我妈妈问：‘你有厚外套吗？这里晚上很冷，可不像你那里。’我跟他们说话的时候，想不起来我为什么会离家这么久。”

“你一到那里就会想起来的。”理查德自信地说。

尼克看起来忧心忡忡。“我有没有跟你说过我多讨厌搭飞机？”

“没有。”

“我怕死。我会一再地想象。几年前，一架小飞机在新泽西州坠毁，掉到肯德基的停车场，压在身上还绑着安全带的人们头上。”

“你要我陪你去吗？我可以飞去奥尔巴尼，在那里的饭店住几天，等你要回来的时候再陪你飞回来。”

“这可能是我这辈子听过最窝心的提议。”

“那不只是提议。”

“你不如开车送我去机场吧。”

“告诉我什么时候。”

“给我几个小时。”

狗很高兴见到理查德，无比热情地欢迎他，不断舔他的脸和耳朵。理查德给它东西吃，带它去散步，走了很远的路。涨潮，海浪来来回回地拍打房子下面的支撑木柱，随浪冲过来的海草缠绕着理查德的脚踝，搔痒他，妨碍他。理查德想到本，本在纽约是高三生，要考试了，要申请大学。他将来想做哪一行？理查德想到山上的房子，想到要搬回去，想到要自己一个人住。他受不了回到以前的日子，受不了整天在家无所事事。他不能什么都不做，可是他又能做什么呢？他可以送货，把安希尔做好的甜甜圈送去分店；他可以在货车里配备一层层的铁架子，摆好温热的甜甜圈，然后载去圣塔莫尼卡。运送完甜甜圈，之后呢？那时候才清晨六点半，他可以静修。他可以去圣塔莫尼卡上瑜伽课，好极了，他喜欢去上瑜伽课，他喜欢在那种地方的感觉。然后，早上八点，他可以去健身房，去甜甜圈店吃早餐，然后他可以去探访别人。不只探访一个人，而是很多人。他会一个房间接着一个房间地分送甜甜圈给老人们吃。好吧，不送甜甜圈，老人好像不是很喜欢吃甜甜圈。他可以做给老人送餐的社工。他会送给老人西尔维亚特制的低卡餐，送给需要营养补给的人。那将是他的礼物，他将为他们买单；他将赠送食物，探访老人。他想象自己敲门、按电铃的样子。"唐奇格太太，我是送餐来的社工理查德。"如果他们想找人聊天，他会坐下来陪他们聊。如果他们不想聊天，那么他就只给他们食物和祝福。他很兴奋，他终于想到了，他有事情做了，他是个有用的人了。他想象打电话去佛罗里达给他爸妈告诉他们这个好消息。

"他们为什么需要你？"他妈妈会这么说，"他们自己没有孩子能照顾他们吗？"

"有时候你能为别人做你无法为自己做的事。"

中午刚过，尼克就打电话来。"现在，否则我会反悔。"

理查德去帮他拿行李。他的屋里变样了：每样东西都干净又整齐；盘子洗过收好了，好像连空气都换过了；最后的几个垃圾袋堆在门边。

"我内心的清洁工突然醒来，爆发出打扫的活力。"尼克说。

"你擦过地了？"

"是啊，"他说，"我还擦了阳台，也把我自己洗干净了。"他洗过澡，也刮了胡子，脖子上有一小条刚被剃刀刮伤的血痕。他的头发往后梳，整个人看起来不一样了，老了，憔悴了。“我的小说写完了。”他说。

“在哪里？”

尼克踢踢档案柜最下层的抽屉。“二十年来的精华。”

“你有副本吗？”

“没有。去机场需要多久？我们一个小时之内能到达吗？”

“你该带的东西通通都带上了吗？衣服、牙刷、维他命和万一你背痛发作时要吃的药？”

“旅行时带这个真不方便，”他从外套里拿出一瓶威士忌，“它是我路上的食物。”他的行李袋是只圆桶型小露营袋。

“你去多久？”

“几天而已。帮我一个忙，好吗？”

“当然好。”

“去探视莉莉安，我告诉过她我会去看她，她喜欢柠檬蛋白派。”

上了车，尼克直冒汗。他脱下外套，把衬衫下摆从裤子里拉出来。他显得痛苦而又苍白。

“你想吐吗？”

“不会。我跟你赌十块钱，当我在机场要过安检时，他们会把我拉到旁边，以为我作贼心虚。我没带礼物给我爸妈，这样行吗？”

“在机场买一盒巧克力，人人都喜欢巧克力。”

尼克点头。

“你最怕什么？”理查德问。

“死。”尼克说。

“死于空难？”

“对，不是死于空难，就是死于我爸妈家。我分辨不出哪一种更惨。”他犹豫了一下。“要是我一个礼拜内没回来，你就来接我。”他在一张纸上写下地址和电话。

“你知道的，你随时可以打电话给我。”

“我如果死了，你帮我处理那本小说。”

“你不会死。”

“在最下面的抽屉里。”

从机场回来的路上严重堵车。人们在离开，不像是逃亡，而是成群地迁徙，他们的车上堆满了东西，空气中充满惊慌，闻起来像烤肉的味道。大火正在靠近马里布。

理查德回到海滩上，本已经走了。他立即尝到孤单的滋味。本没有留字条，答录机里也没有留言。他打电话回山上的家听取留言，有杀虫剂公司、油漆工和九一一的辅导人员佩蒂打来问候：“有一阵子没听到你的消息了，所以我假设你觉得好多了，那是件好事。如果我没记错的话，你住在马里布。我听说风正往那里吹，火势蔓延得很快，而且将引发海水倒灌。身为九一一的工作人员，我应该处变不惊地照常工作，可是这种该死的天灾令我非常紧张。”

没有本的留言。

理查德无法待在屋里。他坐立不安，太可怕了。他开车去安希尔的店，那里的空气比较好。

“我见到你太太了。”安希尔目光闪亮。

“前妻。”他说。

“我对她的印象很好。”安希尔说。

“本有没有告诉你他要走了？”理查德问巴思。

“今天之前？没有，”巴思说，“你不必以为他是要离开你，那只是他必须做的事。他过了一个很棒的暑假，他想过要留下来永远跟你住在一起。”

“我跟着本去你家，他把金龟车留在了车库里。”安希尔说，“他说让我开他的车，那是一辆快乐的、微笑的车。我开的时候一直在笑。我把花从插花座里拿出来，”他指向柜台上果汁杯里的一朵非洲菊，“我不想让它枯萎。”

“别难过。”巴思说。

“我没有难过，”理查德生气地说，“我是受了伤。”

“吃个甜甜圈，”安希尔说，“它会让你舒服一点。”

说到甜甜圈，他就想起莉莉安。去探视莉莉安也许会让他好过一点，不再去想自己的心情有多差，会令他感觉好一点。

他在去买派的路上，打电话给辛西亚。

“你要一起吃午餐吗？”她问，“气象先生刚刚爽约，他得为大火延烧和海水倒灌准备特别的报告，那是一首气象狂想曲。”

“我要去办点事。一起吃晚餐好吗？”

“我希望我能，”她说，“可是梅根要来，这是我们的第一次：妈妈和女儿一起过夜。我真的很期待。我买了一些东西准备烘焙饼干。我要再次成为好妈妈。我晚一点再打电话给你。”她说。

他在杜伯餐厅买了个柠檬蛋白派，然后去安养院。莉莉安独自待在她的房内。

“你好，莉莉安。”他说。

“你是谁？”

“我是弗雷的朋友，我们那天在追思礼拜上见过面。”

“我以为是另一个家伙，可爱的那个。”

“他出城了。”

“你们两个是爱人吗？”

他吓了一跳。

“不是，”他笑道，“我离婚了。”

“你们两个会是一对佳偶。”

“我给你买了派。”他说。

“我们现在就来吃吧。”她说。

他拿出买派附带的塑料刀、叉子和几个保丽龙盘子。他开始切派。“大块一点。”她说。理查德看着莉莉安，从她的眼神看得出她想要更大块。

“好，好。”他切派。

“好吃，”她说，“好好吃。”她每一口都吃得津津有味。蛋白派的上层烤成漂亮的褐色酥脆，入口即化。柠檬水果馅，蛋奶冻，派皮裂开。“我告诉你一个秘密，”她用骨头突出的手指捡饼皮屑，“我有糖尿病，所以我不能每天吃这个。”

“莉莉安，你怎么能这样？你根本不能吃甜食，为什么要说你喜欢吃派？”

“我死了又怎样？我什么都不能享受，没什么好期待的，活着有什么乐趣？别告诉别人。”

“要是你因此出事呢？我必须告诉他们。”他想跑出房间，想要找个人过来，逼她吐出吃下的派。他把盒子从她手里抓过来。

“我不会有问题的。在你们来之前，我幸运地活到了八十九岁。我还能再活八十九年。”

“哦，如果你真的办得到，你准会是史上第一人。”

他看到电视在报道火灾。“为了控制火势，一辆直升机采取了紧急措施，在韦斯特伍德停车场降落，吊起水龙头加满水之后再起飞。

这些救灾人员真是英勇。另一个消防员把水淋在被火墙包围的女人车上。”

“我该走了。”他说。

“你的意思是你不会再来了吗？我不该告诉你。”

“哦，不是，”他说，“我会再来看你，不过我不会带派来了。”

“好。给我带些糖尿病人吃的糖果，吃那个没关系，我要是吃多了，顶多跑几趟厕所。”

“好，”他说，“我会带一点那种糖果给你。”

理查德带着剩下的派走出安养院时碰到经理。他向她坦诚他做了什么。

“这就是我们不喜欢他们见访客的原因，”她说，“我今天晚上会请护士测量她的血糖。”

“谢谢。”

他回家的路上遇到困难。交通几乎瘫痪，有的路段因为大火而封闭。他花了一个半钟头以龟速开车回到家。

空中形成黄色的朦胧薄雾，风吹来空气中的浮尘粒子，刺痛喉咙。

他胡思乱想，想到本。是什么因素促使本离开？是他准备好了，还是她要他跟她走？理查德还会再见到本吗？什么时候？

“今天稍早在某些地区，当大火吹向他们的时候，峡谷的居民躲在他们的游泳池里，透过潜水管呼吸。”收音机的播报员说。

“上升热气流威力惊人，就像《圣经》里说的，”另一个男人补充说，“大火烧光氧气形成真空，能把东西吸到高空造成龙卷风。我看过高达上百英尺的龙卷风。”

"连我们之中最有经验的人也难以理解，"记者继续说，"火怎么会蔓延得那么快。有数千英亩土地惨遭火舌吞没，已经有几十户人家的房屋付之一炬，整个洛杉矶都将陷入火海吗？我们电话访问到一位郡警察局长，来听听他的说法。"

"好消息是我们有天然灭火点，"警察局长说，"那就是太平洋。"

"我们很快就会带来更多消息。现在，如果你想捐赠矿泉水或三明治给消防队员，请送去洛杉矶各郡的当地消防队。我们的消防弟兄将整晚不停地救火。"

理查德一边看电视新闻频道，一边吃晚餐，那是西尔维亚两天前送来的食物。"夜幕已经笼罩洛杉矶，消防人员希望肆虐了整个下午的大火能缓和下来。今天稍早，消防工作陷入了困境，当他们在山丘上轮班开辟一条大约一百五十英尺长、二十英尺深、四英尺宽的防火巷时，有几个人失足掉了进去，还好最后都被安全营救出来。还发生一个奇怪的插曲，大约半个钟头前，消防人员在托潘加峡谷山脊工作时，发现一只疑似近日被绘声绘影的神秘大猫，据他们的描述，有人相信它可能就是唯一仍存活的剑齿虎。他们说看到那只动物站在山顶上，山顶随即烈焰腾空，在这种非常干燥的天气里，那是常见的事——树木在消防人员眼前爆炸，然后山猫就不见了。没人知道它是真的曾在那里出现还是某种幻觉。大家都在猜。鉴于火灾和山猫可能出现的双重危险，有关当局呼吁市民们别出门，待在安全的地方。"

马里布不时走到前门去抓门。理查德不知道它是因为想念本，还是意识到将要发生什么事情。

"不是那里，"理查德对狗儿说，"那扇门是通向公路的。我们要从另一个门出去，去海滩。你要出去吗？"

从海滩往后望，天空是鲜黄色的，宛如世界末日。空气闻起来像烤焦面包的味道。他看到远处的路上有辆电视转播车停在十字路口那里，卫星天线完全张开。他看到码头游乐园的摩天轮停止转动，所有的游乐设施都停了。风向变了，烟雾更浓。

他回屋里，翻找东西。在衣柜底部找到一只防水健身袋，那一定是市长屋主的，里头有一条红色领带，一个像是除臭剂的东西和几只会在黑暗中发光的保险套，外包装上有个标志写着："二〇〇二年，橄榄球玫瑰杯赛贵宾。"他打包了几样东西，以防避难之用：一条拴狗的皮带、一个装狗食的塑料袋、几条巧克力和一套换洗衣服。他把手机放进辛西亚给他的安全防水盒后再放进袋子里。

理查德去了尼克家。他打开档案柜，拿出尼克的稿子。如果他必须逃难，他要带着它一起走。他偷尼克的稿子是为了保护它。他用橡皮筋把稿子的两端束好，然后放进密封塑料袋里。他做了个深呼吸，他的肺里想必充满了烟尘。

远处的山上，处处余火像是萤火虫，火浪亲吻着山坡，火焰跳起又滚回去。风向转移，推动火焰前进。

事情是在半夜发生的。起先他以为是一辆卡车冲出路面撞进了屋里。那隆隆的响声如此之大，墙壁都在震动，地板像果冻般摇晃，屋子整体移动。他听到前门爆开、门框破裂的声音。他把尼克的小说塞进衬衫里，抓起袋子跑进客厅。海水滚进来，木头破碎，墙壁塌落，发出低沉的轰隆声，瓦砾纷纷自屋顶坠落，他被水势推出房子，经过阳台，和餐厅里所有的一切一起流出去，摔进黑暗中。他想这就是了，就要结束了，他的生命走到尽头了。他被水流抛进海里，载浮载沉。有个东西向他漂过来，撞到他。是餐桌，他抓住，爬到餐桌上。马里布用狗爬式努力游到餐桌上。桌子浮着。理查德想起比利告诉过他，不要把热的东西放在桌上，它只是拍电影的道具，是用保丽龙做的道具。

他从水里抓起阳台的一片木头，拿它当杆子，把保丽龙筏旁边的一些漂流物推开。

他想起尼克告诉过他："将危害你的不是野火，而是马里布的秘密：化粪池。山上满是会漏的化粪池，迟早会出问题。尿和粪的河流会把我们全部冲走。"尼克说："马里布是西部拓荒客的最后据点：每个人都先想到自己，再去想别人。"

理查德躺在桌子上做盘点：手臂、腿、四肢都健全没有受伤。他躺在桌上，随波逐流，想着约瑟夫说过的故事：一个人的家被洪水冲走了，他趴在一扇门上，被冲到已经变成了河的街上。他很想打开这扇门。他以为他会看到什么？他以为门将通往哪里？他终于再也忍不住了，他设法让他自己站在门框上，把门拉开，然后他掉进去淹死了。

那个故事有更深的意义吗？它是一则寓言、讽喻？或者只是一个故事？

他在漂流，他在呼吸，他看着自己胸膛起伏，仰望天空。黄橙色的野火，黄橙色的黎明。太阳升起来了，空气好转了，干净一点了。

他从防水盒里拿出手机，按开电源。手机的灯亮了，显示信号良好，电力充足。理查德拉开市长的健身袋拉链，打开一只保险套，把手机装进保险套里，再打个死结。

他漂浮着。

海上有人在冲浪，他们在很远的地方，看起来很小。他漂得比他所想的还要远。半夜里怒涛骇浪的海洋，此刻平静如镜。他给狗吃早餐，自己吃些巧克力。他把空气吹进装有尼克稿子的密封袋里，以防万一。然后他们等着。理查德告诉自己不必紧张。目前他是安全的，应该坦然接受现状。阳光灿烂地照在水面上，闪耀着金色波光。海豚在附近跳跃。他要出海了。

就在天亮后不久，他的手机响了，声音听起来有点模糊、遥远。他把保险套手机拿到耳边。“喂。”他喊道。

“别生气，”本说，“我告诉过你，我受不了说再见。”

“你妈妈在旁边吗？”理查德说。

“她在。”

“她的脚还好吗？”

“她没事。你真的没生气吗？”

“你能帮我叫她来听电话吗？”

她接过电话。“理查德，我正要出去，我得走了，我必须在上班的路上去打一针狂犬病疫苗。”

“打开电视。”

“我几乎听不见你的声音。哪一台？”

“我不知道，转到有线电视新闻试试看。”

“哇，画面真令人震撼。那靠近你家吗？”

“那是我家。”

“你从哪里打来的？”

“我在漂流。”他说，“我在汪洋中。”

“你应该试着游回岸上。”

“有一辆直升机接近了，它现在在我的正上方，有个人拿摄影机在拍，我在挥手。你看得到我吗？任何人看到我了吗？”

她在纽约，从电视实况转播画面里看到了他。他真的在大海中，坐在一张餐桌上。

“你还好吗?”她问。

“好极了，再好不过了。”他说，他没说谎，“我只是在漂浮，等着看会发生什么事。”

一个拿着扩音器的男人探出直升机。“下面的人，你听得到吗?”

“听得到。”他大喊。

“我们看到你了，”那个人说，“撑住。”

海洋深处的某个地壳板块又移动了。远方有个东西吸引了他的目光。理查德看到圣塔莫尼卡码头边巨大的摩天轮优雅地脱落，滚进了海里。

直升机转向左边，拿扩音器的男人说：“我们不会抛下你的。”直升机飞走，飞向码头去捕捉镜头。

“爸爸，你还在那里吗?”本惊慌地问。

“在，我在这里。”

“我看不到你了。”

“我在这里。”他说，“我会一直在这里。即使你看不到我，我也一直在这里。”